metro

Garry Disher
Rostmond

metro wurde
begründet von
Thomas Wörtche

Zu diesem Buch

Die Polizei von Waterloo hat alle Hände voll zu tun. Scharen von Schulabgängern fallen auf der Peninsula ein, um ihren Abschluss zu feiern. Als wäre das nicht genug, halten zwei schwere Verbrechen Hal Challis und Ellen Destry in Atem: Der Inspector und seine Kollegin müssen den brutalen Überfall auf den Kaplan einer Privatschule und den Mord an einer jungen Frau untersuchen, die sich für den Erhalt eines Fischerhäuschens einsetzte. Zusätzlicher Druck wird von einem bekannten Politiker ausgeübt, der mit der Polizei noch eine Rechnung offen hat. Dass Hal und Ellen seit Neuestem ein Liebespaar sind, macht die Sache nicht gerade einfacher …

»Nach einem Inspector-Challis-Buch leidet man unter Entzugserscheinungen.« *Strandgut*

»Es ist meisterhaft, wie fein und dicht Disher die Handlungsfäden miteinander verwebt, wie er auf spektakuläre Action zugunsten leiser Töne verzichtet.« *Focus*

Der Autor

Garry Disher, 1949 geboren, wuchs im ländlichen Südaustralien auf und lebt an der Südküste in der Nähe von Melbourne. Er schreibt Romane, Kurzgeschichten, Kriminalromane und Kinderbücher. Sein Roman *The Sunken Road* wurde für den Booker-Preis vorgeschlagen. Für *Beweiskette* gewann er 2007 den wichtigsten australischen Krimipreis, den Ned Kelly Award. Disher wurde zudem zweimal mit dem Deutschen Krimi Preis ausgezeichnet.

Im Unionsverlag sind außerdem lieferbar: *Drachenmann; Flugrausch; Schnappschuss* und *Beweiskette.*

Mehr über Buch und Autor im Anhang
und auf *www.unionsverlag.com*

Garry Disher

Rostmond

Ein Inspektor-Challis-Roman

Aus dem Englischen
von Peter Torberg

Unionsverlag

Die Originalausgabe erschien 2009
unter dem Titel *Blood Moon*
bei Soho Crime, Melbourne.
Die deutsche Erstausgabe erschien 2010
im Unionsverlag, Zürich.

Die Übersetzung aus dem Englischen wurde
unterstützt vom Australia Council for the Arts.

Im Internet
Aktuelle Informationen,
Dokumente, Materialien
www.unionsverlag.com

Unionsverlag Taschenbuch 586

Rieterstrasse 18, CH-8027 Zürich
Telefon 0041-44-283 20 00, Fax 0041-44-283 20 01
mail@unionsverlag.ch

Reihengestaltung: Heinz Unternährer
Umschlaggestaltung: Martina Heuer, Zürich
Umschlagfoto: Zoltán Balogh
Druck und Bindung: CPI – Clausen & Bosse, Leck
ISBN 978-3-293-20586-4

Für Wendy und Martin

1

An einem Dienstagmorgen Mitte November, im Spätfrühling, die Luft draußen vor dem Schlafzimmerfenster warm und pollengeschwängert, beobachtete Adrian Wishart seine Frau beim Pinkeln. Er saß frisch angezogen und mit adrett gekämmtem Haar am Fußende des Betts und schnürte sich die Schuhe zu. Seine Frau hockte im angrenzenden Badezimmer nackt auf dem Klo und starrte ein Loch in die Luft, war weit weg und bemerkte nicht, dass sie beobachtet wurde. Sie riss meterweise Toilettenpapier von der Rolle, wischte sich ab, und als die Wasserspülung alles mit sich fortriss, stellte sich Adrian in die Tür und sagte gepresst: »Wir schwimmen nicht im Geld.«

Ludmilla erschrak, warf ihm einen gehetzten Blick zu und erwiderte: »Entschuldigung.«

Sie kauerte sich zusammen, beinahe unbeweglich, öffnete die Glastür der Duschkabine. Adrian drehte das Handgelenk um und tippte auf die Uhr. »Ich stoppe die Zeit.«

Nur Kleinigkeiten, aber sie gingen ins Geld. Niemand musste ewig duschen. Keine Frau brauchte derart viel Klopapier. Wenn man ein Zimmer verließ, musste man das Licht nicht brennen lassen. Wozu drei- oder viermal die Woche einkaufen, wenn man das in einem Aufwasch erledigen konnte?

Adrian Wishart schaute zu, wie seine Frau ihre Schultern unter dem Wasserstrahl bewegte. Das Wasser färbte ihr rotes Haar dunkler und lief ihr über den Körper, sie hatte an Oberschenkeln und Hüften zugelegt, fand er. Sie träumte mal wieder vor sich hin, also klopfte er ans Glas, um sie aufzuwecken. Sofort fing sie an, sich die Haare zu waschen.

Wishart schlich sich aus Bad und Schlafzimmer und ging zur Garderobe, wo Ludmilla immer ihre Handtasche deponierte. Portemonnaie, Handy, Tampons, ein Toffee – na, so viel zu ihrer

Diät –, der Kalender und ein Parkschein, den er sich genauer anschaute: ein Parkplatz in der Stadtmitte von Melbourne, vielleicht von gestern, als sie bei der Anhörung der Planungsbehörde war. Adrian entsperrte ihr Handy, ging die ausgehenden Anrufe durch, die Nachrichten, die Namen im Adressbuch. Es fiel ihm nichts Ungewöhnliches auf. Unglücklicherweise hatte er nicht mehr genug Zeit, sonst hätte er ihren Laptop gestartet und noch ihre E-Mails kontrolliert. Andererseits hatte sie auch bei der Arbeit einen Computer, wer weiß, was für Mails sie dort bekam.

Ludmillas kleiner silberner Golf parkte im Carport hinter seinem Citroën. Der Tacho stand bei 46 268, sie war am Vortag also fast hundertfünfzig Kilometer gefahren. Adrian schloss die Augen und rechnete. Der Weg von zu Hause in ihr Büro in Waterloo und zurück war sieben Kilometer lang. Das konnte nur eins bedeuten: Statt am Vortag mit einem Dienstfahrzeug zur Anhörung in die Stadt zu fahren, hatte sie ihren eigenen Wagen genommen.

Ihr Haus lag auf einem kleinen Hügel oberhalb des Küstenstädtchens Waterloo. Adrian starrte über den Ort hinaus auf die Western Port Bay, ohne etwas wahrzunehmen, und kochte innerlich: Sie schwammen nicht im Geld.

Er sah auf die Uhr. Ludmilla hatte vier Minuten unter der Dusche gestanden. Er eilte zurück.

Ludmilla trocknete sich ab, ihre Haut war vom Wasserstrahl ganz rosig massiert. Als sie sich dehnte und streckte, zeigten sich hier und da kleine, aber unverkennbare Fettpölsterchen. Sie ließ sich gehen! Sie brüskierte ihn damit. Adrian holte die Waage unter dem Bett hervor, trug sie ins Bad und schnippte mit den Fingern: »Rauf mit dir.«

Ludmilla schluckte, hängte das Handtuch über die Heizung und trat auf die Waage. Knapp über sechzig Kilo. Vor zwei Wochen hatte sie noch neunundfünfzig gewogen.

Wishart kochte tief innerlich vor verzehrender Wut. Seine

Stimme hatte sich in ein leises, gefährliches Krächzen verwandelt: »Du hast schon wieder zugenommen. Das gefällt mir nicht.«

Ludmilla stand wie ein Kaninchen im Scheinwerferlicht, das reglos und stumm auf den Schuss wartet.

»Hast du Geschäftsessen gehabt?«

Sie schüttelte wortlos den Kopf.

»Du wirst fett.«

Sie fand ihre Stimme wieder: »Das liegt nur an meinen Tagen.«

»Freitagmittag habe ich dich mehrmals angerufen«, sagte Adrian. »Du bist nicht drangegangen.«

»Adrian, um Himmels willen, da war ich in Penzance Beach bei einem Treffen des Bürgerkomitees.«

Adrian sah sie wütend an. Das Bürgerkomitee war ein Haufen mildtätiger Rentner, der unbedingt eine alte Bruchbude erhalten wollte. »Mit deinem Auto oder mit einem Dienstwagen?«

»Mit einem Dienstwagen.«

»Gut.«

Sie frühstückten gemeinsam – auf sein Drängen hin taten sie alles gemeinsam –, dann fuhr Ludmilla zur Arbeit; Adrian ging in sein Atelier, legte sich Architektenstifte, Lineale und Millimeterpapier zurecht und sortierte sie.

2

In einem alten Farmhaus an einer Schotterstraße, ein paar Kilometer landeinwärts von Waterloo, sagte Hal Challis: »Oje.«

»Was denn?«

»Ein Makel.«

Detective Inspector Challis stützte sich auf und spielte mit dem Haar von Sergeant Destry, das, abgesehen von ein paar Strähnen, die ihr feucht an Hals, Schläfen und Brüsten klebten, auf dem Kissen ausgebreitet lag.

»Höchst unwahrscheinlich«, entgegnete sie.

Ellen Destry lag auf dem Rücken und streckte ihre unvergleichlichen Gliedmaßen zufrieden von sich. Challis spielte mit der freien Hand weiter in ihren Haaren, doch sein liebevoller Blick wanderte ruhelos von ihren Augen und Lippen zu den trägen Brüsten. Ellen wirkte schläfrig, aber doch nicht so sehr, als sei sie schon mit ihm fertig, und das war ihm nur recht. Er befreite seine Hand aus dem Gewirr und fuhr mit der Handfläche an ihrer Seite entlang, über ihren Bauch hinab bis dorthin, wo sie sich feucht unter seinen Fingern räkelte.

»Welcher Makel?«, fragte sie unsicher.

»Spliss.«

»Aber nicht auf diesem Kopf, Freundchen«, entgegnete sie und versetzte ihm einen Hieb.

Als Antwort darauf ließ er sich auf den Rücken rollen und zog sie mit sich. Gerade als er eine Brustwarze zwischen die Lippen nahm, klingelte das Telefon. »Lass es läuten«, fuhr ihn Ellen scherzhaft an, aber das konnte er natürlich nicht, das wusste sie. Er war unter ihr gefangen, also griff sie nach dem Telefonhörer. »Destry«, sagte sie auf ihre dienstlich knappe Art.

Challis rührte sich nicht, schaute sie an und lauschte.

»Einen Augenblick«, sagte sie, rollte von Hal herunter und gab ihm das Telefon.

»Challis«, sagte er.

Der diensthabende Sergeant meldete einen Fall von schwerer Körperverletzung in der Trevally Street vor den Villanova Gardens in Waterloo. »Die Reihenhaussiedlung gegenüber vom Jachtklub, Sir.«

»Ich weiß.«

»Das Opfer liegt im Koma«, fuhr der Diensthabende fort. »Sein Name ist Lachlan Roe.«

»Straßenraub? Schwerer Diebstahl?«

»Keine Ahnung, Sir. Die Notrufzentrale hat die Meldung entgegengenommen. Die Nachbarin ist vors Haus gegangen, um ihre Zeitung zu holen, und hat Mr. Roe in einer Blutlache in seinem Vorgarten gefunden.«

»Ist schon jemand von der Kriminalpolizei dort?«

»Scobie Sutton und Pam Murphy.«

Sutton und Murphy waren Detective Constables in Challis' Einheit. »Spurensicherung? Krankenwagen?«

»Die Techniker sind unterwegs. Der Krankenwagen ist schon wieder weg.«

Challis fragte sich, wozu man ihn überhaupt angerufen hatte, und rollte mit den Augen, Ellen grinste und wackelte mit den Brüsten. Er streckte die Hand aus, doch sie wich zurück, erhob sich vom Bett und ging nackt, wie sie war, ans Fenster. Hal schaute ihr anerkennend nach. »Hübscher Hintern«, murmelte er mit einer Hand über der Sprechmuschel.

Ellen schaukelte mit den Hüften und zog die Vorhänge auf. Die Morgensonne umstrahlte ihre Gestalt, Staubkörnchen schwebten im Licht, und die Welt draußen vor dem Fenster sprühte nur so vor Leben: das Grün der Pflanzen, die Frühlingsblumen, die Wellensittiche, die umherjagten und auf den Ästen wippten.

Challis konzentrierte sich wieder auf das Telefongespräch. »Also ist alles unter Kontrolle.«

Es trat eine kurze Pause ein. Schließlich meinte der Diensthabende: »Es könnte heikel werden.« Das konnte nur eins bedeuten, das Opfer stand im Rampenlicht oder verfügte über gute Beziehungen, und das würde den untersuchenden Beamten letztlich Kopfschmerzen bereiten. »In welcher Hinsicht?«

»Das fragliche Opfer ist Kaplan an der Landseer School.«

Die Landseer School, Internat und Tagesschule auf der anderen Seite der Peninsula. Nicht so alt wie die Geelong Grammar School, das Scotch College oder das Presbyterian Ladies' College, aber ebenso kostspielig und renommiert. Ein paar finanzkräftige und einflussreiche Leute schickten ihre Kinder auf diese Schule, und Challis konnte sich das Interesse der Medien bildhaft vorstellen. Er sah auf die Uhr auf dem Nachttisch: 6.53 Uhr. »Bin schon unterwegs«, sagte er.

Er legte auf und sah zu Ellen, die immer noch vom Fenster eingerahmt wurde. Besonders faszinierten ihn Taille und Wirbelsäule, also ging er zu ihr hinüber und schmiegte sich an ihren nackten Rücken.

Ellen machte sich von ihm los. »Haben wir denn noch Zeit?«

»Natürlich nicht.«

Hinterher seiften sie sich gegenseitig in der Dusche ein, und Challis teilte ihr in groben Zügen mit, was er über den Überfall wusste. »Die Landseer School?«, fragte Ellen bestürzt.

»Genau die«, antwortete Challis. Das Wasser floss über ihre Brüste. Er schaute gebannt zu.

»Konzentrier dich auf deine Arbeit, Freundchen.«

»Schön«, erwiderte er, »ganz wie du willst.«

Er spülte sich das Haar aus und stieg aus der Dusche. Ellen stellte sich unter den Brausekopf und ließ sich genüsslich Zeit. »So ists recht«, meinte Challis, »verschwende ruhig Wasser.«

»Das mach ich.«

»Na gut, mach das.«

Das war nur gedankenloses Scherzen von Verliebten, doch dann kam ihnen unausweichlich die Arbeit dazwischen. »Ich fahre zu dem Überfall«, sagte Challis, trocknete sich ab und schaute Ellen dabei zu, wie sie sich ein Handtuch um den Kopf und ein anderes um ihren Körper wickelte.

Sie warf ihm einen vieldeutigen Blick zu. »Und du möchtest, dass ich ins Büro fahre?«

Challis nickte. »Wenn du dich um die Fälle von sexueller Nötigung von Samstagnacht kümmern könntest …«

Ein winziger Hauch von Spannung lag zwischen den beiden; sie bewegten sich auf dünnem Eis, denn er war ihr Chef, und dennoch lebten sie zusammen. Keine Ahnung, welches Nachspiel die Angelegenheit haben würde, dazu war alles noch zu frisch; früher oder später würde sich das schon herausstellen. Während sie sich ankleideten, hatten sie beide denselben Gedanken. Challis trug heute einen Anzug; er ging davon aus, später vor den Medien oder bei seinem Boss Eindruck schinden zu müssen. Er band sich die Krawatte um und schaute zu, wie Ellen eine perfekt sitzende Hose und Schuhe mit flachen Absätzen anzog, dazu eine anthrazitfarbene Jacke über einem strahlend weißen T-Shirt; die dunklen Farben bildeten einen attraktiven Kontrast zu ihrer blassen Haut und den strohblonden Haaren. Challis war dieses Outfit vertraut, die angemessene Arbeitsbekleidung für eine Beamtin, die in einem Augenblick noch am Schreibtisch saß, im nächsten aber vielleicht durchs Gras stapfen musste, um eine Leiche in Augenschein zu nehmen; heute Morgen wirkte sie allerdings adrett und verrucht zugleich. Sie sah ihn aus ihren klugen, ausdrucksstarken Augen an und ertappte ihn dabei, wie er sie anstarrte. »Was?«

»Ich könnte dich den ganzen Tag lang anschauen.«

Ellen wurde ein wenig rot. »Geht mir genauso.«

Sie frühstückten an einem wackligen Campingtisch auf der hinteren Veranda, wo die Sonne durch ein Rankengewirr, das schon kräftig ausgeschlagen hatte, bis zu ihnen drang. Challis hatte die Marmelade vergessen und ging in die Küche zurück. Er war sich ziemlich sicher, dass von dem Quittengelee, das er im letzten April eingekocht hatte, noch ein Glas übrig sein musste. Als er in der Speisekammer nachschaute, stellte er fest, dass auf dem mittleren Regalbrett, auf dem er sonst Marmelade, Honig und Vegemite unterbrachte, nun Gewürze, Saucen und Vorratsbehälter mit Reis und Nudeln standen. Die Gläser waren nach unten verbannt worden.

3

Challis und Destry nahmen zwei Autos. Das ergab zwar wirtschaftlich und ökologisch keinen Sinn, aber sie wussten, dass sie durch die Arbeit im Laufe des Tages getrennte Wege gehen würden. Ellen fuhr als Erste in ihrem neuen Corolla davon, strahlend blau, aber zugestaubt und schlammverschmiert wie die Wagen aller Nachbarn. Challis folgte ihr in seinem unzuverlässigen Triumph. Der Wagen hatte seine Geheimnisse jahrelang eisern für sich behalten, doch nun zeigten sie sich alle zugleich: Rostflecken unten an den Türen und im Fußraum, Öllachen, Korrosion, ein defektes Tachokabel, eine schleifende Kupplung, ein jaulendes Differenzial. Auch die Stoßdämpfer waren hinüber. Challis erwischte in seiner Einfahrt ein Schlagloch und spürte den heftigen Stoß durchs Lenkrad.

Als Challis die Einfahrt hinter sich ließ, sah er zu seinem Haus hinüber. Hübsch, kalifornischer Bungalowstil, aus der Zeit des Zweiten Weltkriegs. Mit den drei Morgen Rasen, den Obstbäumen und Sträuchern hier und da passte es gut in die Umgebung. Die einzigen Nachbarn waren ein Obstbauer und ein Winzer. Challis mochte die Abgeschiedenheit, sie entsprach seinem Naturell. Aber kam Ellen damit klar? Bis zu ihrer Trennung und der Scheidung von Alan Destry hatte Ellen in Penzance Beach gelebt, in einem kleinen Vororthäuschen in einer ganzen Reihe mit ähnlichen Häusern, neben Leuten, die ihren Rasen mähten, im Hinterhof grillten, an die Tür klopften und um eine Tasse Zucker baten, manchmal zu laut Musik hörten.

Vielleicht sollte er besser fragen, ob sie die Abgeschiedenheit nach einer Weile stören würde? Sie waren ja erst seit drei Wochen zusammen. Challis hatte Ellen gebeten, auf sein Haus aufzupassen, als er sich vom Dienst beurlauben ließ, um bei seinem Vater zu sein, der im Sterben lag. In den paar Stunden nach seiner Rückkehr waren sie ein Liebespaar geworden. Das hatte sie beide überrascht – irgendwie. Ellen hatte, wenn auch nur halbherzig, gemurmelt, sie wolle sich eine eigene Bleibe suchen, aber Challis hatte sie dazu bewegt, zu bleiben.

Nun versuchte er zu ergründen, warum. Natürlich spielte die körperliche Anziehung die größte Rolle, Verlangen, Zuneigung, auch wenn er ihr gegenüber nichts davon gesagt hatte. Sie waren beide nicht sonderlich gut darin, Gefühle zu äußern. »Ich liebe dich«, hatten sie bisher noch nicht gesagt. Wie es schien, dachten wohl beide, dass Zärtlichkeiten und Erklärungen nur allzu schnell schal wurden.

Außerdem konnte Challis nicht von der Hand weisen, dass er sich ein wenig verloren und verletzlich gefühlt hatte, nachdem er von der Beerdigung seines Vaters auf die Peninsula zurückgekehrt war. Er schlief nicht gut, die Arbeit brachte noch mehr menschliches Leid und eintönige Tage, und der Tod seines Vaters war noch frisch. Als seine Mutter starb, hatte er zu Beginn alle paar Minuten an sie gedacht, dann alle paar Wochen, später Monate, und irgendwann war sein Kummer hinter glücklichen Erinnerungen verblasst, doch als sein Vater im Sterben lag, war die Trauer wieder in ihm aufgeflammt. Doppelte Trauer. Jetzt hörte er die Stimmen seiner Eltern, wenn er am wenigsten damit rechnete und es häufig noch weniger wollte, er sah ihre Gesichter und erinnerte sich mit erschreckender Klarheit an die Vergangenheit.

Challis hatte eigentlich nie Halt gebraucht, aber er konnte nicht abstreiten, dass Ellen Destry Balsam für seine Seele war, abgesehen von allem anderen. Himmel, wie sehr er es hassen würde, wenn irgendetwas ihren Versuch, glücklich zu werden, torpedieren würde.

Aber arbeiteten sie andererseits nicht zu eng zusammen, an zu komplizierten Dingen, als dass es mit der Liebe klappen könnte? Mal ganz abgesehen davon, dass ihnen früher oder später irgendein Polizeibürokrat irgendeine Vorschrift unter die Nase reiben würde.

Challis erreichte das Ende der Schotterstraße und hielt an. Er hatte das alte Autoradio durch eines mit CD-Spieler ersetzt und war gerade in der Stimmung für Chris Smither. Als *Drive You Home Again* losdröhnte, bog er auf die asphaltierte Straße in Richtung Waterloo ein. Schon bald kam er an einem pseudofranzösischen Chalet und einer toskanischen Villa vorbei, die sich nicht in die Landschaft einfügten, sondern die höheren Lagen des immer weiter schrumpfenden Farmlandes dominierten. Manchmal schien es, dass er nur blinzelte, und schon war über Nacht ein neues Anwesen aus dem Boden geschossen.

Auch die Städte auf der Peninsula änderten sich. Die neuen Wohngebiete, die junge Familien anlockten, welche dann all ihre Ersparnisse und ihr Einkommen in Häuser und Grundstücke steckten, die sie sich nicht leisten konnten, waren weit über die angestammten Stadtgrenzen hinausgewachsen. Das Ergebnis war einerseits die immer tiefer werdende soziale Kluft zwischen den Benachteiligten und den wohlhabenden Rentnern und sich ständig auf dem Sprung befindlichen Topjobbern, andererseits überlastete öffentliche Dienste wie Schulen, Krankenhäuser, Sozialämter oder Polizei.

Challis kam an die Kreuzung mit der Coolart Road und hielt an, um einen Schulbus passieren zu lassen. Der neokoloniale Palisadenzaun zu seiner Rechten hielt eine Herde Alpakas in

Schach. Vor zehn Jahren hatte es noch keine Alpakas auf der Peninsula gegeben. Heute sah man sie überall, sie wirkten wie Spielzeug, künstliche Geschöpfe. Dann war der Bus, auf dessen breitem Heck »The Landseer School« geschrieben stand, vorbei. Challis seufzte. Eine der exklusivsten Schulen des Landes, Schulgebühren von fast 20 000 Dollar im Jahr, ein Ort, mit dem er normalerweise nichts zu tun hatte – doch nun musste er einen seiner Leute hinschicken, um festzustellen, ob der Angriff irgendwie mit der Schule in Verbindung stand.

Challis folgte der Straße, vorbei an Weinreben und noch mehr Alpakas, bis er zu den Gartencentern, Installateuren und Sägewerken am Rande von Waterloo kam. Die Stadt, eine der größten Ansiedlungen auf der Peninsula, war vor einer Weile noch ziemlich heruntergekommen gewesen, erlebte aber gerade eine Renaissance: ein K-Mart, neue Häuser, ein Delikatessengeschäft, das importierte Köstlichkeiten anbot. Die winzigen alten Secondhandläden waren niedergewalzt worden, um Platz zu schaffen für kleine Arkaden mit Rauchglasscheiben. Das alles verlieh dem Ort einen gewissen Stolz.

Challis umfuhr die Südseite der Stadt und kam zur Trevally Street, einer langen Straße, die parallel zur Küste verlief. Auf der einen Seite lagen Wohngebiete, auf der anderen gab es Grünanlagen, das städtische Freibad, Skateboardrampen, Wanderwege und einen Jachtklub. Abgesehen von einer dichten Ansammlung von knallbunten Zelten auf einem brachliegenden Grundstück neben den Tennisplätzen, war Challis dies alles vertraut.

Die Zelte. Das erste war am Freitagnachmittag aufgetaucht, Dutzende weitere am Wochenende, aufgebaut von Achtzehn- und Neunzehnjährigen, die den Abschluss der zwölften Klasse feiern wollten, ein Phänomen mit dem Namen »Schoolies Week«. Zwar waren die Haupttreffpunkte der Schulabgänger die Gold Coast in Queensland, gefolgt von den viktorianischen Städtchen Loren und Sorrento, doch hatten die Kosten, die Entfernung und die Nervosität der Eltern einige junge Leute dazu gebracht, nach billigen Alternativen wie Waterloo Ausschau zu halten. Letztes Jahr waren hundert Schulabgänger in der Stadt aufgetaucht, die unter dem Ansturm ein wenig gelitten hatte. Dieses Jahr wurden erheblich mehr erwartet, dafür waren die Ortsansässigen aber besser vorbereitet. Motels und Pensionen boten Sonderpreise an, offenes Gelände wurde zum Campen freigegeben, und die Präsenz von Polizei und freiwilligen Helfern war verstärkt worden, um mit den Betrunkenen, dem Drogenmissbrauch und den Tränen fertig zu werden.

Das alles hatte allerdings den sexuellen Übergriff samstagnachts nicht verhindern können. Das Opfer, eine Achtzehnjährige aus einer Mädchenschule in der Stadt, hatte den Angreifer nicht gekannt, ihn nicht gesehen, ihn auch nicht wiedererkannt, und zu seiner Identifizierung nichts anderes vorzuweisen, als einen spätnachts in den Dünen erduldeten Samenerguss auf T-Shirt und Shorts. Und man konnte darauf wetten, dass es im Computer keine passende DNA-Probe gab.

Challis fuhr langsamer, als er Scobie Suttons Volvo Kombi außerhalb der Siedlung Villanova Gardens sah. Der Volvo war zwanzig Jahre alt, aber immer noch bestens in Schuss, ein Wagen, der niemals die Geschwindigkeit übertreten hatte – was nicht heißen sollte, dass der Wagen ordentlich gefahren worden war, denn Scobie Sutton war ein berüchtigt schlechter Fahrer. Neben dem Volvo standen ein Streifenwagen und ein schwarzer Astra mit Stoffverdeck.

Villanova Gardens war nach einem italienischen Seemann benannt worden, der vor hundert Jahren, als Waterloo noch eine Ansiedlung von windschiefen Fischerhütten und Zelten war, von einem Schiff geflüchtet war. Challis hielt an, stieg aus, sah in beide Richtungen die Straße entlang und entdeckte Pam Murphy und einen uniformierten Constable, die die Häuser abklapperten. Challis fiel auf, dass es in diesem Teil der Stadt nur wenige Straßenlaternen gab. Er besah sich die Apartmenthäuser. Zweigeschossig, zehn in einer Reihe, jedes mit einer kleinen, angebauten Garage, Hecken, um Privatsphäre zu schaffen, und Balkon im oberen Stockwerk, der, so schätzte er, einen Blick über den Jachthafen und die Western Port Bay hinaus zu den in der Entfernung liegenden Kaminen der Raffinerie auf der anderen Seite der Bucht bot. Kein besonders toller Blick, aber man konnte es zu Recht als Aussicht bezeichnen.

Challis ging auf die Nummer sechs zu, zog seinen Ausweis aus der Manteltasche und zeigte ihn Andy Cree, dem Constable, der die Aufgabe hatte, aufzuschreiben, welche der befugten Personen das Gebäude betraten oder verließen. Cree war ein neuer Rekrut auf dem Revier, jung, athletisch, sympathisch, stets zu einem Scherz aufgelegt. Challis war eine solche Haltung lieber als Schüchternheit, Ungeschicklichkeit oder Speichelleckerei, aber heute war Cree ein wenig lahm und hatte es nicht sonderlich eilig, die Einzelheiten festzuhalten. Challis schlug einen leichten, aber bestimmten Ton an: »Ich hab den ganzen Tag Zeit, Andy.«

Cree wurde rot. »Entschuldigung, Sir.«

»Wer ist hier? Wer ist gekommen und gegangen?«

Cree überprüfte die Liste. »Die Sanitäter haben das Opfer ins Krankenhaus gebracht. Constable Murphy klappert zusammen mit Constable Tankard die Straße ab. Die Spurensicherung ist noch nicht eingetroffen. Und schließlich wären da noch Detective Constable Sutton von der Kriminalpolizei und der Bruder des Opfers, ein gewisser …«

»Welcher Bruder?«, unterbrach ihn Challis. »Was hat der hier zu suchen? Das hier ist ein Tatort.«

Crees Gesicht zuckte nervös. »Er meinte, er wolle Waschzeug und Schlafanzug ins Krankenhaus bringen. Constable Sutton hat sein Okay gegeben, Sir.«

Challis wollte hineingehen, blieb aber noch mal stehen. »Wo wurde er gefunden?«

Neben dem Fußweg befand sich eine niedrige Hecke. Cree zeigte zu der kleinen Rasenfläche zwischen Straße und Eingangstür. »Er lag direkt dort, Sir.«

Zu beiden Seiten standen Hecken. Bei all den Sträuchern, der spärlichen Straßenbeleuchtung und der dunklen Nacht konnte man sich durchaus vorstellen, dass Roe bis Tagesanbruch weder von den Nachbarn noch von Passanten gesehen worden war.

»Und auf dem weiß angemalten Stein da ist Blut«, ergänzte Cree und wies auf einen ziemlichen Brocken, der auf dem Betonweg lag, welcher zur Tür führte. Er stammte aus der Umrandung des Rosenbeets. Challis nickte zum Dank, ging den kurzen, schmalen Weg zur offenen Haustür entlang und betrat den Flur, der in einen engen Wohn- und Essbereich mit einer Küche hinter einem Bogendurchgang führte. Dahinter war eine Tür, durch die man wohl in die Waschküche und in das Badezimmer gelangte. Schlichte, aber teure Einbauten und Möbel, wie Challis auf den ersten Blick erkannte, bevor er die einfache Treppe zum oberen Stock hinaufsah, wo er die Schlafzimmer vermutete. Und wo Stimmen laut wurden.

Challis zog sich am Treppengeländer empor, um schneller nach oben zu gelangen. Er folgte den Stimmen in ein kleines Büro an der Rückseite. Dort stand hilflos Scobie Sutton herum, während ein Mann in Jeans und T-Shirt ein Stromkabel um einen Laptop wickelte, der auf dem Schreibtisch vor einem Fenster gestanden hatte. Sutton blickte auf. »Tut mir leid, Chef …«

Der Detective wirkte wie ein Bestatter, so knochig und kantig sah er aus, ein Eindruck, den sein dunkler Anzug und seine niedergeschlagene Art noch verstärkten. Er fuchtelte matt mit den Händen herum, so als wolle er nach dem Computer greifen. Der andere Mann wich ihm aus und drehte sich zu Challis um. »Und wer zum Teufel sind Sie?«

Challis antwortete ihm kühl.

»Nun, ich bin Dirk Roe, und nur zu Ihrer Information: Mein Bruder ist gestern Nacht beinahe zu Tode geprügelt worden. Oder heute Morgen.«

Challis besah sich Roes Hände: sauber, nichts Auffälliges. Dann wandte er sich dem Gesicht des jungen Mannes zu, der die säuerliche Miene eines Menschen trug, der früher einmal bewundert worden war und nun nach dieser Bewunderung lechzte. Roe war nicht älter als fünfundzwanzig und hatte das rundliche, leicht dümmlich wirkende Aussehen eines Schuljungen, noch verstärkt durch die gegelte Igelfrisur, die schwarze Jeans, das blassgelbe Poloshirt und die Joggingschuhe, zwei fette Gummiklötze. Über seinem schwammigen Kinn klebte ein Ziegenbärtchen, an beiden Ohren baumelten Ohrringe.

Challis trat ins Zimmer und sagte: »Sie haben mein Mitgefühl, Mr. Roe, aber ich muss Sie bitten zu gehen. Das hier ist ein Tatort, und unsere Spurenfahnder waren noch nicht hier.«

»Aber Lachie ist doch draußen niedergeknüppelt worden, im Vorgarten.«

»Sein Angreifer kann ja vorher auch im Haus gewesen sein.«

»Mein Bruder kennt keine solchen Leute.«

»Was für Leute?«

»Gewalttätige Leute. Kriminelle«, antwortete Dirk Roe. Er schob sich den Laptop unter den Arm und wollte sich an Challis vorbeidrücken.

»Sir«, sagte Challis fest, »ich muss Sie bitten, den Laptop hierzulassen.«

Etwas huschte über das Gesicht des jungen Mannes. »Aber Lachie braucht ihn vielleicht. Kann sein, dass er noch einige Tage im Krankenhaus bleiben muss.«

Challis schüttelte den Kopf. »Unmöglich, leider. Auf dem Computer könnten sich wichtige Hinweise auf den Angreifer Ihres Bruder befinden.« Er hielt kurz inne. »Haben Sie daran herumgespielt?«

Dirk Roe wich seinem Blick aus. »Ich? Nein. Wieso?«

»Egal, der Computer bleibt hier.«

»Ich glaube, Sie wissen nicht, wer ich bin«, verkündete Roe.

Challis war dieses Spielchen endgültig leid. »Na gut, wer sind Sie?«, fragte er mit gepresster Stimme.

Roe baute sich auf. »Ich leite das Wahlbüro von Ollie Hindmarsh – und Sie wissen sicher, was er von der Polizei hält.«

Ollie Hindmarsh war der Oppositionsführer im Staatsparlament; sein Wahlbüro lag in der Nähe, um die Ecke auf der High Street. Hindmarsh war ein Kontroll-Freak, und seine Angriffe auf die Regierung bestanden darin, die Polizeikräfte der Korruption und der Vetternwirtschaft zu beschuldigen und zu behaupten, sie würde von Gewerkschaftsgaunern manipuliert. Die meisten Polizisten hassten den Kerl.

Challis lächelte leer. »Sie leiten sein Wahlbüro?«

»Ja.«

»Soll heißen, Sie gehen ans Telefon und lecken Briefumschläge an.«

»Also hören Sie mal! Ich ...«

Challis knurrte nur: »Sir, ich muss Sie bitten, draußen zu warten. Scobie?«

Sutton machte ein leicht alarmiertes Gesicht, so als spürte er etwas mitschwingen, was er nicht deuten konnte. Er war ein Mann mit einer recht begrenzten Vorstellungsgabe, er ging regelmäßig in die Kirche, war seiner Frau treu und hatte so gut wie keine Ahnung von der menschlichen Natur. Er war kein schlechter Polizist, er war hartnäckig. Aber eigentlich auch kein guter. Er schlurfte entschuldigend vor, nahm Roe nach kurzem Handgemenge den Computer ab und fasste den Mann am Ellbogen. »Entschuldigung, Dirk.«

Challis runzelte die Stirn. Kannten sich die beiden? Er machte sich im Geiste eine Notiz, dann gingen sie alle die Treppe hinunter und betraten den Wohnbereich, als die Spurenfahnder in ihren Wegwerfoveralls und Überschuhen hereinkamen. »Na toll«, meinte einer von ihnen, »ein kontaminierter Tatort.«

»Jaja«, wiegelte Challis ab. »Sie können sich auf den Rasen vor der Eingangstür konzentrieren.«

»Und auf den blutigen Stein auf dem Weg. Was ist mit hier drinnen?«

»Fingerabdrücke, Blutspuren, Fasern, das Übliche.«

Dirk Roe wankte und stolperte ein wenig, so als würde ihm endlich aufgehen, dass seinem Bruder Gewalt angetan worden war. Scobie geleitete ihn hinaus und sagte: »Bleib nicht hier, Dirk, geh lieber ins Krankenhaus. Kannst du fahren?«

»Ich glaub schon.«

Warum war Roe nicht auf direktem Weg ins Krankenhaus gefahren, fragte sich Challis. Er gesellte sich auf dem Gehweg zu Sutton, und gemeinsam schauten sie zu, wie Roe im schwarzen Astra davonfuhr. »Scobie«, sagte Challis, »du und Pam macht das hier fertig. Ich schaue mal beim Opfer vorbei. Besprechung um zwölf.«

»Chef.«

Challis blieb kurz stehen. Andy Cree hatte seinen Platz verlassen und unterhielt sich einen halben Block weiter mit Pam Murphy. Er war einen Kopf größer als sie, lässig und zuvorkommend, und Challis konnte Pam lachen hören. Dann entdeckte sie ihn, warf ihm ein verlegenes Lächeln zu, winkte und machte sich wieder an die Arbeit. Cree kam zurück und sagte: »Entschuldigung, Sir.«

»Constable.«

Dann wandte sich Challis an Sutton. »Stell fest, ob es Aufnahmen von Überwachungskameras der örtlichen Geschäfte gibt.«

»Chef«, meinte Sutton.

4

In der Zwischenzeit war Ellen auf dem Revier in Waterloo eingetroffen, das am Kreisverkehr am oberen Ende der High Street lag, zusammen mit einer Caltex-Tankstelle, einem McDonald's und einem Viehfutterhändler. Das Polizeigebäude selbst war niedrig, braune Ziegel und Glas inmitten einer Reihe von Eukalyptusbäumen, die ihre Rinde abwarfen, mit einem Zugang von einer kleinen Seitenstraße. Es handelte sich um ein großes Regionalrevier, das für den gesamten östlichen Bereich der Peninsula zuständig war. Hier arbeiteten uniformierte Beamte, Kriminalpolizei, Spurenfahnder, Polizeianwärter und eine Reihe von zivilen Mitarbeitern wie Büroangestellte, Kantinenpersonal und Datenspezialisten, die alle Informationen in Bezug auf gelöste und ungelöste Verbrechen und die Bewegungen und Kontakte von aktenkundigen Verbrechern auf der Halbinsel sammelten, analysierten und miteinander verknüpften.

Ellen stellte den Wagen vor dem Revier ab und betrat das Gebäude durch die Eingangshalle, wo eine Frau mittleren Alters zusah, wie der diensthabende Polizist eine eidesstattliche Erklärung bezeugte. Ellen gab ihren Zugangscode auf einem Tastenfeld ein, betrat das Gewirr von Büros und Fluren hinter dem Empfangstresen und kontrollierte ihr Postfach: ein Rundschreiben für den Polizeiball zum Jahresende, eine Erinnerung, dass sie noch zwölf Dollar in die Kaffeekasse zu zahlen hatte, und ein Exemplar der November-Nummer von *Police Life*. Vor Jahren hatte sich Hal mal auf der Titelseite wiedergefunden, nachdem er eine zentrale Rolle bei der Festnahme des Old-Peninsula-Highway-Killers gespielt hatte. Der Presserummel hatte ihm nicht gefallen. Er ging lieber unauffällig durchs Leben.

Arrestzellen, Befragungszimmer, Verwaltungsbüros und Kantine lagen im Erdgeschoss. Ellen ging die Treppe zum oberen

Stockwerk hinauf, wo die CIU ihre Räume hatte. Daneben gab es eine Reihe von Besprechungsräumen, eine kleine Turnhalle und einen Kaffeeraum. Die Abteilung war klein, vier Detectives für die Nachtschicht, vier weitere am Tage, aber das klappte so gut wie nie, stets war einer krank, machte eine Weiterbildung oder musste vor Gericht aussagen. Wenn mehr Leute gebraucht wurden, bekamen sie Unterstützung von anderen Abteilungen der Kriminalpolizei, meist aus Mornington oder Rosebud.

Ellen setzte sich an ihren Eckschreibtisch ins geordnete Chaos des Großraumbüros der CIU und ging routinemäßig ihre Mails durch – dabei fiel ihr auf, wie verärgert sie darüber war, heute den Bürokram erledigen zu müssen. Es war toll, dass Hal wieder zurück war, aber sie hatte während seiner Abwesenheit eine große Untersuchung geleitet und sich gut geschlagen. Sie wollte raus, nicht hinter dem Schreibtisch versauern.

Allerdings war sexuelle Nötigung auch keine kleine Sache. Als Ellen keine E-Mail vom gerichtsmedizinischen Labor entdeckte, rief sie an, wies sich aus und gab die Fallnummer durch. »Sexuelle Nötigung«, gab sie das Stichwort, »Waterloo letzte Samstagnacht.«

Sie hörte das Klappern einer Tastatur am anderen Ende der Leitung, und schließlich sagte der Gerichtsmediziner: »Samen an der Kleidung des Opfers, richtig? Wir sind dabei, Sergeant Destry. DNA braucht Zeit.«

Ellen seufzte. »Ich wollte nur nachfragen«, sagte sie und beendete das Gespräch.

Sie starrte zu den Deckenleisten hinauf, ohne sie wahrzunehmen. An einem Fall von sexueller Nötigung samstagnachts war nichts Ungewöhnliches, nirgendwo auf der Welt. Doch in diesem Fall hatte es sich bei dem Opfer um eine Schulabgängerin, eine »Schoolie«, gehandelt. Sie war während der »Schoolies Week« überfallen worden, und ihr Angreifer konnte gut einer ihrer Altersgenossen gewesen sein.

Oder ein »Toolie«. Dabei handelte es sich um Ortsansässige, die die Schulabgänger ausspionierten. Meist ältere Männer, manche mit einem Vorstrafenregister: Diebstähle, Drogenhandel, sexuelle Übergriffe. Sie waren heimtückisch, wie Aasgeier, und schienen die jungen Leute für all das zu hassen, was ihnen fehlte: eine Ausbildung, die Aussicht auf einen Job, Geld, Jugend, Gesundheit, eine weiße Weste.

Waren letztes Jahr während der Abschlussfeiern »Toolies« aktiv gewesen? Waterloo war auf dieses Ereignis überhaupt nicht vorbereitet gewesen. Die Polizei hatte mit drei Fällen von Rauschgiftüberdosis und zwei von Drogen in Drinks zu tun gehabt, dazu Diebstähle von Zelten, Schlaf- und Rucksäcken und einen gewalttätigen Überfall, bei dem ein Junge ohne Joggingschuhe, iPod, Handy und Brieftasche im Krankenhaus gelandet war. Die Polizisten hatten mehrere Verhaftungen wegen tätlichen Angriffs, Trunkenheit und ordnungswidrigem Verhalten und wegen Widerstand gegen die Staatsgewalt vorgenommen. Ellen hatte zudem Gerüchte aufgeschnappt, dass ein paar ortsansässige Mädchen sexuell belästigt worden seien.

Die Bevölkerung war in Aufruhr gewesen über den Lärm, die Schlägereien, die Autorennen und qualmenden Reifen an der Uferpromenade und die zugedröhnten, betrunkenen, unter Drogen stehenden oder verzweifelt weinenden jungen Leute, die durch die Straßen und Läden wanderten und bewusstlos in Lachen aus Blut, Urin oder Erbrochenem in den Vorgärten lagen. Die Straßenreinigung hatte Überstunden einlegen müssen, um Strand und Parks von Kondomen, Bierdosen, einzelnen Schuhen, Schlüpfern, selbst gebastelten Wasserpfeifen und Papiermüll zu säubern.

In vielerlei Hinsicht war allerdings gerade das Verhalten der reichen Jugendlichen am schlimmsten gewesen. Sie kamen in teuren Autos an und schmissen mit Geld nur so um sich. Sie gingen davon aus, sich damit von allem Ärger freikaufen zu können. Da sie an teure Auslandsaufenthalte gewöhnt waren, fanden sie das bescheidene, kleine Waterloo fürchterlich langweilig, und das ließen sie an den Anwohnern und den ärmeren Jugendlichen aus.

Die Stadtoberen steckten in einer Zwickmühle. Auf der einen Seite verurteilten sie das schlechte Benehmen, auf der anderen schätzten sie, dass die jungen Leute bis zu 200 000 Dollar in der Stadt ließen, und keiner wollte den Jugendlichen einen Urlaub am Strand verwehren. Deshalb hatten sich Bürgermeister und Stadtrat für dieses Jahr eine Strategie zurechtgelegt. Die Gemeinde würde für Campingflächen und psychologische Betreuung sorgen, allgemeine Hinweise verbreiten. Die Polizei würde sich unter die Schoolies mischen und mit ihnen reden. Gleichzeitig wollte sie aber hart gegen Trunkenheit und Vandalismus vorgehen und Geldstrafen verhängen bei Genuss oder Besitz von Alkohol in der Öffentlichkeit und bei Lagerfeuern im Uferbereich. Auch das Campieren im Auto war untersagt.

Ellen hatte Pam Murphy als Kontaktperson ausgewählt, weil sie dachte, die junge Kollegin würde mitfühlender und verständnisvoller sein als Scobie Sutton. Sie kümmerte sich aber auch selbst um die Sache und loggte sich gerade in die Website der »Schoolies Week« ein. Erst als Murphy sie darauf aufmerksam gemacht hatte, hatte sie überhaupt von der Seite erfahren. Vielleicht wussten die Jugendlichen auch nichts davon, vielleicht war sie dürftig oder unpassend. Das wollte Ellen herausfinden.

Die Website, die das Bildungsministerium aufgeschaltet hatte, war veraltet und konzentrierte sich nur auf die traditionellen Schwerpunkte der Woche in Lorne, Portsea und Sorrento. Wir sind wohl nicht groß genug, dachte Ellen. Keine Hinweise auf die Attraktionen in und um Waterloo: das Surfgebiet am Point Leo, die Fähre nach Phillip Island, die Fahrradwege, die Irrgärten bei Shoreham und Arthur's Seat, die Wanderwege an der Bushranger Bay und in Greens Bush, der Fußweg, der durch das Marschland in Waterloo führte, die Bootsfahrten von Tooradin aus.

Ellen ging die Liste der »hilfreichen Telefonnummern« durch. Die offenkundigsten Anlaufstellen waren vorhanden – Polizeinotruf, Feuerwehr, Rettungsdienst, ganztägige Drogen- und Alkoholberatung, Giftnotruf, Telefonberatung bei sexueller Belästigung und Selbstmordabsichten –, aber keine örtlichen Nummern. Was, wenn jemand einen Bus oder ein Taxi brauchte?

Ellen scrollte weiter. Die allgemeinen Gesundheits- und Sicherheitsratschläge waren einigermaßen brauchbar. Die Jugendlichen wurden darauf hingewiesen, sich regelmäßig zu Hause zu melden, aufeinander zu achten, ihre Wertsachen sicher zu verstauen und ihre Ausweise bei sich zu tragen, dazu genügend Geld – getrennt von der Brieftasche –, um telefonieren oder ein Taxi bezahlen zu können. Bei Schwierigkeiten sollten sie sich an die Polizei und die offiziellen Helfer wenden.

Ellen las weiter. Nicht unter Alkohol- oder Drogeneinfluss schwimmen gehen. Genügend Wasser trinken. Mindestens eine ordentliche Mahlzeit am Tag zu sich nehmen. Augenmerk auf mit Alkohol oder Drogen versetzte Getränke und verdächtige Fremde richten. Nicht zu unbekannten oder angetrunkenen Fahrern ins Auto steigen. Die Freunde nicht mit Fremden mitgehen lassen, sie vor Belästigungen durch andere schützen, nicht allein ausnüchtern lassen. Vor zwei Jahren war in Portsea ein Jugendlicher an seinem eigenen Erbrochenen erstickt.

Als Nächstes die Unterkunftsmöglichkeiten. Letztes Jahr hatten ein paar Jugendliche ein Motelzimmer verwüstet und waren in der Nähe der Uferpromenade aus einer Frühstückspension geworfen worden. Ellen sah, dass manche Jugendliche auch von Vermietern übers Ohr gehauen wurden. Die Website riet, das Kleingedruckte in den Mietverträgen zu lesen – hätte sie mit achtzehn an so etwas gedacht? – und sich eine Quittung für die

Kaution geben zu lassen, die sie sich sofort nach Ende des Aufenthalts zurückerstatten lassen sollten. Ellen las weiter: wie lege ich Beschwerde ein, was beinhaltet die Betriebserlaubnis einer Unterkunft und so weiter und so fort.

Ellen rieb sich die Augen. Sie hasste die Arbeit am Computer. Sie klickte sich durch weitere Links und musste einräumen, dass die Informationen hilfreich und solide waren – aber lasen die Kids sie überhaupt? Sie dachte an die örtlichen Informationen, die dringend noch ergänzt werden mussten. Zum Beispiel, wo man gefahrlos schwimmen konnte. Dass sich die Western Port Bay bei Ebbe gefährlich leerte, dass man sich auf einer Schlammbank wiederfinden und bei Flut ertrinken konnte. Die Funklöcher im Handynetz. Die Tatsachen, dass es nachts ziemlich kalt werden konnte und im November manchmal regnerisch war, dass viele Geschäfte und Restaurants in der kleinen Gemeinde Waterloo früh schlossen. Die Stadt Lorne bot ihren Schulabgängern kostenlose medizinische Versorgung und kostenlose Park-and-Ride-Möglichkeiten an. Dort hatten sie zahlreiche Helfer, die gut erkennbare orangefarbene T-Shirts trugen. Waterloo hatte nur Pam Murphy vom örtlichen Polizeirevier und eine Handvoll wohlmeinender, aber unausgebildeter Freiwilliger aus den örtlichen Kirchengemeinden zu bieten, die von einem Zufluchtsort auf einem Kirchengelände hinter der High Street aus operierten, der Chillout-Zone. Ellen hatte am Vorabend dort vorbeigeschaut und war am Ende damit beschäftigt gewesen, Pam Murphy zu helfen, Getränke und Essen an erschöpfte, einsame, gelangweilte, verwirrte oder einfach nur abgebrannte Jugendliche auszugeben.

Auch Scobie Suttons Frau Beth war dort gewesen. Murphy zufolge hatte sich Beth Sutton seit Freitag in der Chillout-Zone aufgehalten, hatte fromme Pamphlete verteilt und mit drängend monotoner Stimme auf die Jugendlichen eingeredet.

Ellen sah vom Bildschirm auf und stierte ein Loch in die Luft.

Die Freiwilligen. Pam Murphy hatte ihr die Leute vom gestrigen Abend vorgestellt – sie hatte sie alle überprüft, wie sie sagte –, aber Pam konnte ja nicht überall zugleich sein. War es nicht ein Leichtes für irgendeinen Triebtäter, sich als offizieller Freiwilliger oder Streetworker auszugeben?

»Der Job wird von Tag zu Tag schwerer«, murmelte Ellen. Sie sah auf die Uhr. Die anderen müssten eigentlich bald von dem Überfall in der Trevally Street zurück sein.

5

Caz Moon war in der Trevally Street. Sie ging zur Arbeit in den Surfshop oben an der High Street, den sie leitete, HangTen. Aber wollte sie das überhaupt weiterhin tun, wollte sie in der Stadt bleiben? Caz war keine süße Surfermaus – braun gebrannt, blond, Minirock, Kaugummi im Mund. Nichts davon interessierte sie. Ihre Jeans und ihr T-Shirt waren billig, Haare und Make-up leicht auf Grufti. Sie hielt ihr Geld zusammen. Sie war einundzwanzig, schlank, fix und clever, und schon bald würde sie sich von Waterloo verabschieden. Sollten die anderen doch schwanger werden und arbeitslos bleiben.

Caz Moon war noch nicht am Tatort, konnte aber in der Entfernung bereits den Streifenwagen, die Uniformierten und das Absperrband sehen. Sie war an dem Abschnitt der Trevally Street, wo sich auf den Hund gekommene Motels an zweifelhafte Pensionen und heruntergekommene Ferienwohnungen reihten. Sie alle gingen auf das lückenhafte Parkgelände zwischen den Grillstellen und der Strandpromenade hinaus, das bis an den Mangrovensumpf reichte. Diese Woche war auf diesem Gelände eine

Zeltstadt entstanden. Wacklige, grüne und blaue Nylongebilde flatterten im Wind. Niemand rührte sich. Die Kids schliefen noch ihren Rausch aus.

Dann kam Caz vor den Sea Breeze Holiday Apartments an einem roten Subaru Impreza mit Spoiler, Dachreling und Aluspezialfelgen vorbei. Sie wankte, fühlte sich plötzlich hilflos. Unerwünschte Gefühle überrollten sie und nahmen ihr für einen Augenblick die Fähigkeit, klar zu denken. Es war vor einem Jahr gewesen. Schoolies Week. Sie erinnerte sich noch an das Geräusch, das er beim Atmen gemacht hatte, und wie ihr Schlüpfer zerriss, an seine leicht gammlige, kokain- und amphetamingetränkte Haut, an den harten Sand unter ihrem Rücken, die Galle in ihrem Mund und die allwissenden Sterne oben am Himmel.

Josh, so hieß er. Eine lange Achterbahnfahrt durch die Nacht, erst der liebe Josh, dann der Verfolgungswahn, der irre Blick, mit dem er sie durchbohrte, dann wieder diese Liebenswürdigkeit. Heute wusste sie mehr, kannte diese Stimmungsschwankungen, die mit Ice einhergingen. Vielleicht hatte er sogar eine ganze Apotheke in der Tasche gehabt, denn das Nächste, woran sie sich hatte erinnern können, waren diese Benommenheit, die schweren Glieder gewesen, dann Josh, der in der tiefsten Nacht auf ihr lag. Und jetzt war er wieder mit seinem kleinen roten Auto in der Stadt.

Caz Moon schloss die Augen und zwang sich, an etwas anderes zu denken, unterdrückte ihre Wut. Sie atmete ein, atmete aus. Sie lächelte. Sie ging in ihrer geheimnisvollen Art weiter die Trevally Street entlang in Richtung Villanova Gardens.

Eine Polizistin beobachtete sie, und Caz beobachtete die Polizistin, eine junge Frau mit einem Klemmbrett in der Hand, die plötzlich darin innehielt, ergebnislos an die Türen der Nachbarschaft zu klopfen, und auf sie zukam. Ihr Gesicht wirkte so kühl, leer und teilnahmslos wie das aller Bullen.

»Hi«, sagte die Polizistin. »Ich bin Detective Constable Pam Murphy.« Sie legte den Kopf schief. »Ich hab Sie schon mal gesehen. Sie arbeiten in dem Surfshop, richtig?«

»Ich führe ihn«, antwortete Caz. Sie ergriff die Initiative und streckte ihre Hand aus. »Karen Moon, kurz Caz.«

»Hi«, sagte die Polizistin und schüttelte ihr die Hand. »Hören Sie, wir untersuchen einen ernsten Zwischenfall von letzter Nacht in der Trevally Street. Darf ich Ihnen ein paar Fragen stellen?«

Caz sah an der Beamtin vorbei zu einem kräftig gebauten Streifenpolizisten hinüber, der auf der anderen Straßenseite die Türen abklapperte, dann noch weiter zu einem der Apartmenthäuser, wo ein gut aussehender Bulle gelangweilt herumstand. »Schießen Sie los.«

Dann kamen die Fragen: »Wohnen Sie in der Nähe? Nehmen Sie regelmäßig diesen Weg? Sind Sie gestern spätnachts oder heute früh hier vorbeigekommen?«

Und so weiter. Es dauerte nicht lange. Caz machte ihr bald klar, dass sie nichts gesehen oder gehört hatte. Das war die Wahrheit. Trotzdem log sie. Die Lüge bestand darin, die junge Beamtin mit dem gestählten Körper und dem prüfenden Blick nicht darüber zu informieren, dass sie letzten November vergewaltigt worden war. Nachts, an einem der Strände. Und dass sie wusste, wo der Kerl zu finden war, der das getan hatte.

Caz Moon nährte eine ganz eigene, rachsüchtige Wut.

Auch Ludmilla Wishart sah den Streifenwagen, das Absperrband und die an die Türen klopfenden Polizisten. Sie sah sie durch die Seitenscheibe ihres Golfs, als sie auf dem Weg zum Planungsamt die Trevally Street entlangfuhr. Normalerweise hätte sie wie die anderen schaulustigen Passanten hingeschaut und ihre Eindrücke später mit ihren Arbeitskolleginnen am Tisch in der Kantine ausgetauscht, aber dafür fühlte sie sich zu betäubt. Fühlte sich zu dick.

War sie fett? Ihre beste Freundin Carmen meinte: »Also Mill, wenn überhaupt, dann bist du zu dürr.« Wenn Ludmilla sich stark fühlte, glaubte sie ihr, ansonsten glaubte sie Adrian. Warum war das so wichtig für ihn? Sie wollte gut für ihn aussehen, wie man das eben einem Liebhaber oder einem Ehemann gegenüber wollte, aber für Adrian gut aussehen zu wollen, hieß, ständig auf der Hut zu sein. Es war anstrengend. Die Mühe und die Sorgen deswegen erschöpften sie. Sie ersann sich kleine Akte des Widerstands, um überhaupt weitermachen zu können. Ihre Freundschaft mit Carmen zum Beispiel, da konnte sie ganz sie selbst sein, Witze reißen, ihre Abwehrhaltung ablegen. Vor ihr nahm Adrian sich in Acht, er schien wohl zu spüren, dass Carmen ihn verachtete. Ludmilla bremste an einem Kreisverkehr und dachte über einen weiteren Widerstandsakt nach: die Personenwaage verstecken oder kaputt machen. Aber Adrian würde eine neue kaufen.

Schlechte Gefühle kamen in ihr hoch, sie fuhr weiter und bog schließlich einen halben Kilometer vom Tatort entfernt in eine Seitenstraße und bremste vor der Einfahrt zum Planungsamt Ost. Das hektische Tempo beim Bau von Wohnungen und Gewerbesiedlungen hatte in den letzten Jahren einen ungeheuren Druck auf die Planer in der Bezirksverwaltung ausgeübt. Nun kümmerten sich verschiedene voneinander unabhängige Abteilungen um die Anträge in den westlichen, östlichen und südlichen Vororten. Im Büro Ost arbeiteten mehrere Planer, Ludmilla war für Verstöße gegen die Bauordnung zuständig. Ihr Chef hieß Athol Groot. Der einzige noch freie Parkplatz war neben seinem Mercedes, einem weißen Oldtimer, und Ludmilla parkte vorsichtig, übervorsichtig, weil sie wusste, wie er reagieren würde.

Wie sie so an ihren Chef dachte, fiel ihr wieder Adrian ein, und sie blieb ein paar Minuten mit rasendem Herzschlag sitzen. Das passierte ihr häufiger, Adrian hatte etwas auszusetzen, und ihr Herz begann zu flattern. Die einzige Lösung bestand darin, in ihr Büro zu stolpern, auf dessen Tür »Ludmilla Wishart, Bauverordnungsverstöße« stand, sich auf den Boden zu legen und eine Hand aufs Herz zu legen, um das unregelmäßige Pochen unter Kontrolle zu bekommen.

Ludmilla wollte vor allem eines: kühl und beherrscht sein. Sie glaubte, diese Eigenschaft bei der jungen Polizeibeamtin in der Trevally Street bemerkt zu haben. Aber wie sollte sie das hinkriegen? Indem sie Adrian verließ, wenn es nach Carmen ging.

»Was machen Sie da?«

Mr. Groot, gedrungen und schwer, stand in ihrer Tür und trug die Art von Gesichtsausdruck zur Schau, die besagte, dass es ihm vollkommen gleichgültig war, ob sie krank war oder nicht, solange er nur nichts damit zu tun hatte.

John Tankard und Pam Murphy hatten das Abklappern der Häuser in der Trevally Street beendet, gingen zurück zu den Villanova Gardens und verglichen ihre Notizen. »Ich habe eine Zeugin gefunden, die die Aussage von Lachlan Roes Nachbarn bestätigt«, sagte Tank. »Er hat kurz nach Mitternacht zwei Männer streiten hören und einen Kerl mit Kapuzen-Shirt die Trevally Street in Richtung Bücherei davonlaufen sehen. Sein Gesicht konnte er nicht erkennen.«

Pam schnaubte. »Ein Kerl mit Kapuzen-Shirt.«

»Einen Dollar für jedes Mal, wo du das schon gehört hast, richtig?«, meinte Tank.

»Kannst du laut sagen.«

Tank stieß sie mit der Schulter an. Bis vor ein paar Wochen war sie noch seine Teamkollegin gewesen. Jetzt war sie Kriminalpolizistin, ein Ass von der CIU, und er musste sich mit Andrew Cree, diesem Idioten, als Partner herumschlagen. Doch kaum hatten sich ihre Schultern berührt, wich Pam ein wenig zur Seite. Eigentlich nichts Besonderes, doch Tank deutete das als Zurückweisung.

Cree, dieses Gottesgeschenk an die Frauen und die Polizeiarbeit, sah die beiden näher kommen. Tank wurde von allen möglichen Emotionen überrumpelt. Er wusste, dass er übergewichtig war, außer Form und bei Frauen ein hoffnungsloser Fall. Und da stand Cree, schlank, fit, selbstsicher, einen Abschluss in Geisteswissenschaften, ausgerechnet, im Gespräch nie geradeheraus, aber mit jeder Menge Andeutungen zwischen den Zeilen.

»Wie läufts, Andy?«, rief Pam mit einer Stimme, bei der Tank die Antenne ausfuhr.

»Dieser Job ist zu aufregend für mich«, antwortete Cree.

Pam lachte.

Miststück, dachte Tank.

Dann tröstete er sich mit dem Gedanken, dass er etwas wusste, wovon Pam nichts ahnte – der große Andrew Cree hatte Angst vor der Dunkelheit. Wirklich. Bevor sie bei Tagesanbruch in die Trevally Street gerufen wurden, waren Tank und Cree, die seit vier Uhr früh Dienst hatten, am Stadtrand Streife gefahren. Ringsherum war es dunkel gewesen, ihre Scheinwerfer hatten die geisterhaften Umrisse der Eukalyptusbäume erfasst, dazu die glühenden Augen von Füchsen auf der Jagd, als Tank, der an die Dunkelheit gewöhnt war, sich fragte, warum Cree mit bis an die Ohren hochgezogenen Schultern hinter dem Lenkrad saß. Plötzlich ging es ihm auf: Der Kerl hatte Angst. Der junge Andrew war in irgendeiner endlosen Reihensiedlung von Melbourne aufgewachsen, wo es niemals dunkel war und keine Schlangen oder Spinnen lauerten. Nicht wie auf den Seitenstraßen der Peninsula. Hier gibts keine Straßenlaternen, alter Kumpel, alter Kollege, alter Kamerad. Hier draußen legt sich die Dunkelheit eng um einen. Geister und Gespenster zuhauf.

»Okay, Jungs«, verkündete Pam, »wir sind hier fertig. Danke für eure Hilfe. Schnappt euch einen Kaffee und kehrt wieder an eure eigentliche Arbeit zurück.«

»Keine Ahnung, ob ich so viel Aufregung überhaupt verkrafte«, erwiderte Cree, zwinkerte ihr zu und bewegte den Mund dabei, so als wolle er sagen, dass er die Aufregung mit ihr sehr wohl verkraften würde.

Vollidiot.

6

Challis verließ die Villanova Gardens, fuhr zum Krankenhaus und begegnete einer Frau von der Spurensicherung, die zielstrebig mit mehreren braunen Papiertüten voller Beweisstücke über den Parkplatz ging, so als hielte sie mächtige Gefühle in Schach. Als sie Challis sah, blieb sie stehen. »Eine wirklich üble Geschichte, Sir.«

Challis nickte. »Mehr als ein Täter?«

»Schwer zu sagen. Nicht viel unter den Fingernägeln des Opfers zu finden. Jede Menge Blut an Händen, Gesicht und Kleidung – wahrscheinlich sein eigenes, aber wir werden das überprüfen.« Sie schüttelte die Beutel in seine Richtung. »Die gute Nachricht: Wir haben am Ellbogen seiner Jacke etwas gefunden, das Spucke sein könnte. Wir werden die DNA mit seiner vergleichen.«

Challis bedankte sich bei ihr und machte sich auf die Suche nach dem Arzt, der Roe behandelte. Russe, nahm er an, etwa fünfzig, erschöpft und sehr dürr, mit knochiger Hakennase. »Er kann sein froh, dass gefunden ist, bevor es ist zu spät, ich denke«, sagte der Arzt und geleitete Challis einen Flur entlang. Hier und dort wiesen die weißen Wände und das grüne Linoleum Striemen auf, schwarze Gummispuren. »Er noch immer in Koma liegen. Unmöglich zu sagen, wann er ist wieder bei Bewusstsein.«

Dann fuhr er fort und berichtete, dass Lachlan Roe ein paar gebrochene Rippen hatte, eine gebrochene Nase, einen gebrochenen Ringfinger an der rechten Hand – wohl bei dem Versuch zugezogen, die Angreifer abzuwehren – und ernsthafte Gehirnschwellungen. »In meiner Meinung ist der Mann brutal geprügelt und dann getreten, als er am Boden ist. Möglich ist, wenn das Hirn einigen Schaden hat.«

Sie betraten eine kleine Station, der Arzt zog einen Vorhang auf und gab den Blick auf den Kaplan der Landseer School frei, der unter einem Fenster mit Blick auf die Rückseite des Waterloo Fitness Centre lag. Roe mit seinem ziemlich geschundenen und geschwollenen Gesicht atmete flach. Sein Kopf war fest in breites weißes Verbandszeug gewickelt, und Challis sah eine Bandage um seinen Brustkorb.

Dirk Roe, der ganz teigig und jämmerlich wirkte, saß in einem Sessel, den er ans Bett seines Bruders gezogen hatte, und nuschelte etwas in das Telefon auf dem Nachttisch. Er sah sich mürrisch um, als Challis und der Arzt hereinkamen, doch sofort hellte sich sein Gesicht auf. »Wenn man vom Teufel spricht«, sagte er in den Hörer. »Der verantwortliche Polizist ist gerade hereinspaziert … Ja, Sir … Ich gebe ihn Ihnen.« Er streckte Challis mit einer Geste, die irgendwie abschätzig und herablassend wirkte, das Telefon hin. »Mein Chef will mit Ihnen reden.«

Na toll, dachte Challis. Er nahm den Hörer und sagte kurz seinen Namen.

Ollie Hindmarshs Antwort dröhnte ihm im Ohr, die sonore, einschüchternde Stimme war ihm aus Fernsehen und Rundfunkinterviews vertraut. »Sie wissen, wer ich bin?«

»Ja.«

»Eine üble Sache«, mahnte der Politiker. »Sehr übel.«

Challis erwiderte nichts darauf.

»Haben Sie schon jemanden verhaftet?«

»Noch nicht.«

»Irgendwelche Verdächtigen?«

»Noch zu früh.«

Hindmarsh knurrte. Nach einer Pause fuhr er fort: »Zumindest sind Sie höheren Dienstgrades. Ich will nicht, dass dieser Fall an irgendeinen Sergeant oder Constable abgeschoben wird.«

Wieder sagte Challis nichts.

»Haben Sie mich verstanden? Ich möchte, dass Sie der Sache gründlich nachgehen, Inspector.«

»Der Fall wird ernsthaft untersucht, so wie wir alle Gewaltverbrechen ernst nehmen«, erwiderte Challis, der sich schon wie ein Pressesprecher vorkam.

»Nicht sonderlich beruhigend«, bellte Hindmarsh. »Mr. Roe hat im Ort sehr, sehr viel Gutes getan, und ich erwarte, dass sein Angreifer zur Rechenschaft gezogen wird.«

Ich bin doch nicht *Channel 9*, dachte Challis. Ich bin nicht die *Herald Sun*. »Ist das alles …?«, fragte er.

»Wer ist Ihr Vorgesetzter?«

Himmel, hilf, dachte Challis. Er nannte Hindmarsh den Namen.

»McQuarrie? Hab mal mit ihm Golf gespielt. Sein Büro ist in Frankston?«

»Ja.«

Kein »Auf Wiederhören«, nur ein Klicken in Challis' Ohr. Er gab dem feixenden Dirk Roe den Telefonhörer zurück. Um ihm das Grinsen vom Gesicht zu wischen, sagte Challis: »Ich werde Sie im Laufe des Tages noch befragen müssen.« Er gab Roe seine Karte. »Rufen Sie an, falls Ihnen in der Zwischenzeit sachdienliche Hinweise einfallen oder falls Ihr Bruder aufwachen sollte.«

»Wenn Sie es sagen.«

Challis schüttelte den Kopf und verließ das Krankenhaus. Bei der CIU stieß er auf Ellen, die am Computer saß. Er berichtete ihr von dem Telefonat. »Er wird McQuarrie auf mich ansetzen.«

»Was für ein Blödmann.«

»Zumindest haben wir gerade nichts anderes Dringliches, also alle Mann an die Arbeit.«

Ellen salutierte spöttisch. »Jawoll, Sir.«

»Ich schicke dich zurück zur Streife, wenn du nicht sorgfältig arbeitest.«

»Ich sehe gut aus in Uniform«, entgegnete sie.

»Raus mit dir«, meinte Challis. »Sobald die anderen zurück sind, werde ich ein kurzes Briefing anberaumen.«

»Mein Held.«

Challis ging kopfschüttelnd davon. In seinem Büro starrte er eine Weile den Eingangskorb an, den Papierkram, der seine Tage füllte und in ihm ein latentes Gefühl von Angst und Verärgerung auslöste. Angesichts all der Memos und Berichte schweiften seine Gedanken ab, und schon bald starrte er hinaus in den makellos blauen Himmel. Challis stand auf, stellte sich ans Fenster und schaute auf den Parkplatz unterhalb seines Büros. Der war nichts Besonderes – voll bis auf den letzten Platz, überall Schlaglöcher, umgeben von Eukalyptusbäumen, die ihre Rinde abwarfen –, aber immer noch interessanter als der Himmel, denn ständig kamen und gingen Polizisten und Zivilangestellte. Unter den Fahrzeugen fanden sich große Allradpanzer, bescheidene Familienkutschen, ein schnittiges, kleines europäisches Cabrio und ein paar Junge-Kerle-V8 mit glänzender Lackierung und zu viel Testosteron. Nicht zum ersten Mal fiel Challis auf, wie sehr ein Polizeirevier doch die Welt im Kleinen widerspiegelte.

Dann sah er Scobie Sutton, der angefahren kam und auf dem Parkplatz Runden drehte, bevor er recht ungeschickt neben einem Schuttcontainer parkte, der seit den Renovierungsarbeiten vor zwei Jahren in der hintersten Ecke vor sich hinrostete. Ihm folgte Pam Murphy, die ihren kleinen Hyundai schnell einparkte und auf ihre keinen Widerspruch duldende Art an Scobie Sutton vorbeieilte. Sutton trottete über den Parkplatz wie eine vom Wind zerzauste Vogelscheuche.

Challis grinste, verließ sein Büro und ging den Flur entlang zum Pausenraum, wo er Kaffeepulver in die Espressomaschine löffelte. Das war das morgendliche Ritual bei der CIU. Challis kochte Kaffee, die anderen wechselten sich darin ab, aus der Bäckerei auf der High Street Gebäck mitzubringen – es sei denn, Scobie war an der Reihe, denn der brachte Scones, Cupcakes und Muffins mit, die seine Frau gebacken hatte. Challis mochte das Gebäck aus der Bäckerei lieber.

Als der Kaffee fertig war, stellte er die Kanne, vier Becher und ein Kännchen mit in der Mikrowelle aufgewärmter Milch auf ein Tablett, das er in das Besprechungszimmer trug, wo die anderen schon warteten und Ellen in der Mitte Mandelcroissants auf einem Teller arrangierte. Sie wusste, was Challis gern aß.

Challis hielt seine Besprechungen im Stehen ab. Das erlaubte ihm, bei schwierigen Fällen mit einem Pointer zwischen den Tafeln hin und her zu gehen oder sich einfach an die Wand zu lehnen, während die anderen mit ihren Ideen spielten. An diesem Vormittag gab es nur einen Fall von Bedeutung, den Angriff auf Lachlan Roe.

»Ich war gerade im Krankenhaus«, sagte er. »Roe ist immer noch bewusstlos. Der Angriff war ziemlich brutal. Es könnte vielleicht zu Hirnschäden gekommen sein. Dass er die ganze Nacht im Freien gelegen hat, war auch nicht gerade hilfreich.«

Ellen leckte sich Zuckerglasur von den Fingern. »Spuren?«

»Ziemlich viel Blut, wahrscheinlich hauptsächlich von Roe. Eine Speichelspur am Ellbogen, die möglicherweise vom Täter stammt. Das werden wir erst wissen, wenn die Ergebnisse der DNA-Analyse vorliegen. Vielleicht gibt es auch Faserspuren von seiner Kleidung.«

Er drehte sich zu den anderen um. »Scobie? Pam? Irgendwelche Zeugen?«

Sutton rührte sich. Er wirkte angespannt. »Keine Überwachungskameras, tut mir leid.«

»Murph?«

Pam Murphy war neu bei der CIU. Ellen Destry, der ihre detektivischen Fähigkeiten aufgefallen waren, hatte sie überredet, den Wechsel von der uniformierten Polizei zu wagen. Pam war dreißig, mit dem wohlproportionierten Körper einer Athletin und kurzen, stufig geschnittenen Haaren. Wie Ellen kleidete sie sich unauffällig. Sie nahm einen Schluck Kaffee und sah in ihr Notizbuch.

»Wir haben es geschafft, mit den meisten Nachbarn zu reden, bevor sie zur Arbeit gingen. Die Frau, die das Opfer gefunden hat, sagte aus, sie habe letzte Nacht gegen Mitternacht Geschrei gehört. Sie habe nichts deswegen unternommen, weil sie davon ausging, dass es sich um Schoolies aus den Zelten auf der anderen Straßenseite handelt. Die hätten jede Nacht seit Freitag heftig gefeiert. Ein anderer Zeuge hat gestern in der Gegend spätnachts einen jungen Mann in einem Kapuzen-Shirt davonlaufen sehen. Konnte das Gesicht aber nicht erkennen. Wir werden noch ein paar Schichtarbeiter befragen müssen, die heute Morgen schon unterwegs waren.«

»Hat keiner schon früher am Abend etwas gesehen? Jemanden, der sich hier rumtrieb, ein unbekanntes Auto auf der Straße?«

Scobie hob die Hände. »Es ist Schoolies Week. Die Gegend ist voller Fremder und unbekannter Autos.«

Challis löste sich von der Wand und nickte abgeklärt. »Falls es sich um einen zufälligen Angriff handelt«, sagte er, zog einen Stuhl vom Tisch und bediente sich bei den Croissants, »und es keine DNA und keine Zeugen gibt, stecken wir fest. Aber vielleicht hat Lachlan Roe jemanden verärgert. Deshalb müssen wir ihn mal genauer unter die Lupe nehmen. Standardvorgehensweise: Wo arbeitet er, mit wem hat er zu tun, Finanzen, Hobbys, Interessen, letzter bekannter Aufenthaltsort, das Übliche. Vor allem den Bruder und die Schule.«

Challis hielt inne und sah Scobie Sutton streng an. »Scobie, hast du heute Morgen Dirk Roe erlaubt, für das Opfer ein paar persönliche Gegenstände einzupacken?«

Scobie wich seinem Blick aus. »Korrekt.«

»Woher hat Dirk gewusst, dass sein Bruder angegriffen wurde?«

Scobie hüstelte und rutschte auf seinem Stuhl herum. »Ich habe ihn angerufen.«

»Du kennst diese Männer?«

»Ja.«

»Woher?«

Scobie wirkte nervös und suchte nach einem Platz für seine Hände. »Durch das kirchliche Engagement meiner Frau.«

»Und du hast gedacht, du tust das Richtige«, stellte Challis fest.

»Ja.«

»Scobie, der Bruder könnte unser Angreifer sein.«

Sutton schluckte. »Das glaube ich nicht. Sie stehen sich nah.«

»Vielleicht solltest du dich aus diesem Fall zurückziehen«, meinte Challis.

Eigentlich war dies das Letzte, was er wollte, und sei es nur, weil er es sich nicht leisten konnte, einen Mann zu verlieren. Aber er musste sicher sein, dass Scobie Sutton keine Aspekte der Untersuchung vernachlässigen würde.

»Mir geht es gut, Chef. Ehrlich.«

»Trotzdem möchte ich nicht, dass du mit Dirk redest – oder mit seinem Bruder, wenn er zu Bewusstsein kommt. Du bringst die Hausbefragungen zu Ende, okay?«

»Chef.«

»Ellen, könntest du die Schulseite übernehmen?«

»Wird erledigt.«

Dann wandte sich Challis wieder an Pam Murphy. »Murph, du wirst weiter den Kontakt zu den Schoolies halten.«

Pam hatte still dagesessen und alles mitgehört. »Sir.«

»Aber halte die Augen offen. Vielleicht haben die Schoolies letzte Nacht was gesehen. Vielleicht hat sich Lachlan bei ihnen unbeliebt gemacht, hat ihnen gesagt, sie sollen nicht solchen Lärm machen, hat sich ihnen unerwünscht genähert, und sie haben ihn deswegen vermöbelt.«

»Chef.«

»In den nächsten paar Stunden werden sicherlich die Medien beginnen, sich dafür zu interessieren. Ein paar einflussreiche Leute schicken ihre Kinder auf die Landseer School, und der Bruder des Opfers arbeitet in Ollie Hindmarshs Wahlbüro in der High Street.«

Challis wartete erst ab, welche Wirkung diese Information hatte. »Irgendwelche Fragen?«

Kopfschütteln und Gemurmel.

»Also gut, wir sehen uns am späten Nachmittag zu einem weiteren Briefing.«

Alle sammelten ihre Papiere, Kaffeebecher und Teller ein und wollten schon gehen, als Pam Murphy einwarf: »Sir, da ist noch etwas.« Sie machte ein peinlich berührtes Gesicht und rutschte auf dem Stuhl herum.

»Was denn?«

»Die Finsternis.«

»Was bitte?«

»Die Mondfinsternis am Mittwoch.«

Wieder wand sich Pam unter seinem amüsiert prüfenden Blick, doch dann ging Challis auf, worauf Pam mit ihrem Hinweis hinauswollte. Im Augenblick war der Mond beinahe voll, hing bei Nacht hoch am Himmel und sorgte für Aufregung unter all den Verrückten. Wie alle Polizisten wusste Challis, was bei Vollmond los sein konnte. Doch Mittwochnacht drohte eine Extraportion Wahnsinn, denn die Erde sollte sich direkt zwischen Sonne und Mond schieben, wodurch Letzterer, dem meteorologischen Amt zufolge, eine Weile in einem unheimlichen Rostrot glühen würde.

Challis nickte. »Du glaubst, das bringt die Schüler zum Ausflippen?«

Erleichtert antwortete Pam: »Die meinen, das sei der ultimative Kick.«

»Hmm.«

Ellen amüsierte sich. »Es sei denn, es ist bewölkt.«

Pam drehte sich ernst zu ihr um und erwiderte: »In dem Fall werden sie enttäuscht sein, Sergeant, und sich nach einer anderen Ablenkung umschauen.«

Ellen rieb schnell die Hände aneinander. »Na schön. Ich werde mit dem diensthabenden Sergeant sprechen. Ein paar Streifenpolizisten mehr sollten genügen.«

»Danke, Sergeant.«

7

Kaum war Challis allein, klingelte schon das Telefon, ein Reporter der *Herald Sun* in Melbourne. Dann musste er nach unten gehen und mit einem Reporter der Lokalzeitung reden. Schließlich rief McQuarrie an, doch diesmal hörte sich der Superintendent fast entschuldigend an. »Ollie Hindmarsh hat mir gerade die Leviten gelesen.«

»Mir auch, Sir.«

»Haben Sie schon was?«

»Noch zu früh.«

»Wir müssen uns schützen.«

Typisch McQuarrie. »Entschuldigen Sie, Sir, aber ich beabsichtige, diesen Fall zu untersuchen, ohne ständig ein Auge auf die Medien oder unseren hoch geschätzten Parlamentsabgeordneten zu haben.«

Nach langem Schweigen meinte McQuarrie: »Na schön. Aber halten Sie mich auf dem Laufenden.«

Das einzige Heilmittel gegen den Ärger war noch mehr Kaffee. Challis kochte welchen, schloss die Tür hinter sich, schaltete das Handy aus und gab am Empfang Bescheid, er sei bis Mittag aus dem Haus.

Dann untersuchte er Lachlan Roes Laptop. Er rechnete schon damit, auf Passworteingaben zu stoßen, was lange Verzögerungen mit sich bringen würde, bis die IT-Experten Zeit hätten, sich das Gerät genauer anzuschauen. Doch kaum hatte er das Gerät eingeschaltet, war er auch schon drin. Entweder hatte der Kaplan nichts zu verbergen, dachte Challis, oder er war sicher, dass niemand in seinen Dateien schnüffelte.

Challis öffnete sofort Roes E-Mail-Programm, fand aber im Eingang nur ein Dutzend harmloser Nachrichten. Dann sah er im Ordner für gelöschte Mails nach: nichts. Hatte der Bruder ihn geleert? Schließlich ging er noch die Nachrichten durch, die Roe verschickt hatte, und stieß auf Gold. Challis hasste es, am Bildschirm zu lesen, also druckte er das anstößige Dokument aus. Die Betreffzeile lautete: »Endlich spricht es mal jemand laut aus«, und die Botschaft lautete wie folgt:

Stolz darauf, weißer Australier zu sein

Endlich sagt es mal jemand.

Wie viele schenken diesem Thema eigentlich ihre Aufmerksamkeit?

Es gibt Aborigines, die Torres-Strait-Insulaner, Kiwi-Australier, libanesische Australier, asiatische Australier, arabische Australier, Boat People von sonst wo usw. Und dann gibt es die Australier.

Ihr begegnet mir auf der Straße und grinst mir höhnisch ins Gesicht. Ihr schimpft mich australischer Köter, Weißer, Milchgesicht, Honky, Quarknase, Höhlenmensch. Und das ist in Ordnung. Doch wenn ich euch als Nigger, Juden, Feudelträger, Sandneger, Kamelficker, Schlitzauge oder Reisfresser beschimpfe, dann nennt ihr mich Rassist.

Ihr sagt, die Weißen verüben viele Verbrechen gegen euch, aber warum sind dann die Sozialsiedlungen die gefährlichsten Orte zum Leben?

Frage: Warum haben denn die Aborigines nicht die Welt erkundet, wie dies meine europäischen Vorfahren getan haben? Antwort: Sie haben 60 000 Jahre darauf gewartet, dass das Wasser rings um Australien endlich zurückweicht, um aufbrechen zu können.

Ihr habt die Studienstiftung der United Arabs Union. Ihr habt den »Invasionstag«, wie die Aborigines den Nationalfeiertag nennen. Ihr habt den Holocaust-Gedenktag. Ihr habt maulid an-nabi, *den Geburtstag des Propheten. Wenn wir weißes Unterhaltungsfernsehen hätten, wären wir Rassisten.*

Wenn wir den Tag des weißen Stolzes hätten, würdet ihr uns Rassisten nennen.

Hätten wir den Monat der weißen Geschichte, wären wir Rassisten.

Hätten wir eine Organisation für Weiße, um UNSER Leben zu verbessern, wären wir Rassisten.

Hätten wir eine Studienstiftung, die nur Weißen Stipendien gibt … dann wüsstet ihr sofort, wir sind Rassisten.

Weiße Colleges. Das wäre rassistisch.

Ihr dürft für eure Rechte demonstrieren. Wenn wir für unsere Rasse und unser Recht demonstrieren, nennt ihr uns Rassisten.

Ihr seid stolz, schwarz, braun oder wütend zu sein, und habt keine Angst, das auch zu sagen. Aber wenn wir unseren Stolz zum Ausdruck bringen, weiß zu sein, nennt ihr uns Rassisten.

Ihr beraubt uns, brecht in unsere Häuser ein, schießt. Aber wenn

ein weißer Polizist ein Mitglied einer Moslem-Gang erschießt oder einen libanesischen Drogendealer und Vergewaltiger verprügelt, der weglaufen will und eine Gefahr für die Gesellschaft ist, dann schimpft ihr ihn einen Rassisten.
Ich bin stolz.
Aber ihr nennt mich einen Rassisten.
Warum können eigentlich nur Weiße Rassisten sein?
An dieser Nachricht ist nichts unrichtig.
Mal sehen, wer von euch stolz genug ist, sie weiterzuverbreiten.

Challis hatte im Laufe der Jahre schon jede Menge solcher Mitteilungen zu Gesicht bekommen. Er war eher daran interessiert, die E-Mail zurückzuverfolgen. Anscheinend war sie Lachlan von seinem Bruder Dirk zugeschickt worden, der ihn gebeten hatte, sie an andere weiterzuschicken. Challis reimte es sich folgendermaßen zusammen: Dirk bekommt mit, dass Lachlan angegriffen wurde, und rast in die Villanova Gardens, um kompromittierendes Material zu beseitigen, bevor die Polizei eine gründliche Untersuchung vornehmen kann. Er hat gerade noch genug Zeit, diese Mail aus dem Posteingang auf Lachlans Laptop zu löschen, ebenso aus der Liste der gelöschten Nachrichten, aber Lachlan hat die anstößige E-Mail bereits an mehrere Personen weitergeleitet, und Dirk hat keine Zeit mehr gehabt, sie aus dem Postausgang zu entfernen.

Challis ging die Nachricht noch einmal durch und verfolgte deren Herkunft. Sie stammte von *smilingeyes* mit einer Hotmail-Adresse und war an vier Personen geschickt worden: *aquapac, homefries* und *reddog,* die bei Netspace, Optusnet und Hotmail registriert waren … und *sutton.s@police.vic.gov.au.*

Challis holte tief Luft. Das hieß nicht, dass Scobie Rassist war oder es guthieß, rassistische Nachrichten zu bekommen. Vielleicht hatte er seine E-Mail-Adresse einfach nur dem Falschen in die Hand gedrückt. Challis überprüfte weiter den Ausdruck.

Reddog, Gott möge ihn oder sie beschützen, hatte die E-Mail an etwa dreißig Leute weitergereicht. Was hatten diese dreißig – die Familie Lang, *kathk67, wayneheidi,* Elissa Devereaux im Verteidigungsministerium und *dirkroe,* unter anderen – damit gemacht? Sie angewidert gelöscht? Gelesen und weise genickt? Den Hass genossen und weitergereicht? Dirk Roe hatte genau das getan, sie an Lachlan weitergeschickt, und Lachlan an Leute aus seinem Adressbuch. Ein solches Cybergeflecht abzusuchen war der reinste Albtraum. Roes Angreifer aufzuspüren, hoffte Challis, würde hoffentlich einfacher sein.

Und was hatte Dirk noch von Lachlans Computer gelöscht? Challis kehrte an den Laptop zurück und klickte auf den Papierkorb. Er war leer. Er öffnete den Internet Explorer, klickte auf Favoriten, fand dort Microsoft, Commonwealth Bank, Ebay und zahlreiche andere, zu erwartende Seiten, aber auch Links zu »hilfreichen Beratungsseiten« und »Dirks Blog«. Challis klickte auf den ersten Link. Er landete auf einer Seite mit Filmen namens *LolitaClips.* Bei dem zweiten Link fand er sich in einem Blog namens *The Roe Report* wieder und war in der fremden, hässlichen Welt von Dirk Roe gelandet.

Roe hatte jede Menge zu allem Möglichen zu sagen, doch nichts davon wirkte sonderlich intelligent. Da war zum Beispiel seine Meinung zur Bildung. Zwar sprach er sich für den Wunsch des Premierministers aus, dass an den Schulen mehr australische Geschichte gelehrt werden sollte, doch fand er, dass sich 60 000 Jahre Geschichte der Ureinwohner locker in eine Schulstunde pressen ließen. »Wie allgemein bekannt«, so schrieb er, »ist die typische historische Örtlichkeit der Ureinwohner ein Haufen Müll. Ganz ehrlich, Aborigines und Erfolg sind zwei Dinge, die nicht zusammenpassen. Diese Tatsache, die manchen rassistisch vorkommen mag, ist und bleibt eine Tatsache und muss auch als solche betrachtet werden.«

Auch gegen die Beschäftigung von indischen Ärzten müsste

vorgegangen werden, argumentierte Dirk. Darin war er sehr deutlich. Weniger deutlich war der Grund dafür. Challis bemühte sich, die unzusammenhängenden Gedankengänge zu sortieren. Roe schien wohl zu meinen, dass indische Ärzte körperlich abstoßend oder schlecht ausgebildet oder islamistische Terroristen waren, vielleicht auch alles zugleich.

Er las weiter. Ein Großteil war harmloses und uneindeutiges Gekritzel: Fußballwetten, Spekulationen über das Sexleben von Parlamentariern der Labor Party, Lobreden auf seinen Chef Ollie Hindmarsh, der Glaube, dass die Vereinten Nationen korrupt seien, und seine persönliche Liste der fünfzig besten Alben, die seit dem 1. Januar 2001 veröffentlicht worden waren (kein Jazz, keine Klassiker). Challis war ein wenig enttäuscht, dass Mark Knopflers und Emmylou Harris' *All the Roadrunning* nicht darunter war.

Dirk bat seine Leser auch um ihre Meinung. Es war alles archiviert, und Challis stöberte ein wenig herum. Er fand dort Reaktionen auf die rassistische Mail des »Weißen Stolzes«, was nur seinen Eindruck bestärkte, wie weitverbreitet und eng verflochten der Rassismus war. Man braucht bloß ein wenig an der Fassade des Nachbarn zu kratzen, dachte er, und schon kommt bigotter Mist zum Vorschein.

Wie zum Beispiel das Mitglied des Kricketklubs von Macclesfield, das seine Gedanken zur Tatsache geäußert hatte, gegen ein jüdisches Team antreten zu müssen. »Ich bin deutscher Herkunft und muss mich dafür entschuldigen, dass die Juden überhaupt noch existieren. Meine Großväter müssen wohl ein paar übersehen haben.«

Worauf Dirk Roe geantwortet hatte: »Wie schade: Jetzt kontrollieren sie die Banken und den Handel auf der ganzen Welt.«

Gefolgt von Lachlan Roe: »Und sie untergraben das christliche Fundament.«

Challis, der sich beschmutzt und mürrisch fühlte, schaltete

den Computer aus. Er legte seine Füße auf die Tischkante und starrte hinaus in den Himmel über Waterloo. Ein paar Wolkenfetzen waren aufgezogen. Ihn konnte nichts überraschen. Er war nicht mal sonderlich erstaunt darüber, dass Dirk Roe so dumm gewesen war, dem Blog seinen Namen gegeben zu haben, denn es hatte auch schon andere Fälle von jungen Mitgliedern der Liberal Party gegeben, die ihre Ansichten im Netz verbreiteten. Die Presse und die Parteioberen würden sie bald an die Öffentlichkeit bringen, aber Challis dachte eher an diejenigen, die niemals bekannt wurden, weil sie gerissener waren, sich besser schützten.

Wie sollte er in der Zwischenzeit vorgehen? Challis war der festen Überzeugung, dass die meisten Gewaltverbrechen direkt angegangen werden mussten. Als Erstes suchte man nach der einfachen Lösung. Klar, man sammelte Beweise, aber vor allem fragte man, wer das Opfer hasste und warum. Konzentrier dich auf das Opfer, dann suchst du alle Zeugen, Freunde, Feinde und Bekannten, befragst sie, schließt sie als Täter aus und hoffst darauf, am Ende bei einer Person zu landen, die man nicht ausschließen kann.

Was aber, wenn Lachlan Roes Angreifer irgendwas mit der Hassbotschaft zu tun hatte, mit Dirk Roes Blog? Dann war die Liste der verdächtigen Personen riesig. Und wie sollte man das angehen? An Türen klopfen, zu einem Gespräch aufs Revier laden? Oder unauffällig infiltrieren, um die Verbitterten, die Überdrüssigen, die Eifersüchtigen, die Verrückten, die Verletzten und Wütenden aus der Reserve zu locken?

Challis markierte Scobies Mail-Adresse mit einem grünen Leuchtstift und griff dann nach dem Telefon. »Scobie? Ich muss dich sprechen. Jetzt, bitte.«

8

Ellen Destry, die keine Minute länger in einem der klapprigen, unbequemen, billigen, schlecht gewarteten und stinkigen Falcons verbringen wollte, fuhr im neuen Camry aus dem Dienstwagenpark zur Landseer School. Sie glitt über die Peninsula, kam an schicken Weingärten vorbei, an schrumpfenden Obstplantagen, Pferdeställen und Weiden, die als Bauland ausgewiesen oder durch Steinmauern, Teiche, terrassierte Gärten und die riesigen Anwesen von örtlichen Unternehmern und Melbourner Finanzhaien zu Tode verschönt worden waren.

Viel Geld, dachte sie wütend, aber kein Geschmack. Zum Teufel mit der Vorstellung, dass die Polizei neutral zu sein hat, statt gewisse Vorlieben, Werte oder Haltungen zu propagieren oder zu vertreten. Manche Leute waren schlecht und böse, andere hässlich, dumm und ohne jeden Geschmack, punktum. Was nicht heißen sollte, dass die Polizei den Problemen gegenüber nicht aufgeschlossen war.

Schließlich stieg die Straße an und führte über eine Hügelreihe, von der sich eine weite Sicht auf die Port Phillip Bay bot, bevor sie auf den Nepean Highway stieß und dann zu einem Abschnitt voller Weinreben zwischen Highway und Bucht führte. Zwei steinerne Säulen kündigten die Landseer School an. Zwischen den eingezäunten Reben stand ein weiteres Schild, »Landseer School Vitikulturprogramm«. Ellen folgte einer gepflegten, von Kiefern gesäumten Schotterstraße, kam zu einem Gebäude, das wie eine Burg aussah, und zu einer Reihe von weiteren Schulgebäuden inmitten von gepflegten Rasenflächen und Beeten. Sie sah auf die Uhr: 10.30 Uhr. Ein paar Gärtner waren unterwegs, keine Kinder, nicht mal auf den leuchtend grünen Sportplätzen, die einen starken Kontrast zu dem blendenden Weiß der Torpfosten, Hürden, Markierungen und Zaunpfähle bildeten. Hier gab es Geld und vielleicht sogar ein wenig Intellekt.

Ellen parkte zwischen einem schwarzen BMW und einem weißen Landrover und stieg die abgewetzten Steinstufen zum Hauptgebäude hoch, überquerte eine geflieste Terrasse und drückte eine schwere Holztür auf, um zum Empfang zu gelangen. Früher war der ganze Raum sicher offen gewesen, eine riesige Höhle, doch war er immer weiter in Flure und Büros mit niedrigen Decken unterteilt worden. Noch gab es jede Menge alter Holzvertäfelungen, und es roch angenehm nach Möbelpolitur. Eine Wand war mit Fotografien vollgehängt: die Schule 1913, die Verkorkung des ersten Landseer Pinot Noir 1985, die Debattiermeisterschaft der Abgangsklasse 1962 und so weiter. Eine Ahnengalerie ehemaliger Direktoren.

Dann fragte eine Frau hinter dem hüfthohen Tresen mit aufgesetztem Lächeln: »Kann ich Ihnen behilflich sein?«

Zwei Minuten später hatte Ellen sich ins Besucherbuch eingetragen, ein Namensschild angesteckt und wurde nun durch einen Gebäudeflügel zu einer massiven Eichentür geführt, auf der ein kleines Schild mit der Aufschrift »Direktor« prangte. Nicht »Schulleitung«. Und was, wenn sie mal eine Frau einstellen, fragte sich Ellen. Aber vermutlich dachte die Landseer School nicht im Traum daran, eine Frau zur Direktorin zu bestimmen. Ihre Annahme wurde sogleich bestätigt, als sich der Direktor als Engländer mit einem Akzent herausstellte, der sogar noch ein wenig affektierter war als der von Prinz Charles. Und sie hatte immer geglaubt, dieses ganz besondere postkoloniale australische Minderwertigkeitsgefühl habe sich erledigt.

»Eine fürchterliche Sache«, sagte Thomas Ashby. »Unzumutbar. Wir sind zutiefst schockiert.«

Ellen betrachtete den Mann eingehend. Vielleicht meinte er sogar, was er sagte. Ashby war schlaksig, hatte dunkle Haare, trug einen teuren Anzug, wirkte ein wenig gleichgültig und ungeduldig, hatte aber zu gute Manieren, um es offen zu zeigen. Gut möglich, dass er die negativen Schlagzeilen nicht guthieß, Frauen hasste oder das Interesse der Polizei schmuddelig fand – vielleicht auch alles auf einmal.

»Ich werde mir Mr. Roes Büro anschauen müssen«, erklärte sie.

Er nickte ernst. »Das sollen Sie auch.«

Ich wette, er hat einen vertrauenswürdigen Angestellten damit beauftragt, das Büro sorgsam zu durchkämmen, dachte Ellen. »Zuerst möchte ich ein wenig mehr über seinen Job wissen.«

»Sein Job? Seine Stellung war die des Schulkaplans.«

»Dessen bin ich mir bewusst, aber …«

»Dazu gehörten die Tätigkeitsfelder Mentor, Krisenberater und die Anleitung in Wertvorstellungen und geistlichen Fragen. Dann noch Religionsunterricht – allerdings nur im Rahmen einer Englisch- oder Geschichtsstunde. Wir sind auf Landseer nicht konfessionell gebunden.«

»Ich verstehe.«

»Wirklich?«

»Hatte er irgendwelche Feinde an der Schule? Unter Kollegen oder Schülern?«

»Natürlich nicht.«

»Er ist also mit den ›Werten‹, die er vertrat, niemandem auf den Schlips getreten?«

Ashby sah auf die Uhr. »Ich habe noch einen anderen Termin. Meine Stellvertreterin wird Sie herumführen.« Er nahm den Telefonhörer ab und drückte auf einen Knopf. »Bitten Sie Mrs. Moorhouse in mein Büro.« Er legte wieder auf, erhob sich, knöpfte sein Jackett zu, ging um den Schreibtisch herum und streckte die Hand in der unmissverständlichen Absicht aus, sie mit sanftem Druck auf Ellbogen oder Rücken hinausschieben zu wollen. Ellen wich ihm aus, trat in den Flur, hörte das satte Geräusch beim Zufallen seiner Tür, die ihn, zusammen mit dem

Leder, den Bücherrücken, dem glänzenden Walnussholz und der prächtigen Aussicht von den Erkerfenstern aufs Meer hinaus, von der Außenwelt abschloss.

Ellen zögerte. Sollte sie auf seine Stellvertreterin warten oder zum Empfang zurückgehen? Sie hörte das Knirschen von Lederschuhen, und eine kleine, rundliche Frau mit kurzem Haar erschien. Noch so eine leicht gereizte Person mit Einfluss, dachte Ellen, als sie einen Blick auf den grimmig verzogenen Mund der Frau warf und ihre Entschlossenheit spürte. Ellen übernahm die Initiative.

»Mrs. Moorhouse? Sergeant Destry von der Crime Investigation Unit. Ich ermittle in einem Fall von massiver Körperverletzung. Das Opfer ist Ihr Kaplan. Ich brauche ungehinderten Zugang zu seinem Büro und seinen Akten, und ich werde womöglich Lehrer und Schüler befragen müssen, die in den letzten paar Tagen mit ihm zu tun hatten.«

Die Frau blieb stehen, seufzte, machte eine Handbewegung. »Jaja, sparen Sie sich die strengen Worte. Wir hatten heute Morgen bereits Ollie Hindmarsh am Telefon.«

Ellen rührte sich nicht. Das schmeckte nach Einmischung. Das schmeckte nach verzögerten oder zurückgehaltenen Informationen. »Was hat er denn gesagt?«

Moorhouse sah Ellen einen Augenblick an, als frage sie sich, wie weit sie ihr vertrauen konnte. Dann, plötzlich milde gestimmt, antwortete sie: »Was er sagte, war doppelzüngiges Gerede. Schließlich ist er ja Politiker. Was er wirklich meinte, war, dass unter allen Umständen vermieden werden soll, dass ihm oder der Schule was angehängt wird.«

Ellen grinste, genau wie die Frau. Gut möglich, dass Moorhouse eigentlich die treibende Kraft war, sich aber lieber im Hintergrund hielt und sowieso nie auf den Direktorensessel gehievt werden würde. »Ich habe nicht die Absicht, irgendjemandem was anzuhängen.«

Die Stellvertreterin erwiderte leicht undurchsichtig: »Vielleicht wäre das gar nicht mal so schlecht. Folgen Sie mir.«

Sie durchquerten endlose, düstere Flure, und Moorhouse fragte: »Was ist denn eigentlich passiert, können Sie mir das sagen?«

Ellen umriss die Umstände des Falls und schloss mit den Worten: »Allerdings liegt Mr. Roe noch im Koma. Der Angriff war ziemlich gewalttätig.«

»Ach herrje«, meinte Moorhouse ohne großes Mitleid. »Irgendwelche Hirnschäden? Nicht dass man den Unterschied bemerken würde.«

Ellen schnaubte. »Wie ich sehe, mochten Sie den Mann nicht.«

Moorhouse donnerte weiter durch die Flure und führte Ellen vorbei an anonymen Büros, durch verwirrende kurze Gänge, Treppen hinauf und hinunter. »Hören Sie, ich habe zusätzlich zu meiner Lehrbefähigung einen Abschluss in Psychologie und eine Ausbildung als Betreuerin. Ich habe jahrelang Kinder beraten. Wozu brauchen wir einen Kaplan?«

Leichthin antwortete Ellen: »Also haben Sie Mr. Roe aus beruflicher Eifersucht eins über den Schädel gehauen.«

Moorhouse schnaubte. »Ich wünschte, ich hätte.«

Sie blieb vor einer schäbigen Tür stehen. Auf einer Tafel an der Wand stand »Schulkaplan«. »Aber immerhin«, fuhr sie fort, »habe ich den guten alten Lachlan in eine längst vergessene Besenkammer abgeschoben.«

Sie schloss die Tür auf und trat beiseite. »Lassen Sie sich Zeit. Ich bin in meinem Büro neben dem Empfang.«

»Warten Sie.« Ellen berührte die Frau kurz am Oberarm. »Haben Sie noch ein paar Minuten Zeit für mich?«

»Natürlich.«

In dem tristen Büro standen zwei Stühle. Moorhouse setzte sich auf den Stuhl mit der hohen Rückenlehne, Ellen auf den quietschenden Drehstuhl hinter dem Schreibtisch. Sie schlug ihr Notizbuch auf und sagte: »Erzählen Sie mir von Mr. Roe.«

Die Stellvertreterin starrte die Wand an, schien ihre Worte abzuwägen, und Ellen machte sich schon Sorgen, die bisherige Offenheit könnte nun hohlen Phrasen weichen, doch dann meinte Moorhouse: »Ich halte nichts von der Einstellung der Regierung, weiterhin Schulkaplane einzusetzen, vor allem nicht, wenn es erfahrene Beratungsfachleute gibt. Ich glaube an die strikte Trennung von Kirche und Staat.«

»Das hier ist eine Privatschule«, merkte Ellen an.

»Egal. Ich bin für eine säkulare Erziehung. Sie beschützt die Kinder vor Dogmen und Aberglaube. Wenn sich diese Gottesfürchtigen einmischen, ist kein Platz mehr für rationales Denken.«

»Das sehe ich auch so«, meinte Ellen, »aber was hat das mit Lachlan Roe zu tun?«

»Vielleicht war ich zu voreilig«, räumte Moorhouse ein und hob einen Finger. »Gut möglich, dass viele Kaplane in der Lage sind, ihre religiösen Bindungen und Erfahrungen hintanzustellen und hilfreichen, neutralen Rat zu geben. Roe nicht.«

»Er predigte von oben herab? Gab schlechte Ratschläge?«

»Beides.«

»Wie um alles in der Welt konnte denn so ein Mann Schulkaplan werden?«

»Nun, in diesem System geht es nicht wirklich um Qualität«, antwortete Moorhouse säuerlich. »Lachlans Bruder arbeitet für Ollie Hindmarsh, Ollie Hindmarshs Kinder waren auf der Landseer School, Ollie Hindmarsh befürwortet das System, und Ollie Hindmarsh sitzt im Schulvorstand.«

»Aha.«

»Talent braucht es dazu keins.«

»Und was halten die Kinder von Mr. Roe?«

»Sie sind nicht dumm, sie halten ihn für einen Witz.«

Ellen hatte währenddessen den Schreibtisch des Kaplans durchsucht, hatte Büromaterial gefunden, einen Klumpen Kaugummi, eine leere Flasche Wodka. Und einen Kalender.

»Einige machen aber wohl doch Termine bei ihm aus«, sagte sie, drehte den Kalender um und tippte mit dem Zeigefinger auf den Namen Zara Selkirk. »Dieses Mädchen. Gestern Nachmittag.«

Moorhouse besah sich den Eintrag. Etwas in ihrem Gesicht verschloss sich. »Oh.«

»Ich werde mit ihr sprechen müssen«, meinte Ellen.

»Ich glaube nicht, dass sie heute hier ist«, erwiderte Moorhouse.

9

Ludmilla Wishart brachte in ihrem Büro im Planungsamt Ost die morgendlichen Arbeiten zu Ende und fuhr dann nach Penzance Beach, einem abgeschiedenen Urlaubsort an der Küste, ein paar Kilometer von Waterloo entfernt. Sie war froh, rauszukommen, allein schon, um ihrem herumlungernden Chef zu entgehen, vor allem aber den Verdächtigungen ihres Mannes. Adrian hatte mehrmals angerufen und gesagt: »Ich wollte nur mal hören, Schatz.« Und: »Was gibts zum Essen?« Und: »Heb die Belege auf, wenn du heute den Golf benutzt.« Er musste wissen, wo sie war und was sie tat. Er wird wieder anrufen, dachte sie, irgendjemand im Büro wird ihm verraten, dass ich weg bin, und er wird schmollen. Ihr Herz tat einen Sprung. Ludmilla wusste nicht, ob sie so weitermachen konnte, aber man wirft ja nicht einfach eine Ehe weg, oder?

Sie parkte ihren Golf vor einer Strandhütte an der Bluff Road und klopfte an die Fliegentür. Dahinter tauchte eine undeutliche Gestalt auf. »Mill! Gute oder schlechte Neuigkeiten?«

»Gute Neuigkeiten, Carl.«

Sie tat einen Schritt zurück, um ihn herauszulassen. Carl Vernon wirkte alt für Mitte sechzig, schnauzbärtig, knorrig, sympathisch unordentlich in Shorts, Sandalen und Brille mit schwarzem Rahmen. »Der Trust hat es abgesegnet?«

Ludmilla zeigte ihm ein Fax. Darin stand, dass der Somerland-Besitz an der Bluff Road in Penzance Beach vom National Trust als Gebäude von historischer Bedeutung eingestuft worden war. Carl drückte sie überschwänglich an sich. »Mill, das ist ja großartig.«

Der grauhaarige Mann und die junge Frau standen nebeneinander und sahen hinüber zur exklusiven Seeseite der Bluff Road, die sich an einer Klippe entlang erstreckte und von wo aus man auf das Städtchen und das Meer hinausblickte. Somerland war ein kleines Fischerhaus aus den frühen Jahren des 20. Jahrhunderts. Im Profil konnte man die Sheddachkonstruktion erkennen, eine Veranda, einen krummen Schornstein und einen Lattenzaun. Das Haus, das zwischen Teebäumen und Kiefern lag, hatte die beste Lage in ganz Penzance Beach, mit einer fantastischen Aussicht auf den geschwungenen Sandstrand, die Wellen, die an die kleine Bucht rollten, die Jachten, die in den Gewässern zwischen dem Städtchen und Phillip Island herumschipperten.

Carl selbst genoss nur einen kleinen Teil dieser Aussicht, über das niedrige Dach von Somerland hinweg und zwischen einer Mauer und einem kleinen Hain von Teebäumen hindurch, denn er wohnte auf der falschen Seite der Bluff Road, der Seite mit den bescheidenen Behausungen, aber das machte nichts. Allerdings machte es sehr wohl etwas aus, dass er und seine Nachbarn immer mehr im Schatten der riesigen, neuen, stolzen Gebäude aus Glas, Stahl und Beton lebten, die zwar in Architekturführern besprochen wurden, aber nicht mal so taten, als böten sie jemandem ein Zuhause. Carl und seine Nachbarn wollten nicht noch so ein hässliches Ding aus dem Boden wachsen sehen, und vor allem wollten sie nicht, dass das alte Fischerhaus abgerissen wurde.

Bis zu Ludmillas guten Nachrichten schien es ziemlich sicher, dass Somerland dieses Schicksal drohte. An den Pfosten in der Einfahrt hingen zwei in Plastikfolien steckende Hinweise: eine Abrissgenehmigung, datiert vom Mai, und eine etwas neuere Ankündigung, ein Anwesen zu errichten, das alle anderen noch übertreffen sollte. Alles hinfällig. Dank Ludmillas Einflusses und ihrer Kenntnisse der Bauvorschriften hatte sie es geschafft, zusammen mit der Hilfe und dem Enthusiasmus zahlreicher Ortsansässiger wie Carl Vernon, den National Trust davon zu überzeugen, das alte Haus unter Schutz zu stellen.

»Der nächste Schritt ist ein Eilantrag auf Schutz des Kulturerbes durch den Planungsminister«, sagte sie zu Vernon. »Das habe ich bereits in die Wege geleitet.«

Sie sahen zu Somerland hinüber. Das Haus träumte unter den stummen Kiefern, so als habe es dort Wurzeln geschlagen, und fügte sich natürlich in Umgebung, Bäume und Himmel ein, statt sie zu dominieren. Es war auf der Halbinsel einzigartig, aber das wäre niemandem aufgefallen, und das Haus wäre abgerissen worden, wenn Carl Vernon sich nicht vorgenommen hätte, im Alter geistig fit zu bleiben und eine Geschichte von Penzance Beach zu schreiben. Seinen Forschungen zufolge war Somerland vom Stadtgründer erbaut worden und bis letztes Jahr im Besitz seiner Nachkommen gewesen. Dann war der letzte Besitzer hochbetagt verstorben.

Carl umarmte Ludmilla noch einmal. Insekten schwirrten in den Bäumen und der duftgeschwängerten Luft. Auf irgendeinem Hinterhof lief ein Radio. Ein kleines Mädchen in einem verwaschenen gelben Rock und einem rosa T-Shirt kam aus dem Nachbarhaus gepoltert, schnappte sich ein Dreirad und sauste darauf herum. »Hi, Mr. Vernon!«, rief sie.

Vernon winkte. »Hi, Holly.«

Holly verschwand ums Haus in den Hinterhof. »Ich dachte, hier oben leben nur ledrige alte Rentner«, murmelte Ludmilla.

Vernon bemerkte ihren leicht neckischen, humorvollen Ton, vor allem, weil der so selten war. »Ich bin das beste Beispiel dafür!«, scherzte er.

Ludmilla lächelte, und Vernon sah kurz etwas von ihrer wahren Natur.

Ein Auto kroch ins Blickfeld, ein roter Citroën, ein teures, schmuckes kleines Ding. Ludmilla stöhnte auf und wankte. Vernon legte alarmiert eine Hand um sie. »Mill?«

»Ach, nichts«, entgegnete sie und riss sich zusammen.

Vernons Arm stützte sie weiter. Sie schüttelte ihn ab, nahm ein wenig Abstand von ihm, und der Citroën schien ein wenig schneller zu werden, so als wisse der Wagen jetzt, wo es hinging. Er bog in die Einfahrt, die Reifen wirbelten Staub auf, und ein Mann stieg aus. Er war etwa dreißig, trug ein weißes Baumwollhemd über einer dunkelblauen Cargohose und Segelschuhen. Er stürmte zu Carls Veranda hinüber, sein Gesicht war völlig vor Wut verzerrt.

»Ludmilla«, sagte er, und Carl dachte, wie passend doch die Formulierung »mit zusammengebissenen Zähnen« war.

»Bitte, Adrian«, erwiderte Ludmilla.

Der Mann drehte sich zu Carl um, setzte ein strahlendes Lächeln auf und streckte ihm die Hand hin. »Und Sie sind?«

Vernon war nicht umsonst Lehrer gewesen. »Nein, die Frage lautet doch wohl: Und Sie sind?«

»Mr. Vernon«, meinte Ludmilla tonlos, »das ist mein Mann Adrian. Schatz, Mr. Vernon steht hinter der Kampagne, die das alte Fischerhaus retten will, von dem ich dir erzählt habe.«

Sie wies hinüber. Adrian Wishart sah ohne Interesse zu Somerland hinüber, dann wieder zurück und taxierte Vernon. »So ist das also.«

»Ich bin hergekommen, um Mr. Vernon mitzuteilen, dass es vom National Trust unter Schutz gestellt worden ist.«

»Du bist den ganzen Weg hierhergefahren, um ihm das zu sagen?«, sagte Wishart noch immer lächelnd und mit ruhiger Stimme. »Du hättest doch anrufen können.«

Ludmilla wurde bleich und klein. »Ich sollte Sie nicht länger aufhalten, Mr. Vernon.«

Vernon sah zu, wie Mann und Frau sein Grundstück verließen, sie zuckte zusammen, er war steif und verdreht wie ein Stahlseil. Er hörte Ludmilla sagen: »Bitte, Adrian, du solltest mir nicht nachfahren, nicht, wenn ich arbeite.«

»Ach, du glaubst, ich bin dir gefolgt, Schatz? Aber nicht doch. Ich habe einen Termin mit einem Klienten in der nächsten Straße.«

Nun, niemand unter dem weiten blauen Himmel glaubte das.

10

»Ich hab nichts damit zu tun«, sagte Scobie Sutton.

»Nichts damit zu tun? Scobie, das ist deine E-Mail-Adresse – deine Dienstadresse«, erwiderte Challis und zeigte mit dem Zeigefinger auf die Kopie.

»Hab nichts damit zu tun.«

Scobie hockte wie ein schmollender Teenager auf der anderen Seite von Challis' Schreibtisch, seine knochigen Glieder verschwanden beinahe in den Falten seines dunklen Anzugs. Er wich Challis' Blick aus.

»Du bist der Empfänger einer rassistischen E-Mail. Was, wenn die Presse das in die Finger kriegt? Was, wenn die innere Abteilung dich unter die Lupe nimmt?«

»Hab nichts damit zu tun.«

Challis hatte auch die vielen Seiten von Dirk Roes Blog ausgedruckt. Er legte die Seiten nebeneinander, damit Scobie sie lesen konnte. »Dein kleiner Kumpel ist auch verantwortlich für diesen Mist hier.«

»Chef«, flehte Sutton und blickte endlich auf, »ich sympathisiere nicht mit diesem Zeug, wirklich nicht.«

»Und woher hat der Kerl dann deine E-Mail-Adresse?«

Suttons Blick wich Challis aus. »Beth«, antwortete er zerknirscht.

»Deine Frau? Auf die wäre ich zuletzt …«

»Sie ist unglücklich«, sagte Sutton schnell. Er hielt inne, suchte nach den richtigen Worten, zuckte ein wenig zusammen, als ein paar Leute den Flur entlangkamen und über etwas lachten. »Es war nicht leicht für sie«, fuhr er fort. »Es hat sie ziemlich aus der Bahn geworfen, als sie ihre Arbeit verlor. Sie war ewig ohne Anstellung und hat dann ein paar Auftragsarbeiten gehabt, aber die waren nicht gut bezahlt oder nur kurzfristig. Sie ist deprimiert, Chef.«

Challis verschränkte die Arme und blickte grimmig drein. Er bat Sutton, fortzufahren.

Sutton erzählte schnell weiter. »Sehr deprimiert. Sie glaubt, die ganze Welt ist böse und wird immer böser, doch keiner hört ihr zu. Sie fühlt sich sehr einsam. Sie können sich nicht vorstellen, wie ich mich dabei fühle.«

Er wartete auf ein Zeichen der Zustimmung, doch Challis sah ihn nur unverwandt an, also schluckte Sutton und erzählte weiter.

»Sie spricht nicht mit mir darüber. Sie spricht auch nicht mit unserem Pfarrer, nicht mit Freunden oder Verwandten. Sie geht nicht mal mehr in die Kirche und will nichts mit unseren alten Bekannten zu tun haben.«

Challis sah ihn genauer an. Sutton war ein anständiger Kerl, Kirchgänger von der leicht ernsthaften, unkritischen, Familienwerte hochhaltenden Art. Nach Challis' Erfahrung fürchteten sich solche Menschen vor Schwulen und Moslems und glaubten, dass sozialer Notstand der Fehler der Notleidenden war, nicht des Systems. Trotzdem war ein wenig Mitgefühl angebracht. »Ich nehme an, dass Beth jemanden gefunden hat, der ihr zuhört?«

Suttons Gesicht strahlte auf. »Genau!«

»Dirk Roe?«, fragte Challis zweifelnd. Er zeigte auf die Seiten. »Der Kerl ist ein Trottel.«

»Nicht Dirk – Lachlan, der, der angegriffen wurde. Er kann ziemlich überzeugend sein.«

»Ich verstehe nicht. Er ist doch Schulkaplan.«

Sutton wand sich. »Er ist noch ein wenig mehr als das.«

»Ich höre.«

»Also, erst ein wenig zum Hintergrund. Dirk und Lachlan sind in einer dieser großen fundamentalistischen Kirchen aufgewachsen, wo man verzückt für Jesus lächelt und in die Hände klatscht.«

Challis wusste, wovon Sutton sprach. Seiner Meinung nach waren diese Gemeinschaften voller trauriger Spinner, hatten aber ungeheuren Einfluss.

Eine der kleineren Religionsgemeinschaften – von denen es nicht weniger als 40 000 verschiedene auf der ganzen Welt gab, die Hälfte davon allein in Australien –, sie unterstützte gern finanziell die Wahlkampagnen von konservativen Politikern und griff Kandidaten an, die links angehaucht waren, zu den Grünen zählten oder mit Homosexuellen sympathisierten. Dort war man gegen das Wahlrecht, das Lesen von Literatur, gegen kurze Hosen, Besuche von Konzerten, Footballspielen oder Zirkusvorstellungen, man war dagegen, dass die Kinder auf die Uni gingen oder Verhütungsmittel benutzten, Handys oder Computer hatten. Man glaubte, dass man Gott näher sei, wenn man reich war, die Rolle der Frau sich aufs Kochen, Putzen und Kinderkriegen beschränke und Regierungen an die Macht kämen, weil Gott sie auserwählt hatte – abgesehen natürlich von den linken Regierungen, die waren Teufelswerk.

Challis erinnerte sich vage daran, dass Ollie Hindmarsh einer dieser Politiker war, die diesen Irren Gehör schenkten. »Dirk schlug einen anderen Weg ein«, fuhr Sutton fort, »aber Lachlan wurde noch strenger und engstirniger, und nach ein paar Jahren löste er sich von der Kirche und gründete seine eigene Kongregation, die Ersten Himmelfahrtler.«

»Und Beth hat sich ihnen angeschlossen?«

»Ja«, antwortete Sutton mit leisem Jammern.

»Wie groß ist die Kirche?«

»Nicht sehr groß.«

»Woran glauben die?«

Sutton schüttelte bekümmert und verwirrt den Kopf. »Sie sind in einer ganzen Reihe von Dingen sehr streng, wie nicht anders zu erwarten. Sie glauben, dass man der Sünde entfliehen kann, indem man Nichtgläubige meidet, deshalb meidet Beth mich. Außerdem hat Lachlan alle davon überzeugt, dass er der direkte geistige Nachfahre des heiligen Paulus und der einzige Weg zur Erlösung sei. ›Ich bin das Gefäß‹ , hat er zu mir gesagt. Er sagt, Gott werde die wahren Christen in Verzückung aus dieser Welt holen. Der Rest werde eine Zeit größter Leiden durchmachen, bis Christus nach Jerusalem zurückkehre und tausend Jahre lang regieren werde, bevor es zur letzten apokalyptischen Schlacht mit dem Bösen kommt.«

Challis spürte, wie sein Blick glasig wurde. Die Menschen

glaubten solchen Quatsch. Es war ihnen wichtig. Und es war zynischen Politikern wichtig, den Menschen nahe zu sein, die so etwas verzapften.

»Du hast also mit diesem Hampelmann gesprochen.«

Sutton saß ganz angespannt da und antwortete: »Ich hab versucht, mit ihm über Beth zu reden, wollte, dass er mich versteht.«

Challis war plötzlich kalt. Er knurrte: »Wo warst du letzte Nacht, Scobie?«

Sutton erschrak. »Daheim mit Roslyn«, sagte er kläglich.

Seine zwölfjährige Tochter. »Wo war deine Frau?«

»In der Chillout-Zone, Pamphlete verteilen.«

Diese Alibis waren wohl recht einfach zu überprüfen, nahm Challis an. In der Zwischenzeit fragte er sich, wie viele andere Scobie Suttons da draußen herumliefen, Männer und Frauen, die nicht nur ein Motiv, sondern auch den Willen hatten, Lachlan Roe zu verletzen, weil er ihnen die geliebten Menschen genommen hatte. »Scobie, ich frage dich noch einmal, hast du ihn angegriffen?«

Sutton war entsetzt, so entsetzt, dass Challis ihm glaubte. »Ich? Wie kannst du so etwas sagen? Wie kannst du so etwas überhaupt nur denken?«

»Schon gut, beruhige dich. Aber du hast versucht, mit ihm über deine Frau zu reden. Wann war das?«

»Vor ein paar Wochen.«

»Also, Roe ist ein Prediger, aber wie zum Teufel ist er Schulkaplan in der Landseer School geworden?«

Sutton zuckte mit den Schultern. »Die Himmelfahrtler sind eine kleine Gruppe und halten sich bedeckt. Zu ihnen zählen Ärzte, Lehrer, ortsansässige Geschäftsleute …«

»Wie passt Dirk da rein?«

»Er ist nicht so fanatisch wie Lachlan, aber sie sind nun mal Brüder«, antwortete Sutton.

Das meinte Challis damit nicht. »Vielleicht sehen es diese Leute ganz gerne, dass Lachlan in der Schule ist und Dirk in Ollie Hindmarshs Wahlbüro.«

Scobie Sutton war völlig hilflos. Seine Ansicht von den Dingen war klein, persönlich, häuslich, und da war sein Boss und brütete eine Verschwörungstheorie aus. »Keine Ahnung, Chef«, murmelte er.

Challis beugte sich vor und fragte auf seine messerscharfe Art: »Scobie, woher haben die deine E-Mail-Adresse?«

Die Schlinge um Scobies Hals zog sich immer enger zusammen. »Von Beth. Sie versucht, mich zu den Himmelfahrtlern zu locken, und jetzt kriege ich andauernd diese fürchterlichen Mails.«

Challis schüttelte langsam den Kopf. »Mann, du steckst ziemlich in der Tinte.«

Scobie Sutton fing an zu weinen. »Ich weiß nicht mehr weiter.«

»Ich verstehe nicht, warum du heute Morgen Dirk zum Tatort hast kommen lassen.«

Scobie schaute erstaunt auf. »Aber sein Bruder ist doch verletzt worden. Und er wollte ihm natürlich helfen.«

Challis holte tief Luft. Gott schütze ihn vor den braven Bürgern. »Scobie, ich hoffe, du verstehst, dass ich dich nicht an diesem Fall arbeiten lassen kann. Dein Urteilsvermögen ist beeinträchtigt, und du bist ein potenzieller Verdächtiger.«

»Chef, bitte.«

»Wir haben noch genug andere Fälle, die ebenfalls Aufmerksamkeit brauchen.«

»Ja, richtig, der Diebstahl der Rasentraktoren.«

»Constable«, knurrte Challis.

»Aber kann ich nicht die Türen abklappern, am Rande mitarbeiten?«

»Nein. Ich kann mich nicht darauf verlassen, dass du neutral bist. Und lass deine E-Mail-Adresse löschen und dir eine neue geben.«

»Chef«, sagte Sutton kläglich.

»Was passiert mit der Gemeinde, wenn Lachlan stirbt?«

Scobie blinzelte und sagte: »Keine Ahnung«, aber sein Blick flackerte, was darauf hindeutete, dass er schon mal daran gedacht hatte, Challis konnte seine Gedanken lesen. Scobie hoffte, dass Lachlan sterben würde, damit die Himmelfahrtler zerfielen und er seine Frau zurückbekam. Gleichzeitig fühlte er sich schuldig bei diesem ungeheuerlichen Gedanken – aber nicht allzu sehr.

»Ich meine es ernst, Scobie. Du hältst dich da raus.«

»Chef.«

Es war Mittag. Challis rief Ellen Destry in der Landseer School an und berichtete ihr von der rassistischen E-Mail und von Dirk Roes Blog. »Zwei echte Herzchen, die Brüder Roe«, sagte er.

»Das stimmt mit dem überein, was ich hier herausgefunden habe«, erwiderte Ellen. »Ich stecke noch mitten in den Befragungen, aber die Reaktion ist stets dieselbe: Lachlan Roe wurde von allen verachtet. Die Kinder, die tatsächlich zu ihm gingen, sagten, er habe ihnen keinen Rat gegeben, sondern sie hätten sich hinknien und um Vergebung beten müssen – soll heißen, wenn er nicht gerade schmierige Andeutungen machte. Die Lehrer sind überzeugt, dass er nur Ollie Hindmarshs wegen eingestellt wurde. Glaubst du, der weiß, was für ein Früchtchen Lachlan ist?«

»Das werden wir bald herausfinden. Briefing im Pub um sechs Uhr?«

»Werde da sein.«

Challis sinnierte eine Weile über die Idee von Blogs nach, vor allem in Dirk Roes Fall. Es schien ganz so, als hätten Privatsphäre, Würde und Zurückhaltung für die Cyberspace-Generation keinerlei Bedeutung mehr. Man konnte meinen, dass es heute vollkommen in Ordnung war, jeden halb ausgegorenen, langweiligen oder bösartigen Gedanken, jedes Gefühl, jeden verletzten Stolz hinauszuposaunen. Jeder konnte bloggen, sogar – und vor allem – die, die impulsiv und nicht sonderlich helle waren. Vielleicht fehlten diesen Leuten die normale menschliche Selbstbeschränkung und die Scham, denn sie saßen ja allein und unbeobachtet in einer dunklen Ecke vor einer Tastatur. Dummerweise hinterließen sie überall elektronische Fußspuren. Ihre Worte kehrten zurück und bissen sie und alle, die damit zu tun hatten.

Wie zum Beispiel Ollie Hindmarsh, dachte Challis grinsend.

Er rief im Krankenhaus an, erfuhr, dass Dirk immer noch am Bett seines Bruders saß, und machte sich mit seinem klapprigen Triumph auf den Weg dorthin.

»Keine Veränderungen?«

»Keine«, antwortete Dirk und klang wie ein Mann, der auf merkwürdige Art froh darüber war, sich in einem Drama wiederzufinden, bei dem er für eine Weile im Rampenlicht stand.

Challis beschloss, ihm das Vergnügen aus dem Gesicht zu wischen. »Dieses Material«, sagte er, »das von Ihnen stammt, haben wir auf dem Computer Ihres Bruders gefunden.«

Er ließ die ausgedruckten Seiten eine nach der anderen in Roes Schoß fallen. Roe wich erst erschrocken zurück, so als würde er beschmutzt, dann zerknüllte er die Blätter.

»Machen Sie ruhig weiter«, meinte Challis. »Ich habe Kopien davon.«

»Bitte!«

»Was, bitte?«

»Ich kann das erklären.«

Dirk war jung, wirkte weichlich, ungeformt. Es schien so, als habe er keinerlei Charakterzüge, nur Impulse. »Na, dann mal los«, meinte Challis.

»Das hat nichts zu bedeuten. Das ist nur ein Scherz.«

»Das sehen manche Leute anders.«

»Ich hab das Blog heute Morgen geschlossen, ehrlich.«

»Wie lange war es im Netz?«

»Nur einen Monat.«

»Lange genug, um Leute zu beleidigen.«

Roe versuchte, in der antiseptischen Luft Prinzipientreue und Haltung aufzubringen. »Hören Sie, ich habe lediglich ein paar einfache Wahrheiten zum Ausdruck gebracht – daran ist noch nichts falsch.«

»Beleidigend simple Wahrheiten. Haben Sie Drohungen erhalten?«

»Nein.«

»Wütende Kommentare auf dem Blog, Anrufe, Briefe, Klopfen an der Tür?«

»Nichts dergleichen.«

»Wie viel hatte Lachlan damit zu tun?«

Beide betrachteten sie das bleiche, entstellte Gesicht des Bruders. »Nicht viel.«

»Ich habe mindestens einen Kommentar von ihm in Ihrem Blog gefunden.«

Dirk zuckte mit seinen hängenden Schultern. »Ab und zu, wenn er etwas Wichtiges hinzuzufügen hatte.«

»Wichtiges«, sagte Challis, und sein Gesicht, seine Stimme und sein Blick waren steinhart. »Diese E-Mail ...«

»Ich hab sie nicht geschickt! Die hab ich gekriegt!«

»Aber Sie haben sie an ein paar Dutzend andere weitergeleitet.«

Roe sank in sich zusammen. Schweiß stand ihm auf Oberlippe und Stirn. »Lassen Sie mich in Ruhe. Ich habe nichts getan.«

»Wo waren Sie letzte Nacht?«

»Im Kaos in Frankston, da können Sie jeden fragen.«

Das Kaos war ein Club, in dem Zwanzigjährige wie Dirk Roe sich Leber und Ohren ruinierten. Es verfügte zudem über eine exzellente Kameraüberwachung der Tanzflächen, Bars und der Innen- und Außentüren. »Wann sind Sie nach Hause gekommen?«

Dirk rutschte herum. »Ich bin mit jemandem nach Hause gegangen und über Nacht dort geblieben.«

»Ich brauche Namen, Adresse und Telefonnummer.«

»Meinetwegen.«

»Ihre Eltern waren sehr streng, oder?«, riet Challis.

Dirks Kiefer fiel herunter. »Woher wissen Sie das?«

»Strikt, gläubig, alles war reglementiert …«

Roe rutschte herum. »Weiß nicht, was Sie das angeht.«

»Hat Ihr Vater Sie und Ihren Bruder geschlagen?« Challis konnte in Roes Gesicht erkennen, dass das stimmte. »Was ist mit Ihrer Mutter?«

»Sie waren streng, na und?«

»Sie haben Ihnen keinerlei Freiheiten eingeräumt, Sie sind immer kritisiert worden …«

»Lassen Sie mich in Ruhe.«

»Worüber haben Sie und Ihr Bruder sich zerstritten?«

»Zerstritten? Wer hat Ihnen das gesagt? Weswegen denn?«

Challis zuckte mit den Schultern. »Wegen seiner neuen Kirche. Der Tatsache, dass er eine Gefolgschaft hatte. Dass er älter und erfolgreicher ist.«

»Ich bin erfolgreich.«

Challis suchte stets nach der Lücke, um dort einzuhaken. »Sie sind ein aufgeblasener Büroleiter.«

»Ja – für den Oppositionsführer, der Ihnen heute Morgen am Telefon die Hölle heißgemacht hat.«

»Und der Sie mit einem Wimpernschlag feuern würde, wenn er über Ihr Blog Bescheid wüsste.«

Zumindest hoffte Challis, dass er recht hatte. Es gab Männer und Frauen in Hindmarshs Partei, die dem Blog applaudieren würden.

»Bitte, ich habs doch vom Netz genommen.«

Challis schüttelte müde den Kopf. »Sie haben nicht nachgedacht, richtig?«, sagte er, verließ das Zimmer und kehrte aufs Revier zurück.

11

Tankards und Crees erster Einsatz, nachdem sie der CIU am Tatort im Fall Lachlan Roe geholfen hatten, war die Kontrolle eines verdächtigen Fahrzeugs in Somerville. Die Funkzentrale meldete: »Anruf der Autorowdy-Hotline.«

»Wir übernehmen«, sagte Tank, hängte das Mikro ein und lehnte sich auf dem Beifahrersitz des Polizeivans zurück.

»Wow«, meinte Cree. »Da steht ein Wagen in der Einfahrt von so 'nem alten Knacker, und Fahrer und Beifahrer schlafen. Also, ob ich so viel Aufregung überhaupt ertrage?«

»Vielleicht spionieren sie den Laden aus«, meinte Tank.

»Und was hat das mit dieser Hotline auf sich?«

Tank erklärte es ihm, wollte sich nicht von Cree aus der Reserve locken lassen. »Das haben sich die Jungs von der Verkehrspolizei ausgedacht. Wir hatten Autorowdys, die jede Nacht durchdrehten, Geschwindigkeitsübertretungen, Autorennen, schmauchende Reifen, die terrorisierten einfach alle. Jetzt brauchen die Anwohner nur noch die Hotline anzurufen. Wir tauchen auf, beschlagnahmen die Fahrzeuge, verteilen Strafzettel, lassen die Wagen vorführen, erteilen Fahrverbote. Funktioniert«, sagte er.

Die Adresse in Somerville lag in einer Sackgasse. Sie fanden einen roten Holden SS Crewman, der in der Einfahrt zum Haus

Nummer sieben stand. Die tätowierten und kahl geschorenen Fahrer und Beifahrer schliefen oder waren zugedröhnt. Tank gab das Nummernschild durch, hörte die Antwort und strahlte Cree an. Das Fahrzeug war gestohlen.

Die Kameras, Handys und Laptops im Wagen ebenfalls. Manchmal war es zum Lachen, fand Tank, als er die Verhaftungen vornahm. Seiner Erfahrung nach waren die meisten Kriminellen wie die Typen in dem roten Crewman: absolute Volltrottel. Sie glaubten, sie könnten einem Polizeihubschrauber entkommen, wenn sie nur schneller rasten. Sie fuhren mit kaputtem Bremslicht durch die Gegend, wenn sie eine Leiche oder ein Kilo Heroin an Bord hatten. Sie gingen davon aus, dass die Polizei schon wieder abziehen würde, wenn die das Haus um fünf Uhr früh umstellt hatte und man einfach das Klingeln überhörte. Sie schienen nicht zu begreifen, dass es gute Gründe dafür gab, wenn die Familie nebenan einen Plasmafernseher hatte, man selbst aber nicht, oder dass Handlungen Konsequenzen nach sich zogen.

»Manchmal frage ich mich, wie deren Verstand überhaupt funktioniert«, sagte er, als er und Cree nach Waterloo zurückfuhren und das Crewman-Duo ablieferten.

Cree schaute ihn abgründig an und lächelte. »Genau.«

Sie gingen auf einen Kaffee in die Kantine und entdeckten Pam Murphy, die mit anderen weiblichen Beamten zusammensaß. Über seine dampfende Tasse hinweg meinte Cree: »Ist dir schon mal aufgefallen, dass es hier von Frauen nur so wimmelt?«

»Eigentlich nicht.«

»Wie kommt man bei der Victoria Police weiter?«, fragte Cree und beobachtete Tank. »Lass dir ein paar Titten wachsen.«

John Tankard vermutete eine Falle und ging nicht darauf ein. Er wusste, er war ein Dinosaurier, doch im Laufe der Jahre hatte er widerwillig Respekt gegenüber den Frauen entwickelt, mit denen er arbeitete, seiner alten Partnerin Murph, Vorgesetzten wie Ellen Destry.

Vielleicht sah Cree nur den Dino in ihm? Tank seufzte. Der Tag dauerte noch jämmerlich lange. Na, wenigstens habe ich keine Angst vor der Dunkelheit, dachte er bei sich.

Kaum hatten sie das Revier verlassen, Cree wieder hinter dem Steuer, schickte die Funkzentrale sie zu einem Tumult am Benton-Square-Einkaufszentrum zwischen Mornington und Mount Martha auf der anderen Seite der Halbinsel.

»Ja, das ergibt Sinn«, meinte Cree, »Polizisten aus Waterloo loszuschicken, um das Verbrechen in Mornington zu bekämpfen. Und ich nehme an, die Jungs aus Mornington werden nach Waterloo geschickt.«

Tank überhörte ihn ein weiteres Mal, doch eigentlich hatte Cree den Nagel auf den Kopf getroffen. Die Polizei hatte mit den Veränderungen auf der Peninsula nicht Schritt halten können. Die Bevölkerungszahl war in die Höhe geschossen, nicht aber die Zahl der Beamten oder das Budget. Das Ergebnis waren unsinnig lange Verzögerungen, bis jemand vor Ort war, bei kleineren Verbrechen wie Einbrüchen kam die Polizei manchmal Tage später oder gar nicht, und es gab kein Geld, um Ausrüstung zu kaufen, zu reparieren oder auf den neuesten Stand zu bringen. Man konnte noch nicht mal hoffen, im Materiallager einen Kugelschreiber oder Batterien für die Tatortkamera zu finden. Die zwölf Detectives in Rosebud und Mornington hatten zusammen nur zwei Zivilfahrzeuge, was noch durch die Tatsache erschwert wurde, dass bei jeder Schicht vier oder fünf Polizisten arbeiteten, jeder seine oder ihre eigene Arbeit zu erledigen hatte oder vor Gericht erscheinen musste. Kein Wunder, dass darunter Nachkontrollen, Überwachungen und das Sammeln von Beweismaterial litten. Tank schloss die Augen und ließ sich durchs Fenster von der milden Frühlingssonne bescheinen.

Doch Cree hielt nicht lange den Mund. »Micky-Maus-Polizei.«

Tank schlug die Augen auf. Cree sah makellos aus, wahrscheinlich stockte den Frauen das Herz. »Nicht wie in der Großstadt, richtig?«

»Du sagst es.«

Tank lehnte sich mürrisch gegen den Türrahmen und vermisste Pam Murphy. Cree und er kannten sich erst kurz. Vielleicht würde ihm sein lausbübisches Grinsen eines Tages noch gefallen. Vielleicht kriegte der Kerl ja auch endlich mal den Hintern hoch. Nicht, dass Tank selbst ein Polizist gewesen wäre, der seine Dienstpflichten allzu ernst nahm, doch gestern Nachmittag zum Beispiel hatte sich Cree zehn Minuten vor Dienstschluss geweigert, einen Typen wegen Trunkenheit in der Öffentlichkeit zu verhaften, mit der Begründung, der Papierkram würde ja bis in ihren Feierabend hinein dauern. Tank wollte es nicht zur Angewohnheit werden lassen, seinem neuen Partner solche Schludereien durchgehen zu lassen.

Er dirigierte Cree zum Peninsula Freeway in östlicher Richtung nach Mount Martha, durch Farmland, das von Siedlungen aufgefressen wurde. All die neuen Häuser bedrängten sich gegenseitig, nahmen sich die Luft zum Atmen, brüteten häusliches Elend und Kinder aus, die die Schule schwänzten. Wie zum Beispiel die Jugendlichen, die die Kauflustigen im Benton Square belästigten. Es war nicht das erste Mal, dass Tank mit ihnen zu tun hatte. Sie stromerten in Rudeln herum und hatten Spaß daran, Autofahrer zu umzingeln, die auf den Parkplatz fahren oder ihn verlassen wollten. Wer sich beschwerte, riskierte, angerempelt und beschimpft zu werden, oder es wurden ihm die Scheinwerfer eingetreten.

Als Cree zum Einkaufszentrum abbog, kurbelte Tank die Scheibe herunter. Er konnte Geschrei hören. »Da hinten«, sagte er und zeigte hin.

Eine Gruppe von Leuten. Einige ballten die Fäuste, schubsten sich gegenseitig hin und her. Ein Auto stand quer vor der Schaufensterscheibe einer Bäckerei, mit einem Reifen auf dem Gehweg. Ein älterer Mann saß auf dem Randstein und hielt sich mit beiden Händen den Kopf.

Cree bremste scharf, stieg aus, bahnte sich einen Weg, sodass die Schaulustigen nur so auseinanderstoben. Tank folgte ihm. Er war ein großer, übergewichtiger Mann, und aus dem Dienstvan auszusteigen, dauerte immer etwas. Er bahnte sich mit den Ellbogen einen Weg, bis er zu zwei Männern kam, die einen Teenager auf den Boden drückten, der eine an den Beinen, der andere an den Schultern.

»Okay«, rief Cree, »was gibts?«

Die rechte Hand lag auf dem Holster seiner .38er. In der linken Hand hielt er sein Handy. Himmel, dachte Tank und schob ihn beiseite.

»Danke, meine Herren, wir übernehmen.«

»Der kleine Mistkerl hätte beinahe einen Unfall verursacht«, sagte einer der Männer. »Wir haben eine Bürgerverhaftung vorgenommen.«

»Genau«, meinte der andere.

Die Menschen, die sie umringten, riefen: »Wir haben hier Ihre Arbeit gemacht«, dazu noch manch anderes.

Dann drückte sich eine Frau nach vorn und schrie: »Ich werde euch alle wegen Angriffs auf meinen Sohn anzeigen!«

Tank schloss die Augen. Wenn das hier alles vorüber sein würde, würde der Papierkram Stunden dauern. Mit ein wenig Glück würde niemand Klage einreichen. Mit noch mehr Glück hatte der Junge einen gehörigen Schrecken bekommen, würde wieder zur Schule gehen, ein braver Bürger werden.

Und so verlief der Vormittag: Als Nächstes gab es eine kaputte Schaufensterscheibe in Waterloo. Offenbar war am Vorabend ein Neunzehnjähriger aus dem Waterloo Arms geschmissen worden, und der hatte seine Wut am benachbarten Frisiersalon ausgelassen. »Na so was«, murmelte Tank. Der Friseur war weniger gelassen. »Das ist das dritte Mal in achtzehn Monaten, jedes Mal viertausend Dollar für die Scheibe, wer will mich denn jetzt noch versichern? Warum zum Teufel können Sie nicht regelmäßig die High Street entlangpatrouillieren? Warum können Sie keine Überwachungskameras installieren?«

Gute Frage, dachte Tank und kritzelte in sein Notizbuch, während Cree mit der jungen Rothaarigen schwatzte, die einer älteren Frau die Haare schnitt.

Danach ein Einbruch in Penzance Beach, keine Spuren von Gewalt. »Ich kann mir das gar nicht erklären«, sagte die Hausbesitzerin. Sie war alt, zitterte, war verängstigt.

Tank suchte nicht lange nach einer Erklärung. Er sah den Hund – einen riesigen, uralten Labrador –, dann die große Hundeklappe in der Hintertür und informierte Cree darüber, dass sie nach einem Mann namens Ricky DaSilva suchten.

»Woher weißt du das?«

»Du wirst schon sehen.«

Ricky DaSilva war klein, kaum größer als ein Kind. Sie fanden ihn im Pub, zusammen mit dem Portemonnaie der alten Frau in der Tasche. Aber war Cree vielleicht von Tanks deduktiven Fähigkeiten beeindruckt? Alles, was Cree sagte, war: »Das Ganze ist mir ein Rätsel.«

Sein Instinkt riet Tank, den Mund zu halten. Er wusste, dass der Neid ihn dazu trieb, Andy Crees Fehler hochzuspielen. Neid, Eifersucht, sexuelle Eifersucht …

Nach dem Essen wurden sie zu häuslichen Streitigkeiten in die Sozialsiedlung Seaview gerufen. Dort fanden sie eine Frau mit einem blauen Auge und einem mit Blutflecken übersäten Oberkörper vor, den sie vorzeigte, indem sie eine Ecke ihres T-Shirts hob. »Mein Ex war das«, erklärte sie. »Vor ’n paar Tagen. Ich will den Mistkerl verklagen.«

Es gab genaue Verhaltensvorschriften bei dieser Art von tätlichem Angriff. Erst brachten sie die Frau aufs Revier, wo sie von einem Arzt untersucht wurde. Dann wurden ihre Verletzungen fotografisch festgehalten, idealerweise in Anwesenheit einer höherrangigen Polizistin, doch Destry und Murph waren unterwegs und sonst niemand da – die alte Geschichte: die chronische Unterbesetzung des Reviers von Waterloo. Also schnappten sie sich einen jungen weiblichen Constable von der Verkehrspolizei und brachten die misshandelte Frau in einen eigens dafür eingerichteten Raum, wo Cree eine Kamera aufbaute. »Wir müssen Ihre Verletzungen fotografieren«, sagte Tank sanftmütig.

Die Frau schluckte, nickte und zog ihr T-Shirt aus. Sie enthüllte kissengroße Brüste in einem dreckigen BH, dazu ein ganzes Muster aus alten und neuen blutunterlaufenen Stellen. »Nicht Ihr übliches Aussehen?«, witzelte Cree und fotografierte.

Die junge Polizistin kicherte. Cree grinste sie an. Doch die Frau wirkte niedergeschlagen. Scheiße, dachte Tank und schnappte sich die Kamera. »Andy, vielleicht solltest du eine Kaffeepause machen, schon mal mit dem Papierkram anfangen oder so was.«

»Mir gleich.«

Als Cree gegangen war, nahm Tank die junge Verkehrspolizistin im Flur beiseite. »Sie ist das Opfer, okay? Sie ist verletzlich. Es hat sie schon viel Mut gekostet, das überhaupt zu melden.«

Diese Worte hatte er auch schon mal zu hören bekommen, vor langer, langer Zeit. Die Polizistin sah zu Boden. »Tut mir leid, Tank.«

»Schwamm drüber.«

Sie gingen wieder hinein und erledigten den Job. Hinterher sagte Tank zu Cree: »Hör mal, Kumpel, wenn du und ich die Zeit miteinander verbringen sollen, solltest du vielleicht mal deine Einstellung überdenken.«

»Welche Einstellung?«

»Genau die«, meinte Tank.

Sechzehn Uhr. Pam Murphy hatte Tank mit dem süßen Neuen gesehen, war aber zu beschäftigt gewesen, um mit ihnen zu plaudern. Erst fuhr sie die High Street hinunter zum Strand, wo die Schoolies schon Party machten. Neben den Mangroven und dem Jachthafen stand schon eine ganze Reihe von Autos mit offenem Kofferraum, und man konnte Matratzen und Schlafsäcke sehen, Surfbretter und Kühltaschen voller Bier und Bourbon-Cola-Dosen. In der Nähe waren ein paar Igluzelte aufgeschlagen. Ansonsten wurde die Szenerie von jungen Leuten beherrscht, die meistens träge herumlungerten und Flaschen oder Dosen in den Händen hielten. Andere standen auf den Dächern ihrer Autos und tanzten zu der Musik, die aus rivalisierenden Anlagen dröhnte. Alle sahen ziemlich unordentlich aus, und die Jungs hatten sich schon eine Weile nicht mehr rasiert. Jungen und Mädchen trugen Shorts, Unterhemden oder T-Shirts, meist über Badesachen. Ein Großteil war barfuß. Das hier waren keine Schoolies, die schwimmen gingen, surften oder Rad fuhren, andererseits legten sie es auch nicht darauf an, die Ortsansässigen zu belästigen oder sich zu prügeln. Doch sie hatten jede Menge Energie. Die Mädchen hielten nach einem heißen Typen Ausschau, die Jungs nach einer scharfen Biene. Sie alle waren auf der Suche nach Liebe.

Alle möglichen Vorschriften wurden übertreten, aber Pam drückte beide Augen zu. Sie schlenderte zwischen den Jugendlichen umher, stellte sich vor, informierte sie über die Chillout-Zone, riet ihnen, was zu essen und genügend Wasser zu trinken, schlug ihnen vor, bei der eigenen Gruppe zu bleiben und aufeinander aufzupassen.

Dann ging sie zur High Street zurück. Viele der Kunden und Ladenbesitzer kannten sie und nickten ihr zu. Es war angenehm.

Auch Grüppchen und Pärchen von Schoolies schlenderten umher und shoppten. Ein paar kannten sie schon, einigen hatte sie bereits geholfen. Eine Gruppe, die an den T-Shirt-Ständern außerhalb des Surfshops HangTen stöberten, machte auf gespielte Panik: »Ruhig, Jungs, versteckt das Ecstasy, packt den Wodka weg, da kommt die … Schoolie-Polizei!«

»Wie putzig«, meinte Pam.

Sie blieb stehen und schwatzte mit den Jugendlichen. In der Frühlingssonne blieb es auf der High Street mild und ruhig. Dann hielt ein Wagen am Straßenrand, glänzend rot, ein heißer kleiner Subaru – die Art von Spielzeug, mit dem sich ein betuchter Schoolie herumtrieb, dachte sie neidisch. Sie hatte mal das falsche Auto gekauft und zu viel dafür bezahlt. Pam sah, wie ein junger Mann an der Fahrerseite ausstieg und ins HangTen schlenderte, als gehöre ihm der Laden. Seine Freundin folgte ihm.

Eine Minute später kamen sie wieder heraus, der Kerl wirkte stinksauer.

Caz Moon, die an einer der Kassen im HangTen stand, sah den roten Subaru am Straßenrand halten. Einen kurzen Augenblick lang verkrampfte sich alles in ihr, doch als Josh Hand in Hand mit einer Doppelgängerin hereingeschlendert kam, hatte sie sich wieder im Griff.

Noch bevor sie genau wusste, was sie machen sollte, rief Caz quer durch den Laden: »Hallo, Josh. Na, heute schon jemanden vergewaltigt?«

Josh sah gut aus, auf diese gewisse Privatschülerart: blond, hohlköpfig, jemand, der nicht nachdenken, fühlen, um etwas bitten oder fragen musste. Jetzt zumindest sah er sich verwirrt um. Vielleicht war er zugedröhnt, vielleicht hatte er sie nicht gehört. »Josh«, rief Caz erneut und erhob ihre Stimme über die Ständer voller knallbunter Baumwollfetzen. »Und, hast du diese Saison schon jemanden vergewaltigt?«

Sie tippte einen Kauf ein und gab dem jungen Kunden Wechselgeld heraus. HangTen war ein ziemlich cooler Laden für Waterloo. Die Jugendlichen aus der Gegend hingen gern hier rum, kauften ab und an mal ein Billabong-T-Shirt, Speedo-Schwimmzeug, Rip-Curl-Surf-Shorts, ein Paar Doc Martens oder sogar ein Surfbrett der Trigger Bros. Alles nicht Caz' Ding.

Sie starrte Josh weiter an. Schließlich erwachte er aus seiner Erstarrung. Er sah Caz an, eine gefährliche Röte stieg ihm ins Gesicht. Es waren noch zwei weitere Verkäuferinnen anwesend, eine Handvoll Kunden, und alle schauten und warteten.

»Na was, Josh?«, fragte Caz.

Er ging nicht darauf ein. Stattdessen sagte er: »Fick dich doch«, und schleifte seine Freundin hinter sich her nach draußen. Sie trug bemalte Jeans, Absätze, in denen sie nicht gehen konnte, und jammerte: »Joshua!«, doch er sagte nur: »Halt die Schnauze, du Schlampe.«

Caz lächelte ihrer Kundschaft zu, zuckte mit den Schultern, sagte: »Schoolies«, so als würde das alles beantworten.

Als die junge Polizistin hereinkam und wissen wollte, ob alles in Ordnung sei, setzte Caz ein strahlendes, undurchdringliches Lächeln auf und antwortete: »Alles bestens.«

12

Am späten Nachmittag klingelte Challis' Telefon, und der diensthabende Sergeant sagte: »Sir, Superintendent McQuarrie ist hier.«

Challis hatte damit gerechnet, zumindest mit der Aufforderung, ins regionale Polizeipräsidium zu kommen. »Schicken Sie ihn herauf.«

»Er möchte, dass Sie runterkommen, Sir.«

Kleinlich und sinnlos, sollte nur klarstellen, dass der Superintendent ihn zu sich bestellte, nicht umgekehrt. Challis zuckelte die Treppe hinunter, kehrte noch einmal um und holte die E-Mail und die fotokopierten Seiten des Roe-Reports aus seinem Büro.

Wie nicht anders zu erwarten, war der Superintendent im Konferenzraum im Erdgeschoss, einem dunklen, stillen Raum, der eher wie ein mit billigen Mitteln aufgemotztes Sitzungszimmer wirkte. Womit Challis nicht gerechnet hatte: McQuarrie war nicht allein. Neben ihm stand Ollie Hindmarsh.

»Inspector«, sagte McQuarrie, ein kleiner, gepflegter Mann, der immer den Eindruck machte, als sei die einzige Frau, die ihn jemals angehimmelt hatte, vor langer Zeit seine Mutter gewesen. Er gab Challis die Hand und wies dann auf den Politiker. »Mr. Hindmarsh kennen Sie ja sicher.«

Challis nickte und streckte dem Oppositionsführer die Hand hin. Der nutzte den Händedruck zu einem kurzen Kräftemessen und sagte: »Im Interesse meiner Wählerschaft, darunter auch die Schulgemeinde und Roes zahlreiche Freunde, hielt ich es für angebracht, mit eigenen Augen zu sehen, wie weit die Untersuchungen gediehen sind.«

Challis nickte ernst, seine Art zu zeigen, dass er kein Wort davon glaubte. »Ich verstehe.«

»Lachlan Roe ist ein großartiger Mensch. Ich möchte nicht, dass dieser Fall unter den Teppich gekehrt wird.«

Challis betrachtete Hindmarsh eingehend und fragte sich, wie er es angehen sollte. Der Mann maß diesem Fall offenkundig große Bedeutung bei. Er war extra nach Waterloo gekommen, obwohl das Parlament im Augenblick Sitzungsperiode hatte und er sich so der Gelegenheit beraubte, die Regierung anzugreifen. Das war das eine. Das andere: Er hatte offenbar zu McQuarrie »Spring« gesagt, und McQuarrie war gesprungen – vielleicht weil Hindmarsh der Polizei gegenüber berüchtigt kritisch war und der Superintendent einen guten Eindruck hinterlassen wollte. Wann würde sich McQuarrie einmal vor seine Beamten stellen, anstatt so einem Mistkerl wie Hindmarsh gefallen zu wollen?

»Wir sind damit beschäftigt, mehrere Spuren zu verfolgen«, sagte Challis ohne jede Betonung.

»Was soll das heißen, ›damit beschäftigt‹? Meiner Meinung nach hält das, womit die Victoria Police sich beschäftigt, einer eingehenden Untersuchung nicht immer stand.«

Challis war mit einigen der von Hindmarsh öffentlich zum Ausdruck gebrachten Kritikpunkte durchaus einverstanden. Wenn man sich dazu entschloss, Polizist zu werden, legte man doch vor sich selbst und vor aller Welt den grundlegenden Schwur ab, einer der Guten zu sein, oder? Challis kannte all die Argumente – die meisten Polizisten waren ehrlich und fleißig, aber ein paar brannten aus, kamen vom Weg ab oder verhielten sich unehrenhaft. Sie waren eben doch nur Menschen, die Arbeit war anstrengend, da konnte man schon mal auf dumme Gedanken kommen. Wie alle großen Organisationen neigte auch die Polizei zu Vetternwirtschaft und Ineffizienz – aber es gab eine Grenze, bis zu der man diese Argumente treiben konnte. Challis war durchaus in der Lage, mal ein Auge zuzudrücken, ja sogar, es mit der Gesetzestreue nicht ganz genau zu nehmen, solange der Gerechtigkeit damit gedient war und niemand verletzt wurde, doch langsam fing er an zu glauben, dass nur eine Art kultureller Verrohung bei der Polizei selbst die wachsende Anzahl der Zwischenfälle, Schikanierereien, Kumpanei, Sexismus, Diskriminierung, Schwulenfeindlichkeit, Widerstand gegen Veränderungen oder schlichtweg kriminellen Handlungen erklärte. Natürlich nutzte Ollie Hindmarsh diese Zwischenfälle zu seinem politischen Vorteil, aber es handelte sich um Tatsachen, nicht um Übertreibungen.

Challis würde natürlich niemals etwas davon laut sagen, und er wünschte sich, McQuarrie hätte mehr Mumm. Er sah Hindmarsh an und konzentrierte sich auf dessen kräftiges, kantiges Gesicht.

Es war das Gesicht eines wütenden, dem Alkohol zugeneigten Propheten. Hindmarsh, groß, mit breitem Brustkorb, fünfzig, ein den Frauen nachstellender ehemaliger Footballspieler und Golfkriegsveteran, war ein Anachronismus in der Welt der aalglatten Rechtsanwälte und Publizisten. Er war bekannt dafür, sein Ausgabenkonto zu manipulieren, sich mit Reportern und Fotografen anzulegen und die jungen Frauen zu belästigen, die für ihn arbeiteten. Ein Gewerkschaftshasser, er verdächtigte alle Einwanderer und repräsentierte genau die Art von Vaterfigur, nach der sich die meisten Australier – trotz ihrer Fassade des fröhlichen Individualismus und der leichthin begangenen Gesetzesübertretungen – wirklich sehnten.

Und Hindmarshs gab es jede Menge. Challis begegnete ihnen von Zeit zu Zeit und hatte eine recht gute Vorstellung davon, was sie zu dem gemacht hatte, was sie waren. Sie waren vielleicht mit Geld und gesellschaftlichem Status auf die Welt gekommen, aber nicht notwendigerweise mit Liebe und Nähe. Sie waren auf exklusive Knabeninternate geschickt worden, die ihnen Liebe und Nähe nicht nur weiterhin versagten, sondern ihnen zudem eine repressive, aufs Kräftemessen angelegte Maskulinität eingeimpft hatten, und wo die einzigen Frauen, die sie zu Gesicht bekamen, als Lehrerinnen, Krankenschwestern oder Dienstpersonal arbeiteten. Kein Wunder also, dass sie aggressive und autoritäre Firmenchefs und Politiker wurden, erfolgreich, zugleich aber auch reserviert, unsicher, unsensibel, borniert und schroff.

Challis selbst war Hindmarsh schon zweimal begegnet. Eines Morgens hatte er in einem Flugzeug von Qantas gesessen und wollte nach Sydney, um eine Frau abzuholen, die wegen Mordes gesucht wurde, als Hindmarsh an Bord kam. Statt sich auf seinen Platz vorn im Flieger zu setzen, blieb er mehrere Minuten lang stehen, um sicherzugehen, dass jeder ihn gesehen und erkannt hatte. Und bei einem Wohltätigkeitsdinner im Rathaus von Waterloo einen Monat später, als Challis in dem Labyrinth von Fluren nach der Herrentoilette suchte, war er auf Hindmarsh gestoßen, der einen Kellner anschrie: »Wissen Sie überhaupt, wer ich bin? Ich hätte gute Lust, Sie zu packen und an die Wand zu klatschen, Sie Dreckskerl.« Hindmarsh hatte ein krebsrotes Gesicht gehabt, die Adern waren hervorgestanden, Spucke geflogen. Man konnte davon ausgehen, dass ganze Heerscharen von Hotelbediensteten, Flughafenangestellten und Chauffeuren im ganzen Land im Laufe der Jahre dieselbe Behandlung erfahren hatten.

Der Typ war zudem omnipräsent. Ständig flatterten Hindmarshs Wahlkampfbroschüren bei Challis in den Briefkasten, zwei, drei Fotos von dem Mann auf jeder Doppelseite – wie er eine Schaufel Erde für eine weitere Neubausiedlung aushob, wie er in einem Raum voller Rentner sang, wie er ein Band durchschnitt, einen Kaplan in einer Schule begrüßte.

»Setzen wir uns, Mr. Hindmarsh«, sagte Challis, der die Initiative übernahm.

Das brachte die beiden anderen Männer kurz aus der Fassung, doch Challis setzte sich, und sie taten es ihm gleich. Hindmarsh hob an: »Hören Sie, wir sind ja alle vernünftige Leute, und …«

Challis unterbrach ihn. Er verteilte die fotokopierte E-Mail und die Blogseiten eine nach der anderen auf dem schweren Konferenztisch. »Das hier«, sagte er, »ist eine provokante und rassistische E-Mail, die Lachlan Roe von seinem Bruder Dirk erhielt und sie dann an andere Personen weiterleitete.«

Er warf Hindmarsh und McQuarrie einen Blick zu. Jetzt hatte er ihre ungeteilte Aufmerksamkeit. »Und diese Seiten hier«, er tippte mit einem Zeigefinger darauf, »stammen aus einem Blog namens The Roe Report. Das Blog ist aggressiv rassistisch, und wenn ich mich nicht täusche, verstößt es gegen gewisse Verleumdungsbestimmungen, könnte also gerichtliche Schritte nach sich ziehen. Das Material scheint von Dirk Roe geschrieben und ins Netz gestellt worden zu sein, versehen mit Zusätzen von Lachlan Roe. Dirk Roe ist Leiter Ihres Wahlkampfbüros, Mr. Hindmarsh, stimmt das?« Challis ließ dem Mann keine Gelegenheit, darauf zu antworten. »Und Lachlan Roe ist dank Ihrer Unterstützung Kaplan in der Landseer School? Eine meiner besten Beamtinnen hat den Vormittag in der Schule verbracht. Sie versicherte mir, dass weder Schüler noch Lehrer Roe ausstehen können. Ich habe zudem erfahren, dass Lachlan Roe Kopf einer obskuren religiösen Sekte ist.«

Hindmarsh hatte schütteres Haar. Er berührte es, als wolle er sich versichern, dass zumindest noch ein paar Haare vorhanden waren. Er hüstelte. »Keineswegs obskur. Ich persönlich glaube an die grundlegende Anständigkeit seiner Aussagen. Bleibt noch die Tatsache …«

Schließlich rührte sich McQuarrie. »Bleibt die Tatsache, Mr. Hindmarsh, dass Sie einen Rassisten beschäftigen und einen anderen unterstützen«, sagte er, zuerst mit dünner, aber immer kräftiger werdender Stimme. »Man könnte sich fragen, wie das wohl in den Medien ankommt.«

»Sie kleiner Mistkerl«, knurrte Hindmarsh. »Ich hätte gute Lust …«

Challis hatte McQuarrie noch nie so standfest und würdevoll gesehen. »Meine Leute und ich sind nicht rachsüchtig. Wir spielen keine Spielchen. Ich brauche wohl nicht weiter zu erwähnen, dass Dirk Roes Blog allgemein zugänglich ist. Es besteht die hohe Wahrscheinlichkeit, dass Medienvertreter bereits Wind davon bekommen haben.«

Hindmarsh machte den Mund auf und klappte ihn wieder zu. »Dieser beschissene Dirk, dieser beschissene dumme kleine …«

McQuarrie reckte das Kinn vor. Die Art von Sprache gefiel ihm nicht. »Ist das alles?«

Hindmarsh nickte. Er wirkte verloren.

Als er gegangen war, sagte Challis: »Danke, Sir.«

Doch die Freude, wenn es denn eine war, hielt nur kurz an. Der Superintendent machte eine wegwischende Handbewegung, so als habe er Hindmarsh bereits vergessen, und sagte: »Mir sind gewisse Dinge zu Ohren gekommen.«

Ellen, dachte Challis.

»Ach?«

»Wie soll ich sagen? Stehen Sie in einer Beziehung zu Sergeant Destry?«

»Ja, Sir.«

McQuarrie blinzelte. Ein Teil der Verärgerung verflog. »Hal ...«

Challis wartete.

»Sie arbeiten doch zusammen, Mensch.«

»Sir.«

»In derselben Einheit, auf demselben Revier.«

»Sir.«

»Aus gutem Grunde gibt es da gewisse Vorschriften ...«

»Sir.«

»So ein Durcheinander«, murmelte McQuarrie. Er sah Challis unverwandt an. »Man könnte Sie der unzulässigen Beeinflussung beschuldigen. Der Voreingenommenheit und Begünstigung. Was sollen Ihre Kollegen davon halten? Die Constables, die Ihnen beiden unterstellt sind? Und was, wenn Ereignisse in Ihrer ›Beziehung‹ in Konflikt mit der täglichen Polizeiroutine geraten? Das geht einfach nicht, Inspector.«

Challis hatte an das alles und noch viel mehr gedacht, aber er sagte nichts, denn obschon McQuarrie es nicht direkt aussprach, deutete doch an seiner Haltung etwas darauf hin, dass er nicht der selbstherrliche, wichtigtuerische, pingelige Mann war, der er sonst zu sein pflegte. Challis hatte den vagen Eindruck, dass McQuarrie eine vernünftige Lösung finden, keine Strafe oder Rüge erteilen wollte. Konnte es sein, dass er der geborene

Romantiker war? Nein, eher wirkte es so, als habe er eine Spur Menschlichkeit oder Verletzlichkeit entwickelt. Der Superintendent hatte Challis und Destry eine Menge zu verdanken. Als Challis letzten Monat fort gewesen war, hatte Destry einen Pädophilenring mit Verbindungen zum Senior Sergeant des Reviers in Waterloo aufgedeckt, einem Mann, dem McQuarrie so sehr vertraut hatte, dass er ihm völlig hörig gewesen war. Jetzt war der Mann tot, doch erst hatte er in Waterloo noch einen anderen Polizisten ermordet. Das Ganze hatte mit einer Kindesentführung begonnen, und McQuarrie hatte keinen Hehl aus seiner Meinung gemacht, dass er Ellen nicht für die Richtige für diesen Job hielt.

Und bei mir steht er auch noch in der Schuld, dachte Challis. Ich habe den Mörder seiner Schwiegertochter aufgespürt.

Er will uns gegenüber fair sein.

»Um Himmels willen, Hal, ist es was Ernstes? Ich meine, haben Sie vor zu heiraten?«

Challis hätte beinahe gelacht. »Noch zu früh, um das zu sagen, Sir.«

McQuarrie schüttelte den Kopf; der Staub tanzte in der Luft, und die Nachmittagssonne ließ die Striemen auf der Scheibe aufleuchten.

»Ich habe darüber nachgedacht, Hal.«

»Sir, ich ebenfalls, aber es ist alles noch so frisch und …«

»In den alten Zeiten wäre einer von Ihnen ins hinterste Kuhkaff versetzt worden. Die Geschichte wäre sofort unterbunden worden.«

Challis wartete.

Plötzlich sprang der Superintendent auf und sagte: »Überlassen Sie das mir«, und verließ das Gebäude.

13

Ellen Destry hatte einen langen, öden Dienstag hinter sich. Um sechzehn Uhr hatte sie die Befragung der Lehrer und Schüler in der Landseer School beendet und fuhr nun nach Mount Eliza zum Elternhaus von Zara Selkirk, der Schülerin der elften Klasse, am Vortag der einzige Termin von Lachlan Roe. Gewundene Straßen brachten sie zu ein paar Hektar Land am höchsten Punkt der Stadt und zu einem Haus auf einem terrassierten Gelände in Hanglage und mit Südblick auf einen Teil von Port Phillip Bay. Die Hügel hoben und senkten sich und gaben den Menschen, die sich das Land und die Aussicht leisten konnten, ein Gefühl von Abgeschiedenheit.

Ellen stellte den Wagen ab und klingelte an der Tür zu einem riesigen Lofthaus, dessen Dach mit zwei Dachgauben eine Neigung von sechzig Grad hatte.

»Ja?«

Ein Mädchen von gerade mal vierzehn Jahren in der Schuluniform der Torak School, nicht der Landseer. Ellen stellte sich vor und fragte: »Bist du Zara?«

»Nein.«

»Aber Zara wohnt doch hier? Zara Selkirk?«

Das Mädchen zuckte mit den Schultern.

»Kann ich mit ihr sprechen?«

Nach einer Ewigkeit antwortete das Mädchen: »Sie ist nicht da.«

Die kleine Befragung ging so weiter. Schließlich hatte Ellen herausgefunden, dass das Mädchen Chelsea Hooper war, Zaras Halbschwester. Chelsea hasste Zara, und sie hasste ihre Stiefmutter. Dafür gab es mindestens drei Gründe: erstens, die Stiefmutter war eine böse Hexe; zweitens, die Stiefmutter flog mit Chelseas Vater in die Skigebiete Europas und der Vereinigten

Staaten und ließ die Mädchen allein zurück; drittens, die Stiefmutter hatte Zara und nicht Chelsea letzte Nacht in die City zu einem Konzert von Delta Goodrem mitgenommen.

»Wir haben eine Wohnung in Southbank«, erklärte Chelsea.

Ellen, die diese reichen Leute nicht mochte, fragte: »Also sind Zara und ihre Mutter letzte Nacht in der Stadtwohnung geblieben, statt nach Mount Eliza zurückzukommen?«

Chelsea dachte lange über diese Frage nach und antwortete: »Ja.«

»Und wann sind sie zurück?«

Chelsea zuckte mit den Schultern.

Ellen drehte sich um und wollte gehen. Hinter ihr sagte das Mädchen: »Gehts um den Kaplan?«

Mit gewecktem Interesse drehte sich Ellen zu ihr um. »Du wusstest, dass Zara einen Termin bei ihm hatte?«

»Ja.«

Sie versuchte, den Punkt vorsichtig einzukreisen. »Hat Zara dir anvertraut, warum sie ihn sprechen wollte?«

»Wollte? Das ist wohl 'n Witz. Sie musste. Das gehörte zu der Bestrafung.«

»Bestrafung?«

»Als wenn das was genutzt hätte«, meinte Chelsea verächtlich.

Auf der anderen Seite der Peninsula war Josh Brownlee betrunken. Er hatte nach diesem Zusammentreffen im Surfshop angefangen zu trinken und nur aufgehört, um Ice reinzuziehen. Diese kleine Schlampe, ruft da rum, ob er in letzter Zeit jemanden vergewaltigt hätte, damit alle es hören können.

Für wen zum Teufel hält sie sich eigentlich? Miststück.

Kaum hatte er den Laden verlassen, hatte er die Perle sausen lassen, mit der er unterwegs gewesen war, hatte sie zu ihrem Motel zurückgebracht. Eine Jammertante. Zu anhänglich. Die Art, die man einmal vögelt und nie wieder loswird. Scheiß drauf.

Josh fuhr direkt zum Biergarten des Fiddlers Arms Pub und soff sich langsam, aber sicher zu.

Der Nachmittag war irgendwie verschwommen, und jetzt war es fast siebzehn Uhr. Warum zum Teufel war er nur nach Waterloo zurückgekehrt, in dieses Drecksloch? Letztes Jahr war es anders gewesen, da war ein Haufen Mist passiert, die Abschlussprüfungen in der zwölften Klasse, und in der Familie, da gabs eine Menge zu vergessen, also hatte es nur Sinn gehabt, sich mit seinen Kumpels vollzudröhnen. Keiner von ihnen hatte sich die Gold Coast leisten können, aber Lukes Dad hatte ein Ferienhaus in der Nähe von Waterloo, deshalb hatten sie hier mal die Szene gecheckt. Jetzt, ein Jahr später, waren seine Kumpel weitergezogen, und er war kein Schoolie mehr. Andauernd wurde er von den diesjährigen Schulabgängern wiedererkannt, und die Seitenblicke schienen zu fragen: Was machst du denn hier? Hast du die Zwölfte auf einer anderen Schule wiederholt?

Und dann wird er heute Morgen in aller Öffentlichkeit als Vergewaltiger beschimpft.

Josh dachte ans letzte Jahr zurück, ans Saufen, den Stoff, Ice, Ecstasy, GHB. An den Sex. Da hatte es Vögel aus Grover Hall gegeben, von der Saint Helen's, von der Mount Eliza Girls Grammar School, vor allem diese Schlampe Virginia, die jede Ausrede benutzte, um ihre Titten zu zeigen. Jungfräulich war sie nur noch dem Namen nach. Wer noch? Das Miststück Tori. Tori war eine Stalkerin vom Banbury College, wenn man die vögelte, verknallte sie sich gleich in einen. Josh und die Jungs hatten nicht lange gebraucht, um herauszufinden, dass es besser war, sich an die ortsansässigen Schlampen zu halten, die Verzweifelten von den öffentlichen Schulen in Waterloo und Two Bays, die hofften, sich einen reichen Kerl von einer Privatschule zu angeln. Josh und seine Kumpel nahmen sich die läufigen Hündinnen hinter irgendeiner einsamen Sanddüne vor, vergruben die Schlüpfer im Sand und verdrückten sich, solange die

Mädchen noch zu besoffen oder zu high waren, um es mitzukriegen. Bei wem wollten die sich denn beschweren? Die hatten dich noch nie vorher gesehen, wussten nicht, wer du warst, auf welche Schule du gingst. Mann, das ging einfach so ab.

Dieses Jahr war alles anders. Nicht so gut.

Innen drin fühlte sich Josh immer schwärzer und schwärzer.

John Tankard, der dienstfrei hatte, saß ebenfalls in dem Biergarten. Er sah sich unter den Gästen um, fragte sich, ob er wohl jemanden sehen würde, den er verhaften musste, und bemerkte, wie Josh Brownlee sich volllaufen ließ. Armer Trottel, dachte er und drehte sich wütend zu Andy Cree um. Die beiden Constables saßen an einem schmiedeeisernen Tisch, und Cree war an der Reihe, zur Verandabar zu gehen und eine Runde Bier zu holen, doch der Kerl klebte immer noch an seinem Handy, ging die Nachrichten durch, schickte welche und ließ seine knochigen Finger über die Tasten fliegen. Außerdem trank er Chardonnay.

Wichser.

In diesem Augenblick spürten Crees Antennen das volle Ausmaß von John Tankards starrem Blick. Er runzelte die Stirn: »Hast du ein Problem?«

»Ich hab einen Durst«, antwortete Tank.

Cree sah ihn an, und die Botschaft war eindeutig: Du trinkst zu viel, und es macht dich dick. Doch dann sagte er: »Schau dir das mal an«, und reichte Tank sein Handy.

»Hab immer noch Durst«, meinte Tank nur.

»Mach dir nicht ins Hemd«, sagte Cree, stand auf und schlängelte sich durch die Tischreihen.

Tank besah sich das Handy des Kerls und linste auf den kleinen Bildschirm: Himmel, eine Digitalaufnahme von einem Schoolie, der bewusstlos auf dem Rasen vor dem Bezirksamt lag. Tank drückte unerfahren auf den Tasten herum, fragte sich, welche Bilder Cree wohl noch gemacht hatte, und stieß auf einen

Holden, den er das letzte Mal vor zwei Wochen um einen Baum gewickelt gesehen hatte. Dann war Cree mit ihren Gläsern zurück und sagte spöttisch und echt australisch: »Hier, Kumpel, kannste deine Mandeln reintunken.«

»Leck mich.«

»Aber doch nicht beim ersten Date, John.«

Tank wusste, es war ein Fehler gewesen, darauf zu antworten. Im Wörterdrechseln war Cree ein Ass.

Scobie Sutton fuhr nach Hause. Er musste dringend mit seiner Frau über die Schlechtigkeit von Dirk und Lachlan Roe reden. Beth war seine große Liebe und sein großer Kummer. Er kannte den Schmerz, die Verwirrung und den Gerechtigkeitssinn, der sie antrieb, aber er wusste nicht, wie er ihr helfen konnte, sich wieder besser zu fühlen.

Beth empfand die Dinge zu tief, das war ihr Problem. Sie hatte viele Jahre lang mit den benachteiligten Familien und Kindern im Bezirk gearbeitet, und wenn sie abends nach Hause kam, berichtete sie mit leiser, tragischer, niedergeschlagener Stimme, die sich in seinen Kopf schlich, von einigen der fürchterlichen Dinge, die sie gesehen oder gehört hatte. Arme Ros. »Ma!«, sagte sie dann. »Red von was Nettem!«

Dann hatte ein nur aufs Geld schielender Finanzverwalter Beth gefeuert, und das hatte ihr den Boden unter den Füßen weggerissen. Scobie nahm an, dass sie zutiefst depressiv war – mit einer Spur Manie. Seit letztem Freitag war sie ganz aufgeregt gewesen, die jungen Leute vor Sex und Drogen bewahren zu wollen, und war in der Chillout-Zone gesehen worden, wo sie Pamphlete verteilt hatte. Doch die stammten nicht von der Uniting Church – der Kirche der Suttons –, sondern von den vermaledeiten Ersten Himmelfahrtlern.

Scobie verlor sie, und das ertrug er nicht.

Er warf seine Schlüssel in eine Schale auf dem kleinen Tisch im Flur, ging in die Küche und wusste sofort, dass das Haus leer war, so abgestanden und unbelebt war die Luft. Er schluckte und suchte dennoch im ganzen Haus, im Wohnzimmer, Esszimmer, den drei Schlafzimmern, im Carport und im verkrauteten Vor- und Hintergarten, bemerkte auf einmal die Vernachlässigung, den Staub, die ungespülten Teller, die ungemachten Betten. Er wollte seine Frau wiederhaben.

Beths Schreibtisch war ein Kartentisch im Gästezimmer. Ein liebloser Raum mit einem Einzelbett, kahlen Wänden und einem billigen weißen Schrank. Beths Spinnerpamphlete lagen in säuberlichen Stapeln auf Bettüberwurf und Boden. Der Computer der Familie nahm den Großteil des Tischs ein. Daneben lag ein brauner Briefumschlag. Darin steckte ein Stapel E-Mails, die Beth ausgedruckt hatte, obendrauf genau jene, die Challis ihm heute Morgen unter die Nase gehalten hatte. Am Rand standen in Beths großer kindlicher Schrift Anmerkungen in grüner Tinte: Mein lieber Gatte, ein paar wichtige Denkanstöße.

Scobie wurde von einer großen Welle der Traurigkeit erfasst und hielt sich die Hände vor die Augen. Aber Weinen brachte ja nichts. Er wusch das Geschirr, machte die Betten, schrieb einen Einkaufszettel. Bald war es 17.30 Uhr. Normalerweise war Roslyn gegen 16 Uhr zu Hause, doch sie war in den Chor eingetreten, übte für das Schulkonzert morgen Abend und war wohl erst um 18 Uhr daheim. Also hatte er noch Zeit, einzukaufen und die Sache mit seiner Frau zu klären.

Aber würde Beth ihm überhaupt zuhören? Das war die Frage.

Scobie fuhr in den Supermarkt, innerlich zerbrach er leise. Als er gestern Abend seiner Tochter einen Gutenachtkuss gegeben hatte, hatte sie sich an ihn geklammert und nicht loslassen wollen.

»Ich habe böse Träume«, sagte sie.

Er fuhr ihr über den Kopf. »Worüber denn?«

»Jemand lässt in meinem Bus eine Bombe hochgehen.«

»Ach, Schätzchen.«

Er wiegte sie eine Weile, und ihr Flanellpyjama roch ein wenig muffig, was ihn daran erinnerte, dass die Wäsche wohl nicht gewaschen werden würde, wenn er es nicht tat.

»Dad?«

»Ja?«

»Was, wenn du erschossen wirst?«

»Ich werde nicht erschossen«, antwortete er mit fester Stimme. »Wir sind doch nicht in Amerika. Hier hat doch so gut wie niemand eine Waffe.«

»Aber was, wenn doch?«

Scobie ahnte, was Roslyn durch den Kopf ging. Sie hatte Angst, allein zu sein, falls er starb. Scobie war ziemlich verärgert gewesen, hatte seine Frau ein wenig gehasst, nichts von ihrem Schmerz und ihrer Hilflosigkeit gespürt, wollte nur noch die Schuld auf sie schieben.

»Dad?«

»Ja, Schätzchen?«

»Kommst du zum Konzert?«

»Um nichts in der Welt möchte ich das versäumen«, sagte er und wusste, wenn das diesjährige Konzert ungefähr so ablief wie letztes Jahr, dann würde irgendein elfjähriger Gitarrenschüler *Smoke on the Water* spielen und einen großartigen Song für immer ruinieren.

»Kommt Ma auch?«

»Sie will das bestimmt auch nicht verpassen«, hatte Scobie zu seiner Tochter gesagt und sich gefragt, ob das nicht eine Lüge war.

Während er im Supermarkt den Einkaufswagen durch die Gänge schob, ging er im Geiste diese und noch andere Unterhaltungen durch. Vor allem durchlebte er noch einmal die besondere Einkaufshölle, als er letzten Samstag Roslyns Konzertkleid kaufen sollte, eine Aufgabe, die eigentlich Beth hätte erledigen sollen. Was verstand er denn davon, wie man Mädchenkleidung einkauft? Jetzt war er auch nicht klüger, wusste nur, dass seine Tochter zu einer Art weiblicher Wesen gehörte, für die es keine passende Kleidung gab. Mit ihren zwölf Jahren und den kleinen Brüsten war sie zu alt für die Kinderabteilung der Läden, in die sie gingen, und zu jung für Teenieklamotten. Die Teenagermode hatte ihn entsetzt: ultrakurze Miniröcke, Tops, die eigentlich nur Fetzen waren und deren fadenscheiniger Stoff kaum vom Bauchnabel zu den Brustwarzen reichte. Schließlich kauften sie bei Myer einen schlichten, aber hübschen Rock und ein Oberteil und kehrten heim.

Dann bereitete ihm ein anderer Gedanke neue Kopfschmerzen. Wie sollte er Roslyn bei der ersten Periode helfen?

Er schob den Einkauf zum Wagen, öffnete die Heckklappe und lud ein. Dann stand ein kleines Kerlchen neben ihm, etwa in Roslyns Alter, aber in jeder Hinsicht um Jahre älter. Ein drahtiger Junge aus einer der Sozialbauten. Voller nervöser Energie. »Fertig, Mister?«

»Du willst meinen Einkaufswagen zurückschieben und mein hart verdientes Geld aus dem Münzschlitz haben«, erwiderte Scobie mit ruhiger Stimme.

Der Junge mimte Schuld und Betroffenheit. »Sie haben mich erwischt«, sagte er und schlug sich die Hand vor die Stirn.

Scobie lächelte ihn ein wenig an, ohne es wirklich zu meinen. »Na dann, hier, nimm das vermaledeite Ding.«

Der Junge raste mit dem Einkaufswagen davon und schrie: »Blödmann!«

Na, stimmt ja auch, dachte Scobie. Er fuhr mit dem Einkauf nach Hause und ging dann seine Frau suchen.

Am späten Nachmittag kamen die Schoolies wieder von den Stränden, Radwegen und Laufstrecken zurück. Sie hatten sich unter die Dusche gestellt, saubere Sachen angezogen – Jeans,

T-Shirts, Miniröcke, Cargohosen – und strömten jung, gesund und beinahe attraktiv durch die Stadt. Pam Murphy sah sie Bier kaufen, Sonnenbrillen ausprobieren, in den CD-Regalen stöbern. Sie wirkten größer, als sie ihre eigene Generation in Erinnerung hatte, fitter, blonder. Sie bildeten immer wieder neue Grüppchen, breiteten einen Klangteppich aus Grunzern, Gelächter, dem feuchten Knallen von Kaugummi, dem Schlurfen von nackten Füßen und dem Geklapper von Sandalen aus. Sie schienen nett, aber nicht sonderlich intelligent. Sie sahen sich Pams Foto von Lachlan Roe an und sagten, sie hätten ihn noch nie zuvor gesehen.

Pam durchstreifte großräumig die Straßen, Schnellrestaurants und Pubs. Sie gab einem in Tränen aufgelösten Teenager zwanzig Dollar für den Bus und half einer alten Frau, das Erbrochene auf dem Fußweg vor ihrem Haus wegzuspülen. Gerade als sie auf den Parkplatz vom Fiddlers Creek einbog, fuhr John Tankard davon. Er sah sie nicht. Pam ging hinein, hielt nach Schoolies Ausschau und entdeckte Andy Cree im Biergarten. Er grinste sie breit an, sein Gesicht legte sich in Falten, die zu sagen schienen: »Genau du«, und obwohl sie kein Wort davon glaubte, fand sie es doch nett, Adressatin dieses Lächelns zu sein. »Schieb dir ’ne Bank ran«, sagte er.

»Ich kann nicht allzu lange bleiben.«

Aber sie setzte sich trotzdem hin. Andy richtete seine ganze Aufmerksamkeit auf sie, und Pam ließ sich Zeit und nippte eine Weile an einem Cocktail aus Limonade, Limone und Angostura. »Weißwein?«, fragte sie und runzelte angesichts seines Glases die Stirn.

»Ich probiere mal die lokalen Weine.«

Pam war bisher noch nie auf die Idee gekommen, dass jemand so etwas überhaupt machen würde. Ich wohne schon zu lange hier, dachte sie. Ich nehme das alles als gegeben hin. Wieder ein Pluspunkt für Cree, zusammen mit denen für sein gutes Aussehen, seinen Körperbau, seine Flapsigkeit, seine Bereitwilligkeit, eine vernünftige Unterhaltung zu führen, und seine Fähigkeit, sie zum Lachen zu bringen. »Na, dann bist du ja eine Weile beschäftigt«, meinte sie. »Was hatte Tank denn? Einen der örtlichen Pinot Noirs?«

Jetzt musste Cree lachen, und Pam spazierte aus dem Biergarten und hatte ein Date, auf das sie sich schon freute.

Sie sah auf ihre Uhr. Zeit für Inspector Challis' abendliches Briefing. Doch zuvor fuhr sie in die Chillout-Zone, um den Freiwilligen dort zu sagen, dass sie am Abend zurückkommen würde, und fand dort Scobie Sutton und seine Frau in einer Ecke vor. Beth Sutton schien mitgenommen, fuhr sich mit den Händen über die Wangen und weinte: »Nein, das ist nicht wahr.«

14

Challis holte etwas zu trinken, und Ellen erzählte ihnen die Geschichte von Zara Selkirk und dem Kaplan der Landseer School.

»Bestrafung?«, fragte Pam Murphy.

»Ja.«

Challis stellte sein Glas ab. »Und das hat dir die Halbschwester erzählt?«

»Ja.«

»Aber du hast von Zara noch keine Bestätigung?«

»Ha!«, meinte Ellen, »sie war nicht zu Hause.«

Sie saßen in der kleinen Seitenbar eines Pubs namens Two Bays, hinter dem Jachthafen neben dem Meeresmuseum, das aus ein paar Ankern und einem Fischernetz bestand. Das Two Bays war das Lieblingspub der Polizei von Waterloo, weil es vor allem von Seglern frequentiert wurde, nicht von dem Menschenschlag, den sie im Laufe der Jahre verhaftet hatten – was nicht heißen sollte, dass unter den Seglern nicht auch Kriminelle waren, doch hatten die seltener ein Vorstrafenregister und neigten auch nicht dazu, einem Polizisten, der nur mal in Ruhe was trinken wollte, eine Bierflasche oder ein Billardqueue über den Schädel zu ziehen.

Challis trank ein Cascade Lager, Ellen einen Gin Tonic, Murph Limonade. Challis machte nach dem einen Bier Schluss. Die anderen auch. Sie alle hatten in jungen Jahren Erfahrungen mit langen Kneipenabenden gemacht, als noch von jedem erwartet wurde, eine Runde zu schmeißen. Ein Alkoholtest, ein Unfall auf dem Heimweg und das Ende der Karriere. Oder gar das Scheitern der Ehe. Schlechte Leistungen im Dienst und ein Schmerbauch. Challis dachte an einen seiner ersten Posten zurück, auf einem ländlichen Revier, wo er Sergeant gewesen war und seine Frau an einen seiner Kollegen verlor. Sie hatten alle heftig getrunken. Die beiden waren miteinander intim geworden. Schließlich hatten seine Frau und der Kollege ihn in eindeutiger Absicht auf eine einsame Landstraße gelockt. Er hatte ihrer Liebe oder ihrer Lust im Wege gestanden, und das schien ihnen wohl die einzige Lösung zu sein. Es wurde einfach zu viel getrunken hier. Hätten sie sonst vielleicht zivilisiertere Maßnahmen ergriffen? Die zwei waren jedenfalls im Gefängnis gelandet. Der Mann saß noch immer hinter Gittern. Challis' Frau hatte sich dort das Leben genommen.

Er schüttelte die Erinnerungen ab und sagte dann etwas zu scharf: »Wann wirst du sie befragen?«

Ein Schatten huschte über Ellens Gesicht. »Morgen«, sagte sie nach kurzer Pause.

Ach herrje, dachte Challis. »Tut mir leid«, meinte er und fuhr sich mit den Händen über die Wangen. »Ich hatte heute Nachmittag McQuarrie und Hindmarsh an der Hacke.«

»Hindmarsh?«, fragte Ellen entgeistert.

»Besser Sie als ich, Chef«, bemerkte Murph.

Ellen sah Challis mitfühlend an. Hinter ihr fiel der Blick durch eine große getönte Scheibe hinaus auf eine kleine Bucht und eine Kaimauer, an der Fischerboote lagen. »Hast du ihm von der E-Mail und dem Blog erzählt?«, fragte sie.

»Aber klar.«

»Und hat ihm das die Sprache verschlagen?«

»Ja.«

Pam Murphy war verwirrt und folgte der Unterhaltung nur mühsam. Challis reichte ihr die Seiten und sah ihr beim Lesen zu. »Hier könnte ein Motiv verborgen sein, Chef.«

»Ist mir schon klar. Aber erst schauen wir uns noch mal die Verbindung zur Landseer School an. Ellen, kannst du das noch einmal durchgehen?«

Ellen holte tief Luft. »Ein Mädchen aus der elften Klasse namens Zara Selkirk war Lachlan Roes einziger Termin gestern. Als ich erfuhr, dass sie heute nicht in der Schule war, bin ich zu ihr nach Hause gefahren. Ihre Halbschwester Chelsea öffnete. Sie war allein, der Vater geschäftlich in London, Zara und die Stiefmutter in der Stadt.« Sie hielt inne und sah ihre Kollegen mit einem strahlenden Lächeln an. »Offenbar ist Chelsea häufiger allein. Wir reden hier von ernsthaft viel Geld und beachtlich wenig elterlicher Fürsorge.«

Challis nickte. In seinen zwanzig Jahren bei der Polizei hatte er mitbekommen, dass die ganz Reichen ihre Kinder genauso wenig beachteten wie die ganz Armen. Letztere hatten zumindest Gründe. Challis war an den nachlässigen Reichen eine Verödung aufgefallen, selbst wenn diese glaubten, eine künstlerische Ader zu haben, nur weil sie zu Opernpremieren gingen, eine geistige, weil sie ihre Kinder liebten, und eine emotionale, weil sie sich ständig über irgendetwas oder irgendjemanden aufregen konnten. »Du wirst dir bestätigen lassen müssen, dass Zara und ihre Mutter tatsächlich letzte Nacht in der Stadt waren.«

Ellen sah ihn an und antwortete: »Aber sicher.«

Wieder zuckte Challis zusammen. »Fahr fort.«

»Es ist etwas weit hergeholt, aber vielleicht wollten sie dem Kaplan etwas antun. Offenbar hatten Zara und zwei ihrer Freundinnen eine Abneigung gegen die Schulbibliothekarin Merle Richardson entwickelt und dachten, sie könnten es mal mit einer Hassseite im Internet versuchen. Also haben sie für Mrs. Richardson eine falsche Seite bei Facebook eingerichtet, auf der sie ihre sexuellen Fantasien verbreitet und Telefonnummer und E-Mail-Adresse angegeben haben. Die arme Frau hatte einen Nervenzusammenbruch.«

»Die Kinder hat man erwischt?«, fragte Pam.

Ellen nickte. »Sie wurden nicht der Polizei gemeldet, nicht von der Schule verwiesen, noch nicht mal suspendiert.«

Challis überraschte das nicht. Die Schule wollte kein Aufsehen erregen – das Opfer auch nicht –, und obwohl solche Internetrüpeleien an den Schulen und anderen Einrichtungen überhandnahmen, kamen die Behörden mit Vorschriften, rechtlichen Maßnahmen und Strafen nicht mehr schnell genug nach.

»Offenbar ist die junge Zara ziemlich helle«, fuhr Ellen fort, »und hat dieses Jahr bereits ein paar Prüfungen der zwölften Klasse abgelegt. Als es so aussah, als würde die Schule gegen sie vorgehen, ist ihre Mutter in die Schule gestürmt und hat mit einer Klage gedroht, falls sich Zaras Leistungen verschlechterten.«

»Und die Schule ist eingeknickt«, meinte Pam.

»Ohne mit der Wimper zu zucken. Zum Teufel mit der Reputation, mit der geistigen und körperlichen Gesundheit einer Lehrerin – reiche Eltern sind wichtiger. Mistkerle.«

Alle widerte das an, doch Challis musste weitermachen. »Und wie passt der Kaplan in diese Geschichte?«

»Es wurde entschieden, dass Zara sich bei Mrs. Richardson entschuldigen sollte. Roe sollte vermitteln.«

»Waren alle drei anwesend?«

Ellen schüttelte den Kopf. »Mrs. Richardson hat sich einen Rechtsbeistand genommen und auf dessen Rat hin nicht teilgenommen.«

»Recht so«, meinte Challis. Er hielt kurz inne. »Da stellt sich die Frage: Hat sie Roe angegriffen? Ich sehe nicht, dass irgendeine dieser Personen ein starkes Motiv hätte.«

»Stimmt«, meinte Ellen und leerte ihren Gin Tonic. »Der Direktor würde da ein besseres Ziel abgeben.«

Challis nickte. »Schau mal, ob du mit ihm reden kannst. Murph, Sie sind an der Reihe.«

»Ich habe nichts zu berichten, Chef. Ich habe Roes Foto herumgezeigt, aber keiner erkennt ihn. Ich mache heute Nacht weiter.« Challis sah sie an und fragte herausfordernd: »Hat Scobie was rausgekriegt?«

Challis sah sie mit spöttischem Blick an. Pam fragte sich wohl, warum Sutton nicht beim Briefing dabei war. »Ich habe ihn von dem Fall abgezogen.«

Er nannte seine Gründe und untermauerte sie mit den ausgedruckten Seiten der E-Mail und von Dirk Roes Blog, die zwischen ihnen auf dem Tisch lagen.

»Mal sehen«, meinte Ellen.

Sie ging das Material durch. Challis gefiel es, wie sich ihre Augenbraue hob, wenn sie sich konzentrierte, genau wie ihm ihre schönen Hände gefielen. Sein Blick wanderte zu Murphys Händen hinüber: kräftiger, kantiger. »Ich habe Dirk am Nachmittag im Krankenhaus befragt«, sagte er. »Er meinte, er habe das Blog vom Netz genommen.«

Ellen schüttelte müde den Kopf. »Was ist das nur mit diesen Blogs? Warum machen die Leute so was?«

»Ihr versteht das nicht«, meinte Pam.

»Ich verstehe, dass sie zur Verrohung der Welt beitragen«, entgegnete Ellen. »Sie geben zweifelhaften Personen wie Dirk Roe Gelegenheit, ihre rohesten und niedrigsten Instinkte zu befriedigen. Denen geht irgendein Gedanke durch den Kopf, und sie halten ihn schon deswegen für mitteilenswert, weil sie ihn hatten. Außerdem kosten Blogs nichts, und man muss sich auch nicht mit seinen Mitmenschen auseinandersetzen.«

Pam sah sie schräg an, und Ellen fuhr erregt fort: »Wenn du wüsstest, was diese Landseer-Mädchen der armen Frau angetan haben …«

Pam nickte. »Schon in Ordnung, Sergeant.«

Ellen reckte den Kopf in Richtung Challis. »Könnte Dirk seinen Bruder verletzt haben?«

»Nicht direkt. Sein Alibi ist wasserdicht.«

»Hat er jemanden angeheuert?«

»Alles möglich«, antwortete Challis.

Er berichtete ihnen von seinem Nachmittag, er hatte ein wenig über Lachlan und Dirk Roe nachgeforscht. »Aufgewachsen in einer fundamentalistischen Kirche, striktes Elternhaus, wer sein Kind liebt, der züchtigt es, jede Menge Schuldgefühle und Unterdrückung, das alte Lied.«

»Vielleicht«, gab Ellen zu bedenken. »Aber wie hat sich die Sache bei ihnen im Besonderen entwickelt?«

Challis erzählte ihnen von einer Unterhaltung, die er mit einer Tante der beiden geführt hatte. »Sie gehörte derselben Kirche an, war mit dem jüngeren Bruder von Lachlans und Dirks Vater verheiratet. Nachdem sie ein paar Kinder zur Welt gebracht hatte, begann sie, die Dinge infrage zu stellen – und wurde rausgeschmissen. Sie durfte noch nicht mal ihre Kinder sehen.« Er hob die Hände, wie um Einwände abzuwehren. »Stimmt schon, sie hat noch ein Hühnchen mit ihnen zu rupfen. Aber etwas, was sie bekümmerte, war das Verhalten von Lachlan und Dirk, vor allem, wenn die mit ihren Kindern spielten, die jünger waren. Ungesund, meinte sie. Ringen, Umarmen, Betatschen. Sie nannte die beiden merkwürdig und verklemmt.«

Sie dachten alle darüber nach. Pam ging die Seiten des Roe-Reports durch. »Schau dir mal all diese Nutzernamen an: Wie sollen wir die nur aufspüren? Müssen wir sie denn alle aufspüren, Chef?«

»Falls nötig.«

»Irgendwie dachte ich, beim CIU wäre es ruhmreicher.«

»Was nennen Sie denn das hier?«, meinte Challis mit einer ausholenden Handbewegung.

»Ich nenne das Druck von oben«, erwiderte Pam, »Sir.«

Challis warf ihr einen wenig ernst gemeinten bösen Blick zu. »Ein Gutes hat dieser Druck: Ich habe Hindmarsh gebeten, seinerseits Druck auf das Labor zu machen, damit wir von dieser Spucke auf Lachlan Roes Ärmel eine schnelle DNA-Analyse kriegen.«

15

»Ich genieße das«, meinte Ellen später in der sanften Abenddämmerung.

Sie waren vom Pub nach Hause gefahren und gingen nun spazieren. Sie waren auf halber Höhe auf dem Hügel hinter dem Haus.

»Mit mir spazieren zu gehen?«

»Zu spazieren.« Sie schmiegte sich kurz an ihn. »Mit dir zu spazieren.«

Wenn sie sich nicht jeden Tag bewegte, fühlte sie sich träge, unfit, ungelenk. Sie mochte diese Abendspaziergänge, mochte es, mit Hal unterwegs zu sein, doch war da noch die unausgesprochene Tatsache, dass sie ihre morgendlichen Spaziergänge in Penzance Beach vermisste. Jetzt verbrachten sie den frühen Morgen damit, Sex zu haben, sich zu lieben oder wie immer man es nennen wollte. Was vollkommen in Ordnung war – Spaß im Bett, solange die Flamme brennt.

Sie holte mit den Armen aus und machte größere Schritte. Es war nicht der Strand, es war nicht der frühe Morgen, aber es hatte was. Das hier war ein schönes Fleckchen Erde, ein Flickenteppich aus Wein, Obstgärten und Weideflächen, zusammengehalten von Schotterstraßen, gesäumt von Zäunen und Bäumen. Die Vögel fütterten die Jungen. Es roch frisch, einer der Bauern hatte Frühlingsheu gemacht.

Dann zuckte sie zurück. »Was stinkt denn hier so bestialisch?«

Beißend, ätzend, es brannte in den Nasenhöhlen. Ellen folgte Hal bis zu einem wild wuchernden Adlerfarn zwischen Straße und einer Viehrampe. »Muscheln?«, fragte sie mit einer Hand vor Mund und Nase und linste in die Dämmerung.

»Abalone«, meinte Challis, der sich zu ihr gesellte.

Der Haufen war einen halben Meter hoch, grau und unwirklich in dem Dämmerlicht, jede einzelne gefurchte und hässliche Schale so groß wie eine Untertasse. »Irgendein Kerl schmeißt die hier jedes Jahr hin«, sagte Challis. »Eines Tages erwisch ich ihn.«

»Ein Wilderer?«

»Vermutlich.«

»Aha«, meinte Ellen und speicherte wieder einen Fetzen unnützen Wissens ab. »So was gibts in Penzance Beach nicht.«

Challis drückte sie und lachte. »Hier draußen am Rande der Zivilisation geht es ziemlich rau zu.«

Sie schauten nach oben. Ein Hubschrauber durchschnitt eine Ecke des sich verdunkelnden Himmels. Er war in einiger Entfernung, doch das Motorengeräusch war unmissverständlich, eine

Dauphin der Polizei, das Aufheulen des Turbos war lauter als das Schlagen der Rotorblätter. Sie sahen sich an. Es gab ein paar berüchtigte schwarze Flecken auf der Peninsula, nicht einsehbare Kreuzungen, an denen schon einige Autofahrer ihr Leben gelassen hatten. Die Ortsansässigen spekulierten gern, wann das Straßenbauamt die Sicherheit durch den Einbau eines Kreisverkehrs oder durch das Fällen von ein paar Bäumen verbessern würde: ab zehn Toten? Zwanzig?

»Hal?«

»Ja, mein Augenstern?«

Sie nahm seine Hand. »Was machst du mit deinem Flugzeug?«

Challis restaurierte eine alte Maschine. Besser gesagt: Er hatte damit angefangen, doch nun setzte sie im Hangar eines kleinen Flugfeldes Staub an. Ellen machte sich deswegen Sorgen. Das Flugzeug war ihr egal, aber sie fand es wichtig, dass Challis neben seiner Polizeiarbeit noch andere Interessen hatte – neben ihr, was das betraf. Sie dachte an das Leben mit ihrem Mann zurück. Alan hatte verschiedene Obsessionen gehabt – dass sie zum Sergeant befördert worden war und er nicht, die Stromrechnung, die Freunde ihrer Tochter –, aber er hatte keine eigenen Interessen gepflegt. War das ihr Fehler? War sie daran schuld, dass Challis nicht mehr an seinem alten Flugzeugwrack herumschraubte?

»Ich weiß es wirklich nicht«, antwortete Challis.

Ellen drückte seine Hand und ließ sie wieder los.

»Ich wünschte, ich hätte mehr Zeit«, meinte er.

»Nehme ich dir zu viel Zeit weg?«

»Ich verbringe sie gern mit dir.«

Sie biss sich auf die Lippe. »Hal, ich kann für dich nicht alles sein.«

»Natürlich nicht. Das weiß ich.«

»Und du kannst für mich nicht alles sein.«

»Worauf willst du hinaus?«

Sie gingen durch die dunkler werdenden Schatten den Hang zu seinem Haus hinunter. Ihrem Haus. Ellen schwirrte der Kopf vor den ganzen Fragen, die äußerlich nichts miteinander zu tun hatten, aber auf verwirrende Weise miteinander verknüpft waren.

»Hal, findest du es manchmal schwierig, mit mir zu arbeiten?«

»Ja.«

Das kam ganz spontan. Gut. »In welcher Hinsicht?«, fragte sie.

»Ich will andauernd mit dir schlafen. Du sitzt an deinem Computer, und ich will dir die Kleider vom Leib reißen.«

Das hatte sie hören wollen und auch wieder nicht. Die Fragen, die sie verwirrten, waren wichtig. Sie tat einen halben Schritt beiseite und verschränkte die Arme.

Aber Hal war nicht dumm oder stur und sagte sofort: »Ich hasse es, dir Anweisungen erteilen zu müssen, also kleide ich sie in Vorschläge. Ich achte immer darauf, nicht kritisch zu klingen oder dein Urteilsvermögen infrage zu stellen, aber manchmal muss ich das. Kriegst du das dann in den falschen Hals? Und was halten Scobie und Pam davon? Finden sie, dass ich dich bevorzuge? Aber du bist Sergeant.«

All das sprudelte aus ihm heraus. Ellen hakte sich wieder bei ihm ein. »Da muss sich was ändern. Aber nicht jetzt.«

Sie spürte, dass er noch mehr über die Arbeit mit ihr sagen wollte. Doch stattdessen fragte er: »Lebst du gern bei mir?«

»Ja«, antwortete sie bestimmt, war sich aber nicht hundertprozentig sicher.

Hal sagte nichts darauf. Die beiden gingen einträchtig die Einfahrt entlang zum Haus. Sie hatten beim Fleischer eine Pfannenmischung gekauft. Sie mussten sie nur noch in den zischend heißen Wok werfen und Reis hinzufügen. Sie wollten heute

Abend zu Hause bleiben und zusammen essen. Sie waren gemeinsam spazieren gewesen. Der Abend war gut, und bei ihrer Arbeit waren solche Abende selten.

Ludmilla Wishart war in ihrem Haus in Waterloo und spielte Klavier. Sie spielte oft und gut, doch Adrian hasste es. Ihre Augen, ihre Gedanken, ihr Körper waren nicht hier, bei ihm, wenn sie spielte, sondern weit weg, vielleicht an einem besseren Ort – ihr zufolge –, und genau das hasste er daran.

Er hielt ihre schlanken Finger auf den Tasten fest und sagte: »Ich hab Hunger.«

Sie schnappte nach Luft und eilte in die Küche.

Scobie Sutton verließ die Chillout-Zone und fuhr niedergeschlagen heim. Statt ihn zu begleiten, war Beth auf ihr Fahrrad gestiegen. Sie hatte gesagt, sie würde sich zu Lachlan Roe setzen, bis er das Bewusstsein wiedererlangte. »Er braucht mich.«

»Beth, das kann Tage dauern, Wochen.«

»Er braucht mich.«

»Wir auch, Liebes. Er hat ja noch seinen Bruder.«

»Dieser Soundso!«

Scobie hatte sein Bestes versucht, aber sie hatte nicht hören wollen. Scobie war gekränkt, saß zwischen den Stühlen: seinem Chef und seiner Frau. Keiner von beiden wollte oder brauchte ihn, wie es schien, doch beide hatten Macht über ihn. Challis würde niemals Ellen Destry von einem Fall abziehen, darauf würde er wetten. Hat schon Vorteile, mit seinem Chef zu schlafen. Aber ich bin doch noch zu was nütze, oder nicht?, wollte er wissen. Ich könnte Zeugen aufspüren, verfolgen, befragen, ausschließen. Stattdessen soll ich den Diebstahl eines Rasentraktors untersuchen.

Innerlich kochte er. Als er um halb sieben zu Hause war, saß Roslyn, eine kleine, schwache Gestalt, in der dunklen Küche, den Schulatlas bei dem Wirrwarr der indonesischen Inseln aufgeschlagen. Sie schob ihren Stuhl scharrend zurück, sprang auf, drückte sich fest an ihn und weinte so hemmungslos, dass sein Hemd ganz nass wurde. »Schätzchen«, sagte Scobie überwältigt.

Sie drückte ihn noch fester, ließ ihn los und machte sich wieder an die Hausaufgaben. Er versuchte, ihr zu helfen, während er Koteletts briet, aber die Brüder Roe gingen ihm nicht aus dem Kopf, und er ertappte sich beim Gedanken, ihnen etwas zuleide tun zu wollen. Er betrachtete diesen Gedanken genauer und war überrascht, dass er keinerlei Schuldgefühle hegte.

Caz Moon wusste, woher diese Wut, dieser Mut heute gekommen waren, trotzdem war sie ganz überrascht. Sie war nicht immer so wütend und unerschrocken gewesen. Noch Monate nach der Vergewaltigung war sie ein elendiges Wrack gewesen, wie sie selbst sagte. Äußerlich gefasst, gefasst genug, um den Surfshop zu leiten, aber innerlich verloren. Sie konnte gar nicht fassen, welche Gefühle sie hegte. Beschmutzt worden zu sein, das ja, aber die Schuldgefühle? Als ob sie eine Wahl gehabt hätte!

Was alles noch schlimmer machte, waren ihre Erinnerungen: Sie waren am Anfang verschwommen, undeutlich gewesen, sie war sich nicht sicher gewesen, was genau geschehen war. Doch nach und nach hatte sie es sich zusammengereimt, und sie hatte noch viel länger gebraucht, um wieder auf die Beine zu kommen.

Und jetzt konnte Caz Moon ihr Glück überhaupt nicht fassen, als die Abenddämmerung langsam der Nacht wich. Da war ja Josh Brownlee wieder, der sich vor dem Retro anstellte, dem Club hinter dem Veteranenverein, sich an die jüngste Schwester von einer Bekannten ranmachte, mit der Caz zur Schule gegangen war, wie hieß sie noch gleich, Hayley, Hayley mit nacktem Bauch, dick mit Kajal angemalten Augen, Brustwarzen, die in der kühlen Luft abstanden wie Kieselsteinchen, einem Rock, der gerade mal knapp den Hintern bedeckte. Sie kaute Kaugummi und genoss Joshs Anmache.

»Josh! Joshy!«, rief Caz. »Na, hast du schon jemanden flachgelegt? Er ist ein Vergewaltiger«, klärte sie Hayley, ihre Freundinnen und alle anderen in Hörweite auf.

Josh stürzte sich auf sie. Caz wich ihm lachend aus. Und dann war da wieder diese Polizistin, die fragte: »Alles in Ordnung bei euch?«

»Bestens«, antwortete Caz mit perlender Stimme.

Die Polizistin sah Josh an, dann Caz und fragte leise: »Möchten Sie ein Verbrechen melden?«

»Ich? Nein!«

»Caz«, sagte die Polizistin rundheraus, »ich habe gerade gehört, wie du diesen Kerl der Vergewaltigung beschuldigt hast.«

»Ich? War nur ein Scherz.«

Die Polizistin, die mit der Antwort nicht im Mindesten zufrieden war, sah sie lange an. Schließlich hielt sie Caz ein Foto unter die Nase. »Hast du diesen Mann schon mal gesehen?«

»Nee«, antwortete Caz und stolzierte davon, als würde ihr die ganze Welt gehören.

Als Pam sich umsah, war der Kerl verschwunden.

16

Das war am Dienstag gewesen. Am Mittwoch war Ludmilla Wisharts dreißigster Geburtstag, und die erste Anruferin war ihre Freundin Carmen Gandolfo, die »Happy Birthday« für sie sang, als Ludmilla gerade ihr Müsli essen wollte. Ludmilla unterdrückte ein paar Tränen. Carmen tat ihr gut, war groß an Körper und Seele, ein wahres Lebenselixier. Es freute sie außerdem, dass Carmen sie zu Hause und nicht bei der Arbeit angerufen hatte, obwohl sie wusste, wie Adrian war.

Sie scherzten ein wenig. Carmen schlürfte offenbar Kaffee oder Tee. »Ich komme später mit einer kleinen Überraschung im Büro vorbei.«

»Groß oder klein, kommt nicht drauf an«, erwiderte Ludmilla. »Hauptsache, es war teuer!«

»Bei meinem Gehalt?«, lachte Carmen. Sie nahm noch einen Schluck Kaffee. »Also, was hast du für heute Abend geplant?«

Schuldbewusst antwortete Ludmilla: »Adrian führt mich zum Essen aus.«

»Schätzchen«, sagte Carmen und ließ große Zweifel in dem Wort mitschwingen.

Mit einem weinerlichen Ton, den sie hasste, meinte Ludmilla: »Ich kann ihn nicht verlassen, das weißt du. Ich habe Angst, er tut sich sonst was an.«

»Kompletter Blödsinn.«

»Bitte, Carmen.«

»Steck ihn in eine Selbsthilfegruppe. Ich organisier das für dich.«

Carmen arbeitete als Beraterin im Gesundheitsdienst des Bezirks. Es gab da Therapieprogramme für gewalttätige oder ausfallend gewordene Ehemänner oder Partner. Ludmilla wusste, eher fror die Hölle zu, als dass Adrian bei einer solchen Gruppe mitmachen würde. Seiner Meinung nach hatte er kein Problem, er war ja kein ungebildeter Arbeiter, sondern ein weltgewandter, gut ausgebildeter Mann. Und er schlug sie so gut wie nie.

»Bitte«, flehte Ludmilla.

Als sie das letzte Mal auf dieses Thema zu sprechen gekommen waren, hatte Carmen gesagt: »Das ist dein Begräbnis – und das meine ich ernst.« Doch heute war ihr Geburtstag, also lenkte Carmen das Gespräch auf erfreulichere Themen. Schon bald lachte Ludmilla und war vergnügt, schaute aber immer wieder ängstlich nach der Küchenuhr und lauschte, was Adrian im Badezimmer am anderen Ende des Flurs tat, wie er sich mit dem Elektrorasierer über das schmale Kinn fuhr. Sie hatte nicht viel Zeit. Sie bedankte sich bei Carmen für den Anruf und spülte gerade ihre Müslischale aus, als das Telefon erneut klingelte.

»Na, wie geht es denn unserem Geburtstagskind?«, fragte ihre Mutter.

»Hallo, Ma.«

Sie unterhielten sich ein paar Minuten, dann fragte Ludmillas Mutter: »Führt dich dein Goldstück von Gatte heute Abend fein aus?«

Ludmilla hatte in den vergangenen Jahren schon mehrmals versucht, sich ihrer Mutter anzuvertrauen, doch die wollte einfach nichts davon wissen. Sie bewunderte ihren Schwiegersohn. Adrian konnte gar nichts falsch machen. Gestärkt durch ihr Gespräch mit Carmen, sagte Ludmilla etwas, was sie noch nie über ihren Mann gesagt hatte: »Ma, dein Goldstück hat mir gestern Nacht in den Bauch getreten.«

»Ach, sei doch nicht albern.«

»Ich denke ernsthaft daran, ihn zu verlassen.«

»Du warst schon immer eine Jammertante, Ludmilla. Eine Ehe erfordert Arbeit. Du musst dich mehr anstrengen.«

Ludmilla bemerkte mit Schrecken, dass Adrians Rasierer verstummt war. »Ich muss los«, stammelte sie.

Und da stand er auch schon in der Tür, beide Hände hinter dem Rücken. Er hielt den Kopf schräg. »Deine Mutter?«

Wie viel hatte er mit angehört? »Ja«, antwortete Ludmilla. »Es war nur kurz.«

Zu ihrer Erleichterung nickte er. Manchmal konnte Ludmilla ihm nichts recht machen. Wenn sie anrief, sah er das als Geldverschwendung an. Rief jemand bei ihr an – vor allem, wenn sie sich länger unterhielten –, fand er, sie entferne sich von ihm. Oft stoppte er die Zeit, schaute wütend auf die Longines, die sie ihm gekauft hatte. Er stoppte ihre Zeiten, rechnete die Entfernungen aus, die sie zurückgelegt hatte, prüfte, was sie für Lebensmittel ausgegeben hatte.

Sein Lächeln hatte sie früher zum Schmelzen gebracht. Auch diesmal grinste er, sagte: »Überraschung!«, und streckte die Hände nach vorn.

Er hielt ihr eine Geburtstagstorte hin. Schokolade, drei Kerzen, für jedes Jahrzehnt eine, mit verziertem Rand. »Happy Birthday« stand in Zuckerguss darauf.

Dann runzelte Ludmilla die Stirn und besah sich die Schrift genauer. »Hippo Birthday« stand da.

Sie verzog das Gesicht. »Adrian!«

»Nur ein Scherz …«

»Ich bin nicht fett«, beschwerte sie sich und legte ihre Hände auf die Hüften.

Adrian war still und ernst. »Sieh den Tatsachen ins Auge, Schatz, deine Oberschenkel sind dicker geworden.«

Sie ließ sich auf einen Stuhl am Küchentisch plumpsen. »Ich kann so nicht weitermachen.«

Herausgeputzt wie ein Pfau, wie Adrian aus dem Bad gekommen war, stellte er sich hinter sie, legte seine Finger um ihren Hals und flüsterte: »Der einzige Weg, mich zu verlassen, führt ins Grab.«

Ludmilla schnappte nach Luft und machte sich von ihm los.

»Ludmilla«, sagte er ganz ruhig, »ich könnte dir das Genick brechen, das weißt du.« Er ging um den Stuhl und kauerte sich neben sie. Eine Hand fuhr ihr zwischen den Schulterblättern über den Rücken, die andere lag auf ihrem Knie. »Ich entschuldige mich, ich bin zu weit gegangen.« Plötzlich schossen ihm heiße Tränen in die Augen. »Ich wollte dir nicht wehtun. Du bist alles für mich. Das ist nur der Stress, die Enttäuschungen, ich bin gut in dem, was ich tue, warum erkennt das nur keiner …«

»Ach Adrian«, sagte sie und weinte mit.

»Ich hätte das nicht an dir auslassen sollen, ich weiß.«

Ludmilla wusste, dass Adrian manisch depressiv war. Obwohl er seit ihrer Heirat jede Menge freier Entwürfe und Aufträge gehabt hatte, mit denen er ordentliches Geld verdiente, waren es stets nur kleine Jobs gewesen – zum Beispiel baten ihn verheiratete Freunde, Entwürfe für Hauserweiterungen zu machen – oder Enttäuschungen, wie der Auftrag für den Bezirk, eine öffentliche Toilette für den Uferbereich in Waterloo zu entwerfen, der dann als zu skurril abgelehnt wurde. Die größeren Aufträge, das Angebot, mit einem prestigeträchtigen Büro eine Partnerschaft einzugehen, hatten sich alle als Seifenblasen entpuppt. Daneben gab es die Heerscharen der kleinen Leute, mit denen Adrian Wishart unter keinen Umständen zu tun haben wollte, und an seinen Maßstäben rüttelte er nicht. Ludmilla fühlte mit ihm. Für die wahrhaft Kreativen war es schwer.

»Ich weiß«, schniefte sie und drückte seine Hand.

Er umarmte sie herzlich, sprang auf und machte sich zügig an sein Frühstück. Ludmilla beneidete ihn darum, dass er sich von Rückschlägen so schnell erholte. Dann kamen die Nachrichten, die Polizei untersuchte noch immer den Angriff auf den Kaplan der Landseer School, eine Autobombe in Bagdad, ein Footballspieler, der wohl am Samstag wegen einer Sehnenzerrung nicht spielen konnte – »ein anderer Ausdruck für ›einen Tritt in die Eier‹«, kicherte Adrian und brachte Ludmilla zum Lächeln.

Dann tippte er sich an die Lippen. »Ach, hab ich vergessen, ich spiele heute Abend Squash.«

Das sagte er jedes Jahr. Und wie jedes Jahr entgegnete sie: »Das tust du nicht, mein Lieber. Du führst mich zum Essen aus.«

Er tat überrascht und zeigte auf sich: »Moi?«

»Ja, du«, sagte Ludmilla. Tief im Innern wusste sie nicht, ob sie lachen oder weinen sollte.

»Hab ich ganz vergessen.«

»Hast du nicht.«

Es war beinahe so etwas wie Liebe. Gemütlich aßen sie ihr Frühstück, und als Ludmilla aufstand, um einen Teller wegzuräumen, hörte sie ihn mit den Fingern schnippen. Sie drehte sich um: Er hielt ihr seinen Kaffeebecher hin.

Während sie nachschenkte, klingelte das Telefon. Ludmilla hatte keine Ahnung, wer sie um diese Uhrzeit anrufen könnte, mal abgesehen von Carmen und ihrer Mutter. Sie sah Adrian erschreckt an, er sah auf seine Uhr.

Ludmilla schluckte und ging ans Telefon. »Hallo?«

Es war Carl Vernon aus Penzance Beach, der wegen des alten Fischerhauses an der Bluff Road sehr besorgt zu sein schien.

17

An einer anderen Stelle in Penzance Beach joggte Pam Murphy gerade. Wie Carl Vernon wohnte sie auf der Klippe über dem Strand, doch ihr Haus war gemietet, eine mit Eternit verkleidete Hütte. Es lag mehrere Straßen entfernt von jeglicher Aussicht aufs Meer, an einer tief gefurchten Schotterpiste, die an das Farmland grenzte. Pam kannte Vernon nicht und hatte nur nebenbei mitbekommen, dass es Bemühungen gab, das Fischerhaus oben auf der Klippe zu retten. Trotzdem wohnte sie gern in Penzance Beach, sie mochte es, nur ein paar Gehminuten vom Wasser entfernt zu leben.

Heute führte sie ihr Weg oben an den Klippen entlang: Auf der einen Seite tauchten das tiefblaue Meer und Phillip Island zwischen den dunklen Kiefern auf, auf der anderen lagen Zäune, Rasenflächen und Ferienhäuser – stumme Wochenendbehausungen, bei denen unter der Woche die teuren Vorhänge zugezogen waren und die düster wirkten.

Dann kam sie zu einer Bank aus Beton oben an der Klippe. Schilder warnten vor der Erosion. Daneben führte eine Holztreppe zum Strand hinunter. Sie lief nach unten, dann wieder hinauf und hinunter, bis ihre Beine brannten und ihr Herz hämmerte. Sie wollte bald bei einem Marathon mitlaufen und ging gern an ihre Grenzen. Körper und Verstand knisterten regelrecht vor Kraft, sie lief am Strand entlang, bahnte sich einen Weg durch die Tangbänke und die freigelegten Felsen am Rand des Wassers, wo der Sand feucht und hart war. Dabei kam sie an alten Leuten vorbei, die ihre Hunde spazieren führten, an einem Powerwalker, an Möwen, Haieiern, dem Kadaver einer Robbe. Heute sah sie keine Delfine, nur einen Tanker weit draußen auf dem Meer, der zur Raffinerie bei Waterloo wollte.

Ein Morgen wie jeder andere also, aber Pam achtete stets auf die kleinen Unterschiede. Die beiden Wellenbrecher entlang ihres Weges waren heute Morgen zum Beispiel fast ganz mit Sand bedeckt, und gestern hatte es keinen Seetang gegeben. Hatte es eine starke Flut gegeben? Wenn ja, hatte sie alles verschlafen. Und während das Blut kräftig in ihren Venen pochte und ihr Körper geradezu vibrierte vor Lebendigkeit, dachte sie an Andy Cree.

Sie kam zu der kleinen Stelle an der niedrigen Plankenwand am Fuß der Klippen, wo sich aller mögliche Unrat angesammelt hatte, stieg darüber hinweg und verlor sich in den Teebäumen am Ufer, deren Stämme und Wurzeln wie dunkle Tauströnge wirkten. Pam wich den Stolperfallen aus, alle Geräusche blieben hinter ihr zurück, und sie drängte den krummen Pfad zur Klippenspitze hinauf. Schließlich bahnte sie sich durch das Gestrüpp einen Weg auf die Straße.

Und blieb wie angewurzelt stehen. Sie hatte Mühe, alles aufzunehmen. Da fehlte etwas, nur was? Dann ging es ihr auf: Das alte Fischerhaus war niedergewalzt worden. Schwere Bulldozer brummten zwischen den Pinien. Menschen liefen hin und her, riefen wütend, manche waren in Tränen aufgelöst. Acht Sicherheitsleute mit Bierbäuchen, fleischige Schlägertypen in Schwarz, bildeten eine Mauer zwischen den Protestierenden und der Abrissmannschaft. Die Arbeiter trugen Helme, Jeans, schwere Stiefel und Handschuhe. Sie schwangen Vorschlaghämmer und füllten die Schuttcontainer.

Unablässig, unnachgiebig. Es war laut, staubig, ein schockierender Anblick. Pam spürte, wie ihr Tränen in die Augen stiegen, und sie überquerte die Straße und gesellte sich zu den Protestierenden.

Einer aus der Gruppe fiel ihr besonders auf. Er war knochig und hatte graues Haar, wirkte aber fit. Pam erkannte ihn, sie hatte ihn ein paarmal am Strand spazieren gehen sehen. Anscheinend kannte er sie auch, denn er sagte mit klarer, lauter Stimme: »Sie sind doch Polizistin, richtig?«

Pam nickte. »Was ist denn los?«, fragte sie, obwohl sie wusste, dass es eine dumme Frage war.

Sie hatte das alte Haus gemocht. Sie lief jeden Morgen daran vorbei, wenn sie vom Strand unten kam. Sie hielt es für einen Teil des alten Penzance Beach, ein hübsches Häuschen inmitten all der millionenteuren Architekturträume links und rechts davon aus Rauchglas und tropischen Hölzern, die von den Melbourner Aktienmaklern, Fernsehentertainern, Kokainanwälten und Footballern, denen sie gehörten, gern als »unsere Strandhütte« bezeichnet wurden.

»Können Sie das nicht unterbinden?«, fragte der Mann und packte sie am Handgelenk.

Sie löste sich sanft aus dem Griff. »Dazu ist es wohl ein wenig zu spät, Mr. …«

»Carl Vernon«, sagte er. »Bitte unternehmen Sie etwas.«

Pam überdachte ihre Möglichkeiten. Der Abriss war schon

weit fortgeschritten und gut organisiert. Sie war eine einzelne Polizistin. Und sie kannte die genauen Umstände nicht.

»Vielleicht haben sie eine Genehmigung«, meinte sie zaghaft.

»Genehmigung! Das Haus war einzigartig! Es ist gestern in den National Trust aufgenommen worden!«

Damit konnte sie etwas anfangen. Sie ging zur Baustelle, Vernon neben ihr. »Sie haben dazu kein Recht. Beim Planungsminister ist ein Eilantrag auf Denkmalschutz eingereicht worden.«

Sie kamen bei den Sicherheitsleuten an. »Warten Sie hier, bitte«, sagte Pam und wollte zwischen zwei Wachleuten hindurch, Männern wie Betonblöcke, kein Hals, rasierte Schädel. In naiver Weise hatte die Regierung die Sicherheitsdienste ihrer eigenen Verantwortung überlassen, mit dem Ergebnis, dass viele Wachleute Vorstrafenregister hatten und zu methamphetamingetränkten Wutausbrüchen neigten. Pam, die das wusste, ließ sich von diesen Witzfiguren nicht einschüchtern. »Ich bin Polizeibeamtin«, sagte sie rundheraus und sah den beiden in die Augen. »Wenn ihr mich auch nur anrührt, mach ich euch fertig.«

Sie blinzelten. Pam trat an einen anderen großen Kerl heran, der den harten Gesichtsausdruck zur Schau stellte, den man auf der ganzen Welt bei Baustellenleitern findet. Mit einem Fuß auf einem Stapel Zaunlatten schaute er zu, wie ein Radlader Schutt in einen Container kippte. Pam war erstaunt, eine Matratze samt Wollunterlage hineinfallen zu sehen, gefolgt von einem Kühlschrank und einer Mikrowelle. Dann röhrte der nächste Bulldozer heran: ein kaputter Schrank, ein verstaubter Teppich, Glassplitter, Wellblech, ein Strickmantel.

Der Vorarbeiter sah sie fragend an und spuckte ihr vor die Füße. »Wie sind Sie hier reingekommen?«

»Ich bin Polizistin.«

Er fischte wortlos ein Blatt Papier aus der Hemdtasche. Es war von seiner Körperwärme, ein wenig feucht. Sie schaute es sich an: eine Abrisserlaubnis.

»Soweit ich weiß«, sagte sie und gab das Blatt zurück, »ist das Haus gestern in den National Trust aufgenommen worden.«

»Aber nicht geschützt«, erwiderte der Vorarbeiter. »Außerdem ist der Trust so schwach wie ein Suppenhuhn, reine Nerverei, ein Hobby für Unterbeschäftigte.«

Er wollte gerade zu einem Vortrag über das Thema ansetzen, überlegte es sich aber anders. »Hören Sie, der Anruf kam gestern Abend, wir sollten in der Frühe das Haus plattmachen. Ich hab mir die Sache angeschaut, meine Jungs und ich sind auf der sicheren Seite.«

Pam war angewidert. »Und Sie konnten nicht erst ausräumen?«, fragte sie und übertönte den Lärm der Bulldozer.

Der Vorarbeiter knurrte: »Wegen dieser Spinner da«, wies er auf die Demonstranten, »ging es nicht anders. Weil die nichts Besseres zu tun haben ...«, meinte er kopfschüttelnd.

»Und was wird hier gebaut?«

»Keine Ahnung«, antwortete der Mann und sah zu den Häusern links und rechts hinüber, Abscheulichkeiten, die die Sonne verdeckten.

»Wer baut hier? Wer hat Sie angerufen?«

»Vertraulich.«

Ganz niedergeschlagen von all dem Müll, der Dreistigkeit und der Verachtung, überquerte Pam die Straße, wo sich Vernon wieder zu den Protestierenden gesellt hatte. »Ich kann da nichts tun, tut mir leid.«

»Verhaften Sie sie«, sagte eine Frau mit Tränen in den Augen.

»Sie haben eine gültige Abrissgenehmigung.«

»Das ist nicht der Punkt. Wir hatten den Eindruck, dass die Ebelings das Haus mochten.«

»Die Ebelings?«

»Hugh Ebeling und seine Frau.«

Pam hatte noch nie von ihnen gehört. »Es tut mir sehr leid, mir geht das ebenso nah wie Ihnen, aber das ist eine zivilrechtliche Angelegenheit, keine der Polizei. Ich schlage vor, Sie wenden sich an den Bezirk.«

Das machte die Frau wütend. »Den Bezirk? Finden Sie es nicht merkwürdig, dass das Haus gestern in die Liste der schützenswerten Häuser aufgenommen wurde und heute von den Ebelings abgerissen wird, kurz bevor es unter Schutz gestellt werden konnte? Die haben doch einen Tipp gekriegt.«

»Wollen Sie eine Straftat melden?«

Die Frau wirkte nervös. Carl Vernon mischte sich ein, bedankte sich bei Pam und sprach beruhigende Worte zu den Männern und Frauen, die hilflos herumstanden. Als Pam zu ihrem Haus zurücklief, fragte er sie noch: »Wenn wir etwas beweisen können, schauen Sie sich dann die Sache mal an?«

Pam winkte zum Zeichen der Zustimmung. Sie war müde, hungrig, brauchte einen Kaffee. Sie lief an der Abrissstelle vorbei. Das Wachpersonal stieg bereits in zwei schwarze Range Rover mit getönten Scheiben, und die Arbeiter verluden die Radlader auf Schwertransporter.

Eine halbe Stunde später kam Pam wieder an der Stelle vorbei, als sie zur Arbeit fuhr; ihre Haare waren noch feucht, Kaffee und Porridge wärmten ihr den Bauch. Das Grundstück war leer. Sie bremste vorsichtig, nein, war es nicht. Ein paar Ortsansässige fischten in den Müllcontainern nach Elektrogeräten, Möbeln, Kleidern und Büchern.

Viel Glück dabei. Pam versuchte sich vorzustellen, wie jemand den Abriss dieses hübschen kleinen Häuschens genehmigen konnte, und sah nur eine fürchterliche Ödnis.

Langsam fuhr sie weiter. Sie sah Carl Vernon vor einem Haus in der Nähe stehen, neben einem silbernen Golf. Er sprach mit einer jungen Frau mit roten Haaren. Am Fuße des Hügels bremste sie hart wegen eines roten Citroëns. Sie schaute ihm nach, als er vorbeifuhr, sah ihn in den Schatten einer Platane rollen, wo er stehen blieb.

Pam Murphy zuckte mit den Schultern, gab Gas und fuhr zum Polizeirevier Waterloo, wo sie in einer Ecke des Hofes parkte, weit weg von den Vogelschissbäumen. Sie betrat das Revier mithilfe der elektronischen Personalkarte durch den Hintereingang, zog einen Stapel Rundschreiben und Memos aus ihrem Postfach und ging die Treppe zur CIU hinauf. Sie hatte zu tun.

Pam war amüsiert darüber, dass sie die Erste war. Meist kam sie zu spät. Sie sollte dieses Ereignis feiern und den Kaffee aufsetzen. Also schlenderte sie in den Aufenthaltsraum und besah sich zweifelnd die Kaffeemaschine, die Challis dort aufgebaut hatte. Er trank nie löslichen Kaffee. Der Chef liebte seinen Kaffee, und er hatte ihr auch einmal gezeigt, wie man die Maschine bediente, doch all diese Informationen schienen sich in Luft aufgelöst zu haben.

Challis bewahrte sie davor, sich zum Narren zu machen. Er kam beschwingt die Treppe herauf, wirkte frisch und milde gestimmt, als habe er heute Morgen noch eine flotte Nummer geschoben. Das Zusammenleben mit Sergeant Destry schien ihm jedenfalls gutzutun. Die Kollegen würden wohl niemals behaupten, er sei eine Frohnatur – dafür sorgten schon sein schmal geschnittenes Gesicht, der dunkle Blick und der Anschein permanenter Skepsis –, aber in letzter Zeit wirkte er leichtfüßiger, war gelassener, als sei ihm eine Last von den Schultern genommen.

Sie standen eine Weile beieinander und warteten, bis der Kaffee durchgelaufen war. Pam erzählte ihm von dem abgerissenen Haus, von Hugh Ebeling und seinem arroganten Verhalten, doch Challis wirkte zerstreut. »Ebeling«, murmelte er. »Über den Typen weiß ich nichts.«

Allerdings gab es eine Möglichkeit, mehr herauszufinden. Dazu musste Pam nur warten, bis Challis und die anderen mal ein, zwei Stunden außer Haus waren.

18

Während Challis und Murphy an diesem Mittwochmorgen ihren Kaffee tranken, stand Ellen Destry zusammen mit der stellvertretenden Direktorin auf dem Gelände der Landseer School und schaute zu, wie Busse, MWS und Range Rover eintrudelten, Schüler absetzten und wieder davonfuhren. Ellen sah ein chinesisches Gesicht, einen Inder, doch ansonsten war die Schule eine Monokultur. Die Landseer School für blonde Kinder, dachte sie.

»Da ist Zara«, meinte Moorhouse und zeigte auf ein Kind.

Groß, blond, ein wenig dicklich, in sich versunken. Ellen rührte sich. »Ich möchte, dass Sie bei der Befragung anwesend sind.«

»Darauf hätte ich sowieso bestanden«, entgegnete Moorhouse.

Ellen nickte. Die Sache entwickelte sich ganz in ihrem Sinne. Es würde einen schlechten Eindruck machen, wenn sie Zara Selkirk in Abwesenheit eines Erwachsenen befragt hätte. Moorhouse hatte einen gewissen Status, ohne sich übermäßig von Geld, Macht und Prestige beeindrucken zu lassen, die die Schule umgaben. Zudem war es besser, Zara in der Schule zu befragen und nicht zu Hause, wo sich vielleicht ein Elternteil oder ein Anwalt einmischen würde.

Außerdem wollte sie das Mädchen überrumpeln.

Fünf Minuten später waren sie im Büro von Moorhouse, wo es nach Papier roch, ein Raum mit unordentlichen Bücherregalen voller Akten, und Zara Selkirk sagte: »Ich war gestern krank. Ich habe eine Entschuldigung von meiner Mutter.«

»Lass den Blödsinn«, sagte Ellen. »Du hast die Schule geschwänzt. Du bist am Montagnachmittag nach der Schule in die Stadt gefahren, warst an dem Abend auf einem Konzert und hast die Nacht in eurer Wohnung in Southbank verbracht. Gestern warst du mit deiner Mutter einkaufen und bist spätnachts heimgekommen.«

Zara Selkirk schmollte. »Kann Ihnen doch egal sein.«

»Das Schwänzen geht mich nichts an. Ich ermittle wegen des tätlichen Angriffs auf den Schulkaplan.«

»Das können Sie mir nicht anhängen. Ich war nicht mal hier.«

»Aber du warst am Montag in der Schule. Dein Termin war der einzige im Kalender.«

»Und?«

»Erzähl mir davon.«

»Das ist nicht fair.«

»Zara«, sagte die stellvertretende Direktorin, »je schneller du die Fragen der Kriminalbeamtin beantwortest, umso schneller kannst du in die Klasse zurück.«

Einen Augenblick lang schien das Mädchen tatsächlich die Möglichkeiten abzuwägen. Ihr Gesicht hellte sich auf, als sie sagte: »Na, wegen so 'ner Sache, die noch nicht mal meine Idee war, musste ich mich, na ja, entschuldigen bei so 'ner alten … bei der Bibliothekarin. Dabei ist sie gar keine Lehrerin oder so was.«

Ellen sagte mit fester Stimme: »Zara, du und deine Freundinnen, ihr habt eine falsche Facebook-Seite eingerichtet, die einer unschuldigen, hilflosen Dame mittleren Alters ungeheuren seelischen Kummer bereitet hat.«

»War doch nur ein Scherz. Die kann einfach keinen Spaß vertragen.«

»Warum hast du dich am Montag mit Mr. Roe getroffen?«

»Er war so 'ne Art Zwischenperson.«

»Er sollte zwischen Mrs. Richardson und dir vermitteln?«

»Ja«, sagte Zara Selkirk, so als sei alles offensichtlich und Ellen begriffsstutzig.

»Aber sie hat nicht daran teilgenommen?«

»Die Schlampe ist zu 'nem Anwalt.«

»Zara«, ermahnte sie Moorhouse.

Auf dem Gesicht des Mädchens zeigte sich ein selbstgefälliges Grinsen. »Ist sie aber.«

Ellen ging dazwischen. »Worüber hast du mit Mr. Roe gesprochen?«

Zara verzog den Mund und sagte: »Dieser Perversling. Er meinte, ich solle ihr schreiben. Aber eigentlich interessierte er sich nur für meine Titten.«

Ellen, die sich daran erinnerte, was Hal über die strenge Kindheit der Brüder Roe herausgefunden hatte, stellte sich die Szene vor. Lachlan Roe, vierzig, Kaplan der Landseer School, ungeliebt und wenig liebenswürdig, wartet in seinem armseligen Büro auf die einzige Verabredung des Tages. Der Abschlussjahrgang ist fort und feiert Schoolies Week – aber die wollten von seinen Beratungsangeboten sowieso nichts wissen. Der Vormittag zieht sich hin. All die Vormittage ziehen sich hin. Er wandert durch die Flure, sucht nach verlorenen Seelen, einem Lehrer vielleicht, doch niemand nimmt von ihm Notiz. Er kehrt in sein Büro zurück, loggt sich in eine Pornoseite oder das Blog seines Bruders ein, liest und verschickt E-Mails. Kurz nach dem Mittagessen klopft es an seiner Tür. »Herein«, sagt er mit säuselnder Stimme.

Die Sechzehnjährige, die ins Zimmer kommt, hat die Brüste einer Frau und das Gesicht eines Kindes. In dieser Reihenfolge bemerkt das auch der Kaplan. Sie trägt die Schuluniform, eine weiße Bluse über einem langen anthrazitfarbenen Rock, also kann er ihre Beine nicht sehen, doch ihre Handgelenke und Hände sind weich und rund. Er betrachtet ihr Haar, so blond, dass es fast weiß wirkt, ihre ausdrucksvollen Lippen und die Körpersprache, die einerseits verlockt und andererseits deutlich sagt, dass sie ihn verachtet und nicht im selben Zimmer mit ihm sein will.

»Welchen Eindruck hat er auf dich gemacht?«, fragte Ellen.

»Wer?«

Ellen schloss für einen Moment die Augen. »In was für einer Stimmung war Mr. Roe?«

»In der Alter-Lüstling-Stimmung.«

Lachlan Roe ist schlank, mittelgroß und strahlt – seiner Ansicht nach – einen jungenhaften Charme aus. Er ist so alt wie der Vater des Kindes, aber nicht so uncool wie die meisten Väter. In seinem schwarzen Seidenhemd und dem grauen Leinenjackett mit hochgeschlagenen Ärmeln wirkt er jung.

Dem Jackett, auf dem sich später die Spucke einer anderen Person finden sollte.

Er lässt Zara eine ganze Weile auf dem Teppich warten, dann erfüllen sich sein Gesicht und sein Körper mit seelenvoller Sanftheit, und er murmelt: »Hallo Zara, bitte setz dich.«

Zara ist ein unbekümmerter Teenager, und in Lachlan rührt sich das uralte Böse. Die träge Novembersonne strömt in sein steriles Büro, ein Lichtstreifen fällt auf den abgewetzten Teppich, den Schoß und einen Unterarm des Mädchens, sodass Lachlan schluckt und nervös hüstelt.

Ellen sah das alles vor sich. »Gab es etwas, was Mr. Roe getan oder gesagt hat, wobei du dich besonders unwohl gefühlt hast?«

»Sie glauben, ich habe ihn angegriffen. Ich hab doch schon gesagt, ich war bei einem Konzert.«

»Das weiß ich. Ich versuche nur zu verstehen, wie Mr. Roe als Mann war … ist.«

Zara dachte darüber nach, suchte nach einer Falle. »Falls Sie glauben, ich hätte jemanden dafür bezahlt, ihn anzugreifen, also, nein, das hab ich nicht. Und mein Dad auch nicht, der ist nämlich nicht da.«

»Zara, was hat Mr. Roe getan und gesagt?«

»Er fragte, ob meine Eltern wissen, warum ich hier bin. Ich sagte, ja, sie meinen, ich soll mich bei der alten Merle entschuldigen. Er meinte darauf, na ja, Zara, sie sind deine Eltern, und seinen Eltern sollte man gehorchen. Blödmann.«

»Zara«, mahnte Moorhouse.

»Das ist unfair. Er sagte, ich würde mich mit all diesen den weltlichen Dingen zugewandten Menschen umgeben, und die würden mich besudeln, irgendwie.«

»Besudeln? Was meinte er damit?«

»Ich hab ihm gesagt, dass das nicht meine Idee war, mit Facebook, das waren Amber und Megan. Er sagte, Reinheit entstehe, wenn man sich von schmutzigen Einflüssen fernhalte, und ob ich lesbisch sei. Perversling.«

Ellen fand, dass sie damit womöglich recht hatte. »Was noch?«

»Er bekam diesen irren Blick. Er sagte, er könne in meine Zukunft schauen. Drogen, Sex, Rucksackreisen durch Europa, so was.«

»Rucksackreisen durch Europa?«

»Er war völlig durchgeknallt. Er meinte, ich würde einen Typen mit karamellfarbener Haut kennenlernen, der mich bitten würde, ein Päckchen mitzunehmen.«

»Was für ein Päckchen?«

»Woher soll ich das wissen? Soll ich diesem Kerl etwa zuhören?«

»Was noch? Hat er dich angefasst?«

Zara schauderte. »Niemals. Er meinte nur, als Kaplan würde er verstehen, wie wir Teenies ticken. Ja, meinte ich nur, aber haben Sie überhaupt irgendeine, na ja, Ausbildung?«

Ellen und Moorhouse grinsten sich an. »Was hat er darauf erwidert?«

»Er meinte, vergiss das Studium, Universitäten engen einen nur ein, vergiss das Reisen, da triffst du nur Drogenkuriere und Terroristen. Er sagte, es sei meine Pflicht, zu heiraten und Kinder zu kriegen und meine Eltern zu ehren. ›Ihr jungen Leute kommt in euren engen Klamotten und euren die Seele beschädigenden Handys zu mir und fordert gottlose Freiheiten‹«, ahmte ihn Zara nach.

»Was dann?«

Mit entschuldigendem Blick zu Moorhouse antwortete Zara Selkirk: »Sorry, aber dann bin ich gegangen.«

»Er hat mit dir nicht über die Entschuldigung bei Mrs. Richardson gesprochen?«

»Er sagte nur: ›Ich bin der Auserwählte.‹ Als ob er Gott sei oder Jesus oder so was. Ich hatte ziemlich Angst, ehrlich gesagt. Er war echt schräg.«

»Hast du jemandem von dem Gespräch erzählt?«

Zara sah weg. »Nein.«

»Niemandem?«

»Also echt, wer würde mir denn so was glauben?«, fragte Zara.

19

Der Vormittag neigte sich dem Ende zu. Pam Murphy kümmerte sich um eine Handvoll Beschwerden von Anwohnern, die wohl auf den Übermut der Schoolies zurückzuführen waren – gebrauchte Kondome auf dem Rasen eines Hauses gegenüber der Zelte am Ufer, ein gerammtes parkendes Auto in derselben Gegend, der Diebstahl von Sonnenbrillen im Hang-Ten. Doch eigentlich wartete sie nur darauf, dass die Kollegen verschwanden.

Schließlich machte sich Challis auf den Weg, um Dirk Roes Bürokollegen und die Angehörigen von Lachlan Roes Gemeinde zu befragen, und Scobie Sutton ging einen Rasentraktor aufspüren. Der arme Kerl wirkte völlig niedergeschlagen.

Trotzdem war im ersten Stock noch jede Menge los. Uniformierte kamen und gingen mit Papierkram, der erledigt werden musste, ein Sergeant und ein Senior Sergeant, beide neu auf dem Revier, schauten nach dem Rechten, der Computerfritze kehrte mit Lachlan Roes Laptop zurück, jemand aus der Kantine nahm Bestellungen fürs Mittagessen entgegen … Pam bestellte einen Thunfischsalat und dankte dem Sergeant dafür, dass sie Tank und Cree in der Nacht während der Mondfinsternis als Unterstützung zugeteilt bekam. Doch vor allem wartete sie unauffällig.

Als es endlich ruhig wurde, loggte sie sich in die Datenbank der Polizei ein. Für deren Nutzung galten strenge Vorschriften, und sie ignorierte gerade die meisten davon. Doch das Bild von der mutwilligen Zerstörung am Vormittag ließ sie nicht los, und schon bald hatte sie alle Einzelheiten zu Hugh Ebeling auf dem Monitor. Der Mann, der Somerland hatte abreißen lassen, um Klippe und Himmel über Penzance Beach für sich zu haben, war zweiundvierzig, Bauunternehmer, verheiratet mit Mia, vierzig. Mia war Vorstandsvorsitzende bei LottoLink, einer Schweizer Firma, die kürzlich Lizenzen erworben hatte, um in Pubs und Clubs in Victoria Rubbelkarten verkaufen und Pokerautomaten aufstellen zu dürfen. An Geld war also kein Mangel. Keine Kinder.

Sie lebten in Brighton, von den dort ansässigen Reichen »Brahton« ausgesprochen. Penzance Beach dürfte wohl ihr Wochenenddomizil werden. Zwei Häuser mit Blick aufs Meer, die Glückspilze.

Sie besaßen einen Range Rover, einen Maserati und einen BMW. Hugh hatte zwei Punkte wegen zu schnellen Fahrens, Mia neun. Häufiges Falschparken. Keiner der beiden hatte einen Eintrag im Vorstrafenregister, doch Hugh war von einer Gruppe von Kunden verklagt worden, weil er im nördlichen New South Wales auf einem Überschwemmungsgebiet gebaut hatte, und Mia hatte einen Konkurs hinter sich.

Doch gelegentliche Unehrlichkeit und das Manövrieren am

Abgrund der Klippe waren wahrscheinlich in den Gesellschafts- und Geschäftskreisen der Neureichen, in denen die Ebelings sich bewegten, nichts Ungewöhnliches. Pam setzte ihre Suche fort und kam über eine Reihe von Links zu den Zeitungen *Age* und *Brighton Argus* und zur Seite eines Bürgerkomitees. Sie erfuhr, dass an der Straße zwischen Ebelings Haus in Brighton und der Bucht zahlreiche große Bäume abgeholzt oder vergiftet worden waren. Die Ebelings hatten zwar ihren Zorn über den Schaden öffentlich zum Ausdruck gebracht, doch wurde allgemein angenommen, dass sie diese Aktionen selbst in Auftrag gegeben hatten, um aus den oberen Fenstern ihres Hauses freie Sicht aufs Meer zu haben.

Schließlich stellte sich noch heraus, dass Mias Cousin Richter Stephen Marlowe war. Er saß im Berufungsgericht und war für die staatlichen Planungen zuständig. Da konnte man auch gleich aufgeben, dachte Pam und warf ihren Stift voller Abscheu hin. Diese Mistkerle waren nicht zu schlagen.

Scobie Sutton fuhr zu einem Händler für gebrauchte Landmaschinen in Cranbourne und entdeckte den gestohlenen Rasentraktor. Er wusste, dass der Händler wohl in krumme Geschäfte verwickelt war, war aber viel zu müde, um an diesem Punkt anzusetzen. Stattdessen fragte er: »Können Sie mir einen Namen nennen?«

»Ich kann Ihnen ein Nummernschild nennen.«

Das gehörte zu einem Pick-up, der auf Laurie Jarrett lief, wohnhaft in Seaview Park in Waterloo. Jarrett war der Polizei wohlbekannt.

Hinterher fuhr Scobie ins Krankenhaus, dort saß seine Frau am Bett von Lachlan Roe. »Schätzchen, komm nach Hause, bitte, wir brauchen dich.«

»Er hat sich nicht gerührt. Er hat keinen Ton von sich gegeben.«

Sie besahen sich Roes eingefallenes, zerschrammtes Gesicht und den Verband um seinen Kopf. »Schätzchen, lass die Krankenschwestern ihre Arbeit machen.«

»Ich habe ununterbrochen mit ihm geredet«, jammerte Beth, »nicht einen Muckser.«

»Komm nach Hause. Du bist müde. Du musst schlafen. Heute Abend ist Roslyns Konzert. Bitte, Beth.«

»Es ist Vollmond heute Nacht«, entgegnete Beth auf ihre neue, verstörte Art.

»Roslyns Konzert«, wiederholte Scobie mit fester Stimme und spürte, dass ihm das Herz zu brechen drohte.

Schließlich kam sie mit, als stünde sie unter dem Einfluss einer Droge, die man nicht nachweisen konnte.

Nachdem sich Ludmilla Wishart zusammen mit Carl Vernon die platt gewalzten Reste von Somerland angesehen hatte, kehrte sie ins Planungsamt Ost zurück und führte eine Reihe von Telefonaten. Ja, der Minister hatte den Antrag erhalten, Somerland so bald als möglich unter Schutz zu stellen, hatte aber nicht vorgehabt, vor Freitag darauf zu reagieren, um sich erst noch weiteren Rat einzuholen. Sein Assistent meinte noch, der Minister würde sein größtes Bedauern zum Ausdruck bringen, doch seien die Abbrucharbeiten offenbar im Rahmen des Gesetzlichen erfolgt, vielen Dank, auf Wiederhören.

Das Telefon klingelte ununterbrochen. Ein Reporter vom Ortsblatt. Verstörte Anwohner von Penzance Beach. Anonyme Anrufer, die sie beschimpften und mit den reichen Bauunternehmen in einen Topf steckten. »Das stimmt überhaupt nicht!«, beharrte sie, ohne Erfolg.

Ludmilla war sich ziemlich sicher, wer den Ebelings den Tipp gegeben hatte. Sie hatte in den letzten Wochen und Monaten genügend Beweise gesammelt, doch wusste sie noch nicht genau, wann und wie sie die verwenden sollte.

Dann ging sie die Anrufe und E-Mails von Adrian durch. Nichts Ungewöhnliches. Er kontaktierte sie manchmal mehrmals am Tag, das hatte er seit ihrer Heirat vor drei Jahren so gehalten. Heute Morgen hatte er alle halbe Stunde angerufen und gesagt: »Ich bins. Wo bist du?«

Angesichts der Tatsache, dass er stets zu wissen schien, wenn sie mal nicht in ihrem Büro war, fand sie diese Frage recht merkwürdig. Der Vormittag nahm seinen Lauf. Als sie am Fenster stand und hinaussah, saß ihr Mann mit seinem Laptop auf einer Bank im Park vor dem Planungsamt und der staatlichen Rentenberatung Centrelink, gegenüber des Kinderbetreuungszentrums. Dass er ihr E-Mails schickte, konnte nur bedeuten, dass er sich bei jemand anderem ins WLAN eingeloggt hatte. Ludmillas Herz begann zu flattern, bald schon schnappte sie nach Luft und musste sich mit einer Hand auf der Brust hinlegen, bis der unheimliche Puls sich beruhigt hatte und sie wieder normal denken konnte.

Als sie wieder hinausschaute, war Adrian verschwunden.

Dann kam Carmen, um sie zum Mittagessen abzuholen. Ihre glänzend schwarzen Haare, der rote Rock und das grüne Top erhellten die graue Welt des Planungsamtes. »Für Sie, gnädige Frau«, sagte sie mit einem Knicks und überreichte Ludmilla ein kleines Päckchen in königsblauem Papier mit goldenen Sternen und Monden, fast zu schön, um es zu öffnen.

»Ein Tennisschläger?«

Carmens Gesicht wurde ernst. »Mensch, jetzt hast dus erraten.«

Es handelte sich um einen MP3-Spieler, elegant und schwarz. »Ich hab ein paar Alben draufgeladen, die du magst«, sagte Carmen. »Außerdem gibt es ein Radio, das Ding kann Videos abspielen und Sprachaufnahmen machen. Ich dachte, die könntest du brauchen, um dir unterwegs Notizen zu machen.« Sie schnappte sich das Gerät. »Hier, ich zeigs dir.«

Ludmilla war fasziniert. »Da wirst du mich wohl in nächster Zeit nicht mehr häufig sehen.«

Carmens Gesicht verfinsterte sich. »Keine gute Idee, Ludmilla.«

Sie gingen hinaus. Mr. Groot trat an die Tür und sah auf die Uhr.

Josh Brownlee stand am Mittwoch gegen Mittag auf und fühlte sich wie ein Wrack. Er brauchte dringend Erleichterung. Er wollte jemandem wehtun. Er stolperte aus seinem Motelzimmer gegenüber vom Jachtklub und kam auf dem Weg zur High Street an der Chillout-Zone bei der Uniting Church vorbei. Hier war es noch ziemlich ruhig, keine Schoolies, nur eine Handvoll Freiwilliger, die mit dem beseelten Ausdruck des Saubermanns klaglos und mit sonnigem Gemüt die jungen Leute betreuten.

Josh ging zu McDonald's und aß einen Hamburger. Darauf folgten eine Ecstasy und eine Dose Red Bull. Er belauschte zufällig eine Schlampe von der Grover Hall School, wie sie sagte, sie würde die Fähre nach Phillip Island nehmen. Josh wartete ab und folgte ihr, er dachte an nichts Bestimmtes, nur daran, dass sie ihr T-Shirt gut ausfüllte. Doch als er zum Kai kam, wurde sie von einem Dutzend anderer Schoolies begrüßt, alle mit diesem gesunden Leuchten, in Shorts, mit Hüten und Rucksäcken, viele von ihnen mit Fahrrädern. Himmel, wie sehr er sie hasste. Doch gleichzeitig verspürte er ein kleines, böses, lüsternes Reißen, als er all diese nackten Beine sah.

20

Zum Mittagessen holte sich Challis ein Schinken-Salat-Brötchen und verdrückte es im Büro. Er hatte den ganzen Vormittag damit verbracht, von Haus zu Haus und von Büro zu Büro zu fahren, um mehr über Lachlan Roe und die Ersten Himmelfahrtler herauszubekommen. Immer wieder bekam er dieselbe Geschichte zu hören: »Lachlan ist ein äußerst liebenswürdiger Mensch … Ich kann mir nicht vorstellen, wer ihm so wehtun will … Ich hoffe, Sie finden den Übeltäter …«

Dirk? Auf ihn verschwendete niemand viel Zeit. Aber Dirk war wohl einfach jung und unerfahren, nicht böse. Sah zu seinem Bruder auf.

Niemand konnte die Behauptung der Tante bestätigen, dass die Brüder gestört seien.

Es war geradezu eine Erleichterung, als das Telefon klingelte und Challis von Superintendent McQuarrie ins regionale Polizeipräsidium nach Frankston beordert wurde. »So schnell wie möglich, Inspector.«

»Sir.«

Der alte, herrische McQuarrie. Challis aß zu Ende und polterte dann die Treppe hinunter und hinaus auf den Parkplatz. Vielleicht heißt es jetzt doch ab in den Busch für einen von uns beiden, dachte er, während er auf die Frankston-Flinders-Road einbog.

Zwanzig Minuten später schlängelte er sich durch eine Reihe von Shoppingcenter-Parkplätzen und suchte nach einem freien Platz. Frankston, ein Vorort im äußersten Südosten der Auswucherung, die sich Melbourne nannte, war die Art von Gegend, die verkündete, dass es nie genug Kommerz geben kann. Er fand einen Parkplatz in der sengenden Sonne, überquerte eine viel befahrene Straße zu dem Gebäudekomplex, der die Polizei und das Friedensrichteramt beherbergte, und nahm den Aufzug in die oberste Etage.

Auf das Klopfen reagierte McQuarrie mit einem »Herein«. Challis fand ihn hinter einem riesigen Schreibtisch vor, er wirkte klein und adrett – und aus irgendeinem Grund trug er seine Paradeuniform. Jede Menge Kordeln, Chrom und Messing baumelten an seiner Brust und an seinen Schultern, so als wolle er den Tisch kleiner und sich selbst größer wirken lassen. Vor ihm stand ein aufgeklappter Laptop mit Beamer, neben ihm eine Leinwand, auf der verschwommen das Logo der Victoria Police zu sehen war.

»Inspector.«

»Sir«, erwiderte Challis.

»Ich weiß, Sie sind beschäftigt. Ich möchte von Ihrer Zeit nicht mehr als nötig beanspruchen.«

Also keine Kündigung, Herabstufung oder Versetzung?, fragte sich Challis.

»Zur Erfüllung der festgelegten Ziele und zur Effizienzsteigerung möchte ich für die Peninsula drei neue Programme vorschlagen.«

Challis sah den Superintendenten an und wollte schon sagen: Sie haben mich herbeordert, damit ich mir solches Kauderwelsch anhöre? Außerdem war er sich ziemlich sicher, dass die Programme vom Oberkommando ausgingen, nicht von McQuarrie.

Der Super tippte auf den Tasten seines Laptops herum, als würde der ihn gleich beißen. »Erstens, eine auf Sexualverbrechen spezialisierte Einheit.«

Challis würde so etwas gutheißen, sie alle, doch das Bild, das er erblickte, zeigte einen Tatort, wo Beamte mit Klemmbrettern und in Hemdsärmeln herumstanden und den Spurenfahndern in Wegwerfoveralls und Überschuhen zuschauten, wie sie eine Leiche und einen Flecken Ödland um sie herum untersuchten.

»Falsches Bild«, sagte McQuarrie verärgert. »Na gut, lassen wir mal die Einheit für Sexualverbrechen. Ein weiterer Vorschlag sieht eine eigenständige Einsatztruppe vor, die sich als erste der Tatorte annimmt und dort all die Aufgaben übernimmt, die bislang von mehreren, nicht zusammenarbeitenden Personen durchgeführt werden. Diese Truppe wird aus dreizehn Beamten bestehen: einem Sergeant, elf Senior Constables und einem Constable. Sie allein wird dafür verantwortlich sein, den Tatort zu sichern, ihn fotografisch und mit Video zu dokumentieren und Beweise wie Fingerabdrücke, DNA und Fasern zu sammeln. Diese Hinweise werden dann an die entsprechenden Abteilungen zur Analyse weitergeleitet, das gerichtsmedizinische Institut zum Beispiel. Sobald die Informationen aufgenommen und analysiert worden sind, werden sie der CIU zur weiteren Nachverfolgung übergeben.«

Challis war noch nicht ganz überzeugt. Was, wenn Beweise verloren gingen? Was konnte man gegen die unvermeidbaren Verzögerungen eines dreistufigen Ablaufs tun? Würde jemand in solch einer Einheit darauf achten, dass den Beweisen auch wirklich auf den Grund gegangen wurde? Andererseits würde das einem CIU-Leiter wie ihm ermöglichen, Einsätze gezielter zu planen, und die uniformierte Polizei entlasten, die oft Stunden damit zubrachte, an Tatorten zu warten.

Doch Challis sagte nichts von alledem. Er wollte erst sehen, was McQuarrie noch alles vorhatte.

»Irgendwelche Fragen?«

»Die Idee hat ihre Vorzüge, Sir.«

McQuarrie, der eine Falle witterte, sah Challis an. Als keine Reaktion kam, sagte er: »Also gut, schauen wir uns das nächste Bild an.«

Es handelte sich um ein Organigramm der geplanten Truppe, mit Kästchen und Pfeilen. McQuarrie übersprang es. Auf dem folgenden Bild waren ein Zimmer voller Schreibtische, Computer und Analytiker zu sehen.

»Also, Project Nimbus. Wie Sie wissen, ist dies schon in anderen Regionen erfolgreich ausprobiert worden. Kurz gefasst, werden Nachrichtenspezialisten damit beauftragt, bestimmte Verbrechen zu verfolgen, die Bewegungen aktenkundiger Krimineller und ihrer Kontakte zu beobachten, darunter auch die vor Kurzem aus der Haft Entlassenen, und Krisenherde auf der Peninsula zu lokalisieren.«

»Eine Ausweitung der Arbeiten, die gegenwärtig von der Datenauswertung vorgenommen werden, Sir?«, fragte Challis.

McQuarrie runzelte die Stirn. »Wenn Sie so wollen. Allerdings beginnt die Datenauswertung bisher erst nach der Tat. Unser Ziel ist es, verstärkt präventiv vorzugehen.«

Dann begann McQuarrie, an den Händen abzuzählen. »Stellen Sie sich vor, Sie könnten Verbrechensschwerpunkte und gefährliche Stellen im Straßenverkehr erkennen und Beamte dort platzieren, bevor es Ärger gibt. Oder Sie könnten die Absichten einer lockeren Gruppe von Personen vorhersehen. Oder Sie wüssten, wann bestimmte Arten von Vergehen wahrscheinlich sind.«

Das wäre für Ellen und Pam Murphy bei der Schoolies Week hilfreich gewesen, dachte Challis.

»Wir müssen fundierte, auf Beweisen beruhende Entscheidungen treffen«, sagte McQuarrie. »Was wir jetzt haben, ist ein Zustand, in dem die Informationen zwischen den Revieren und Bezirken nicht ausgetauscht werden, die entscheidende Information steckt irgendwo in einem Computer, die Berichte von unerfahrenen oder trägen Beamten sind nicht vollständig, oder den Dingen wird nicht auf den Grund gegangen.«

Challis gefiel die Idee. Welche Daten würde er in ein solches System eingeben? Umweltfaktoren auf jeden Fall. Dürreperioden zum Beispiel. Mit der Trockenheit nahm der Diebstahl von Wasser und Vieh zu, größere soziale Not führte zu häuslicher Gewalt, Selbstmord und Bedrohung von Personen in öffentlichen Ämtern. Challis versank in einem Tagtraum, sah an McQuarries Kopf vorbei in den Himmel, wo leichte Wölkchen und ab und zu ein Vogel vorbeischwebten. Ein solches System könnte auch die Auswirkungen einer Rezession berücksichtigen, dachte er, denn damit ging stets ein erhöhtes Maß an Eigentumsdelikten einher. Ethnische Gruppenbildung. Einer der Inspectors in Frankston hatte ihm berichtet, welche Kopfschmerzen es ihnen bereitete, mit jungen Sudanesen richtig umzugehen. Sie reagierten zum Beispiel aggressiv, wenn sie von Polizistinnen verhaftet oder befragt wurden, und glaubten, dass ein Führerschein auf Probe einen zum Fahrkünstler machte oder mit der Anmeldegebühr für das Auto alle weiteren Kosten abgedeckt waren.

Challis dachte auch an den Anstieg von Autoeinbrüchen rings um das kleine Kino in Waterloo mit seinen drei Leinwänden. Vielleicht stimmte seine Annahme, dass diese Einbrüche meist dienstagnachts begangen wurden, wenn die Kinokarte nur den halben Preis kostete und die anliegenden Parkplätze und Straßen voll waren.

Aber würde Ellen eine solche Einheit leiten wollen? Immer vorausgesetzt, dass McQuarrie bei diesem Treffen darauf hinauswollte. Challis konnte es sich nicht vorstellen. Sie würde bei jeder neuen Stelle, die man ihr anbot, sicher erheblich aktiver sein wollen.

»Kommen wir schließlich«, sagte McQuarrie und suchte gereizt nach dem richtigen Bild, »zu den Sexualverbrechen.«

21

Um sechzehn Uhr erschien John Tankard gut ausgeruht bei der Arbeit. Nachdem er am Vortag Cree im Fiddlers Creek zurückgelassen hatte, war er nach Berwick gefahren, wo seine Eltern und seine kleine Schwester lebten. Er hatte ein paar kalte Biere mit seinem alten Herrn gekippt. Der war in London Polizist gewesen, bevor er seine junge Familie nach Australien gebracht hatte, und nun war er Platzwart auf einem Golfplatz. Tank hatte Natalie bei ihrem Schulprojekt über Moorleichen geholfen, doch Nat nahm ihm Maus und Tastatur weg, weil er so langsam und linkisch war und sich so schnell ablenken ließ. Schließlich hatte er sich über den Shepherd's Pie seiner Mutter hergemacht – sie hatte nicht auswandern wollen und hielt noch immer an den Dingen fest, die ihr Trost spendeten und die Erinnerung an die Heimat wachhielten. Um dreiundzwanzig Uhr lag er in seinem Bett. Weil er wusste, dass er erst gegen sechzehn Uhr Dienst hatte, hatte er richtig ausgeschlafen.

Er hielt sich gerade an einem Kaffee in der Kantine fest, als Pam Murphy – die in Jeans und einem engen weißen T-Shirt gut aussah – vor ihm stand und fragte: »Wo ist Andy?«

»Keine Ahnung.«

»Ist er noch nicht da? Heute Nacht könnte es Ärger geben, und ich muss euch beide noch einweisen.«

Tank wollte schon sagen, lass das nicht an mir aus, ich bin ja nicht unpünktlich. Er trank seinen Kaffee.

»Kannst du ihn für mich suchen gehen?«

Enttäuscht zog Tank los. »Habt ihr Andy Cree gesehen?«, fragte er in der Kantine, auf dem Parkplatz, im Aufenthaltsraum der Sergeants, am Tresen, in der Turnhalle. Keine Spur von Cree. Alles, was er aufscheuchte, waren ein paar Jungs, die sich in einem vergessenen Lagerraum im hintersten Winkel des Polizeigebäudes einen Porno anschauten.

»Ihr Hornochsen«, sagte er.

Ein Typ von der Verkehrsüberwachung, drei Polizisten auf Probe und der Typ, der in der Kantine die Teller wusch. Sie alle drängten sich um einen DVD/VCR-Kombispieler und schauten fünf Männern zu, die über einer knienden Frau onanierten. Die

Zuschauer schienen wie aus dem Schlaf gerissen und blickten Tank aus halb geschlossenen Augen an.

»Macht den Scheiß aus und geht wieder an die Arbeit«, sagte Tank und kam sich vor wie ein Vater oder Lehrer.

»Na komm schon, Tank«, nölte der Typ von der Verkehrsüberwachung, »hol dir 'nen Stuhl und rubbel die Katz.«

Die Männer, die sich rings um den Fernseher auf Milchkästen gesetzt hatten, kicherten. In der Luft lag Zigarettenqualm und etwas Dickes, Undefinierbares, als würde ihnen etwas Hässliches aus den Poren dringen. John Tankard war jahrelang der böse Bube von Waterloo gewesen, doch nun knurrte er wie einer seiner alten Sergeants: »Alle zurück an die Arbeit!«

Der Küchenmensch und die Polizisten auf Probe huschten davon und wichen Tank aus, der die Tür ausfüllte und mit ausdruckslosem Gesicht zusah, wie der Verkehrsheini sich absichtlich langsam daranmachte, das Gerät auszuschalten und die DVD in ihre Hülle zu stecken. Tank ging davon aus, dass sie sich Material angeschaut hatten, das bei einer Hausdurchsuchung beschlagnahmt worden war. »Hast du Andy Cree irgendwo gesehen?«

»Nö.«

Tank, der sich immer mehr wie der weise alte Mann des Reviers vorkam, seufzte und ging nach oben, um Murphy Bericht zu erstatten. Er fand sie im Besprechungsraum der CIU. Dort hingen am Whiteboard Fotos von Lachlan Roe, Dirk Roe, der Landseer School, einer Schülerin und von einem Mann, den er als Ollie Hindmarsh erkannte, den örtlichen Parlamentsabgeordneten. Und da war noch Cree, der mit Pam am anderen Ende des Konferenztischs stand, neben einem Stapel Akten und Broschüren. Unwillkürlich rutschte ihm heraus: »Himmel, Andy, ich hab überall nach dir gesucht.«

Cree schenkte ihm ein mildes Lächeln. »Nun, hier bin ich ja, John.«

Tank schaffte es, den Mund zu halten. Was ihn wirklich stinkig machte, war Murphy. Die sagte nur knapp: »Meine Herren.« Und machte sich an die Arbeit. Es fühlte sich nicht richtig an, wie sie es sagte. Die alte Pam, die bis vor ein paar Monaten auf Streife seine Partnerin gewesen war, hätte so was nie gesagt. Als hätte man ihr einen Senior Officer eingepflanzt. Außerdem nahm sie ihn fast gar nicht wahr. Beinahe unbewusst bemerkte er, dass ihr Körper gespannt war, beinahe vibrierte, und ganz sicher lag das nicht an ihm. Scheiß Cree. Tank rückte einen Stuhl heran, ließ sich darauf plumpsen, verschränkte die Arme und stellte somit klar, dass er nicht den ganzen Tag Zeit hatte.

Niemand bemerkte das. »Das ist Lachlan Roe, unser Opfer«, sagte Murphy und gab ihnen je ein Foto. »Wenn wir heute Nacht ein Auge auf die Schoolies haben, möchte ich, dass ihr das jedem unter die Nase haltet, dem ihr begegnet.«

Cree, dieser Mistkerl, kam schnell dahinter. »Die CIU glaubt, dass Roe sich bei den Schoolies rumgetrieben hat? Wozu, um Drogen zu verkaufen? Zu kaufen? Nach 'ner Muschi Ausschau zu halten?«

Pam lächelte ihn an. »Das ist nur ein Denkansatz. Eure Hauptaufgabe heute Nacht besteht darin, ein Auge auf die Kids zu haben. Wir haben eine Mondfinsternis, und die sind schon ganz aufgeregt deswegen. Vielleicht macht der Anblick des rostroten Mondes alle glücklich, dann können wir früher nach Hause, vielleicht geraten sie aber auch außer Rand und Band.«

Ihr Blick ruhte auf Cree. Der schaute zurück. Um das Geplänkel zu unterbrechen, fragte Tank: »Und wie gehen wir vor?«

Pam wandte sich ihm zögernd zu und antwortete: »Wir mischen uns unter die Leute, Tank. Lass dich sehen. Rede mit ihnen, mach ihnen klar, dass du sie kennst, falls es Ärger gibt. Verscheuch die Toolies, geh bei Streitereien dazwischen, falls die Sache zu heiß wird. Konfisziere die Autoschlüssel von denen, die zu betrunken oder zu high sind zum Fahren. Bei kleineren Vergehen schaust du weg. Halt dir unnötigen Papierkram vom

Hals. Sollen die Kids ihren Spaß haben, solange niemand dabei verletzt wird – Schoolie oder Ortsansässige.«

Und damit wandte sie sich wieder Cree zu, als warte sie auf sein Okay. »Noch Fragen?«

»Was meinst du mit ›unter die Leute mischen‹?«, wollte Tank wissen. »Wir sind Bullen. Wir sehen aus wie Bullen. Und für die sind wir Alteisen.«

Mit einem Blick zum Himmel meinte Pam: »Das ist genau der Punkt. Wir sind nicht zum Spionieren da, wir bieten Hilfe und Trost. Zeig dich. Unterhalte dich. Gib Ratschläge. Wenn jemand Essen oder Wasser braucht, gibs ihm.«

»Werden die Auslagen erstattet?«

Pam lächelte nur.

»Na toll«, meinte Tank genervt.

»Ich rede hier von zehn Dollar für einen Busfahrschein, Tank, nicht von deinem Jahresgehalt.«

Sie warf Cree einen Blick zu. Tank fühlte sich allein und verlassen. »Auch egal.«

Am späten Nachmittag war Ellen Destry in der Landseer School fertig. Sie hatte die Bibliotheksangestellten noch einmal befragt, dazu alle Lehrer von Zara Selkirk und hatte dabei nur herausbekommen, dass das Mädchen und ihre beiden Freundinnen auch nicht schlimmer waren als andere verzogene Gören, die dort zur Schule gegangen waren. Ellen bekam Geschichten von Komasaufen zu hören, von Drogen und Sex, und von der sorglosen, unreflektierten und vulgären Kultur, die das alles erst ermöglicht hatte. Moorhouse meinte: »Ich bin eine Generation älter als viele Eltern. Es kommt einem vor, als hätten sie keine Ahnung von Erziehung und Disziplin. Natürlich sind sie außerdem auch noch zu reich und zu beschäftigt. Es versteht sich von selbst, dass wir den Zugang zu Seiten wie Facebook auf den Schulcomputern gesperrt haben.«

Viel Glück, dachte Ellen. Die Kinder haben zu Hause einen eigenen Computer. Sie können sich Programme beschaffen, die jeden Filter umgehen, den Schule oder Eltern installieren.

Dann fuhr Ellen zu einem kleinen Ziegelhaus neben der Eisenbahnlinie in Baxter, wo draußen das Frühlingsunkraut wucherte und eine am Boden zerstörte Merle Richardson flüsterte: »Ich will das alles vergessen und weiterleben wie vorher.«

Sanft fragte Ellen: »Wie haben Sie sich gefühlt, als die Schule Ihnen eine Entschuldigung aus dem Munde des Kaplans anbot?«

Richardson knetete ein feuchtes Taschentuch mit ihren knochigen Fingern. »Zu wenig, zu spät.«

»Haben Sie sich über die Rolle des Kaplans bei dieser Sache geärgert? Hätte er Ihnen eine Stütze sein sollen?«

»Ich weiß, worauf Sie hinauswollen. Ich will nichts von einer Entschuldigung wissen. Mein Bruder hat mir geraten, juristischen Rat einzuholen, und der Anwalt meinte, wenn ich eine Entschuldigung akzeptiere, schmälert das meine Chancen, mit der Schule eine finanzielle Regelung zu treffen.«

»Haben Sie der Schule gesagt, dass Sie sich einen Anwalt nehmen?«

»Nein, mein Anwalt.«

»Haben Sie das Treffen mit dem Kaplan abgesagt?«

»Nein, mein Anwalt.«

»Hat der Kaplan versucht, Sie umzustimmen?«

»Ich habe seit dem Missbrauch nichts mehr mit der Schule oder einer Person dort zu tun gehabt.«

Ellen nickte und fragte sich, ob sie Zara Selkirk und ihre Freundinnen wegen Stalking, Missbrauch einer Telekommunikationseinrichtung und der Verbreitung von Pornografie drankriegen sollte. »In Ordnung, danke«, sagte sie und hoffte, dass Merle Richardson eine Millionenentschädigung von der Schule bekam.

Sie ging mit gesenktem Kopf zu ihrem Wagen zurück und sah, dass eine Radkappe fehlte. Sie fluchte und gab der Schotterstraße bei Hals Haus – ihrem Haus – die Schuld. Vor zwei Wochen hatte sie schon eine verloren und später bei einem ihrer Spaziergänge gefunden. Sollte sie jetzt andauernd Radkappen suchen?

Es war früher Abend geworden. Bevor sie den Wagen startete, rief sie Challis an. Sie erwischte die Mailbox. »Ich bins nur«, sagte Ellen. »Ich komme jetzt nach Hause. Wir sehen uns.«

So ging das häufig. Sie wollten sich sehen, miteinander essen, den Abend miteinander verbringen, doch andauernd kam die Arbeit dazwischen, ein überfälliger Bericht, Telefonate, Unterbrechungen in letzter Minute.

Als Ellen losfuhr, hatte sie den Eindruck, Merle Richardson würde hinter dem Vorhang stehen, beobachten, warten, sich nicht sicher fühlen. Abgelenkt durch ein Gefühl der Ohnmacht, bemerkte sie zunächst nicht, dass sie falsch abgebogen war und Richtung südliches Frankston fuhr. Sie kam an kleinen Häusern vorbei, an Parks und Geschäften, an Kindern auf Fahrrädern und Pendlern, die vom Bahnhof oder aus der Stadt heimfuhren, und fragte sich, wie es wohl wäre, wieder unter Nachbarn zu leben. Ziemlich viele Häuser standen zum Verkauf. Konnte sie sich eins davon leisten? Wollte sie hier leben?

Genauer gesagt, wollte sie allein leben? Wäre Hal verletzt? Konnte sie ihn verletzen?

Beim nächsten Kreisverkehr machte sie eine Kehrtwendung. Der dichte Verkehr strömte aus Frankston hinaus. Ellen war zutiefst erschöpft, und als sie Somerville erreichte, sah sie im schwindenden Licht eine Elster mit gebrochenem Rückgrat. Eine zweite hüpfte mit einem Blick, der Ellen vorwurfsvoll und flehend erschien, aus dem Weg.

Challis hatte den ganzen Nachmittag bei McQuarrie verbracht. Er kehrte voller Elan nach Waterloo zurück und wollte mit Ellen reden. Doch sie war nicht im Büro, und statt nach Hause zu fahren, beging Hal den Fehler, seine E-Mails und die Zettel, die sich angesammelt hatten, zu lesen. Bald wurde es Abend, er rief Presseleute zurück und ging den Papierkram durch. Sein Eingangskorb, sein ganzer Schreibtisch, war übervoll mit Material zu den zahlreichen Fällen, darunter der Angriff auf Roe: gerichtsmedizinische Berichte; Arbeitsblätter von Befragungen und Tatortermittlungen; Zeugenlisten und Aussagen; Notizen von den Befragungen der Anwohner; Zeichnungen, Fotografien und Videos; Interviewabschriften; dazu fortlaufende Ermittlungsberichte, die je nach Bedarf von Zeit zu Zeit erweitert wurden. Bisher war daraus, Gott sei Dank, kein Mordbericht geworden.

Doch dann stieß er auf den Hinweis, dass einer seiner Beamten am Vormittag auf die Datenbank zugegriffen hatte. Ein heikles Thema: Als das System eingerichtet worden war, hatten gelangweilte Polizisten es missbraucht, um im Privatleben von Fernsehstars und gefeierten Footballern zu schnüffeln, und binnen Kurzem hatte dieser Missbrauch ernste Folgen gehabt. Ein Beamter war zurückgestuft worden, weil er Informationen über den Liebhaber seiner Frau sammelte, andere waren ermahnt worden, weil sie die Akten eines Parlamentsabgeordneten durchsucht hatten, der in seinem Wahlkampf die Polizeikorruption thematisierte. Einer war gar entlassen worden, weil er Material über einen Drogendealer an einen Konkurrenten weitergegeben hatte.

Challis wusste nicht, warum sich Pam Murphy eingeloggt hatte, er wusste nur, dass sie eine automatische Prüfung ausgelöst hatte, als sie sich wieder abgemeldet hatte. Er hatte keine Zweifel daran, dass ihre Suche in der Datenbank in Zusammenhang mit ihren Dienstpflichten stand, doch sie hatte ihm davon nichts gesagt, und er war verpflichtet, dem nachzugehen.

Er lehnte sich zurück und verschränkte die Hände hinter dem Kopf. Hal selbst hielt sich immer sehr bedeckt. Er hasste es, wenn irgendjemand etwas über ihn wusste, aber das war nun mal so, und er konnte nicht viel dagegen unternehmen. Gleichzeitig verlangte seine tägliche Arbeit, anderer Leute Geheimnisse zu lüften. Bei vielen Ermittlungen existierte die Vorstellung von einer Privatsphäre nicht mehr. Der Wunsch, der Gerechtigkeit Geltung zu verschaffen und die öffentliche Sicherheit zu erhalten, verlangte von ihm, all die Informationen auszugraben, zu enthüllen und zu verwenden, die die Menschen gern im Verborgenen halten. Deshalb war es nötig, den Zugang zur Datenbank streng zu kontrollieren. Ein anderer als Hal würde vielleicht wissen wollen, ob seine neue Geliebte versteckte Schulden hatte, zum Beispiel, oder ob ihre Tochter in der Drogenszene verkehrte.

Wer war überhaupt dieser Hugh Ebeling, und warum hatte sich Pam Murphy für seine Angelegenheiten interessiert?

Wieder klingelte das Telefon, und der Diensthabende sagte: »Tut mir leid, Inspector, aber es geht um eine vermisste Person, sonst ist niemand zu erreichen. Am besten kommen Sie runter und reden mit dem betreffenden Herrn.«

Es war zwanzig Uhr.

22

Challis eilte die Treppe hinunter und ging zum diensthabenden Sergeant am Tresen. Abgesehen vom beleuchteten Haupteingang herrschte draußen schon tiefe Dunkelheit. »Das ist Mr. Wishart, Sir.«

Wishart hielt ihm über den Tresen die Hand hin und verschob dabei das Anmelderegister. »Adrian Wishart«, sagte er. Sein Griff war fest, aber dermaßen feucht, dass es Challis schauderte.

Er besah sich Wishart genauer. Alter etwa Mitte dreißig. Mittelgroß. Kunstvoll verwuscheltes Haar, keine Arbeiterhände, legere, aber teuer wirkende Jacke und Hose, also arbeitete er wahrscheinlich für gutes Geld am Schreibtisch. Glatt rasiert, genauer gesagt, frisch rasiert, sodass die schmalen, asketischen Gesichtszüge glänzten. Ein Hauch von Kölnisch Wasser durchwehte die Luft. Wishart schien unruhig, starke unterdrückte Emotionen, so machte es zumindest den Anschein. Challis deutete die Körpersprache und fand, Wishart spiele nur, um sich so zu benehmen, wie es sich für einen Ehemann gehörte. Allerdings wollte Challis nicht zu viel hineindeuten. Er hatte sich schon mal vertan, Menschen verhielten sich in der Gegenwart von Polizisten nun mal komisch, und Wisharts Sorgen waren vielleicht gar nicht emotionaler, sondern materieller Art. Womöglich war sie mit seinem Geld durchgebrannt.

»Ihre Frau ist verschwunden?«

»Ja«, beeilte sich Wishart zu sagen, »Ludmilla. Heute ist ihr Geburtstag, und wir wollten gemeinsam essen gehen.« Er sah auf die Uhr. »Normalerweise kommt sie um halb sechs nach Hause.«

Challis sah auf die Uhr. Kurz nach acht. »Vielleicht ist sie auf direktem Weg in das Restaurant gegangen?«

»Nein. Ich habe sie zu Hause erwartet, wir wollten etwas trinken, uns umziehen und dann ausgehen.«

Challis sah an Wishart vorbei hinaus in die Dunkelheit. Das Licht war irgendwie komisch da draußen. Die Mondfinsternis! Er wandte sich an Wishart und fragte: »Und wann sind Sie nach Hause gekommen?«

»Gegen sechs.«

»Wo arbeiten Sie?«

Wishart runzelte die Stirn. »Zu Hause.«

Auch Challis runzelte die Stirn. »Haben Sie nicht gerade gesagt, Sie seien gegen sechs nach Hause gekommen?«

Wisharts Gesicht hellte sich wieder auf. »Ich wollte sagen, ich arbeite zu Hause, aber ich habe meinen Bruder in Cheltenham besucht. Er hatte ein Geschenk für Mill.«

»Kurz für Ludmilla?«

»Ja. Jedenfalls ist sie dreißig geworden, und er hatte ein Geschenk für sie.«

»Sein Name?«

»Terry.«

»Terry Wishart. Ich brauche Anschrift und Telefonnummer.«

Wishart schaute verdutzt. »In Ordnung.«

»Was sind Sie von Beruf?«

»Architekt.«

»Und Ihre Frau?«

»Sie ist im Planungsamt Ost für Bauvergehen zuständig.«

Challis suchte im Geist den Ort. »Neben Centrelink?«

»Ja. Sie ist nicht da, ihr Wagen ist nicht da, und sie geht nicht ans Telefon.«

»Warum haben Sie nicht zu Hause auf sie gewartet und uns angerufen, statt herzukommen?«

»Ich habe gewartet. Ewig, dann wollte ich auf dem Parkplatz nachschauen und bin am Revier vorbeigekommen und dachte …«

»Schon in Ordnung«, unterbrach ihn Challis sanft. »Haben Sie ihre Arbeitskollegen angerufen? Freunde, Familie?«

»Ihre Mutter lebt in Sydney. Da würde sie nicht hingehen. Ich habe ihre Freundin Carmen angerufen. Sie hat gesagt, sie hätte Mill zur Mittagszeit gesehen und dass sie den ganzen Nachmittag dienstlich unterwegs gewesen wäre. Ich mache mir Sorgen.«

Challis fragte vorsichtig: »Haben Sie sich vielleicht in letzter Zeit mit Ludmilla gestritten? Gibt es irgendetwas in Ihrer Ehe, weswegen sie ihre Koffer packen und verschwinden würde?«

»Ganz sicher nicht.«

»Haben Sie bei ihren Sachen nachgeschaut?«

»Ja. Gleich als Erstes. Es fehlt nichts.«

»Gleich als Erstes? Also gab es doch einen Grund, warum sie verschwinden würde?«

»Nein! Ich meine, als klar wurde, dass sie zu spät kommt, habe ich ein paar Telefonate geführt, und Carmen hat gemeint, ich solle doch mal nachschauen, ob sie nicht vielleicht den Koffer gepackt hätte und verschwunden sei.«

»Hat sie so etwas schon mal getan?«

»Nie! Das ist nicht ihre Art.«

Wie oft habe ich das schon gehört, dachte Challis. Eine der großen Lügen der Menschheit, gleich nach der Lüge, dass ein armer Mann ins Weiße Haus einziehen kann, dass australische Footballer und Kricketspieler nicht rassistisch sind, sondern nur ein wenig übermütig. Seiner Erfahrung nach waren die meisten Menschen blind gegenüber den Eigenheiten ihrer Lieben. Andererseits zahlte es sich aus, wenn man als Polizist einfach zuhörte, nur für den Fall. »Noch eine schwierige Frage«, fuhr er fort. »Haben Sie irgendeinen Grund zu der Annahme, dass es in ihrem Leben einen anderen geben könnte? Anrufe, die sie im Nebenzimmer annimmt, neue Gewohnheiten, Kleidung, späte Rückkehr von der Arbeit?«

Wishart wirkte niedergeschlagen. »Ich weiß nicht. Ich bezweifle es stark. Das sähe ihr gar nicht ähnlich. Sie hatte bei der Arbeit so viel zu tun. Sie ist nie über Nacht fortgeblieben. Wenn sie auf einer Konferenz im In- oder Ausland war, bin ich mitgeflogen.«

»Sie war also häufig dienstlich unterwegs? Was machte sie?«

»Inspizieren, Warnungen aussprechen, Eingaben nachgehen. Sie sprach von einem alten Haus, das illegal abgerissen worden sei. Andauernd fällen die Menschen ohne Erlaubnis irgendwelche Bäume. Solche Dinge.«

»Es könnte also sein, dass sie ein Grundstück, das etwas weiter weg liegt, inspiziert, die Zeit aus den Augen verloren hat. Einen Platten oder einen Motorschaden hat. Haben Sie sie angerufen?«

»Ich wurde auf die Mailbox umgeleitet.«

»Die Peninsula ist voller Funklöcher.«

Wisharts knochige weiße Fäuste klopften leise auf den Tresen. »Ich weiß. Daran habe ich auch gedacht.«

»Dann sollten Sie lieber nach Hause gehen«, meinte Challis, »und sich neben das Telefon setzen.«

»Aber es war doch richtig von mir, das zu melden, oder?«

»Ja«, antwortete Challis bestimmt und wusste, dass er zum gegenwärtigen Zeitpunkt nur ein paar Anrufe bei Krankenhäusern und auf anderen Revieren machen konnte. Für irgendeine offizielle Handlung war es noch viel zu früh.

»Was, wenn sie einen Unfall hatte? Was, wenn sie bewusstlos ist?« Tränen flossen. »Was, wenn sie tot ist?«

»Das Beste, was Sie so spät noch machen können«, erwiderte Challis, »ist nach Hause zu fahren. Ich werde ein paar Nachforschungen anstellen. Fahren Sie heim, und rufen Sie jemanden an, der bei Ihnen bleibt, einen Freund, einen Familienangehörigen. Ihren Bruder zum Beispiel. Ich bin sicher, Sie werden schon bald etwas erfahren.«

»Das ist alles? Um Himmels willen.« Wishart schlich trübsinnig hinaus.

»Die Frau ist durchgebrannt«, meinte der diensthabende Sergeant.

»Da könnten Sie recht haben.«

Challis ging hinaus, um einen Blick auf den Mond zu werfen. Er hatte die Finsternis großteils verpasst. Alles, was er entdeckte, war ein rostiger Fleck am Sternenhimmel und die harten Umrisse der Bäume ringsherum.

23

Scobie Sutton, seine Frau Beth und ihre Tochter Roslyn schlossen sich den etwa hundert Erwachsenen und Kindern an, die gegen zwanzig Uhr die Schule verließen und zu den Basketballplätzen gingen. »Nur für zehn, fünfzehn Minuten«, meinte der Schuldirektor. »Es kommt schließlich nicht jeden Tag vor, dass der Mond rot wird.«

Sie standen da und schauten hinauf. Fedrige Wolken, atmosphärische Streifen, und dann war da die Mondsichel, unscharf, weinfarben. Ein paar Unternehmungslustige versuchten, Fotos zu machen, die Kinder tollten umher, ein Gefühl von Leichtsinn machte sich breit. Roslyn hatte bereits Klavier gespielt und mit ihrem kleinen Chor »Zulu Warrior« gesungen, »Smoke on the Water« war bereits zweimal ruiniert worden, also ging es Scobie richtig gut, und für einen Augenblick vergaß er das merkwürdige Verhalten seiner Frau. Bis er auf sie hinabschaute und sah, dass sie den Kragen ihrer Bluse mit einer Hand zerknautschte und irgendeine Beschwörungsformel murmelte, so als habe der Mond den Wahnsinn nur noch weiter bestärkt.

Ellen Destry besah sich den Mondschatten durch Hals Küchenfenster. Es war halb neun, sie war warm und rosig aus dem Bad gestiegen und trug einen Schlafanzug und dicke Socken. Ein Pfau von der Farm auf der anderen Seite des Hügels gab einen unwirklichen Schrei von sich. Das Licht, das auf dem Grundstück lag, hatte sich so sehr verändert, dass es sie nach draußen in den Garten zog. Sie legte den Kopf in den Nacken, konnte aber nicht erkennen, was die ganze Aufregung sollte, und ging wieder hinein, um einen Rinderschmortopf in der Mikrowelle aufzuwärmen.

Sie schenkte sich gerade ein Glas Rotwein ein, als das Küchentelefon klingelte.

»Destry«, sagte sie.

»Ich bins nur.«

»Ich hab eine Nachricht für dich …«

»… hab ich gekriegt. Bei mir wird es später, eine Frau wird vermisst.«

Ellen schloss die Augen. »Jung? Schoolie, meine ich?« Sie würde übernehmen müssen, wenn es sich um eine Schoolie handelte.

»Nein.«

»Soll ich aufs Revier kommen?«, fragte Ellen. Sie wollte und wollte auch wieder nicht.

»Nein, ich schaff das schon. Warte nicht auf mich.«

Aber das würde sie, beide wussten das. Sie legte auf, nahm den Schmortopf aus der Mikrowelle und aß ihre Mahlzeit mit einem Glas Wein vor dem Fernseher, irgendein Mist auf einem der Kommerzsender. Während der Werbung schweifte sie in Gedanken ab und sah sich im Wohnzimmer um. Sie schaltete den Fernseher aus, stellte sich hin, auf den abgewetzten Teppich zwischen den Sesseln, und fragte sich, was genau sie hier störte.

Die Raummaße waren angenehm. Das Zimmer war länglich, breit, hatte eine hohe Decke und ein großes Fenster, der Blick fiel auf ein paar Sträucher und einen Lattenzaun. Ein Bücherregal nahm die hintere Wand ein, ein Regal voller CDs. Dann, wohl wissend, dass sie einem wandelnden Klischee entsprach, bemerkte sie die Dinge, die sie gern verändert hätte. Mehr Farbe an den Wänden zum Beispiel, hellere Kissen, ein neuer Teppich. Frische Blumen jeden Tag. Neue Vorhänge. Ein paar …

Wieder klingelte das Telefon.

»Destry.«

Eine Frau zwitscherte: »Spreche ich mit Mrs. Challis?«

Ellen spannte sich an. »Nein.«

»Kann ich mit ihr sprechen, bitte?«

»Wie kommen Sie auf die Idee, es könne eine Mrs. Challis geben?«

»Ähm, dies ist doch Mr. Challis' Telefonnummer.«

»Und eine Frau, die abhebt, muss also Mrs. Challis sein?«

Es gab eine längere Pause. Etwas sanfter fuhr Ellen fort: »Also, wir haben fast zehn Jahre des einundzwanzigsten Jahrhunderts hinter uns. Haben Sie vielleicht schon mal vage daran gedacht, dass ein Mann und eine Frau mit verschiedenen Nachnamen zusammenleben können?«

Die Frau klang unsicher. »Doch, schon …«

»Na gut, und wie wärs mit Folgendem: Haben Sie schon daran gedacht, dass eine Frau heiraten und ihren eigenen Nachnamen behalten kann? Überlegen Sie gut.«

Den Tränen nahe, Ellen kam sich gemein vor, beeilte sich die Frau zu sagen: »Wir rufen von der Telecom an und wollen unsere Kunden fragen, ob sie mit ihren laufenden Verträgen zufrieden sind. Wenn ich bitte mit dem Herrn oder der Dame des Hauses sprechen dürfte …«

Ellen legte auf. Die Nacht brach herein, und das Licht war merkwürdig. Sie leerte ihren Rotwein und schenkte sich nach.

Pam Murphy hatte zugesehen, wie die Erde sich zwischen Sonne und Mond geschoben hatte und dieser nach und nach rot geworden war. Sie hatte mit einem blutigen Rot gerechnet, doch für diesen Farbton fand sie keinen Namen. Schokoladenrot, Rostrot, ein dreckiges Rot, wie getrocknetes Blut, durch die dünnen, dunstigen Wolken hoch oben am Himmel verwischt. Wie alle anderen ringsumher war sie wie gebannt gewesen, und für etwa eine Stunde hatte die Welt stillgestanden. Falls Pam damit gerechnet hatte, dass die Schoolies anfingen zu halluzinieren, komische Anfälle hätten, selbstzerstörerisch oder gewalttätig würden, hatte sie sich getäuscht. Der rostrote Mond stimmte sie friedlich. Sie wiegten sich zu inneren Liedern und neigten eher dazu, sich zu küssen und zu umarmen.

Wie sie ein wenig verträumt auf dem kurz geschnittenen

Rasenstreifen zwischen den Grillstellen und den Uferbäumen stand, glitten harte, schlanke Arme um sie, und trockene Lippen knabberten an ihrem Ohrläppchen. Bevor sie es richtig mitbekam, war es auch schon wieder vorbei und hinterließ ein Kribbeln in ihr.

Sie wirbelte herum. »Das könnte als Belästigung ausgelegt werden, Constable.«

»Tut mir leid, ich habe mich vom Augenblick mitreißen lassen«, sagte Andy Cree.

Er sah sie an. Diesen Gesichtsausdruck hatte sie auch schon bei jungen Männern gesehen, die sich bei Highschoolfeiern einen Kuss und eine Umarmung stibitzt hatten, und sie hatte ihn bei jungen Straftätern gesehen, die gut aussahen, Mumm hatten und dachten, die Welt gehöre ihnen. Pam unterdrückte ein Grinsen, versuchte, die Reaktion ihres Körpers auf Crees Präsenz zu unterdrücken, als sie John Tankard bemerkte, der danebenstand und ihnen tödliche Blicke zuwarf. Sie seufzte. Sie hatten einen Job zu erledigen. »Konzentrieren Sie sich, Constable«, sagte sie und tat einen Schritt zurück.

Andy salutierte: »Jawohl, Ma'am.«

»Sie kennen Ihre Aufgabe: Mischen Sie sich unter die Leute.«

Sie sah zu, wie Cree im merkwürdig fahlen Licht verschwand, an den Skateboardrampen und den Grillstellen vorbei in Richtung Motels und Frühstückspensionen. In der Zwischenzeit war Tank zu den Zelten geschlendert, wo ein paar junge Leute sich mit Decken und Gitarren um ein Lagerfeuer scharten. Die Schoolies tauchten im Schein der Flammen auf und verschwanden wieder, Fetzen von Dylan und Baez trieben zu Pam herüber. Dylan und Baez. Selbst ich bin zu jung für Dylan und Baez, dachte sie.

Ansonsten schien nichts Besonderes los zu sein, es herrschte ein Gefühl von Verträumtheit. Waterloo lag in sanftes Mondlicht getaucht, und bisher hatte es noch nicht eine Pubschlägerei, kein Autorennen und keinen einzigen Tränenausbruch gegeben.

Pam ging die High Street entlang, hinauf zu Blockbuster Video und dem Thairestaurant, dann wieder zurück zum Naturschutzgebiet am Ufer. Sie sah, wie die Schulabgänger sich vor den Pubs und den Pizzerias versammelten, aber sie sah auch jede Menge Ortsansässiger mit ihren Kindern. Alle waren selig, und sie hoffte nur, dass nichts aus dem Ruder lief. Bald war Mitternacht, dann gingen Alkohol und Drogen zur Neige, das schöne Gefühl ließ nach, Enttäuschungen und Kummer setzten ein. Zu diesem Zeitpunkt sollte sie besser nicht alleine sein. Die drei waren als Einheit unterwegs und sollten sich gegenseitig den Rücken sichern.

Die Zeit verstrich, Pam ließ sich treiben. Sie wollte hellwach bleiben, aber die Nachtluft war mild und duftgeschwängert – die blühenden Gärten, der Geruch des Meers, selbst das Gras, das die Jugendlichen rauchten. Ein Gemeinschaftsgefühl verband die Menschen.

In der Hoffnung, auf Andy Cree zu stoßen, ließ sie sich dorthin treiben, wo es am dunkelsten war, zu den Felsen und den einzelnen sandigen Abschnitten zwischen Grüngürtel und Mangroven. Sie hielt nach links zur Raffinerie, dann nach rechts in Richtung des nächsten Orts, Penzance Beach, hatte aber nicht die Absicht, auch nur annähernd so weit zu gehen. Hier und da stieß sie auf ein Pärchen, das sich umarmte, einsame Träumer, kleine Grüppchen sich leise unterhaltender Schoolies und ringsherum das Kommen und Gehen des schwarzen Wassers, das Rascheln von Stoff auf Haut, leises Stöhnen, Seufzen und angehaltener Atem. Pam achtete nicht weiter darauf.

Dann kletterte sie, alarmiert durch ein Wimmern, über einen Wellenbrecher. Im fahlen Mondlicht sah sie den öligen Schlamm und die dürren Linien eines Mangrovenhains und einen jungen Mann, der auf den Knien zusammengekauert dasaß. Sie sah ihn würgen, stolpernd aufstehen, sich das Kinn wischen und erneut zusammenklappen. Er war fast nackt, trug nur rote Fetzen um die Hüften, so als habe sich seine Unterhose verdreht, während er mit dem Schlamm und dem Würgreiz zu kämpfen hatte.

Pam kletterte die glatten Felsen hinunter und kam zu dem weichen Morast. Der Mond über ihr war nicht mehr rot, sondern eine hoch am Himmel hängende milchig weiße Scheibe, die zwischen den Wolken verschwand und wieder auftauchte. Gefährliche Lichtverhältnisse, aber Pam erkannte, dass der Mann tatsächlich nackt war. Das war kein Baumwollstoff um seine Hüften, sondern Farbe oder Lippenstift in dicken, breiten Streifen.

»Die Schlampe hat mich vergiftet«, stöhnte Josh Brownlee kläglich.

24

Donnerstagmorgen.

Die beiden Freundinnen waren gegen 7.30 Uhr zwischen Shoreham und Flinders unterwegs gewesen, als sie die Leiche fanden. Sie waren nicht gerade darüber gestolpert, sondern vielmehr zufällig auf ein paar Kühe gestoßen. Sie hatten noch nie zuvor Kühe am Strand gesehen. Jogger ja, Hunde, tote Robben, Powerwalker wie sie, aber noch niemals Kühe, obwohl der Küstenstreifen direkt an Farmland grenzte.

Zwei Frauen Mitte vierzig, eine mit kurzem braunem, die andere mit schulterlangem, aschblondem Haar. Die Frau mit dem kurzen Haar wies zu der Klippe über ihren Köpfen und sagte: »Wir sind nach oben gestiegen und haben ein Loch im Zaun entdeckt.«

Challis folgte dem ausgestreckten Finger. Bäume und Büsche klammerten sich dicht an die Klippenwand und entlang des Kamms. Er hatte Ellen oben bei den Tatortspezialisten gelassen und die Frauen zurück an den Strand geführt, um sich alles in Ruhe erklären zu lassen. »Sie haben also die Kühe bemerkt und wollten nachschauen.«

»Würden Sie das nicht tun? Da oben ist ein großes Haus. Wir dachten, es wäre besser, jemandem Bescheid zu sagen.«

Challis lächelte beschwichtigend. Er wollte wirklich niemanden verärgern. »Es ist wichtig, die Abfolge der Ereignisse festzuhalten«, erklärte er. »Sie sind also nach oben geklettert, und was ist dann passiert?«

»Wir sind zu dem Haus gegangen«, sagte die Blonde.

»Es war niemand zu Hause«, fügte die andere hinzu.

Challis nickte. Er hatte bereits geklopft. Ein riesiges neues Haus, im Stil eines Schweizer Chalets, daneben Arbeitsschuppen und eine Scheune, ein paar Hundert Meter von der Klippe entfernt, wo das Land wieder anstieg und in beiden Richtungen eine grandiose Sicht auf den Strand und weit hinaus aufs Meer erlaubte. Ein Ausblick, der seinen Preis gekostet hatte, dachte Challis. Er hatte fünf riesige Aschekreise und Dutzende von Baumstümpfen gezählt.

»Und da haben Sie den Wagen gesehen.«

»Ja.«

Challis stellte sich die Gegend dort oben vor. Abgesehen von der Möglichkeit, sich durch das Gestrüpp an der Klippenwand einen Weg nach oben zu bahnen oder vom benachbarten Farmland aus über Zäune zu klettern, war der einzige Zugang zum Chalet eine frisch angelegte, geschotterte Landstraße, die von der Frankston-Flinders-Road in etwa einem Kilometer Entfernung abzweigte. Wenn man auf dem Weg nach Flinders an der Zufahrt vorbeikam, fragte man sich unwillkürlich, welcher Glückspilz dort wohl lebte. Auf der ganzen Peninsula gab es geheimnisvolle Privatstraßen. Sie führten alle zum Geld. Diese endete an einem Doppeltor in einem Lattenzaun hundert Meter oberhalb des Hauses und der Schuppen.

»Der Wagen …«, gab Challis das Stichwort.

»… stand mit offener Fahrertür an dem Tor. Wir haben nichts angefasst.«

»Und weiter?«

»Erst wussten wir nicht, ob er jemandem vom Haus gehörte oder einem Besucher«, sagte die Kurzhaarige, »aber wir mussten doch wegen der Kühe Bescheid sagen.«

»Also gingen Sie zum Wagen …«

Die Freundinnen, die durch das Abenteuer bis zu diesem Augenblick aufgekratzt gewirkt hatten, zuckten zusammen. »Und da haben wir Ludmilla auf dem Boden liegen sehen«, sagte die Blonde.

Challis war erstaunt. »Sie haben sie gekannt?«

»Als ich näher kam, habe ich sie erkannt«, antwortete sie.

Hal hatte bereits das Nummernschild durchgegeben. Der Wagen, ein silberner Golf, war auf eine gewisse Ludmilla Wishart zugelassen – nicht dass er den Fehler begangen hätte, davon auszugehen, dass Opfer und eingetragene Wagenbesitzerin ein und dieselbe Person waren, ein Fehler, den er vor vielen Jahren zu seiner Zeit als Constable auf Probe gemacht hatte –, aber er hatte nur einen Blick auf die Leiche werfen müssen, um zu erkennen, dass es sich tatsächlich um Ludmilla Wishart handelte. Er kannte sie von den Fotos, die Adrian Wishart letzte Nacht dagelassen hatte.

»Ich muss wissen, ob einer von Ihnen die Leiche berührt hat.«

»Ich«, sagte die Frau mit dem kurzen Haar. »Ich bin Hebamme. Ich konnte keinen Puls mehr finden.«

»Hat eine von Ihnen neben ihr gestanden oder gekauert?«

»Ja.«

Challis nickte. Der Boden um die Leiche war hart, doch die

Frauen hatten vielleicht Haare verloren, Fusseln oder Fasern. Eine von ihnen hatte sich in einiger Entfernung von Wagen und Leiche übergeben. Die anderen Störfaktoren? Das Wetter, der Mörder, die verschiedenen Experten am Fundort.

»Und dann haben Sie angerufen?«

»Ja. Der Rettungswagen war zuerst da, dann die Polizei.«

Ein paar Uniformierte aus Waterloo, die die CIU angerufen und Scobie Sutton geholt hatten. »Wie gut kannten Sie Mrs. Wishart?«

»Ich habe sie erkannt, aber ich kenne …, kannte sie nur beruflich. Sie hielt sich ziemlich genau an die Vorschriften, aber sie war fair. Keiner von diesen Planungsfreaks – nicht bei mir, jedenfalls.«

Challis versuchte, das mit dem in Zusammenhang zu bringen, was er vor einer halben Stunde oben auf der Landzunge gesehen hatte. Ludmilla Wishart lag auf der Seite am Heck des Wagens, Blut hatte sich unter ihrem ausgebreiteten rostroten Haar gesammelt, der Oberkörper lag im Staub, die Beine im Gras neben der Straße. Die Fahrertür stand offen. Sie war laut Doktor Berg, der Gerichtsmedizinerin vor Ort, mit einem kräftigen Schlag auf den Hinterkopf niedergestreckt worden. Die Leichenstarre hatte bereits voll eingesetzt, was bedeutete, dass sie bereits zwölf Stunden oder länger tot war.

»Und während Sie warteten, ist niemand vorbeigekommen?«

»Das ist ja keine Durchgangsstraße.«

Challis nickte. »Vielen Dank für Ihre Zeit.«

Er notierte sich die Namen und Adressen und sah ihnen nach, wie sie in Richtung Shoreham davongingen. Ihre Schultern berührten sich, und sie waren tief ins Gespräch versunken. Wenn die Besitzer des Chalets fort waren und die Zufahrtsstraße tagelang von niemandem benutzt wurde, wäre die Leiche lange unbemerkt geblieben. Challis machte kehrt und ging zu der Stelle, wo die Klippen nicht so steil waren und ein schmaler Pfad sich zwischen Adlerfarnen, Teebäumen, bemoosten Baumstämmen und Brombeergestrüpp hindurch nach oben schlängelte. Zwei Minuten später war er wieder oben, zerkratzt, voller Kletten und außer Atem. Mit einer Hand auf einem halb verrotteten Pfosten, schwang er sich über den Zaun. Der war ein Bild des Jammers, zerrissener Draht schlängelte sich durch das hohe Gras, der Stacheldraht oben war fast durchgerostet, die Pfosten krumm oder bis auf ein paar bröcklige Reste zerfallen.

Challis trottete an einem neueren Zaun entlang, der im rechten Winkel zur Klippenkante am Chalet vorbeiführte. Er hatte daran gedacht, Gummistiefel mitzubringen, das Gras war feucht, und wohin er auch trat, lagen große, stinkende schwarze Kuhfladen.

Ellen stand neben dem Wagen des Opfers. Seit gestern Abend war er mehrmals versucht gewesen, ihr zu erzählen, dass McQuarrie sie zur Chefin einer neuen Abteilung machen wollte. Doch für den Augenblick hatte ihn der Superintendent um Geheimhaltung gebeten. Er wollte, dass Challis darüber nachdachte, welche Abteilung angesichts ihrer Fähigkeiten und Neigungen die richtige wäre. »Lassen Sie sich Zeit, und sagen Sie mir dann Bescheid«, hatte er gesagt.

Als Challis den Hang hinaufkam und winkte, spürte er plötzlich eine große Last auf sich. Sie winkte zurück. »Na, machts Spaß?«, fragte sie.

Er gesellte sich zu ihr und erwiderte: »Mein tägliches Fitnesstraining. Irgendwas Nettes?«

»Bisher noch nicht.«

Gemeinsam schauten sie am silbernen Golf vorbei zu Scobie Sutton, der mit zwei Uniformierten zusammen eine nach Planquadraten aufgeteilte Suche nach der Mordwaffe durchführte. »Die Ärztin denkt, es handelt sich um einen Wagenheber.«

»Aus dem Fahrzeug des Opfers?«

Ellen schüttelte den Kopf. »Ist nicht angerührt worden.«

Im selben Augenblick näherte sich ein Abschleppwagen. Scobie hob die Hand, um ihn zum Halten zu bringen. Der Fahrer nickte, schaltete den Motor aus und machte es sich mit einer Zeitung bequem. Es dürfte wohl noch eine Stunde dauern, bevor der Fundort freigegeben wurde, erst dann konnte er den Wagen aufladen und ihn ins gerichtsmedizinische Institut überführen.

Währenddessen untersuchte die Gerichtsmedizinerin noch die Leiche, und die Spurenfahnder nahmen weiter die unmittelbare Umgebung unter die Lupe, kauerten sich mit Papiertüten hin und lasen mit Pinzetten winzige Fragmente auf, die möglicherweise Beweiswert hatten. Andere suchten im Staub nach Reifenspuren, einer schaute sich im Wageninneren um.

»Denken wir an den Ehemann?«, fragte Ellen.

»Er steht auf der Liste ganz oben. Aber sie war im Bezirk zuständig für Bauvergehen, vielleicht hat sie sich Feinde gemacht.«

Ellen nickte.

Scobie kam zu ihnen und hielt vorsichtig eine Beweistasche fest. »Ich habe einen Brocken trockenen Lehm gefunden.«

»Wir sind hier auf dem Land, Scobie«, meinte Ellen.

Scobie errötete ein wenig und fühlte sich von oben herab behandelt. »Der hier stammt nicht aus der Gegend. Das ist dunkler Lehm, der Schlamm ist rötlich.«

Sie warfen einen Blick in die Tüte. Ein leichter Geruch von grasiger Erde wehte aus der Öffnung. Kein gewöhnlicher Klumpen, sondern an zwei Seiten glatt und eben. »Gut gemacht, Scobie«, sagte Challis. »Von der Innenseite eines Radlaufs?«

»Sieht so aus.«

»Bring ihn zusammen mit allem anderen zur Spurensicherung, bitte sie, Marke und Modell des Wagens herauszufinden, falls möglich, und auch, woher der Lehm stammt.«

»Mach ich.«

»Wenn du zur CIU zurückkommst, überprüfst du die letzten Bewegungen des Opfers nach gestern Mittag. Schau mal, ob sie irgendwo ihre Kreditkarte benutzt hat, ihr Telefon, das Übliche.«

»Chef«, sagte Sutton. Er wirkt lebendiger als während der letzten Tage, dachte Challis.

»Wir müssen auch wissen, wem das Grundstück gehört und warum Mrs. Wishart hier war.«

»Kann Pam das nicht machen?«

»Pam arbeitet an einem Überfall von gestern Nacht.«

»Na gut«, meinte Scobie. Er sah Challis und Ellen fragend an. »Der Ehemann?«

»Als Allererstes.«

Der Techniker im Wagen rief: »Hab einen Laptop gefunden, Inspector, unter dem Beifahrersitz.«

Challis rief ihm ein Danke zu, setzte sich mit Ellen in den Dienstwagen und versuchte, sich in die Wünsche, Verletzungen und Ängste des Mörders hineinzuversetzen. Das tat er immer, gleich als Erstes, selbst auf die Gefahr hin, zu früh Schlüsse zu ziehen. Natürlich würden sie sich den Ehemann vornehmen. Die Statistiken legten nahe, zuerst bei den Familienangehörigen zu suchen. Außerdem war Challis klar, dass erst einmal nach der einfachsten Lösung gesucht werden musste. Dazu gehörten die fünf wichtigsten Punkte: Opfer, Motiv, Tatwaffe, Beweise und Täter. Bisher hatte er erst das Opfer.

25

Als die Spurenfahnder am Tatort fertig waren, machten sich Challis und Destry auf den Weg. Ellen fuhr, Challis telefonierte und organisierte, dass ein paar Beamte aus Mornington aushalfen. Als er damit fertig war, verschränkte er die Arme und dachte eine Weile nach. »Der Wagen des Opfers«, sagte er.

»Was ist damit?«

»Kein Schlamm im Radlauf.«

»Oder aber die Straßenunebenheiten haben ihn abfallen lassen.«

Challis hielt sich eine Hand vor die Augen, denn sie fuhren der Sonne entgegen. »Der Brocken, den Scobie gefunden hat, stammt nicht von ihrem Wagen. Falsche Form.«

»Oder aber er stammt von einem Fahrzeug, das völlig legal dort unterwegs war.«

»Jaja, spuck mir ruhig in die Suppe.«

So machten sie das immer, sie stellten Szenarien auf und brachten sie anschließend wieder zu Fall.

»Ich tue nur meinen Job, Chef«, sagte Ellen.

Challis legte ihr eine Hand auf den Oberschenkel. Das war in jeglicher Hinsicht unprofessionell, aber McQuarrie hatte gestern einen Ausweg aus diesem Dilemma aufgezeigt, und außerdem wollte er die in ihr ruhende Kraft spüren, die Hitze, das Versprechen.

»Lass das«, sagte sie und fügte noch hinzu: »Chef.«

Challis verschränkte die Arme. »Die ungefähre Todeszeit lag Freya Berg zufolge irgendwann zwischen gestern Nachmittag und dem Abend. Der Ehemann kam gegen zwanzig Uhr aufs Revier.«

»Am späten Nachmittag und frühen Abend war es kühl«, meinte Ellen. »Aber sie hatte ihre Strickjacke nicht angezogen, die lag noch auf dem Rücksitz. Sie trug nur ein T-Shirt. Das weist eher auf einen früheren Zeitpunkt hin.«

»Es sei denn, sie war nicht kälteempfindlich, oder sie hat im Wagen gesessen und auf jemanden gewartet.«

Ellen ließ die Mundwinkel sinken. »So oder so müssen wir wissen, wo der Ehemann den Nachmittag über war.« Sie hielt inne. »Kommt dir das wie eine persönlich motivierte Tat vor, Hal? Wurde sie von jemandem erschlagen, den sie kannte, oder von einem zufällig vorbeikommenden Irren?«

Challis dachte darüber nach. »Hier war echte Wut im Spiel. Genau wie bei Lachlan Roe.«

»Himmel, das hat doch nicht etwa miteinander zu tun?«

»Das meinte ich nicht, nur dass wir in beiden Fällen vielleicht nicht nach einem Fremden suchen.«

Sie überquerten kleine Hügel und verlangsamten die Fahrt in Balnarring, wo sie hinter einem Landseer-School-Bus stecken blieben, der beim Einkaufszentrum abbog und ein paar Schulkinder aufgabelte. Ellen beschleunigte, fuhr an der Autowerkstatt, der Feuerwehr und der spärlicher werdenden Bebauung vorbei, bis sie in eine Gegend mit hohem Gras, Fertighäusern, Edelwinzereien und Alpakaherden kamen. An einem Haus prangte ein Schild: »Samstag großer Garagenverkauf«. Auf einem feuchten Feld in einer Senke standen zahlreiche Ibisse und Reiher. Am Fuß eines Baumes, der durch den Aufprall eines Autos ganz verschrammt war, lag ein verwelkter Blumenstrauß.

Challis träumte vor sich hin. Er würde die Zusammenarbeit mit Ellen vermissen. Allerdings würde er es überhaupt nicht vermissen, ihr Vorgesetzter zu sein. Ihm ging der Gedanke durch den Kopf, dass sie die neue Abteilung für Sexualverbrechen leiten sollte. Bei der Bevölkerungsexplosion und den großen sozialen Spannungen auf der Peninsula nahm auch die Zahl der gemeldeten sexuellen Übergriffe und Vergewaltigungen zu. Die Dunkelziffer war beträchtlich höher. Der einzige

Nachteil war, dass Ellen ihre Abteilung von Mornington aus leiten sollte. »Ich kann euch nicht beide auf demselben Revier arbeiten lassen, Hal, das werden Sie doch einsehen«, hatte der Super gemeint.

Aber Mornington war ja nur zwanzig Minuten entfernt.

Bald kamen sie an weiteren Häusern vorbei und passierten einen Zebrastreifen; der Klecks in der Ferne war Waterloo. Am Stadtrand bog Ellen links ab, fuhr eine gewundene Steigung hinauf, wo große neue Häuser auf ausladenden Grundstücken standen und die Wochenendgeräuschkulisse aus Rasentraktoren, Mountainbikes, klappernden Hufen und Menschen beim Barbecue bestand. Beruflich erfolgreiche Leute wie die Wisharts wohnten hier oben, gleich neben wohlhabenden Ladenbesitzern und ausgebufften Händlern. Sie hatten riesige Hypotheken auf den Häusern, einen weiten Blick auf die Bucht von Waterloo, das unten auf der Ebene lag, und allen Platz, den sie für ihre Kinder und ihre Gärten brauchten.

Eine wohlhabende Ecke, aber noch immer eine Million Dollar von dem Klippengrundstück entfernt, auf dem Ludmilla Wishart ermordet worden war. Wer lebte dort? Stadtmenschen, vermutete Challis, der sich an hohes Gras und staubige Fenster erinnerte. Sie kommen nur gelegentlich vorbei, brauchen kein riesiges Chalet, wollen einfach nur eins haben.

»Wohin?«, fragte Ellen.

Eine Reihe von Abzweigungen, die nach Ex-Premiers benannt waren, führten von der Straße ab. »Menzies«, antwortete Challis. »Haus Nummer fünf.«

Ellen lenkte aus dem Handgelenk. Challis sah ihr gern zu, auch wenn er über den Mord nachdachte und überlegte, wie er Adrian Wishart den Tod seiner Frau beibringen sollte. »Wo war eigentlich ihre Handtasche?«, fragte er plötzlich.

»Genau.«

»Gelegenheitsdieb? Ein Überfall? Aber das ist doch keine

Durchgangsstraße. Wurde die Handtasche mitgenommen, um es wie einen Raub aussehen zu lassen? Und den Laptop lassen sie liegen?«

»Scobie überprüft die Kreditkarte, vielleicht verrät die uns was, vor allem, wenn damit ein Surfbrett oder so was gekauft worden ist.«

Ellen lenkte den Dienstwagen behutsam über den Bordstein in die Einfahrt zu einem wellblechverkleideten Haus. Challis mochte das Haus. Das lag zum Teil am Wellblech selbst, das auf jedem Dach und an jedem Schuppen im ländlichen Australien zu finden war, zum Teil aber auch an der Bauweise des Hauses, das mit seinen Mansardenfenstern im steilen Dach, dem Balkon und den breiten Veranden eben nicht wie eine Hütte im Outback aussah. Und er war gespannt. Er wollte sich Wishart genauer anschauen, wollte wissen, ob er der Mörder war, und diesen Fall bis Feierabend abschließen. Gleichzeitig aber hasste er es, der Überbringer schlechter Nachrichten zu sein.

Ein roter Citroën stand in einem mit Weinreben überwachsenen Carport. »Dauert nur einen Augenblick«, sagte er, und während Ellen sich mit Sicherheitsgurt, Schlüssel, Handy, Jacke und Notizbuch Zeit ließ, ging er zum Citroën und kniete sich vor jeden Radkasten hin. Staub, kein Schlamm, und die Kästen waren anders geformt als derjenige, von dem der Schlammbrocken vom Tatort herstammte.

Zusammen mit Ellen ging Challis auf einem Betonweg zur Haustür, die sich schon öffnete, bevor sie sie erreichten. Adrian Wishart, unrasiert, mit roten Augen, platt gedrückten Haaren, in Trainingshose und T-Shirt.

»Sie haben sie gefunden.«

»Dürfen wir reinkommen, Mr. Wishart?«, fragte Ellen sanft.

»Sie haben sie gefunden.«

»Lassen Sie uns herein«, sagte Ellen. Challis bewunderte die Leichtigkeit, mit der sie vorging, die Entschlossenheit, die aus ihrem Blick und ihrer Stimme sprach. Sie funktionierte bei Rüpeln, Betrunkenen, Trauernden, aggressiven Personen und Verwirrten.

Die Tür gab den Blick frei auf einen kurzen Hausflur, Zimmer zu beiden Seiten, eines davon ein Büro mit Zeichentischen, Stiften, Linealen, Gelenklampen und zusammengerollten Bauzeichnungen. Am Ende des Flurs war ein geräumiger Raum mit dicken Holzbalken, einem Kamin, einer Bücherwand, Inselbänken und abgetrennten Sitz-, Ess- und Fernsehecken. Vier gewaltige Sofas, ein Langflorteppich auf dem Holzfußboden. Gerahmte Entwürfe teilten sich den Platz an der Wand mit Avantgarde-Fotografien, Aquarellen und ein paar Punktbildern der zentralaustralischen Ureinwohner.

»Ich weiß nicht, was ich machen soll«, meinte Wishart verloren. »Soll ich Ihnen Tee oder Kaffee anbieten?«

Ellen nahm ihn am Ellbogen und führte ihn durch einen Rundbogen in die Küche. Dort stand ein einfacher Holztisch mit verkratzter Oberfläche, ein Tisch für die morgendlichen Cornflakes, Zeitung und Kaffee, für gelegentliche Besucher. Challis folgte den beiden und erkannte, dass Ellens Instinkte wieder mal richtig entschieden hatten: Die Sitzecke war zu groß und offen, die Küche intimer. Sie setzte Wishart auf einen Stuhl am Tisch, nahm auf der anderen Seite Platz und sagte: »Es tut mir sehr leid, Mr. Wishart, aber wir haben jemanden …«

Ein Wehklagen entfuhr Wishart. »Nein, bitte, bitte, sagen Sie es nicht.«

»Wir haben Grund zu der Annahme, dass es sich bei der Toten um Ihre Frau handelt«, fuhr Ellen sanft fort.

»Ich möchte sie sehen. Ich möchte bei ihr sein«, sagte Wishart und schob den Stuhl fort.

Ellen unterbrach ihn. »Schon bald, Mr. Wishart. Gibt es in der Zwischenzeit jemanden, den wir für Sie anrufen können? Einen Familienangehörigen? Freunde?«

Das nahm Wishart den Wind aus den Segeln. Er ließ sich auf den Stuhl fallen. Dann sprang er erneut auf. »Tee? Kaffee?«

»Ich kümmere mich darum«, sagte Challis. Er würde beobachten und zuschauen, während Ellen den Rest übernahm.

»Wie ist sie umgekommen?«, fragte Wishart.

Ellen sagte es ihm.

Challis sah, wie Wishart schluckte. »Wo?«

Auch das sagte sie ihm und hakte nach: »Wissen Sie, warum sie dort war?«

Wishart saß antriebslos da. Die Frage schien zu viel für ihn. »Keine Ahnung.« Dann riss er sich zusammen. »Entschuldigung, wo, sagten Sie, war sie?«

Ellen wiederholte es. »Wissen Sie, warum sie dort war?«

»Sie ist zuständig für Bauvergehen«, antwortete Wishart. »Wenn es der Ort ist, an den ich denke, dann gehört das Haus Jamie Furneaux. Irgendein Cousin des Premierministers. Jedenfalls hat er einen Haufen Bäume gefällt und sie dort verbrannt. Jemand hat die Feuerwehr angerufen, und er hat versucht, sie mit einer großzügigen Spende zum Schweigen zu bringen, doch es war zu spät, jemand hatte ihn angezeigt.«

»Er hatte keine Erlaubnis, die Bäume zu fällen?«

»Nein.«

»Und sie war dort, um ihm die Anzeige zu überreichen?«

Wishart schüttelte den Kopf. »Sie wollte nur nachprüfen, ob er die Ersatzarbeiten durchgeführt hat, Sie wissen schon, Neuanpflanzungen.«

»Machte sie sich durch die Arbeit unbeliebt?«

»Himmel, ja.«

Adrian Wisharts Niedergeschlagenheit schien sich in Wut zu verwandeln. Er stand auf und zeigte mit dem Finger auf Challis, der neben dem kochenden Wasserkessel stand. »Ich habe Ihnen gestern Abend gesagt, dass was nicht stimmt. Wenn Sie etwas unternommen hätten, statt, statt …«

»Bitte, Mr. Wishart«, sagte Ellen bestimmt. »Wir glauben, dass Ludmilla bereits tot war, als Sie aufs Revier kamen.«

Wishart setzte sich kleinlaut. Er schüttelte vehement seinen Kopf und fragte: »Sind Sie sicher, dass sie nicht hingefallen ist und sich den Kopf angeschlagen hat?«

»Wir gehen nicht davon aus.«

Er blickte auf. »Muss ich sie identifizieren?«

»Wir bringen Sie hin und auch wieder nach Hause.«

»Jetzt?«

»Je früher, umso besser.«

»Aber Ihr Tee, Ihr Kaffee?«

»Danach«, meinte Ellen freundlich.

Challis goss Tee ein. Er mochte keinen Tee, aber die Alternative wäre Pulverkaffee gewesen. Er brachte die Teebecher, eine Zuckerschale und eine Flasche Milch an den Tisch, setzte sich seitlich an den Tisch. Er bemühte sich, keine Aufmerksamkeit auf sich zu ziehen, spürte aber, dass der Ehemann seine Gegenwart deutlich wahrnahm.

»Gibt es jemanden, dem wir Bescheid geben sollen, Mr. Wishart?«, fragte Ellen.

»Mir geht es gut.«

»Was ist mit der Familie Ihrer Frau? Sollen wir sie informieren?«

»Da ist nur ihre Mutter, und die lebt in Sydney.«

»Freunde. Ihren Freundeskreis oder gemeinsame Freunde?«

Wishart rutschte auf seinem Stuhl herum. »Da ist Carmen. Mill und sie sind enge Freundinnen, waren«, verbesserte er sich mit einem kleinen Schluchzer.

Ellen notierte sich Adresse und Telefonnummer der Frau in ihrem Notizbuch. Wishart beobachtete aufmerksam ihre Hand, Challis beobachtete Wishart.

»Fragen Sie ihre Arbeitskollegen, wenn Sie wissen wollen, wer was gegen sie haben könnte.«

»Das werden wir tun«, erwiderte Ellen.

»Ihre Kollegen«, wiederholte Wishart, »nicht ihren Chef.«

Ellen schaute ihn von der Seite an. »Warum nicht?«

Wishart wedelte vage mit der Hand, als bedaure er seinen Einwurf. »Ach, nichts Besonderes. Offenbar verbringt er nicht sonderlich viel Zeit im Büro, und wenn er da ist, sitzt er allen ständig im Nacken.«

»Ihre Frau mochte ihn nicht?«

Wishart suchte nach den passenden Worten. »Er konnte anstrengend sein.«

»Anstrengend«, meinte Ellen.

»Ja.«

Sie nahm einen Schluck Tee und sagte: »Vielleicht können Sie uns sagen, wie Ihr Tag gestern war, Mr. Wishart.«

»Wie mein Tag war? Ganz okay so weit. Ich habe meinen Bruder besucht.« Tränen flossen ihm dabei über die Wangen. »Dann ist Mill nicht nach Hause gekommen, und ich hab mir Sorgen gemacht.«

»Sie arbeiten von zu Hause, nehme ich an?«

Wisharts Blick sprang zwischen Ellen und Challis hin und her. »Ja.«

»Sie sind Bauzeichner?«

Challis hatte ihr gesagt, dass der Mann Architekt war. Die Beleidigung war also gewollt. »Sicher nicht«, entgegnete Wishart. »Ich bin Architekt.«

»Und Sie haben gestern an einem Projekt gearbeitet?«

»Ach, ein Projekt gibt es immer«, meinte Wishart leichthin.

»Sind Sie außer Haus gewesen, haben vielleicht mit einem Auftraggeber gesprochen?«

»Ich weiß, worauf Sie hinauswollen. Sie glauben, ich hätte sie umgebracht, meine eigene Frau.«

»Das glauben wir nicht, Mr. Wishart. Je früher wir Sie von unseren Ermittlungen ausschließen können, umso früher können wir nach dem wahren Mörder suchen. Es gehört zur allgemeinen Vorgehensweise, als Erstes die nächsten Angehörigen des Opfers zu überprüfen.«

Wishart schniefte. »Das ist so furchtbar. Mill und ich gehören nicht zu der Art von Leuten, die das Interesse der Polizei auf sich ziehen.«

»Darf ich Sie fragen, warum Sie zu Ihrem Bruder gefahren sind?«

»Er hatte ein Geschenk für Mill. Sie hatte gestern Geburtstag, ihren dreißigsten.«

»Das konnte er ihr nicht selbst geben?«

»Er hat einen Laden in der Stadt. Er kann nicht weg, ich bin da flexibler.«

Ellen schrieb sich die Adresse des Bruders auf. »Wie lange waren Sie bei ihm?«

»Den ganzen Nachmittag über. Ich habe ihn schon seit ein paar Wochen nicht mehr gesehen. Um sechs bin ich nach Hause gekommen, hatte eigentlich mit Mill gerechnet. Ich wartete eine Weile, telefonierte dann und habe sie gesucht, bevor ich sie vermisst gemeldet habe.«

Kein wasserdichtes Alibi also. Andererseits misstraute Challis denen besonders.

Wishart schluckte. »Ist Mill … ist meine Frau …«

»Es ist nichts weiter geschehen«, antwortete Ellen.

»Und ihr Gesicht?«

»Unberührt.«

Wishart sank erleichtert in seinen Stuhl. Sie schwiegen eine Weile. Challis und Ellen beobachteten Wishart eingehend. Schließlich sagte Challis: »Es tut mir leid, aber wir werden das Haus durchsuchen müssen, Mr. Wishart, vor allem die Unterlagen und den Computer Ihrer Frau.«

Er sah sie an. »Aber …«

»Übliche Vorgehensweise«, sagte Ellen ruhig.

Erst als sie ihn zum Wagen hinausbegleiteten, sagte Wishart: »Ich glaube, ich muss Ihnen noch was sagen.«

Challis spürte ein vertrautes Kitzeln und rechnete schon mit einem Geständnis. Doch Wishart meinte nur: »Als ich sie gestern Abend vermisst gemeldet habe, habe ich gesagt, sie hätte keine Affäre. Ich glaube allerdings, dass sie eine hatte.«

26

Pam Murphy war in Waterloo auf dem Parkplatz des Krankenhauses und wartete auf Josh Brownlee. Als er auftauchte, ging sie neben ihm her und fragte: »Also, Josh, wollen Sie mir etwas erzählen?«

Josh blinzelte ins Morgenlicht. Er trug Jeans, T-Shirt und Sandalen, Sachen, die Pam gestern Nacht aus seinem Motelzimmer geholt hatte, nachdem sie ihn ins Krankenhaus gebracht hatte. Sie hatte Strand und Uferbereich abgesucht, aber nichts gefunden, was er beim Überfall getragen hatte.

Wie war der Überfall überhaupt vor sich gegangen? »Josh!«, rief sie, um seine Aufmerksamkeit zu wecken. »Ich habe Ihnen gestern Nacht das Leben gerettet. Also, was ist passiert?«

Er hatte geduscht, sich aber nicht rasiert, und die Barthaare standen wie Stacheln ab. Seine Augen waren rot, und seine Benommenheit verriet, dass er noch immer unter Drogen stand. Aber unter welchen, und hatte er sie freiwillig genommen? Letzte Nacht hatte Pam gewartet, während ihm die Schwester in der Notaufnahme Blut abnahm und ihn um eine Urinprobe bat, heute Morgen hatte sie sie ins Labor geschickt. Pam nahm an, dass sie eine der K.-o.-Tropfen finden würden, beispielsweise GHB, was bedeuten würde, dass er sich an nichts mehr erinnerte.

Außerdem hatte Pam das Labor angewiesen, bei Brownlee eine DNA-Analyse vorzunehmen. Als der Laborchef sich querstellte, log sie und meinte, es habe mit dem Fall Lachlan Roe zu tun. Ihr war eingefallen, dass Inspector Challis Ollie Hindmarsh gebeten hatte, Druck auf das Labor zu machen. »Mr. Hindmarsh will Ergebnisse sehen«, sagte sie.

»Blöder Hund«, sagte der Labormensch.

»Da haben Sie recht«, meinte Pam.

Sie hoffte, ja wettete darauf, dass Joshs DNA zu jener passte, die bei der jungen Frau gefunden worden war, die Samstagnacht sexuell belästigt worden war.

»Mein Wagen steht da drüben, Josh«, sagte sie.

Er folgte ihr stumm über den von Wurzeln aufgerissenen Asphalt. Die Luft war vom Duft der jungen Eukalyptusbäume geschwängert, die rings um den Parkplatz standen. »Hüpfen Sie rein«, meinte sie, »ich fahre Sie in Ihr Motel.«

Nachdem sie sich vergewissert hatte, dass er angeschnallt war, fuhr sie los. »Wir haben die Kleider nicht gefunden, die Sie letzte Nacht getragen haben. Schade, wir hätten daran vielleicht Beweise gefunden, die verraten hätten, was mit Ihnen passiert ist.«

Josh saß mit offenem Mund da. Das war ziemlich normal, fand Pam. Sie hatte die ganze Woche mit Achtzehnjährigen zu tun gehabt, die öfter mal mit offenem Mund dastanden und dadurch ziemlich verblödet wirkten. Einige von ihnen waren es auch. Pam schüttelte den Gedanken ab und fragte: »Mit wem haben Sie sich letzte Nacht getroffen, wissen Sie das noch?«

Josh verzog das Gesicht.

»Freunde?«, fragte Pam. »Eine Freundin vielleicht?«

»Ich glaub schon«, krächzte er.

»Wer denn? Als ich Sie gefunden habe, sagten Sie: ›Die Schlampe hat mich vergiftet.‹ Wen meinten Sie damit, Josh?«

»Keine Ahnung.«

»Haben Sie irgendwas genommen, Josh? Ice? Ecstasy? Keine Angst, ich bin nicht von der Drogenfahndung.«

»Nichts. Bier. Ein paar Wodka.«

»Also nur ein Kater?«

»Ja.«

»Josh, jemand hat Sie an einen einsamen Ort in den Mangroven gebracht, Ihnen die Klamotten geklaut und Ihre Hoden mit Lippenstift angemalt.«

Josh wand sich auf seinem Sitz. Pam, die sich von ihrer Schadenfreude nichts anmerken ließ, sagte sachlich: »Erinnern Sie sich an etwas davon?«

»Nein.«

»Für mich sieht das nach Rache aus, Josh.«

»Nein.«

»Jemand hatte es auf Sie abgesehen.«

»Nein.«

Joshs Stimme und sein Benehmen wirkten trotzig, er lehnte sich an die Tür, wollte weg von ihr.

»Vielleicht, hören Sie mir einen Moment lang zu, vielleicht sind Sie letztes Jahr oder dieses Jahr während der Schoolies Week mit jemandem aneinandergeraten, die Geschichte ist aus dem Ruder gelaufen, falsche Signale, sie sagte Nein, und Sie dachten, sie meint eigentlich Ja.«

»War nicht so.«

»Und sie wollte sich an Ihnen rächen.«

»Nein.«

»Oder es ist nicht ihr passiert, sondern einer Freundin.«

»Keine Ahnung, was Sie meinen.«

»Vielleicht hat man ihr auch Drogen verabreicht, die sie benommen machten, es war also völlig egal, ob sie Ja oder Nein gesagt oder missverständliche Signale ausgesendet hat.«

»Warum lassen Sie mich nicht in Ruhe?«

Pam kam zum Kreisverkehr am Postamt, bog links ab, Richtung Bucht und Ferienwohnungen, Motels und Frühstückspensionen. »Das muss schon eine ganz besondere Person sein, die so Rache übt«, dachte sie laut. »Ich kann sie mir genau vorstellen: clever, geduldig, entschlossen, sehr, sehr mutig.« Sie schaute ihn an. »Wie mutig sind Sie, Josh? Nicht sehr, würde ich sagen.«

»Ich will nach Hause.«

»Niemand hält Sie auf, Josh. Und weiß der Himmel, ich würde an Ihrer Stelle auch nicht mehr hier bleiben wollen. Nicht, wenn eine rachsüchtige Frau frei herumläuft.«

»Nicht ...«, entgegnete Josh, ohne zu wissen, was er eigentlich sagen wollte.

»Jemand wie Caz Moon. Sie erinnern sich doch an Caz, oder? Arbeitet im HangTen?«

Josh erstarrte und zeigte aufgeregt fuchtelnd nach draußen. »Da ist mein Motel.«

Sea Breeze Holiday Apartments, in den Sechzigern gebaut, billig, abgelegen und den Großteil des Jahres über kaum rentabel. »Ich weiß, Josh, ich hab Ihnen letzte Nacht Ersatzklamotten geholt.«

Er sah sich gehetzt um, und Pam musste innerlich grinsen. »Außerdem habe ich Ihren Nachschub gefunden. Aber wie gesagt, ich bin nicht von der Drogenfahndung.«

»Lassen Sie mich in Ruhe. Ich hab nichts getan.«

»Was wollten Sie hier, Josh?«

»Schoolies Week. Ich darf hier sein.«

»Aber Sie haben die Schule doch schon letztes Jahr beendet. Hatten Sie so viel Spaß, dass Sie unbedingt wiederkommen mussten?«

»Lassen Sie mich.«

»Partys, Alkohol, Drogen, Sex, Sie mussten noch mal herkommen, wollten sich was Hübsches gönnen.«

Ein kurzes Flackern war in seinen Augen, und seine Knöchel wurden weiß. Pam zuckte zusammen. Wenn er auf Ice war, konnte er gewalttätig sein und unerwartet reagieren. »Immer mit der Ruhe, Josh.«

»Ich werde mich über Sie beschweren.«

Pam entschied, noch einen draufzusetzen, und spannte ihre Muskeln an, für den Fall, dass er zuschlug. »Der Sex, Josh. Coole Jungs wie Sie haben einfach immer Glück, richtig? Sie würden doch niemals auf K.-o.-Tropfen zurückgreifen, oder?«

Wieder ein grimmiger Blick. Dann stieg er aus und rannte zu seinem Zimmer, einem Eckzimmer im Erdgeschoss. Pam beobachtete, wie er sich die Hosentaschen abklopfte, sah, wie ihm einfiel, dass Brieftasche und Schlüssel verschwunden waren, wie er die Richtung änderte und langsam zum Büro des Moteldirektors schlurfte. Das kriegt er schon wieder hin, dachte Pam. Ma und Pa werden für ihn da sein, so wie das bei diesen Kindern immer der Fall war. Ihr Handy klingelte. Eine SMS von Andy Cree.

27

Am späten Donnerstagvormittag war Ellen Destry im Gebäude des Gesundheitsdienstes in Mornington. Es befand sich in einem umgebauten Haus aus den Vierzigern in einer Straße mit lauter ähnlichen Häusern, von denen nur einige Wohnhäuser waren, die meisten aber Kliniken beherbergten – Zahnklinik, Allgemeinmedizin, Physiotherapie. Sie saß Carmen Gandolfo gegenüber. Vor dem Fenster ihres Büros stand eine Schwarzakazie, die gefährlich weit über den Zaun hing, der das Gelände vom angrenzenden Grundstück trennte. Wusste Mrs. Gandolfo, dass Akazien nur ein flaches Wurzelbett hatten? Sollte sie das der Frau sagen? Aber jetzt war nicht die Zeit dafür …

»Ermordet?«, fragte Mrs. Gandolfo. Sie wirkte entmutigt und niedergeschlagen, schniefte, rieb sich die Augen.

»Es tut mir entsetzlich leid«, sagte Ellen. »Soweit ich weiß, standen Sie Mrs. Wishart nahe.«

»Wir waren beste Freundinnen!«

»Das tut mir leid.«

Wieder Tränen. »Wollen Sie wissen, wer sie umgebracht hat? Da brauchen Sie nicht lange zu suchen. Ihr Mann.«

»Er war gewalttätig? Hat er sie misshandelt?«

»Kontrollsüchtig. Unglaublich kontrollsüchtig.«

Wie so viele andere Menschen auch, dachte Ellen. Sie sah die Frau einen Augenblick lang an. Carmen Gandolfo war groß und füllig, große mütterliche Brüste, rotbraunes Haar wallte auf ihrem Kopf. Ihr Gesicht war vor Kummer verzerrt.

»Ich weiß, das ist hart für Sie, aber ich muss Ihnen ein paar Fragen stellen«, erklärte Ellen.

»Schießen Sie los«, meinte Carmen bedrückt.

»Fangen wir mit Ihrem Treffen mit Mrs. Wishart gestern an.«

Carmen machte den Mund auf und erstarrte. »Sie glauben, ich habe sie umgebracht?«

»Natürlich nicht«, antwortete Ellen ruhig, blieb aber wachsam. »Aber Sie haben doch mit ihr zu Mittag gegessen, und sie ist nicht ins Büro zurückgekehrt.«

»Sie hatte den ganzen Nachmittag über Verabredungen! Und ich auch!«

»Sie haben zusammen gegessen …«

Carmen berichtete Ellen, wo sie gegessen, was sie bestellt und worüber sie gesprochen hatten. »Ein besonderes Essen. Ihr dreißigster Geburtstag. Ich habe ihr einen MP3-Player geschenkt.«

Ellen machte sich eine Notiz. Wo war das Gerät? »Und dann?«

»Dann kam ich auf direktem Wege hierher zu einer Verabredung um vierzehn Uhr. Ich war den ganzen Nachmittag ausgebucht und bin erst um achtzehn Uhr gegangen.«

»Nach Hause?«

»Nein. Ich musste noch zu zwei Klienten, ältere Damen in einer Seniorenwohnanlage. Ich bin erst gegen zwanzig Uhr nach Hause gekommen. Mein Mann hatte schon das Essen gemacht.«

»Danke. Erzählen Sie mir von Mrs. Wishart.«

Ellen sah, wie sich Carmen zusammenriss, nachdenklich wurde, als sei ihr bewusst, dass sie angemessen und genau antworten musste und Ellen keine Übertreibungen hören wollte. »Ich kenne Ludmilla seit etwa fünf Jahren. Wir haben uns bei einer Weihnachtsfeier des Bezirks kennengelernt. Damals ging sie mit Adrian aus. Sie war ihm begegnet, als sie noch Planerin war, und er hatte mit ihr über ein Gebäude verhandelt, das er entworfen hatte. Etwa zwei Jahre später heirateten sie. Mill und ich sind sehr gute Freundinnen geworden.« Sie hielt inne. »Allerdings mit Einschränkungen. Adrian konnte ziemlich schwierig sein. Ich musste mich allein mit ihr treffen und war so gut wie nie bei ihr zu Hause.«

»Erzählen Sie mir mehr von ihm. Über die Ehe.«

»Er ist Architekt«, sagte Carmen und schwieg.

Ellen wartete.

»Er ist einer von denen, die immer enttäuscht sind. Ständig lässt ihn jemand oder etwas im Stich. Das ist niemals seine Schuld, nichts ist seinen hohen Ansprüchen gewachsen. Er könnte sehr erfolgreich sein, wenn er bereit wäre, Kompromisse zu machen, aber natürlich enttäuschen ihn am Ende seine Kunden oder Geschäftspartner.«

»Galt das auch für seine Frau?«

»Ständig, würde ich sagen, aber nicht auf eine Weise, wie das bei anderen geschehen würde, und auch nicht, weil sie ihn verärgern wollte.«

»Hat er sie dafür bestraft?«

»Ja.«

»Wie? Hat er sie geschlagen?«

Bedächtig antwortete Carmen: »Vor etwa zwei Monaten bewegte sich Mill eines Tages unnatürlich. Sie hatte offensichtlich Schmerzen und hielt sich den Bauch. Sie sagte, sie hätte ihre Tage, aber so war das bei ihr nie. Ich glaube, er hatte sie geschlagen.«

»War sie Ihres Wissens nach je im Krankenhaus? Ein Unfall im Garten, vom Stuhl gefallen …«

»Nein. Hören Sie, es ging hauptsächlich um psychischen Stress.«

»Wie zum Beispiel?«

Das Telefon klingelte. Carmen beobachtete es beklommen, bis es wieder verstummte. »Wie ich schon sagte, er war unglaublich kontrollsüchtig. Er bestimmte, was sie trug, wie ihr Haar geschnitten wurde. Er achtete peinlich auf ihre Ausgaben, dabei hat sie wahrscheinlich mehr verdient als er. Er hatte fürchterliche Launen. Er brüllte sie an, wurde noch bei den nichtigsten Kleinigkeiten ungeheuer wütend, bettelte dann um Vergebung und tat so, als liebe er sie über alles. Sie saß die ganze Zeit über wie auf glühenden Kohlen.«

Ellen hatte das alles schon mal gehört. »Haben Sie das miterlebt?«

Carmen rutschte auf ihrem Stuhl herum. »So in etwa. Ich meine, ich sah ihm das an, und Ludmilla verriet ab und zu ein paar Sachen, die er gesagt und getan hatte.«

Also nichts Handfestes, dachte Ellen. »Was noch?«

»Sie stützte ihn emotional. Ständig faselte er was vom Durchbruch, der kurz bevorstünde, meiner Meinung nach aber nie eintreffen wird. Er hatte merkwürdige Ansprüche, wie zum Beispiel dieses kleine Auto. Es musste ein Citroën sein, europäisch, nicht so etwas Günstiges und Zuverlässiges wie ein Toyota. Das schönste Zimmer im Haus machte er zu seinem Büro und füllte es mit den allerbesten Zeichenwerkzeugen. All das kostete Geld, also vermittelte sie ihm stets Kontakte von der Arbeit her, Aufträge für Zeichnungen, Blaupausen, Bauanträge, diese Dinge eben. Sie brauchten das Geld, aber er hielt das alles für unter seiner Würde.«

Ellen sah einen kleinen Mann vor sich, einen furchtsamen Mann. »Unter seiner Würde?«

»Jedenfalls machte er diesen Eindruck. Aber ich glaube eher, er hatte Angst vor dem Scheitern. Und weil er seine eigene Arbeit niedermachte, fehlten ihm Zielstrebigkeit und Willen, scheint mir. Stattdessen kontrollierte er Mill. Er war ganz besessen von dem, was sie vorhaben könnte. Natürlich hatte sie gar nichts vor, trotzdem rief er sie sechs- oder siebenmal am Tag an, schickte ihr den ganzen Tag SMS und E-Mails, kam unter den fadenscheinigsten Vorwänden im Büro vorbei oder hing draußen auf der Straße herum. Ganz so, als müsste er unbedingt und ständig wissen, wo sie gerade war. Er glaubte wohl, sie würde ein heimliches Leben führen.«

»Vielleicht tat sie das ja.«

»Niemals! Sie war so loyal, dass es mir das Herz brach.«

»Was unternahm sie wegen der Anrufe und Besuche?«

»Was konnte sie denn schon unternehmen? Sie versuchte, mit ihm darüber zu reden, aber seine Antwort war nur: ›Du bist meine Frau, ich darf dich doch wohl anrufen.‹ Oder: ›Ich bin nur zufällig in der Nähe, Schätzchen.‹« Für einen Moment schwieg Carmen. »Mill meinte zu mir, es sei irgendwie unheimlich, dass er stets zu wissen schien, ob sie irgendwelche Termine auswärts hatte.«

»Er verfolgte sie?«

»Schon möglich.«

Ellen versuchte es in einer anderen Richtung. »Also hatten sie Geldprobleme?«

»Das habe ich nicht gesagt. Adrians Arbeit hatte in letzter Zeit ein wenig nachgelassen, aber Schulden hatten sie keine, glaube ich jedenfalls. Worauf wollen Sie hinaus?«

Ellen wollte auf mehrere Dinge hinaus. Falls die Wisharts finanzielle Probleme hatten, hielt Ludmilla Wishart dann die Hand auf, um den Lebensstil ihres Mannes zu finanzieren? Hatte sie ihm ein Ultimatum gestellt: »Es ist an der Zeit, dass du dich mal um ordentliche Arbeit kümmerst!«? Hatte er sie umgebracht, weil sie ihm alles testamentarisch vermacht hatte? Erwartete er einen großen Betrag von einer Lebensversicherung? Ellen stellte keine dieser Fragen, sondern schaute nur und wartete.

Carmen Gandolfo legte schließlich ihren Kopf schräg. Hinter der offenen Trauer tauchte ein abschätzender Blick auf. »Adrian hatte bereits das Grundstück, auf dem ihr Haus steht, bevor er Mill kennenlernte. Er hat das Haus entworfen, aber ich glaube, ein Großteil ihres Geldes ging für den Bau drauf. Mill hat mir mal erzählt, dass alles ihnen beiden gehöre, das Haus, Auto, Bankkonten. Er sorgte dafür.«

Sie beobachteten sich einen Augenblick gegenseitig. »Hat sie je davon gesprochen, ihn zu verlassen?«

»Ich habe davon gesprochen«, antwortete Carmen. »Sie hörte zu, pflichtete allem bei, meinte dann aber, er würde zusammenbrechen, wenn sie das täte, und das könne sie ihm nicht antun.«

Auch das hatte Ellen schon gehört. »Sie muss ja einiges über ihre Ehe verraten haben, wenn Sie sie gedrängt haben, ihn zu verlassen.«

Carmen verzog nachdenklich den Mund. »Bis zu einem gewissen Grad. Sie war lebhafter, wenn Adrian nicht dabei war, machte gern einen Scherz, auch über ihn. Sie hat mir Dinge erzählt, die ich schockierend fand, die sie aber einfach so hinnahm. Er stoppte die Länge ihrer Telefonanrufe, um Gottes willen. Er stoppte die Zeit, die sie auf dem Klo verbrachte, sagte, sie würde zu viel Klopapier verbrauchen. Er war ein Rüpel, ein

Kontrollfreak, und nach meiner Erfahrung als Beraterin sind solche Männer gefährlich.«

Nach meiner Erfahrung als Polizistin ebenfalls, dachte Ellen. »Hat Mrs. Wishart gesagt, wohin genau sie nach dem Mittagessen gehen wollte?«

Carmen blinzelte bei diesem abrupten Themenwechsel. »Nur dass sie ein paar Termine außer Haus hatte.«

»Und was beinhalteten diese Termine?«

Carmen sprach bedächtig, als wollte sie das Offenkundige in Worte fassen. »Es gibt strenge Vorschriften, was man auf dem eigenen Grund und Boden tun darf und was nicht. Man kann zum Beispiel nicht ohne Erlaubnis ein Fünf-Sterne-Hotel errichten, die Vegetation roden oder ein vorhandenes Gebäude abreißen. Mills Aufgabe bestand darin, Schritte gegen jene einzuleiten, die solche Vorschriften missachteten, was mitunter zu Geldstrafen führte und zu Auflagen, den Schaden wieder zu beheben.«

»Eine Arbeit also, bei der man sich Feinde macht.«

»Ich weiß, worauf Sie hinauswollen. Sie denken, jemand aus diesem Kreis hat sie umgebracht.«

»Ich muss alle Möglichkeiten in Betracht ziehen. Hat sie je gesagt, dass sie von jemandem bedroht oder beschimpft worden ist?«

»Eigentlich nicht. Es gab viel öffentliches Interesse, und außerdem haben die Strafen niemanden finanziell ruiniert oder ins Gefängnis gebracht.«

»Es sind schon Leute für weniger ermordet worden.«

Carmen zuckte zusammen. »Sie erwähnte, dass Planungsinformationen an die falschen Leute weitergereicht worden seien.«

»Von einem Insider? Einem Angestellten des Bezirks?«

»Das nehme ich an.«

»Hat sie Namen genannt?«

»Nein, aber ich hatte den Eindruck, dass sie ihrem Chef nicht über den Weg traute. Gestern war sie recht sauer, es ging um einen Bauunternehmer, der ein altes Haus abreißen ließ, bevor der Denkmalschutz eingreifen konnte. Mehr weiß ich nicht.«

Ellen nickte. All das ließ sich leicht nachprüfen. Doch Carmen Gandolfo war noch nicht fertig. »Ich glaube, dass Adrian sie umgebracht hat, ich bin davon überzeugt«, sagte sie voller Inbrunst und mit zitternden Oberarmen.

Ellen wartete.

Carmen wurde ruhig. »Musste sie leiden?«

»Der Schlag war heftig, aber sehr unvermittelt und sofort tödlich.«

Es gab eine lange Pause. »Arme Mill«, seufzte Carmen. »Wenn es ihr zu viel wurde, bekam sie Panikattacken, ihr Herz begann zu rasen.«

»Meinen Sie mit ›zu viel‹, mit Leuten zu tun zu haben, die ihr die Schuld gaben, weil sie erwischt wurden und dafür Strafe zahlen mussten?«

»Nein, ich meine, weil sie es mit einem eifersüchtigen, besessenen Stalker von Mann zu tun hatte. Hören Sie, dieser Kerl wirkt warmherzig und charmant. Ich bin sicher, er wirkte wie am Boden zerschlagen, als Sie mit ihm heute Morgen sprachen. Das ist alles nur gespielt.«

Wisharts Verhalten hatte echt gewirkt. Vielleicht war es nicht gespielt, dachte Ellen. Vielleicht hat er seine Frau umgebracht, ist aber mental instabil und sogar in der Lage, das rational zu begründen: »Jemand anderer hat sie umgebracht.« Oder: »Ja, ich habe sie umgebracht, aber sie hat mich provoziert, also ist das nicht meine Schuld.«

»Er ist gerissen«, betonte Carmen.

Ellen stand auf und nickte bedächtig. »Ich werde daran denken, versprochen.«

28

Athol Groot, Direktor des Bezirksplanungsamts, sagte: »Das ist ja furchtbar!«

Er legte eine fette Hand auf die Brust und ließ sich in seinen Sessel zurücksinken. »Dabei habe ich sie gestern Morgen noch beim Meeting gesehen, und da schien noch alles in Ordnung zu sein.«

Challis sprach das Offenkundige nicht aus. Natürlich war mit Ludmilla Wishart zu dem Zeitpunkt noch alles in Ordnung gewesen. »Um welche Uhrzeit war das Meeting?«

»Zehn Uhr.«

»Sie war den ganzen Morgen hier?«

»Ja. Ich glaube, sie ist mit einer Freundin zum Mittagessen gegangen und hatte danach eine Reihe von Außenterminen.«

Groots Büro war ähnlich eingerichtet wie das Foyer: grauer Teppich, Milchglas, glänzendes helles Holz im Ikeastil, grelles Neonlicht. Alles war neu und zielte wohl darauf ab, freundlich und gemütlich zu wirken, doch Challis störte sich daran.

»Was können Sie mir über Mrs. Wisharts Arbeit sagen?«

Groot war etwa fünfzig, hatte Hängebacken, war schlecht in Form, schütteres Haar, hoher Blutdruck und ein paar Kilos zu viel. Hose, Hemd und Jackett spannten. Er versuchte, das durch einen jugendlich wirkenden Schlips und eine schmale, schwarz gefasste Brille zu kompensieren. Anstatt jugendlich zu wirken, wirkte das jedoch einfach nur unpassend. Er sah verzweifelt zu Boden und murmelte: »Sie war für die Verstöße zuständig.«

Challis nickte ermutigend.

Groot blickte auf und fasste sich. »Hier im Planungsamt Ost nehmen wir Bauanträge entgegen, geben Rat und machen Rückmeldungen dazu, was erlaubt werden kann und was nicht, begutachten Bauvorhaben nach ihrer Fertigstellung – alles, vom

Hinterhofanbau für die alte Mutter bis hin zum riesigen neuen Einkaufszentrum. Wir sind an staatliche und kommunale Vorschriften gebunden, die sich immer wieder von Bezirk zu Bezirk ändern.« Er hielt inne und fragte dann herausfordernd: »Wo wohnen Sie?«

Challis sagte es ihm.

»Ländliches Gebiet«, sagte Groot und nickte wissend. Er zählte an seinen Fingern ab: »Weitere Zersiedlung untersagt. Wenn Sie einen Neubau errichten, brauchen Sie eine Genehmigung, um höher als acht Meter zu bauen. Das Dach muss eine gedeckte Farbe haben, nichts Grelles. Es ist Ihnen nicht erlaubt, größere Bäume zu fällen. Ich könnte so weitermachen.«

Bitte nicht, dachte Challis. »Und Mrs. Wisharts Aufgabe?«

»Natürlich gibt es Einzelpersonen, die diese Bestimmungen ignorieren.«

»Mrs. Wishart hat in solchen Fällen ermittelt?«

»Ja. Ich ebenfalls, wenn sie zu viel zu tun hatte.«

»Wir werden Einsicht in ihre Akten und ihren Kalender nehmen und ihren Computer anschauen müssen.«

»Einige der Informationen sind vertraulich.«

Challis hoffte, die Berichte dieses Mannes niemals lesen zu müssen. Außerdem war er sich ziemlich sicher, dass die Bauanträge öffentlich einsehbar waren, damit Beschwerde eingelegt werden konnte. Er sagte nichts, sondern zeigte Groot den Gerichtsbeschluss. Der las ihn, seine Hände zitterten leicht. »Scheint in Ordnung zu sein.«

»Fangen wir an. Dann sind Sie uns bald wieder los.«

Sie traten ins Foyer, wo die beiden aus Mornington hinzugezogenen Detectives warteten. Sie hießen Schlunke und Johns, doch auf der Halbinsel kannten sie alle als Smith und Jones. Challis nickte, und die vier Männer gingen einen Gang entlang zu einem Büro gegenüber dem Kopierraum, in dem eine junge Frau apathisch zuschaute, wie Blätter in die Sortiergitter eines

Fotokopierers fielen. Augen und Nase waren vom Weinen ganz rot.

»War Mrs. Wishart beliebt?«

»Sehr«, antwortete Groot, schloss das Büro auf und trat schnell und mit einer gewissen Anspannung vor den Detectives ein, als erwarte sie dort der Mörder oder als habe Ludmilla Wishart verdächtige Akten auf dem Schreibtisch liegen lassen.

Die Beamten aus Mornington steckten den Computer aus und packten die Akten ein. Challis ging sofort zum Schreibtisch. Er winkte Groot zu sich. »Können Sie mir die Einträge erklären?«

Der Abteilungsleiter beugte sich vor, sah sich die Seite an und atmete hörbar. »Meeting am Morgen«, murmelte er, »Lunch mit CG – ihre Freundin –, dann drei Termine: Tyabb fünfzehn Uhr, Penzance Beach sechzehn Uhr, Shoreham siebzehn Uhr.« Er richtete sich auf und runzelte die Stirn. »Mal sehen ... Tyabb war eine nicht genehmigte Frühstückspension. Die betreffenden Personen hatten ein zweites Gebäude auf ihrem Grundstück errichtet, doch anstatt das erste Gebäude abzureißen, haben sie es renoviert und an Urlaubsgäste vermietet. Sie meinten, sie hätten nicht gewusst, dass sie dazu eine Genehmigung hätten einholen müssen, aber das ist ja kein Grund.«

»Penzance?«

»Ludmilla hatte einem Bürgerkomitee geholfen«, sagte Groot kurz angebunden.

»Wobei?«

»Ein altes Häuschen unter Denkmalschutz zu stellen.«

»War sie erfolgreich?«

Groot schüttelte den Kopf. »Es wurde abgerissen.«

»Wann?«

»Gestern Morgen.«

Challis nickte. Das Haus, von dem ihm Pam Murphy berichtet hatte. »Abgerissen, bevor die Verordnung in Kraft treten konnte?«

»Ja.«

»War Mrs. Wishart aufgebracht?«

»Das nehme ich an.« Er klang eher mürrisch, nicht zornig oder enttäuscht.

»Und Shoreham?«

Groots Gesicht hellte sich auf. »Ein recht arroganter junger Mann, der Bäume gefällt hat, die er nicht hätte fällen dürfen. Er bekam eine Geldbuße und die Auflage zur Wiederaufforstung.«

»Mr. Jamie Furneaux?«

»Ja.«

»War er wütend auf Mrs. Wishart?«

»Das weiß ich wirklich nicht«, erklärte Groot. Es klang so, als wolle er sich damit nicht die Finger schmutzig machen.

Sie gingen den Flur zurück, Groot betrat schnell den Kopierraum. Challis wartete an der Tür, sah, wie Groot der weinenden Sekretärin etwas ins Ohr flüsterte. Die Frau erstarrte, packte ihre Unterlagen und eilte hinaus, wobei sie fast mit Challis zusammenstieß. »Wir haben dringende Termine«, murmelte Groot, als er sich wieder zu Challis gesellte.

Challis befragte die anderen Angestellten des Planungsamts, erfuhr allerdings nur, dass Ludmilla Wishart beliebt und ihre Arbeit anspruchsvoll gewesen war, wobei der Stress vor allem auf die beleidigenden Anrufe zurückzuführen war, die die Angestellten abzuwimmeln versuchten, und auf Adrian Wishart, ihren Mann.

»Haben Sie jemals beobachtet, dass er sie irgendwie misshandelt hat?«

Das hatte keiner.

»Bedroht?«

Nein. Aber er war geradezu besessen davon, sie ständig unter Kontrolle zu halten.

»Ganz unter uns«, sagte Challis, »könnte es sein, dass sie sich in romantischem Sinne mit jemandem eingelassen hatte?«

Nicht, dass sie wüssten. »Ich glaube nicht, dass sie sich das trauen würde«, meinte eine Kollegin, »bei diesem Ehemann.«

Challis beschloss, die Sache direkt anzugehen. »Was war mit ihrem Verhältnis zu Mr. Groot?«

Das brachte ihm nur gehetzte Blicke ein, als hätten die Wände Ohren. Jemand antwortete knapp: »Sagen wir, er ist ganz gern der Chef.«

Challis kehrte mit Smith und Jones für den restlichen Vormittag zur CIU zurück. Ellen traf zur Mittagszeit ein, steckte den Kopf in Challis' Tür und fragte: »Wie wärs mit 'nem Happen?«

Sie gingen die High Street entlang zum Café Laconic, wo sie in der Sonne saßen und eine kleine Pizza mit Ziegenkäse aßen. Ellen erzählte ihm von ihrem Treffen mit Carmen Gandolfo. »Sie verdächtigt den Ehemann.«

»Da ist sie nicht die Einzige«, erwiderte Challis. »Ihr Chef und ihre Arbeitskollegen haben kein gutes Wort für ihn übrig.«

»Wer überprüft sein Alibi?«

»Scobie.«

»Wishart hätte auch jemanden anheuern können.«

»Richtig.«

»Hat dir dein berühmter Riecher etwas über das Planungsamt verraten?«

Challis zuckte mit den Schultern. »Nichts Handfestes. Sie hatte vielleicht Feinde, aber das wussten wir ja schon. Ihr Chef ist unbeliebt, aber das ist unser auch.«

Ellen grinste. Ein kleiner roter Subaru Impreza röhrte vorbei und hüllte sie in stinkende Abgase. Ellen wedelte mit der Hand. »Carmen zufolge verdächtigte Mrs. Wishart Groot oder jemand anderen im Planungsamt Ost, Informationen über behördliche Entscheidungen an die falschen Leute weiterzugeben.«

Challis sah an ihr vorbei und starrte ein Loch in die Luft, seine Art, die nächsten Schritte und den zu erwartenden Schlamassel zu durchdenken. Schließlich nahm er sein Handy und rief die CIU an. »Pam? Hast du zu tun?«

Sie klang ein wenig abgespannt. »Jede Menge Schoolie-Zeugs, Sir.«

»In Ordnung. Sagen Sie Smith und Jones, ich möchte, dass sie alle überprüfen, die mit Ludmilla Wishart zusammengearbeitet haben. Vor allem die Finanzen.«

»Sir.«

Challis und Destry gingen zurück aufs Revier, ließen sich den Camry der CIU geben und fuhren ein kurzes Stück südwärts die Küste hinunter. Penzance Beach war ein Sandgürtel an einer kleinen Bucht, mit bescheidenen Ferienhäuschen und moderneren, von Architekten entworfenen Häusern, von Teebäumen, Akazien und Eukalyptus umgeben. Die Leute aus der Stadt machten hier Urlaub, doch die meisten Anwohner waren Rentner und Leute, die hier arbeiteten. Challis fuhr langsam die Hauptstraße entlang, die hinter den strandseitigen Häusern der Küstenlinie folgte. Ein leichte Anspannung machte sich im Wagen bemerkbar. Ellen hatte noch bis vor Kurzem hier gewohnt, bevor ihre Ehe zerbrach, ihre Tochter auf die Universität ging und das Haus verkauft wurde. Challis war ab und zu mal zum Essen dort gewesen, damals, als er sich ein wenig zu Ellen hingezogen gefühlt hatte, ohne auch nur daran zu denken, dass sie am Ende zusammenkommen könnten.

Dann wandte sich die Straße landeinwärts und führte auf eine Anhöhe über der Stadt. Hier oben war alle Beständigkeit unter die Räder geraten, Eitelkeit und Geld trugen einen Kampf um die beste Aussicht miteinander aus. Ganz oben gab es zwischen Bäumen, Gärten, Zäunen und Mauern ein klaffendes Loch. Challis wies darauf hin. »Hier wurde gestern Morgen ein altes Haus abgerissen. Unser Opfer hat versucht, den Abriss zu verhindern.«

Challis hatte angerufen, und Carl Vernon wartete bereits auf sie. Der Amateurhistoriker führte sie in das unordentliche Wohnzimmer seines Häuschens, die Art von Zimmer, in dem in einem Haus dieser Größe gelebt und gearbeitet wird. Ein rissiges Ledersofa in einem verwaschenen Grün stand vor einem kleinen staubigen Fernseher, die Regalwand war vollgestellt mit Büchern, Schallplatten, Kassetten, CDs und einer kleinen Stereoanlage. Zwei Glasvitrinen enthielten Haieier, Muscheln und Treibholz, auf einem riesigen Tisch mit Zierfüßen standen ein Laptop und ein Drucker. Mehrere Stapel mit Aktendeckeln und getippten Manuskriptseiten lagen herum.

»Entschuldigen Sie das Durcheinander.«

Unordentlich war es schon, aber gemütlich und praktisch. Challis sah sich den Mann genauer an, der dafür verantwortlich war. Carl Vernon war etwa sechzig, hatte grau melierte Haare, sehnige Beine in lockeren, ausgeblichenen Shorts, große, gebräunte Hände, die wohl das Manuskript auf dem Tisch geschaffen hatten, aber abgearbeitet wirkten, als habe er den Großteil des Lebens damit verbracht, Unkraut zu jäten, Holz zu hacken oder an Maschinen herumzuschrauben. Sein Gesicht war schmal und runzlig und wurde von einer messerscharfen Nase beherrscht. Ein intelligentes Gesicht.

Dann sah Challis genauer hin und entdeckte Kummer. Keine Tränen, kein Theater, nur stille Trauer und Ungläubigkeit. Aber die Welt war voller Schauspieler.

»Vielleicht können Sie uns von Ihrer Beziehung zu Mrs. Wishart berichten?«

»Beziehung? Wir alle standen mit ihr in Beziehung.«

»Soll heißen?«

»Das Bürgerkomitee. Sie wissen von dem Haus, das abgerissen worden ist?«

»Ja.«

»Ludmilla hat uns geholfen, das Haus unter Schutz zu stellen.«

»Soweit ich weiß, ist das gescheitert.«

»Ist es nicht. Wir waren nur zu spät, das ist alles. Das macht einen Unterschied, wenn nicht rechtlich, dann wenigstens moralisch. Ich bin überzeugt, dass wir Erfolg gehabt hätten, wenn die neuen Besitzer nicht von jemandem einen Tipp bekommen hätten.«

»Harte Worte.«

»Aber wahr. Jeder wusste es.«

»Und wer hat den Tipp gegeben?«

»Tut mir leid, das weiß ich nicht.«

»Wusste es Mrs. Wishart?«

»Sie hatte so ihre Vermutungen.«

»Und hat sie Sie eingeweiht?«

»Keine Einzelheiten.«

Challis fragte: »Könnte sie selbst den neuen Eigentümern den Tipp gegeben haben?«

»Mill? Nein!«

»Sie scheinen da sehr sicher.«

»Ich habe gestern niemanden so aufgeregt über den Abriss gesehen wie sie.«

»Sie haben Mrs. Wishart gesehen?«

»Zweimal. Einmal in der Früh und dann noch mal gegen sechzehn Uhr.«

»Warum zweimal?«

»Sobald die Bulldozer mit der Arbeit begannen, rief ich sie an. Bis sie hier war, war es natürlich schon zu spät. Sie meinte, sie würde sich die Rechtslage anschauen und sich wieder bei uns melden.«

»Und was hat sie Ihnen beim zweiten Besuch mitgeteilt?«

»Dass sie vorhabe, eine Untersuchung einzuleiten und alle Bauarbeiten auf dem Gelände zu behindern oder zu verzögern.«

»Das hätte die neuen Eigentümer nicht sehr glücklich gemacht.«

»Die Ebelings können mich mal am Arsch lecken – entschuldigen Sie meine Ausdrucksweise. Neureich. Vulgär. Mehr Geld als Verstand oder Geschmack.«

Challis musste an Pam Murphys unerlaubte Datenbanksuche denken. Dabei war es um Hugh und Mia Ebeling gegangen. »Eine unserer Beamtinnen wohnt hier in der Nähe.«

»Pam? Nettes Mädchen. Sie hat ein paar Worte mit den Bauarbeitern gewechselt, aber da war es schon längst zu spät.«

»Also waren hier gestern eine ganze Reihe aufgeregter Leute anwesend.«

»Ja.«

»Könnten andere aus dem Verein Mrs. Wishart im Verdacht gehabt haben, für die Ebelings zu spionieren?«

Vernon machte ein zweifelndes Gesicht. »Ludmilla war großartig. Erzählte keinen Quatsch. Unermüdlich. Ehrlich. Alle mochten sie.«

»Mr. Vernon«, meinte Challis, »was, wenn ich sagen würde, dass sie mit jemand anderem als ihrem Mann geschlafen hat?«

Die Frage zielte darauf ab, so etwas wie ein schuldbewusstes Augenflackern zu provozieren. Stattdessen ging Vernon in die Luft. »Sie machen wohl Witze.«

»Ist schon vorgekommen.«

»Aber nicht bei der armen Frau. Wo ihr Mann sie doch überallhin verfolgt hat.«

29

Adrian Wishart hatte seinen Bruder als Alibi angegeben. Scobie Sutton traf den Mann in einer winzigen Elektronikreparaturwerkstatt am Nepean Highway in Cheltenham an, einem Teil der südöstlichen Vororte von Melbourne. Der Nepean Highway war lang und bedrückend, erstreckte sich von der Peninsula bis in die City. Hier herrschte der Kommerz, und der Verkehr bewegte sich nur stockend von einer Ampel zur nächsten. »Wishart TV Repairs and Service« befand sich gegenüber von Cheltenham Toyota zwischen Blockbuster Video und einem Fahrradladen. Scobie parkte und sah auf die Uhr. Challis hatte ihn gebeten, die Zeit für die Fahrt von Waterloo aus zu stoppen: fünfzig Minuten. Es stank nach krebserregenden Abgasen. Scobie betrat den Laden.

Er fand sich in einem winzigen Empfangsbereich mit einem schmierigen Tresen wieder. Hinter einem offenen Durchgang waren Werkbänke, übersät mit Kabelsträngen und Platinen von Fernsehern, Videorekordern und DVD-Spielern, dazu Kabelrollen, Zangen, Lötkolben und kleine elektrische Bauteile, metallisch silbern oder plastikgrau.

Eine Glocke läutete, und ein Mann trat aus der Werkstatt und sagte: »Tut mir leid, ich will gerade zumachen, Notfall in der Familie.«

»Sind Sie Terrence Wishart?«

»Ja, aber was immer Sie mir andrehen wollen, ich will es nicht.«

Terry Wishart war etwa fünfundvierzig, ein paar Jahre älter als sein Bruder. Scobie hatte ein Foto von Adrian Wishart in Ludmillas Brieftasche gesehen, nun verglich er im Geiste das Bild mit dem Mann, der vor ihm stand. Terry war eine verbeulte Ausgabe von Adrian. Der war adrett, kultiviert, beinah asketisch in der Erscheinung, Terry wirkte wie ein Mann, der nach der Arbeit gern ein paar Bierchen kippte und bei K-Mart einkaufte. Er hatte sich wahrscheinlich durch die Schule gequält, war geschieden und rechnete nicht damit, noch einmal zu heiraten. In gewisser Hinsicht hatte er aufgegeben. Aber nicht in jeder Hinsicht. Es gab ein paar Dinge, auf die er stolz war. An der Wand des Empfangsbereichs hingen ein paar Fotos: Terry in der Ausgehuniform eines Armeeleutnants, wie er einem älteren Colonel die Hand schüttelt; Terry mit zwei ähnlich aussehenden Männern an der Bar eines Veteranenklubs, die Arme auf ihren Schultern. Terry an der Gedenkmauer; Terry am Kriegerdenkmal in Canberra, wie er einen Panzer tätschelt, der für den Wüsteneinsatz getarnt ist.

Terry bemerkte Scobies Blick und sagte: »Golfkrieg.« Er schüttelte den Kopf über die Wunder und die Schrecken seiner Erfahrungen. »Ein ziemliches Ding.«

»Das glaube ich gleich.«

Wishart schien sich wieder zu fangen. »Wie schon gesagt, ich muss schließen. Sorry.« Sein Gesicht wirkte angespannt und verwirrt. Bartstoppeln, fleischige Wangen und geplatzte Äderchen, als würden ganz unvermutet schlimme Dinge geschehen.

»Ich bin Polizeibeamter«, sagte Scobie ruhig. »Sie haben von Ihrer Schwägerin gehört?«

Das nahm Wishart den Wind aus den Segeln. Er legte beide Hände auf den Tresen, als wolle er seinen schweren Oberkörper abstützen, und sagte: »Es ist furchtbar. Ich kann es kaum glauben. Gestern war doch ihr Geburtstag.«

»Sie hatten ein Geschenk für sie.«

»Das ist richtig. Nichts Besonderes. Ein Reparaturgerät, das nicht abgeholt wurde. Wie neu.«

»Und Adrian kam gestern Nachmittag vorbei, um es mitzunehmen?«

»Genau.«

»Um welche Uhrzeit war das?«

Wishart hielt abrupt inne und baute sich dann entrüstet auf. »Warten Sie mal, worauf wollen Sie hinaus? Überprüfen Sie meinen Bruder?«

»Normale Vorgehensweise, Terry.«

»Der arme Kerl ist am Boden zerstört deswegen, und Sie überprüfen ihn? Himmel.«

»Wenn Sie die Uhrzeit bestätigen können, bin ich schon wieder weg.«

Angewidert stierte Wishart ein Loch in die Luft. »Er kam so gegen eins. Ich hab zugemacht, und wir sind auf ein schnelles Mittagessen in den Klub.«

»In den Klub?«

»Mein Veteranenklub. Die kochen ganz gut.«

Scobie hoffte, dass es dort Kameras an der Bar und auf dem Parkplatz gab. Falls nötig, würde er auch jede Radarfalle und Kamera auf dem Nepean Highway abklappern. Darin war er gut. Challis wusste das und übertrug ihm meistens die Aufgabe, die Bewegungen von Verdächtigen mithilfe von Überwachungskameras, Kreditkartenzahlungen und Handybenutzung zu verfolgen.

»Wie lange sind Sie dort geblieben?«

»Gegen drei waren wir wieder hier. Ich hatte noch ein paar Reparaturen fertig zu machen, also leistete mir Adrian ein paar Stunden Gesellschaft, während ich arbeitete. Wir sehen uns nicht allzu oft.«

Plötzlich wischte er sich die Augen. »Armer Kerl. Arme Mill.«

»Mochten Sie sie?«

»Tolle Frau. Mein Bruder war ein Glückspilz. Armer Kerl.«

»Also brach er so gegen siebzehn Uhr wieder auf?«

Terry Wishart schien angestrengt nachzudenken. Dann hellte sich sein Gesicht auf. »Ja.«

»Hat er Ihnen von seinen Plänen für den Abend erzählt?«

»Es war Mills dreißigster Geburtstag, sie wollten essen gehen.«

»Hat er gesagt, um welche Uhrzeit?«

»Nein. Aber er aß gern früh.«

»Er ist um siebzehn Uhr hier weggefahren, eine Stunde, bis er zu Hause war, dann duschen, frische Sachen und die Fahrt zum Restaurant …«

»Ja und?«

»Rechnete er damit, dass Mrs. Wishart zu Hause auf ihn wartete?«

Terry wand sich peinlich berührt. »Adrian konnte ein wenig … ähm … er nahm es ihr ziemlich übel, wenn sie zu spät kam. Mill hätte ihn nicht verärgern wollen.«

»Doch sie war nicht da, und sie kam auch nicht mehr.«

»Nein.«

»Hat er Ihnen davon erzählt? Hat er Sie letzte Nacht angerufen und es Ihnen gesagt?«

Wishart schüttelte den Kopf. »Heute Morgen. Er war am Boden zerstört, hat kaum ein Wort herausgebracht.«

»Kann jemand bestätigen, dass er die ganze Zeit über hier war? Kunden? Mitarbeiter?«

Aus Wisharts Gesicht sprachen Zweifel. »Ich arbeite allein. Es kamen ein paar Kunden, aber Adrian war im Hinterhof und las Zeitung, während ich bei der Arbeit war. Hören Sie, er liebte Mill wirklich, taten wir beide. Wir liebten sie. Wenn ich den Mistkerl finde, der das getan hat …«

»Wo wohnen Sie?«

»Über dem Laden. Wieso?«

»Wann haben Sie gestern abgeschlossen?«

»Sie Mistkerl! Halb sechs, dann war ich oben. Ich bin die ganze Nacht zu Hause gewesen.«

»Als ich gerade kam, meinten Sie, Sie würden für heute schließen. Fahren Sie zu Ihrem Bruder?«

Wishart schüttelte den Kopf. »Er kommt her. Er meint, er kann nicht eine Minute länger in dem Haus bleiben. Zu viele Erinnerungen.«

Dann fuhr Scobie zu Terry Wisharts Veteranenklub, in dem es keine funktionstüchtigen Überwachungskameras gab. Aber das junge Personal kannte Terry. Er aß fast jeden Tag dort zu Mittag, und häufig blieb er dort, statt in den Laden zurückzukehren. Netter Kerl. Freundlich. Mochte sein Bier. Ein wenig traurig. Ja, da mochte ein anderer Kerl bei ihm gewesen sein gestern, schwer zu sagen, bei so vielen Gesichtern, die kommen und gehen. Aber gut möglich. Der alte Terry aß und trank nicht gern allein. Er hatte eine Menge Freunde, Armeekumpel. Hatte ständig Geschichten vom Krieg auf Lager. Vietnam? Nein, dazu wäre er zu jung. Golfkrieg, vielleicht?

Scobie ging und dachte an einsame, isolierte Männer. Das brachte ihn auf den nächsten Gedanken, während er Richtung Waterloo fuhr. Er war wieder bei dem Schulkonzert von gestern Abend, dachte daran, wie stolz er gewesen war, wie ihm die Tränen gekommen waren, Roslyn da oben auf der Bühne stehen zu sehen, wie sie sich ihr kleines Herz aus dem Leibe gesungen hatte. Das war der einsamste Augenblick seines Lebens gewesen. Beth war ebenfalls da gewesen und auch wieder nicht. Er hatte versucht, sie mitzureißen. Immer wieder hatte er in ihrem Gesicht nach einer Reaktion gesucht, die seiner ähnelte, doch weder die Musik noch ihre Tochter hatte sie berührt. Scobie fiel das Wort »Automat« ein.

30

Zwei Schoolies waren die Fahrräder gestohlen worden. Pam Murphy verbrachte einen Teil des Nachmittags damit, den Diebstählen nachzugehen. Dann wurde sie zu einem Streit am Strand gerufen, ein Motelmanager behauptete, eine Schulabgängerin hätte ihm die Luft aus den Reifen gelassen, die wiederum behauptete, der Manager habe seine schmierigen Pfoten in den Ausschnitt ihres Tops gesteckt. Dann kümmerte sie sich um einen Ladendiebstahl in der High Street, der den Schulabgängern angehängt werden sollte, wahrscheinlich aber vom Besitzer selbst begangen worden war, der eine ganze Reihe von mutmaßlichen Versicherungsbetrügereien aufzuweisen hatte.

All das kostete Zeit, deshalb kam Pam erst gegen siebzehn Uhr beim HangTen an, als die Geschäfte gerade schlossen. »Haben Sie eine Minute Zeit für mich, Caz?«

»Ich muss die Abrechnung machen und schließen.«

»Es ist wichtig.«

Caz Moon hatte heute schlohweiße Haare und schwarze Augenbrauen, dunkel geschminkte Augen, violette Lippen. Sie hatte auf Jeans verzichtet und trug einen zerschlissenen Rock über einem fadenscheinigen Petticoat und löchrige Strumpfhosen. Das Ganze hätte nicht attraktiv wirken sollen, tat es aber. Pam versuchte herauszufinden, warum. Es lag an Caz selbst, fand sie, an Caz' beherrschter und intelligenter Art.

»Setzen Sie sich«, sagte Caz und wies auf einen Hocker hinter einer der Theken. »Wir reden, und ich mache weiter.«

Rasch schloss Caz eine Kasse nach der anderen, dimmte das Licht, schloss die Vitrinen ab, schaltete den Alarm an den Hintertüren ein. Pams Fragen lenkten sie nicht ab; sie antwortete, ohne zu zögern.

»Wo waren Sie letzte Nacht?«

»Draußen clubben, zumindest was im guten alten Waterloo so als Clubbing gilt. Sie haben mich gesehen, wissen Sie noch?«

»Bringen die Schoolies Ihnen viel Zusatzgeschäft?«

»Ein bisschen.«

»Aber sie locken auch Toolies an, richtig? Ortsansässige, die versuchen, sie übers Ohr zu hauen? Meistens denken wir dabei an Männer.«

»Ist das eine Frage?«

»Es gibt auch weibliche Toolies. Gestern habe ich eine Fünfunddreißigjährige verjagt.«

»Aha«, meinte Caz gleichgültig.

»Aber Sie sind kein Toolie, richtig, Caz? Sie mischen sich nicht unter die Schulabgänger?«

»Ist doch gar nicht zu vermeiden. Kaum kommt man um die Ecke, stehen sie schon da.«

»Aber Sie suchen nicht nach ihnen? Sie gabeln sich keinen auf, gehen was mit ihnen trinken?«

»Kleinkinder«, meinte Caz. Sie überschlug die Rechnung im Kopf.

»Wo waren Sie letzte Nacht?«

»Das haben Sie mich bereits gefragt.«

»Ich meine später, um Mitternacht. In den frühen Morgenstunden.«

»Zu Hause.«

»Können Sie das beweisen?«

»Muss ich das?«

»Was wissen Sie über GHB und Rohypnol?«

»K.-o.-Tropfen«, antwortete Caz ohne Zögern.

Pam nickte und ergänzte: »Werden dem Opfer in einer Bar, einem Club oder auf einer Party in den Drink getan. Dem Mädchen wird schwindlig, ein ›besorgter‹ Freund bringt sie nach Hause, vergewaltigt sie, wenn sie ohnmächtig ist, und am nächsten Tag wacht sie auf, fühlt sich wund und verwirrt und kann sich an nichts mehr erinnern.«

»Worauf wollen Sie hinaus?«

»Ist Ihnen so etwas jemals passiert, Caz? Oder einer Freundin?«

Caz schüttelte den Kopf, während sie schnell den Telefonhörer abwischte. »Wir sind hier in Waterloo. Kuhkaff. Ich glaube nicht, dass GHB und Rohypnol überhaupt schon über die Vororte hinaus sind.«

»Wie putzig«, meinte Pam. Sie hielt inne. »Falls Sie solches Zeug in die Finger kriegen könnten, würden Sie so weit gehen und es jemandem verabreichen?«

»Ich stehe nicht auf Mädchen«, erwiderte Caz. »In manchen Kreisen gilt das vielleicht als schick, aber das ist nichts für mich. Ohne Sie beleidigen zu wollen.«

Pam war nicht lesbisch. Caz wollte sie nur ärgern. Nicht aus Trotz oder Engstirnigkeit, aber sie war sehr angriffslustig. Pam fragte sich, warum. »Habe ich was von Mädchen gesagt? Man könnte es ja auch einem Jungen verabreichen. Einem ganz bestimmten Jungen.«

Caz unterbrach ihre Arbeit und schaute in die Ferne, als würde sie diese Vorstellung faszinieren. »Aber würde denn die Droge nicht eine sogenannte erektile Dysfunktion auslösen?«, fragte sie. »Und würde das nicht dem Zweck der ganzen Übung zuwiderlaufen?«

Pam grinste. »Kommt ganz auf den Zweck an.«

Caz grinste nicht zurück, ihr Gesicht streifte nur ein leichtes Lächeln. »Kann sein.«

»Wenn man ihn zum Beispiel nackt ausziehen, seine Genitalien mit Lippenstift beschmieren und ihn zurücklassen will, damit alle Welt ihn so sieht.«

»Interessant. Wie würden Sie das nennen, ein Signal setzen?«

»Ich würde das Rache nennen«, antwortete Pam.

»Tatsächlich«, meinte Caz teilnahmslos. Sie packte die Tageseinnahmen zusammen, füllte einen Einzahlungsschein aus und steckte alles in einen Leinenbeutel mit dem Logo der ANZ Bank.

»Nachtsafe?«

»Hmm.«

»Da draußen gibt es Diebe, Caz. Ich hoffe, Sie haben vorgesorgt.«

»Vorsorge? Wie die Pille oder die für den Morgen danach, für den Fall, dass ich unter Drogen gesetzt und vergewaltigt werde?« Pam bemerkte eine winzige Veränderung in ihrer Stimme.

»Bitte erzählen Sie mir, was Ihnen passiert ist«, bat sie.

»Nichts ist mir passiert.«

»Letztes Jahr? Letztes Wochenende? Ein Mädchen wurde Sonntag in den frühen Morgenstunden sexuell belästigt.«

Caz seufzte. »So was passiert nun mal, wenn Leute zusammenkommen und trinken und Drogen im Spiel sind.«

»War es Josh Brownlee?«

»Wer?«

»Der Kerl, dem Sie letzte Nacht was zugerufen haben?«

»Ach, so heißt der?«

»Schluss mit dem Theater. Ich habe Sie gehört. Ich habe Sie sagen hören: ›Na, schon jemanden vergewaltigt, Josh?‹«

»Mich? Da müssen Sie sich verhört haben. Die Musik war ziemlich laut.«

»Caz, war es Josh Brownlee, der Sie unter Drogen gesetzt und vergewaltigt hat?«

»Mich? Natürlich nicht.«

Caz war kaum eingeknickt. Pam fragte sich, wie lange die junge Frau dem Druck noch standhielt, fragte sich, wie lange sie selbst dem Ganzen noch standhielt. »Je mehr Leute eine Aussage machen, umso größer sind die Chancen, dass es zu einer Verurteilung kommt.«

»War Josh ein böser Junge?«

»Schluss damit, Caz. Helfen Sie mir, bitte?«

»Wie ist das so, Polizistin zu sein?«

Pam blinzelte. Caz schien sich tatsächlich dafür zu interessieren. »Es gibt Augenblicke der Langeweile, es gibt Enttäuschungen, aber es gibt auch Hochgefühle und Genugtuung, wenn man etwas erreicht hat.«

»Genau«, stimmte Caz zu, ohne dass Pam wusste, was sie damit meinte. »Und wie ist es so als Frau bei der Polizei?«

»Es wird besser.«

»Ich habe Sie mit diesen beiden Uniformierten gesehen, dem Dicken und dem Gutaussehenden. Wie war das so?«

»Wir sind nur Kollegen und arbeiten zusammen.«

»Das bezweifle ich«, erwiderte Caz prompt. Nach kurzer Pause ergänzte sie: »Sie mögen Sie beide.«

Das kam aus dem Nichts, und Pam wurde rot. »Um noch mal auf …«

»Halten Sie sich von den beiden fern«, meinte Caz.

Pam wurde ärgerlich. »Ich bin wohl kaum hier …«

Doch ihr Handy klingelte, und Challis fragte: »Wo bist du?«

Pam verließ den Laden, um besser sprechen zu können, hörte, wie Caz hinter ihr die Tür verriegelte, und wusste, dass sie nichts mehr ausrichten konnte. »Ein Stück die Straße runter, gleich um die Ecke vom Revier.«

»Briefing, in zehn Minuten.«

»Aber, Sir …«

»Briefing. Mord geht vor.«

31

Ellen Destry hätte ebenfalls beim letzten Briefing des Tages anwesend sein sollen, stattdessen brach sie gerade in Adrian Wisharts Haus ein. Ein vertrautes Geräusch klang ihr in die Ohren. Das hatte nichts mit den Geräuschen zu tun, die sie machte, denn sie war mucksmäuschenstill, sondern mit ihrem Puls. Mit anderen Worten mit der Aufregung, der Besorgnis und dem Gefühl, zu so etwas berechtigt zu sein.

Nun stand sie vollkommen reglos in Adrian Wisharts Wohnzimmer, bis sich ihr Puls beruhigte und sie die Außenwelt wieder hören konnte.

Nichts.

Sie war allein.

Keine Sirenen, keine Stimmen im Nachbarhaus oder neugierige Passanten, die sie auffliegen ließen.

Sie streckte ihre Finger in den Latexhandschuhen und ging weiter. Das war nicht das erste Mal, dass sie in ein Haus einbrach, und es würde wohl auch nicht das letzte Mal sein. Das gehörte zu ihrem heimlichen Leben. Es gehörte auch zu ihrem detektivischen Leben. Sie wusste nicht, ob andere Polizeibeamte es auch so machten. Manche sicherlich, aber sie gaben es nicht zu. Challis womöglich ebenso, aber wie sie behielt er das wohl eher für sich.

Ellen bewegte sich flink durchs Haus, war auf der Hut vor unerwünschten Überraschungen oder Hindernissen, prägte sich die Lage der Zimmer ein und legte sich einen Fluchtweg zurecht. Dann ging sie erneut alles durch und merkte sich die Bereiche, wo sie genauer suchen wollte. Sie wusste nicht, welche Informationen über Adrian Wishart sie genau finden wollte, nur, dass sie ihm gegenüber eine Abneigung entwickelt hatte und etwas zu entdecken hoffte, was seine Beteiligung an der Ermordung seiner Frau bewies – eine Telefonnummer, Fotos oder Hinweise auf eine Liebhaberin oder einen angeheuerten Killer. Das Haus war bereits offiziell durchsucht worden, aber nur, um verborgene Aspekte in Ludmillas Leben aufzudecken. Ihr Computer war mitgenommen worden. Korrespondenz. Bankunterlagen. Der Durchsuchungsbefehl galt nicht für den Besitz des Ehemanns, zumindest nicht ohne handfesten Verdacht.

Ellen fühlte sich lebendig, wenn sie diese heimlichen Ausflüge in das Privatleben anderer machte. Das Glücksgefühl ließ nie lange auf sich warten. In solchen Augenblicken war sie mächtig. Siegreich. Sie hatte Adrian Wishart in der Hand, ohne dass er es wusste.

Nicht, dass sie irgendetwas von dem, was sie entdecken würde, verwenden durfte, zumindest nicht in juristischer Hinsicht, denn die Suche war illegal, und alles, was sie fand, würde vom Richter nicht zugelassen werden. Aber vielleicht fand sie etwas, was die Richtung der weiteren Ermittlungen beeinflussen würde.

Ellen ging von Raum zu Raum und versuchte, die Möbel und Bilder mit Ludmilla Wisharts Augen zu sehen, wie sie sich ein Heim schaffen wollte, ein Nest, und damit gescheitert war. Kein Scheitern der Vorstellungskraft. Ellen kam es vielmehr so vor, als spielte Ludmilla beim Entwurf und Einrichten des Hauses eine untergeordnete Rolle. Es sah ganz so aus, als sei sie von ihrem Mann überstimmt oder übergangen worden. Ellen glaubte nicht, dass Frauen notwendigerweise einen guten Geschmack hatten und alles dekorieren mussten und dass Männer nur streng nutzenorientiert dachten, doch sie war davon überzeugt, dass Adrian Wishart für die nahezu mathematische Präzision, mit der Zimmer, Möbel und Bilder arrangiert waren, verantwortlich war. Es juckte sie geradezu in den Fingern, das zu ändern. Wenn sie hier leben würde, würde sie Angst haben, einen Stuhl an der falschen Stelle stehen zu lassen, eine Glasoberfläche zu verschmieren, einen Krümel zurückzulassen oder einen Baumwollfaden zu verlieren. Ordnung regierte in diesem Haus. Hier herrschten unveränderliche Prinzipien.

Ellen begann ihre Suche im Bad. Als Erstes machte sie Digitalaufnahmen vom Inhalt der Badezimmerschränke. Dann besah sie sich die Etiketten und schüttelte Flaschen und Pillenröhrchen, bevor sie alles wieder exakt an seinen Ort zurückstellte, entsprechend der gespeicherten Bilder. Ludmilla hatte die Pille genommen, Adrian ein Mittel gegen Sodbrennen.

Sie setzte ihre Suche in den anderen Zimmern fort und ging all die offenkundigen Stellen durch: Hohlräume hinter Fußleisten, unter dem Deckel des Wasserkastens im angrenzenden Bad, hinter Bildern, im Gefrierschrank und in den Behältern in der Speisekammer. Keine Drogen, wenig Alkohol. Keine Pornografie, keine Sexualratgeber, kein verborgener Stapel Liebesbriefe.

Plötzlich fand Ellen in einer Schale, versteckt unter Rechnungen, Werbesendungen und wahrscheinlich ungeöffneten Geburtstagskarten, einen Umschlag mit 250 Dollar in bar, zusammen mit einer Rechnung über 250 Dollar, ausgestellt von Grant's Gardening an Ludmilla Wishart, am unteren Rand die Anmerkung »Barzahlung bevorzugt«. Ohne nachzudenken, steckte Ellen den Umschlag mitsamt Inhalt ein und betrat Adrian Wisharts Atelier, den einzigen Raum, den sie noch nicht durchsucht hatte.

Sie sah auf die Uhr: siebzehn Uhr. Sie würde zu spät zu Hals Briefing kommen, und Wishart war vielleicht jeden Augenblick zurück. Sie hatte ihn davonfahren sehen, was Scobies Bericht, dass sein Bruder ihn erwartete, bestätigte. Doch was, falls Wishart seine Pläne geändert hatte und nicht in die Stadt fuhr? Ellen ging flüchtig die Akten, den Schreibtischkalender und die Schubladen durch, warf schnell einen Blick auf den Laptop des Mannes und wühlte sich durch den Papierkorb. An der Oberfläche war Adrians Leben klinisch sauber und hartherzig. Ellen musste herausfinden, an welchem Punkt dieses Leben so aus dem Lot geraten sein konnte, dass er einen Mord begangen haben könnte.

Ein Wagen fuhr am Haus vorbei. Ellen stürzte zum Fenster und sah ein Taxi, das die Straße entlangfuhr und verschwand. Reflexhaft hatte sie nach der Gardinenkante gegriffen, sie hörte die Ringe an der Stange über ihrem Kopf klappern. Sie sah nach oben, eine hohle Metallstange mit dekorativen Knöpfen am Ende. Eine ziemlich dicke Stange. Geräumig. Sie erinnerte sich an ihre Lieblingsgeschichte von verschmähter Liebe und der darauffolgenden Rache – vielleicht nie wirklich geschehen, aber egal: Wenn eine Frau die Wohnung des untreuen Freundes verließ, dann nahm sie nicht den Hörer ab und rief die automatische Uhr in New York an, sie bestellte auch nicht eine Wagenladung Kuhmist, um sie auf seinem Rasen zu deponieren, sondern stopfte gammligen Fisch in die Gardinenstange. Er würde Tage und Wochen brauchen, um die Quelle des bestialischen Gestanks zu finden.

Ellen nahm sich einen Stuhl. Eines der Kugelenden war staubig, das andere nicht. Sie schraubte es ab, darin steckte ein Memorystick.

32

Am frühen Abend saßen Challis, Sutton, Murphy und die beiden Detectives aus Mornington, Smith und Jones, im Konferenzraum um den langen Tisch, ein Tisch, der so sehr zu ihrem Leben gehörte wie ihre Küchentische und auch genauso abgenutzt war. Challis dachte, wie nützlich der Tisch der CIU wohl für die gerichtsmedizinischen Vorlesungen in der Polizeiakademie sein musste, so sehr war die Oberfläche mit DNA-Spuren, Abdrücken, Flecken und Kugelschreiberspuren bedeckt.

»Wo ist Ellen?«

»Keine Ahnung, Chef.«

Challis löste sich von der Wand. Der Abend war mild, die Luft in dem nach Westen gehenden Raum aufgeheizt, also hatte er Saft und Mineralwasser besorgt, Chips und gesalzene Erdnüsse. »Also, eins nach dem anderen«, sagte er, warf sich eine Erdnuss in den Mund und überflog ein Fax vom Labor. »Die Spucke auf Lachlan Roes Kragen stammt von dem Angreifer, nicht von Roe. Sie haben DNA extrahiert, aber es gibt keine Übereinstimmung im Computer.«

Niemand reagierte darauf. Diese Enttäuschung waren sie gewohnt. Selbst Pam Murphy machte eine altersweise Handbewegung, verzichtete aber darauf, mit den Schultern zu zucken. Smith und Jones wirkten gelangweilt, das war nicht ihr Fall.

»Roe köchelt weiter auf kleiner Flamme«, fuhr Challis fort. »Unser Hauptaugenmerk gilt aber der Suche nach dem Mörder von Ludmilla Wishart. Folgendes wissen wir über ihre letzten Aktivitäten …«

Genau in diesem Augenblick huschte Ellen in ihrem langen Baumwollrock und dem ärmellosen Top in den Raum. Sie war von irgendwoher zum Briefing geeilt und deshalb erhitzt. Challis entging nicht, dass sie in einer komischen Stimmung war. Bedauern vielleicht oder gar Schuld. Sie schien auch gereizt zu sein. In den vier, fünf Sekunden, die sie brauchte, um hereinzukommen, ging Challis im Geiste noch einmal den Tag durch und fragte sich, ob er sie irgendwie verärgert hatte. Er strahlte sie an, sie versuchte, sein Lächeln zu erwidern, konnte es aber nicht.

»Wir wollten gerade Ludmilla Wisharts Aktivitäten des gestrigen Tages anschauen«, sagte er zu ihr, bevor er sich wieder dem Whiteboard zuwandte, das nach all den Jahren nicht mehr wirklich weiß war. Er deutete mit einem Lineal darauf und fuhr fort:

»Mittagessen von halb eins bis zwei mit einer Freundin. Statt ins Büro zurückzukehren, fuhr sie anschließend zu drei verschiedenen Grundstücken. Diese Termine wurden in der Zwischenzeit bestätigt – der letzte, weil ihre Leiche dort gefunden wurde und sie der Gerichtsmedizinerin zufolge dort auch ermordet wurde. Sie wurde also nicht anderswo umgebracht und dann dorthin gebracht.«

Challis hielt inne. »Wir müssen die Tatsache im Auge behalten, dass ihre Ermordung vielleicht etwas mit ihrer Arbeit zu tun hat. Sie hat als Planerin für den Bezirk angefangen und vor einem Jahr im Planungsamt Ost die Zuständigkeit für Bauvergehen übernommen, eine Arbeit, bei der sie viel herumkam. Sie ging Beschwerden nach, nicht eingehaltenen Planungsvorgaben, erstattete Anzeige, erteilte Bauverbote, kontrollierte die von den Gerichten angeordneten Instandsetzungs- und Wiederaufforstungsarbeiten.«

»Eine Arbeit, die manche Leute verärgerte«, sagte Smith. Genau wie Jones war er mittleren Alters und ließ sich ein wenig gehen, als warte er nur noch auf die Rente und sei nicht gewillt, mehr als nötig zu tun.

»Ja.«

»Genug, um sie ermorden zu wollen?«, fragte Jones.

»Es sind schon Leute aus ganz anderen Gründen umgebracht worden«, meinte Ellen. Sie wirkte jetzt ruhiger, konzentrierter.

»Das stimmt allerdings.«

Ellen wandte sich an Challis. »Was hast du über das Grundstück in Shoreham herausgefunden?«

Challis erklärte, dass es dem noch reicheren Cousin des reichen Premierministers gehörte. »Ein gewisser Jamie Furneaux, doch der ist seit vier Monaten im Ausland, also mehr oder weniger raus aus der Sache.«

»Im Ausland. Wie passend.«

»Er ist von der Presse verfolgt worden, weil er ohne Erlaubnis

Bäume gefällt hatte. Sie versperrten ihm den Ausblick aufs Meer, aber das muss ich wohl nicht ausführen. Er schichtete mit den gefällten Bäumen riesige Haufen auf, die Feuer hatten wiederum die örtliche Feuerwehr auf den Plan gerufen – der er eine großzügige ›Spende‹ zukommen ließ. Er bekam eine Buße über 20 000 Dollar und die Auflage, wieder aufzuforsten.« Wir nehmen an, dass das Opfer dort war, um zu überprüfen, ob er die Arbeiten auch ausgeführt hat.«

»Hat er?«, fragte Sutton.

»Ja.«

Challis stütze sich auf die Rückenlehne eines Stuhls. Jetzt richtete er sich wieder auf. »Diese Orte und Termine sind fix in Mrs. Wisharts Terminkalender vermerkt. Wir müssen herausfinden, welche Wege sie genommen hat, wo sie vielleicht angehalten hat, wem sie zwischen den Terminen begegnet ist, wen sie besucht hat. Scobie?«

Scobie Sutton war ein Haufen dürrer Knochen in seinem alten Anzug. Er wirkte nur selten glücklich, doch heute schien er mit seiner Lebensweisheit am Ende zu sein. Er regte sich und sagte: »Ich habe ihr Handy überprüft. Sie hat gestern nicht damit telefoniert.«

»Überhaupt nicht?«

»Ein paar Anrufe vom Diensttelefon«, ergänzte Sutton. »Es sollte noch erwähnt werden, dass ihr Handy weder bei ihr oder in ihrer Nähe noch im Wagen war, und es befindet sich auch nicht in ihrem Büro oder zu Hause.«

»Auch Handtasche und Brieftasche werden vermisst«, fuhr Challis fort. »Kann der Provider das Handy orten, falls es an ist?«

»Es gibt auch noch einen MP3-Player«, warf Ellen ein. »Ein Geburtstagsgeschenk von ihrer Freundin, den hat sie ihr gestern beim Mittagessen gegeben.«

»Wenn wir davon ausgehen, dass es kein Überfall war, sondern nur so aussehen soll, dann wird der Mörder alles irgendwo entsorgt haben«, meinte Sutton. »Allerdings weist ihre Kreditkarte am gestrigen Nachmittag gegen 15.40 Uhr eine Zahlung auf: Sie hat siebenundvierzig Liter bleifreies Benzin an der Caltex auf dem Weg nach Waterloo getankt.«

»Falls sie eine Überwachungskamera haben«, sagte Challis, »dann schau doch mal, wer sonst noch zur selben Zeit dort getankt hat, in dem Laden herumhing.«

»Glaubst du, dass sie verfolgt wurde?«

»Schon möglich.«

»Ein Zeuge will gesehen haben, dass ihr Mann ihr am Dienstag gefolgt ist«, bemerkte Ellen. »Und ihre beste Freundin sagte, er habe sie mehrmals am Tag angerufen oder E-Mails geschickt, vor dem Büro herumgelungert, sie bei der Arbeit besucht.«

»Hatte er Grund dazu?«, fragte Smith.

»Meinen Sie, ob er befürchtete, sie habe eine Affäre? Dafür gibt es keinen Hinweis. Ihr Ehemann ist ein jämmerlicher Loser, das ist alles.«

Sutton warf ein: »Aber sein Alibi ist wasserdicht. Er war bei seinem Bruder. Der bestätigt das.«

Challis klopfte wieder auf das Whiteboard. »Kommen wir als Nächstes zu diesem Mann, Carl Vernon. Vernon sitzt einem Bürgerkomitee in Penzance Beach vor. Als die Gruppe Wind davon bekam, dass ein altes Haus in der Gegend abgerissen werden sollte, um für ein neues Haus Platz zu schaffen, haben sie sich mit Ludmilla Wishart in Verbindung gesetzt.« Mit einem unsicheren Seitenblick auf Ellen fuhr er fort: »Ludmillas Ehemann meinte, er befürchte, sie könne eine Affäre mit Vernon haben.«

»Also hatte er doch einen Grund, ihr zu folgen«, meinte Smith.

»Vernon streitet das ab«, entgegnete Challis, »und ich neige dazu, ihm zu glauben. Er hat ausgesagt, dass der Ehemann aufgetaucht sei, als er sich mit Ludmilla am Dienstagnachmittag traf.«

»Das bestätigt, was Ludmillas Freundin mir erzählt hat«, warf

Ellen ein. »Adrian Wishart schien immer ganz genau zu wissen, wo seine Frau tagsüber war.«

Challis nickte. »Da gibt es noch etwas von Carl Vernon und Carmen Gandolfo. Ludmilla vermutete offenbar, dass jemand im Büro die Hand aufhält, also für vertrauliche Informationen Geld annimmt und so Leuten einen Vorteil verschafft, die versuchen, Baubeschränkungen zu umgehen.«

Er wandte sich an Smith und Jones. »Was haben Sie beide über Groot und die anderen Planer herausgefunden?«

Auf Jones' Nasenspitze saß eine Brille mit Halbmondgläsern. Er las von einem Schreibblock ab, den er weit von sich hielt: »Niemand ist vorbestraft oder hat Verbindungen zu Kriminellen. Ein paar Strafzettel. Groot hat vor ein paar Jahren auf dem Frankston Freeway pusten müssen, 0,5 Promille, ansonsten keinerlei Verkehrsvergehen.«

»Finanzielle Lage?«, fragte Challis.

»Da wird es schon interessanter. Die Planer beziehen kein besonders hohes Gehalt, sie alle haben schwer mit ihren Hypotheken zu kämpfen, aber das ist bei mir und den meisten Leuten, die ich kenne, auch nicht anders. Groot und seine Frau haben allerdings umfangreiche Arbeiten an ihrem Haus vornehmen lassen: Swimmingpool, Garten, Sonnenterrasse …«

Challis dachte eine Weile darüber nach. Es schien, als hätten die Leute jede Menge Geld, trotz all des Geredes von der Rezession. Natürlich, manche hatten es schwer, aber der Mittelschicht schien es außerordentlich gut zu gehen. Man kaufte sich keine langweiligen, vernünftigen, einheimischen Autos mehr, sondern exotische europäische Modelle, und man wechselte alle zwei Jahre den Wagen. Challis' Vater hatte seinen Wagen zwanzig Jahre gefahren, doch seine eigene Generation tat dies nicht mehr. Man legte sich schicke Autos zu, hatte Ferienhäuser und schickte die Kinder auf Privatschulen. Von irgendwoher musste das ja kommen. Meist Kredite, vermutete Challis. Meist ehrliches Geld, mit anderen Worten. Diese Gelder ließen sich nachverfolgen.

»Graben Sie ein wenig tiefer«, bat er Smith und Jones. »Schauen Sie nach, wer die Arbeiten an seinem Haus bezahlt hat.«

»Chef«, sagten sie.

Scobie Sutton räusperte sich. »Irgendetwas auf ihrem Laptop?«

Challis ging all die Faxe, Berichte und E-Mail-Ausdrucke durch, Papierkram, der ihn noch ins Grab bringen würde. Als er endlich das Blatt fand, nach dem er suchte, meinte er: »Der Laptop ist den Technikern zufolge ziemlich neu. Abgesehen von den Entwürfen ihrer Berichte ist recht wenig drauf.«

Dann wandte er sich an Pam Murphy. »Murph, du hast doch Carl Vernon gestern Morgen getroffen.«

Pam hatte auf ihrem Stuhl gelümmelt, war aufmerksam, aber offensichtlich gelangweilt gewesen und hatte mit einem Plastikbecher gespielt. Jetzt wurde sie rot und setzte sich aufrecht hin, als ahnte sie, dass er wusste, dass sie die unerlaubte Datenbanksuche gestartet hatte. Sie räusperte sich, fasste zusammen, unter welchen Umständen sie Vernon angetroffen hatte, und fügte sichtlich bewegt hinzu: »Es war ein herzzerreißender Anblick. Die Menschen waren wütend, in Tränen aufgelöst. Dann hörte ich Gerüchte, dass ein Angestellter des Bezirks wohl bestochen worden sei und dem Besitzer des Grundstücks einen Tipp gegeben hätte, damit er es abreißen konnte, bevor die Verfügung in Kraft trat.«

Ellen hatte sich Notizen gemacht. »Es gibt drei Möglichkeiten, wie man das deuten kann. Erstens, Ludmilla selbst war korrupt, und der Eigentümer hat sie umgebracht, um sich selbst zu schützen. Zweitens, Ludmilla war kurz davor, die Identität des korrupten Kollegen zu enthüllen – der, nebenbei erwähnt, nicht zwangsläufig im Planungsamt Ost oder für den Bezirk arbeiten muss –, und er oder sie hielt sie davon ab. Drittens, Ludmilla ging auf den Abrissunternehmer oder den Bauunternehmer zu und sagte ihm, dass sie vorhabe, gegen ihn Schritte einzuleiten …«

»… und das kostete sie das Leben«, ergänzte Challis.

33

Am Ende des Briefings sagte Ellen, sie habe Kopfschmerzen, und eilte davon. Challis folgte ihr, wollte ihr sein Mitgefühl zeigen, herausfinden, worum es eigentlich ging, doch sie schüttelte ihn ab und meinte nur: »Mach dir keine Sorgen, wird schon wieder.« Also zuckte er mit den Schultern und beließ es dabei. Er würde schon erfahren, was der Grund war. Oder auch nicht.

Er blieb noch eine Stunde im Büro und versuchte, den Papierberg abzuarbeiten. Dann klingelte das Telefon, und Ollie Hindmarsh sagte mit rauer Stimme: »Sie verdammter Hornochse!«

Challis überdachte seine Antwort: »Wer ist am Apparat?«

»Jetzt werden Sie nicht frech. Die Reporter sind schon den ganzen Tag hinter mir her.«

Challis war nicht in der Laune. »Ach ja?«

»Dieser kleine Scheißer und sein Blog«, sagte Hindmarsh. »Ihnen habe ich es zu verdanken, dass die ganze Welt davon weiß.«

Challis brannte innerlich. »Wollen Sie damit sagen, ich hätte der Presse die Information gegeben?«

»Ja.«

Die Worte kamen einzeln aus Challis' Mund: »Ich interessiere mich weder für Sie noch für Ihre verletzten Gefühle. Ich bin lediglich daran interessiert, ob Roe seinen Bruder angegriffen hat oder ob er etwas gesagt oder getan hat, was jemand anderen dazu ermutigt hat. Es kümmert mich nicht, wenn Sie Ihre eigenen Leute nicht unter Kontrolle haben.«

Hindmarshs Stimme veränderte sich, klang jetzt gleichmütig und beißend. »Vor zwei Tagen, als er gemerkt hat, dass die Polizei davon wusste, hat er das Blog sofort vom Netz genommen!«

»Es handelte sich um ein Blog, Mr. Hindmarsh. Höchstwahrscheinlich geistert es weiterhin durch den Cyberspace, wo es alle lesen können.«

»Kümmern Sie sich um Ihren Job, Inspector. Sie können ja noch nicht mal die Person fassen, die einen harmlosen Kirchenmann verprügelt, und wie ich sehe, haben Sie jetzt auch noch in einem Mordfall zu ermitteln. Der Himmel steh Ihnen bei!«

Der Lärm des Abendverkehrs drang gedämpft durch Challis' Fenster, und in den Fluren war es fast still. Vor dem McDonald's Drive-In hatte sich eine Schlange gebildet, Scheinwerfer brannten, Abgase hingen in der Luft. Challis sagte: »Lassen Sie mich rekapitulieren: Ihr harmloser Kirchenmann machte rassistische Bemerkungen zum Blog seines Bruders. Er nennt sich gern ein ›auserwähltes Gefäß‹, soll heißen, er glaubt, einen direkten Draht zu Gott zu haben. Er hält moderne Technik für böse, es sei denn, man verwendet sie zur Beeinflussung der Wähler; nicht dass er jemals wählen gehen würde. Die Rolle der Frau beschränkt sich auf das Kochen, Putzen und Kinderkriegen. Ihnen verdankt er, dass er Kaplan der Landseer School wurde, wo er verwirrten Jugendlichen keineswegs half, sondern ihnen sagte, sie sollen sich hinknien und beten.«

Hindmarsh erwiderte nichts darauf. Die Nacht wurde immer dunkler, schließlich klickte es in Challis' Ohr.

Zeit, nach Hause zu fahren.

Etwas war an diesem Nachmittag mit Ellen Destry geschehen. Sie war zum Briefing geeilt, als ihre Selbstachtung zu zerbröckeln begonnen hatte.

Es hatte nichts mit dem Einbruch in das Haus eines Mistkerls zu tun, nichts mit dem Herumschnüffeln in seinem Leben, denn das war aufregend, ja erstrebenswert. Auch das Geld einzustecken, war aufregend gewesen. Das hatte sie im Laufe der Jahre immer wieder getan.

Doch jedes Mal verfolgte sie der Diebstahl noch lange. Das schlechte Gewissen nagte an ihr. Ging nicht weg. Und genau das war auf der Fahrt zum Briefing passiert. Sie hatte versucht, sich einzureden, dass sie kein psychisches Problem hatte, dass es okay sei, Mistkerle zu beklauen, ja dass normale Regeln für sie nicht gelten würden. Sie hatte versucht, sich einzureden, dass Adrian Wishart genau der Typ war, der das sauer verdiente Geld des Gärtners einstecken und behaupten würde, er wisse nichts davon. Sie hatte sich vorgestellt, wie ein vierschrötiger Kerl bei Adrian vorbeischaute und ihn mal aufmischte.

Dann dachte sie: Was, wenn der Gärtner zu taktvoll ist, um sein Geld zu bitten? Das ist nicht mein Geld. Ich brauche Hilfe.

Sie hätte es noch pünktlich zum Briefing schaffen können, doch gerade als das Revier in Sicht kam, hatte sie gewendet und war kleinlaut zurück zu dem Haus gefahren, in dem Ludmilla Wishart gelebt hatte. Sie versuchte, sich einzureden, dass sie gute berufliche Gründe dafür hatte, den Umschlag mit dem Geld zurückzubringen – wenn Adrian Wishart Verdacht schöpfte, dass jemand im Haus gewesen war, könnte er wichtige Beweisstücke beseitigen oder gar die Polizei des Diebstahls beschuldigen –, aber das machte die Sache nicht besser. Etwas in ihr war schlecht, ganz einfach. Das musste sich ändern. Sie wollte geliebt, begehrt, bewundert werden. Würde Hal jemals diese Seite in ihr kennenlernen, würde sie im Erdboden versinken.

Aber es war zu spät gewesen, die 250 Dollar des Gärtners zurückzubringen. Adrian Wisharts kleiner roter Citroën stand in der Einfahrt. Ellen wendete, raste wieder nach Waterloo und kam zu spät zum Briefing.

Sie wusste, sie konnte Challis nach dem Treffen nicht in die Augen sehen, also war sie schnurstracks nach Hause gefahren, hatte sich einen ordentlichen Drink eingeschenkt und war in ein heißes, duftendes Bad gestiegen.

Als die Abenddämmerung hereinbrach, lag sie immer noch in der Wanne, ließ ab und zu lauwarmes Wasser ab- und heißes nachlaufen, und ihre Haut war runzlig wie die einer Trockenpflaume.

Das half aber alles nichts. Sie fühlte sich immer noch von ihrem alten, dem kompetenten, würdevollen Selbst entfremdet. Nicht, weil sie in Wisharts Haus eingebrochen war – er war schuldig wie die Hölle, das würde sie, ohne mit der Wimper zu zucken, wieder tun –, sondern weil sie das Geld einstecken wollte oder musste, das sie dort gefunden hatte. Sie war keinen Deut besser als früher. So konnte es nicht weitergehen. Hal würde bald nach Hause kommen. Sie zog den Stöpsel heraus, trocknete sich mit einem flauschigen, sauberen Handtuch ab und machte den Schrank auf. Das Regalbrett oberhalb der Kleiderstange war vollgestopft, auch der Rest des kleinen Schrankes, und als sie ihren Morgenmantel herausfischte, hoben die Mantelschöße den Deckel eines Schuhkartons. Ellen kauerte sich hin, um ihn wieder zuzumachen.

Sie hielt inne. Hal hatte »Bei Buschbrand mitnehmen« auf ein Etikett geschrieben und es auf den Deckel geklebt. Sie sollte den Karton besser wieder schließen. Doch sie kuschelte sich in den Morgenmantel, setzte sich auf den Boden und besah sich den Inhalt. Pass, Bank- und Versicherungsunterlagen. Sein Letzter Wille in einem Umschlag. Ein Bündel Briefe. Ellen schaute nach dem Absender: seine Frau, die Anschrift des Gefängnisses, in dem sie sich umgebracht hatte. Eine Porträtaufnahme seiner Frau. Hal und seine Frau am Hochzeitstag. Urlaubsbilder. Seine verstorbenen Eltern. Seine Schwester. Seine Nichte. Zwei Fotos vom Schulabschluss.

Schließlich Bilder von ihr, bei der Weihnachtsfeier letztes

Jahr, eine heimliche Aufnahme von ihr am Schreibtisch, beim Händeschütteln mit dem Super, bei der Verleihung einer Auszeichnung durch den Vizepolizeipräsidenten. Ellen vergoss ein paar Tränen, als sie sich vorstellte, wie ihr Liebhaber entschied, was ihm teuer war, an was er sich erinnern wollte und was er retten wollte, wenn ein Buschfeuer sein Haus bedrohte.

»Und bei mir«, murmelte sie, »ist selbst der Morgenmantel gestohlen.«

Ellen stellte den Schuhkarton zurück, ging ins Wohnzimmer, suchte nach Ablenkung. Sie wollte niemanden anrufen. Auf Musik hatte sie auch keine Lust. Sie schaltete lustlos den Fernseher ein, zappte durch die Kanäle, und da war Ollie Hindmarsh, mit gespielter Entrüstung erklärte er einer ganzen Batterie von Mikrofonen, dass er Dirk Roe gefeuert habe, sobald er über das Blog informiert worden war.

»Ja genau«, meinte Ellen. Wenn sie mit dem Fernseher sprach, fühlte sie sich gleich besser.

»Außerdem«, fuhr Hindmarsh fort, »war Dirk Roe nur der Leiter meines Wahlkampfbüros, ein kleiner Angestellter, kein Berater.«

Aber teilte Hindmarsh Roes Ansichten? Natürlich nicht, was für eine absurde Vorstellung.

Ellen, die ihre Niedergeschlagenheit kurzfristig vergessen hatte, las aus dieser Leugnung noch etwas anderes. Hindmarsh schien auf seine schroffe Art andeuten zu wollen, dass er eigentlich gar nicht wisse, was ein Blog sei, dass einem wahren Australier wie ihm – männlich, aus einer älteren Generation, Veteran – ein Blog irgendwie ungesund und weibisch vorkäme.

»Aber der Roe-Report wirbt doch auch für Ihre Ansichten«, bohrte ein Reporter nach.

»Ich bin nicht dafür verantwortlich, was Mr. Roe sagt oder tut.«

»Sie haben ihn beschäftigt.«

»Und gefeuert«, entgegnete Hindmarsh. »Hören Sie, ich habe einen ziemlich großen Stab an Mitarbeitern. Mr. Roe war nur ein kleiner Fisch in meinem Wahlbüro, in einer wenig einflussreichen Position.«

»Arschloch«, schnaubte Ellen. Wie die meisten Anhänger und Politiker der Liberal Party war auch Hindmarsh jemand, der mit Rassisten, Antisemiten und sonstigen Irren paktierte, wenn am Ende bei den Wahlen auch nur eine einzige Stimme mehr dabei herauskam.

Ellen fühlte sich wieder besser und rief ihre Tochter auf dem Handy an.

»Wollte nur mal hören, wies dir geht.«

»Bestens, Ma«, sagte Larrayne.

Sie klang glücklich, und es gab keinerlei Hintergrundgeräusche, die eine Mutter erschreckt hätten – keine Party feiernden Mitbewohner, Kneipenmusik oder tosender Straßenverkehr. »Was machst du denn so?«

»Nichts Besonderes.«

Larrayne war schon in der Schule so gewesen. Ellen bekam meist durch einen Zufall Wochen später mit, dass ihre Tochter zur Kapitänin der Netballmannschaft gewählt worden war, vor der Schulgemeinde ein Gedicht aufgesagt oder eine Auszeichnung für einen Mathetest erhalten hatte. Larraynes Welt blieb ihr verborgen. Nur selten gewährte sie kleine Einblicke.

»Was macht die Arbeit?«

»Bestens.«

Larrayne hatte die Prüfungen für dieses Semester hinter sich und arbeitete in einem Buchladen namens Paydirt, im Herzen von Melbourne, einem schmuddeligen Kaninchenbau im Souterrain, einen Steinwurf vom Rathaus, der Kathedrale und den Einkaufspassagen entfernt. Gut möglich, dass sie den Job bekommen hatte, weil sie dem Ladenbesitzer erzählt hatte, ihre Mutter sei Polizistin.

»Willst du übers Wochenende herkommen?«

»Ich muss arbeiten. Tut mir leid.«

Larrayne fand es im Grunde nicht toll, dass Ellen bei Challis wohnte. Sie mochte auch nicht, dass ihr Vater eine Freundin hatte. Trennung und Scheidung waren noch frisch, sie wollte, dass alles wieder so würde, wie es einmal war, obwohl sie selbst ja auch ausgezogen war und nun in der City lebte. Sie würde schon auftauen. Vielleicht.

»Bist du zu Hause?«

»Ja.«

Allein oder mit einem Kerl? Das waren die Dinge, die Ellen fragen und wissen wollte, doch Hals alte Klapperkiste kam die Einfahrt hinaufgekrochen, der Lichtkegel der Scheinwerfer hob und senkte sich, wenn er in ein Schlagloch fuhr.

»Bis bald«, sagte Ellen.

Josh, der zum ersten Mal in der Schoolies Week allein war und viel zu viel Angst hatte, um auszugehen, schaute den Pornokanal. 15,95 Dollar für künstliches Stöhnen und falsche Titten. Er holte sich halbherzig einen runter und dachte an den jämmerlichen Tag.

Jämmerlich, weil er trotz seiner Absichten nichts erreicht hatte. Er hatte diese Polizistin bei den Bullen anschwärzen wollen, die gegen andere Bullen ermitteln, wie heißen die noch mal, interne Ermittler, Ethikkommission? Verdammt, schließlich war er das Opfer. Doch dann hatte er Zweifel bekommen. Ein Bulle kratzte dem anderen doch nicht die Augen aus, oder? Da musste man ja nur die Zeitung lesen. Außerdem, wenn diese Schlampe erklärte, wie sie ihn vorgefunden hatte – nackt, die Eier mit rotem Lippenstift angemalt –, dann wäre er doch die Lachnummer.

Also verbrachte er den Tag damit, gar nichts zu tun.

In diesem Augenblick bemerkte er aus dem Augenwinkel heraus ein weißes Rechteck. Erst wollte er den Kopf nicht drehen und hinschauen. Manchmal überkamen ihn irgendwelche Bilder und Wellen merkwürdiger Energie, und er befürchtete schon, dass es wieder so weit war. Dann sah er doch hin und entdeckte, dass ihm jemand einen Briefumschlag unter der Zimmertür hindurchgeschoben hatte. Mit schleichender Angst öffnete er den Umschlag.

Ein schlecht ausgeleuchtetes Foto von ihm im Sand, nackt, mit roten Eiern.

Gerade als die Abendnachrichten anfingen, klopfte es an der Tür, und Scobie Sutton öffnete.

»Kann ich Ihnen behilflich sein?«

Der Mann, der unter der Verandabeleuchtung stand, beeilte sich, ihm die Hand zu reichen. »Hallo, Sie müssen Beths Mann Scobie sein, richtig?«

Scobies gute Manieren ließen ihn automatisch die Hand schütteln. »Kann ich Ihnen helfen?«

»Ich bin Pastor Jeffreys von der Kirche der Ersten Himmelfahrtler.«

Er war zugleich auch Pete Jeffreys, ihm gehörte die örtliche Filiale von HomeWare. Er verkaufte Matratzen, Teppiche, Linoleum und billig zusammengeschusterte Möbel. Sein fleischiges, unnatürlich freundliches Gesicht war allgegenwärtig: in der Zeitung, auf der Plakatwand vor seinem Geschäft, mehrmals im Jahr auf Postwurfsendungen. Ständig machte er irgendeinen Ausverkauf.

Scobie überkam ein ungutes Gefühl, als würden sich alle Mächte gegen ihn verschwören. Er öffnete den Mund, doch der Ladenbesitzer kam ihm zuvor: »Wenn ich nur kurz mit Beth reden könnte. Es dauert nicht lang.«

»Ich glaube nicht …«

Mit beinahe ehrlich wirkender Stimme sagte Jeffreys: »Ihre Frau stand Mr. Roe sehr nah. Was ihm zugestoßen ist, hat sie schwer getroffen. In diesen Zeiten braucht sie Unterstützung. Wir schätzen sie so sehr wie sie uns. Ich weiß, dass sie mich gern sehen würde.«

»Sie hat sich hingelegt«, sagte Scobie wahrheitsgemäß und fragte sich, warum er nicht gesagt hatte, sie sei nicht da oder wolle den Mann nicht sehen.

Jeffreys sah ihn einen Augenblick scharf an und nickte dann. »Sagen Sie ihr bitte, ich hätte nach ihr gefragt?«

»Ja«, antwortete Scobie und fragte sich, warum er das gesagt hatte.

So viel zu der neuen Vorschrift, dass Streifenbeamte bei Dunkelheit niemals allein unterwegs sein sollten: Fünf Constables in Waterloo waren wegen einer Magen-Darm-Geschichte krankgeschrieben, darunter auch Andy Cree, also war Tank im Dienstvan allein unterwegs und fuhr in den kleinen Gemeinden und Nebenstraßen rings um Waterloo Streife.

Ein Familienzwist, eine Kneipenschlägerei, ein Zwischenfall im Straßenverkehr. Tank würde erst nach Mitternacht fertig sein und hatte morgen früh wieder Dienst, von acht bis sechzehn Uhr. Der Dienstplan auf dem Revier Waterloo war seiner Meinung nach ein einziges Durcheinander.

Um zweiundzwanzig Uhr schickte ihn die Funkzentrale nach Penzance Beach, wo ein Autorennen gemeldet worden war. Die Raser waren natürlich längst verschwunden. Tank wendete, fuhr zurück und kam zufällig an Pam Murphys Haus vorbei. In einem der Fenster flackerte hinter einem Vorhang eine Kerze.

Was wohl erklärte, warum Andy Crees Mazda Coupé in ihrer Einfahrt stand.

34

Freitagmorgen.

Als er zur Arbeit kam, sah Challis sich die Einträge der Vorkommnisse der letzten Nacht an. In der Serie von Einbrüchen, Autodiebstählen und Übergriffen fanden sich zwei Punkte, die ihn sofort interessierten: Ludmilla Wisharts Handtasche war am Tresen abgegeben worden, und im Planungsamt Ost hatte es einen Einbruch gegeben.

Er polterte die Treppe hinunter. Es war 7.45 Uhr, eine Handvoll munterer Kollegen der Frühschicht kam zur Arbeit, ging durch die Flure und unterhielt sich mit dem diensthabenden Sergeant. Challis bahnte sich einen Weg durch sie hindurch und bat um die Handtasche. »Warum ist mir das nicht mitgeteilt worden?«

»Tut mir leid, Sir. Einer der Frischlinge hat sie entgegengenommen und sie als vermissten Gegenstand verbucht, den ein aufmerksamer Bürger vorbeigebracht hat.«

Challis sah sich den Eintrag genauer an. Die Handtasche war von einer älteren Dame gefunden worden, die Donnerstag früh gegen sechs Uhr ihren Hund am Strand unterhalb der Klippen bei Shoreham Gassi geführt hatte. Sie hatte sie am Abend nach einem Treffen des Probus-Klubs auf dem Revier abgegeben. Challis seufzte. Jemand von der Polizei würde mit ihr reden müssen, das war notwendig, um nichts zu übersehen, aber es schien nicht sehr wahrscheinlich, dass sie etwas mit dem Mord zu tun hatte. Er ließ sich die Tasche aushändigen, unterschrieb, hob sie mit einem Kugelschreiber am Riemen hoch und trug sie nach oben, wo er den Inhalt auf dem Tisch im Einsatzraum ausbreitete. Er besah ihn sich zusammen mit den anderen und schob die einzelnen Gegenstände mit demselben Kugelschreiber beiseite.

»Oberflächlich betrachtet«, meinte Ellen, »sieht es nach einem Überfall aus.«

Challis nickte. Brieftasche, Haarbürste, eine Packung Taschentücher, Lippenstift, Pfefferminzbonbons, ein kleiner Taschenkalender und ein Adressbuch – in dünnes schwarzes Leder gebunden –, Kugelschreiber, Fusseln, Tampons und zerknüllte Parkscheine. Challis klappte die Brieftasche auf. »Kein Bargeld, keine Karten«, sagte er. »Krankenversicherungskarte, Bibliotheksausweis, das ist alles.«

»Was ist mit ihrem Handy?«, warf Sutton ein.

»Da sollte auch ein MP3-Player sein«, ergänzte Ellen.

»Wenn sie vorsätzlich ermordet wurde, dürften beide Gegenstände wohl im Meer liegen«, antwortete Challis. »Wenn sie überfallen wurde, dann sind sie verkauft oder noch im Besitz des Täters. Ich habe versucht, ihr Handy anzurufen, bekomme aber nur die Ansage, der Teilnehmer sei vorübergehend nicht erreichbar.«

Er packte alle Beweisstücke einzeln in braune Papiertüten. »Das kann ins Labor. Scobie, in der Zwischenzeit möchte ich, dass du mit mir kommst.« Er sah Ellen an, wollte ihr keinen direkten Befehl erteilen. »Ellen?«

Sie warf ihm einen rätselhaften Blick zu. »Pam und ich reden mit dem Abbruchunternehmer.«

»Bleibt noch Hugh Ebeling, der den Abriss beauftragte«, meinte Challis. »Am späten Vormittag werden wir beide mal in die City fahren und sehen, was er zu sagen hat.«

»Ja.«

Als er fünf Minuten später mit Sutton auf den Parkplatz hinausging, stellte Challis fest, dass beide Dienstwagen bereits vergeben waren. »Wir nehmen deinen Wagen«, murmelte er zu Sutton und hoffte, der Mann würde den Mund halten. Er wollte über Ellen nachdenken. Sie war gestern Nacht und heute früh distanziert gewesen und hatte ihn manchmal ängstlich angeschaut. »Nichts«, hatte sie geantwortet, als er sie fragte, was sie denn habe.

Doch Sutton, der den alten Volvo anfängerhaft und unaufmerksam lenkte, redete und redete, er quasselte was von seiner Tochter, wie sie andauernd den Klingelton an seinem Handy änderte oder den Bildschirmschoner des Familiencomputers umstellte. »Kinder und ihre Spielzeuge«, sagte er.

»Hm«, machte Challis.

Es gab eine Pause, doch dann purzelte es aus Sutton heraus: »Chef, ich glaube, ich habe eine Dummheit begangen.«

Challis brummte wieder. Sutton, der sich einem Schulübergang näherte, bremste ruckartig und riss Challis aus seinen Gedanken. »Was für eine Dummheit?«

»Tut mir leid, Chef. Ich muss es einfach loswerden.«

Challis wartete auf Sutton, der wartete, bis die Kinder die Straße überquert hatten und der Schülerlotse wieder auf dem Gehweg war und die Welt sich weiterdrehte. Jemand hupte, und Sutton tuckerte weiter. Challis ärgerten die überhöflichen Umgangsformen des Mannes. »Scobie, ich werde nicht jünger.«

»Tut mir leid. Es ist diese Sache mit meiner Frau.«

»Ihr Engagement in dieser verrückten Kirche?«, gab Challis das Stichwort.

»Hmm«, machte Sutton und klappte den Mund hörbar zu. Er wich einem in zweiter Reihe parkenden Wagen aus, kehrte wieder auf die richtige Fahrspur zurück, und einen Augenblick schien es, als wolle er einen Schulbus in einer unübersichtlichen Ecke überholen. Wenn Challis an diesem Morgen nicht mit seinen eigenen Gedanken beschäftigt gewesen wäre, hätte er Sutton nicht fahren lassen. Ellen hatte ihn häufig genug vor ihm gewarnt. Die Seitenstraße zum Planungsamt kam näher, und Sutton bog in letzter Sekunde ab.

»Sie waren letzte Nacht bei mir«, sagte er.

»Wer?«

»Vor meiner Tür. Ich glaube, sie wollen sie von mir weglocken. Was, wenn sie hinter Ros her sind? Kinder sind doch so leicht zu beeindrucken.«

Vor dem Haus stand ein Streifenwagen, John Tankard nahm die Aussage des Abteilungsleiters Groot auf. Tank schien über irgendetwas sauer zu sein. Sein Partner Andy Cree fotografierte eine Glastür an der Seite des Gebäudes. In der Nähe standen ein paar Schulkinder und schauten mehr gelangweilt als neugierig zu. Ein Glaser wartete darauf, Maß nehmen und die zerbrochene Scheibe ersetzen zu können. All das fiel Challis auf, während Sutton an den Bordstein rollte und perfekt einparkte.

»Sprich oder schweig für immer.«

Sutton beeilte sich: »Gestern habe ich *Channel 7* einen Tipp wegen des Roe-Reports gegeben.«

Challis erstarrte. Er drehte sich zu Sutton um und fing an zu lachen.

»Ich dachte, du würdest wütend werden.«

»Da hast du uns einen Gefallen getan, Scobie.«

Sie stiegen aus, überquerten die Straße und gingen zum Planungsamt. »Ich hoffe, du hast deiner Frau den Blog gezeigt«, meinte Challis.

Sutton schüttelte unmissverständlich den Kopf. »Nein, nein, unangenehme Dinge regen sie nur auf.«

»Ach was«, knurrte Challis. »Sie muss wissen, was das für Menschen sind. Guten Morgen«, sagte er zu Tankard, Cree und dem Abteilungsleiter.

»Sir, Scobie«, erwiderte Tankard.

»Was gibts?«

Cree drängte ganz aufgeregt dazwischen. »Die Seitentür wurde irgendwann im Laufe der Nacht eingeschlagen. Entdeckt wurde der Einbruch heute Morgen um fünf vom Reinigungspersonal.«

»Okay, danke, Andy«, sagte Tankard.

»Was immer mit den beiden los war, Challis wollte nichts davon wissen. »Wurde irgendwas gestohlen?«

»Ein Laptop und ein Drucker«, antwortete Groot aufgeregt. Die Morgenluft war kühl, doch in seiner Anzugjacke war Groot rot angelaufen und verschwitzt.

»Ist das alles?«, fragte Challis und trat durch die aufgebrochene Tür. Die Spurentechniker waren bereits fertig, der Türrahmen voller Pulverspuren von der Suche nach Fingerabdrücken. Noch mehr Pulver auf der Innenseite der Tür, den Schreibtischen und Aktenschränken.

»Ich glaube nicht«, antwortete Groot.

»Wessen Computer?«

»Meiner.«

»Der einzige Laptop im Haus?«

»Ja. Wie Sie sehen, haben die anderen Angestellten PCs.«

Mit funkelnagelneuen LCD-Monitoren, wie Challis bemerkte. Warum hatten die Diebe die nicht mitgenommen? »Wo stand der Drucker?«

»Hier«, sagte Groot und wies auf einen Tisch an der Wand.

»Vernetzt?«

»Ja.«

Challis sah sich zwischen den Wandkarten, Aktenschränken, Blaupausen und Unterlagen um. Warum nicht die schlanken schnurlosen Telefone? Die externe Festplatte auf einem der Tische? Den Router?

Vielleicht hatten es die Diebe eilig gehabt.

»Gibt es eine Kasse mit Bargeld?«

»Ja.«

»Wo?«

»Unterste Schublade.«

Die Geldkassette war unversehrt. Die Schublade wäre leichter aufzubrechen gewesen als die Außentür. Challis ging, gefolgt von Groot und Sutton, von einem Arbeitsplatz zum nächsten, sah sich alle Schränke und Schubladen an. Nur einer davon wies kaum sichtbare Beschädigungen auf.

»Das ist Mrs. Wisharts Schreibtisch, richtig?«

»Ja.«

»Er ist aufgebrochen worden.«

»Oh.«

»Wann war das? Schon letzte Nacht?«

Groot blinzelte. »Das weiß ich wirklich nicht.«

»Hatte sie vielleicht den Schlüssel einmal verloren gehabt? Ihn aufbrechen müssen?«

»Keine Ahnung.«

»Oder ist ihr Ehemann vorbeigekommen, um nach dem Mord ihre Sachen zu holen, und war gezwungen, das Schloss aufzubrechen?«

»Schon möglich«, meinte Groot zweifelnd und dachte an die letzten Wochen und Monate zurück. »Schon möglich, dass ihr Mann hier war, um ihre Sachen zu holen.« Er erwärmte sich für diese Theorie und sagte: »Er hing andauernd hier herum, wissen Sie?«

»Oder die Einbrecher von letzter Nacht haben auch den Schreibtisch aufgebrochen.«

»Ich weiß es wirklich nicht«, sagte Groot.

Dann kam eine der Angestellten zur Arbeit, und Groots Körper straffte sich. Er zischte die Frau an: »Sie sind zu spät.«

Sie wurde bleich. »Tut mir leid, meine Kinder sind krank.«

»Trotzdem«, erwiderte Groot.

35

Zeitgleich waren Destry und Murphy unterwegs, um den Abrissunternehmer zu befragen. Ellen saß am Steuer und versuchte, sich darauf zu konzentrieren, wie sie bei der Befragung vorgehen wollte. Doch ihre Gedanken schweiften immer wieder zu dem Einbruch und ihrer fürchterlichen Stimmung gestern Abend und heute Morgen ab, sodass sie im ersten Augenblick nicht mitbekam, was Pam Murphy zu ihr sagte.

Dann blieb ein Wort hängen. »Rache?«, fragte sie und bemühte sich, aufmerksam zu bleiben.

»Hmm. Er hat sie letztes Jahr in der Schoolies Week mit GHB betäubt, vergewaltigt und die Geschichte vergessen. Sie allerdings nicht. Sie hat ihn wiedererkannt. Ich habe sogar mitgehört, wie sie von Vergewaltigung sprach. Er hat sich wahrscheinlich gefragt, wovon sie überhaupt rede.«

»Entschuldigung, von wem redest du gerade?«

Murphy schaute leicht entrüstet. »Caz Moon, Sergeant. Managt den Surfshop in der High Street.«

»Alles klar.«

Ellen konnte es sich nicht leisten, geistesabwesend zu sein. Sie klammerte sich ans Lenkrad, als ob ihr das dabei helfen würde, sich zu konzentrieren. »Du willst also sagen, dass sie es ihm heimgezahlt hat, indem sie ihm Drogen gab und ihn mit angemalten Hoden nackt am Strand zurückließ?« Sie sah das Ganze lebhaft vor ihrem inneren Auge und lachte.

Pam lachte mit.

»Hat er ihren Namen genannt?«

»Nein.«

»Du kannst also nichts beweisen. Du hast nicht genug in der Hand, um sie zu befragen, geschweige denn zu verhaften.«

»Sie nicht, Sergeant, ihn. Ich will ihn wegsperren lassen. Der sexuelle Übergriff von Samstagnacht, ich wette, der geht auf sein Konto.«

Sie schwiegen. Die Straße schlängelte sich durch Farmland und traf dann zwischen einem Gewerbegebiet und einem neuen Wohnviertel auf den Stadtrand von Frankston. Ellen fuhr langsamer. Auf einer Tafel, auf der die im Gewerbegebiet ansässigen Firmen aufgeführt waren, stand unter anderem: »Abrissunternehmen Peter Delaney«. Eine Minute später standen sie vor einem unscheinbaren Gebäude: vorgefertigte Betonwände, Aluminiumfenster, Sträucher, die in den sonnendurchglühten, gemulchten Beeten ums Überleben kämpften. Hinter dem Gebäude umgab ein Maschendrahtzaun einen mit Lastern, Bulldozern, Schuttcontainern und einzelnen Haufen mit wiederverwendbaren Türen, Fensterrahmen, Steinen, Badewannen, Öfen, Kacheln, Wellblech und Kaminumstürzen übersäten Platz.

Eine Empfangsdame gab es nicht, nur Delaney selbst, der über seine Lesebrille hinweg auf eine Tastatur linste, auf eine Taste drückte, auf dem Bildschirm nachsah und fluchte. Er blickte erleichtert auf. »Was kann ich für Sie tun, meine Damen?«

Er war stämmig, seine aufgekrempelten Ärmel enthüllten eine von Jahrzehnten in der Sonne geschädigte Haut und einen Streifen, der so weiß war, dass er wohl noch nie das Sonnenlicht erblickt hatte. Er trug ein kariertes Hemd und Jeans, graue Haare lugten am Hals hervor. Sein Job war es, Dinge zu zerstören, gleichzeitig wirkte er freundlich und großväterlich. Die aus Kalendern gerissenen und an die Wand gepinnten Bilder zeigten Angelboote und Rennwagen. Ellen hielt ihm ihren Dienstausweis hin und stellte Pam Murphy vor.

»Die Sachverständige für Bauvergehen ist am späten Mittwochnachmittag ermordet worden. Wir sind der Annahme, dass Sie ihr früher am Tag begegnet sind.«

»Immer langsam«, sagte Delaney und hob die Hände. Er runzelte die Stirn und versuchte, sich zu erinnern. Dann hellte sich sein Gesicht auf. »Die alte Bruchbude unten in Penzance Beach?«

»Ja.«

»Sie tauchte auf, als wir gerade fertig waren. Sie war stinksauer, aber was sollte ich machen? Ich hatte meine Arbeit zu erledigen. Die Abrissgenehmigung war in Ordnung.«

»War sie besonders auf Sie wütend?«

»Ich denke schon. Weil ich eben da war, wenn Sie verstehen, was ich meine. Aber wie ich schon ihr gesagt habe, ich hatte meine Arbeit zu erledigen, alles war rechtmäßig, genau wie ihre Arbeit rechtmäßig ist. Und sie ist tot, sagen Sie?«

»Ermordet.«

»Am selben Tag?«

»Ja, deswegen muss ich Sie fragen, Mr. Delaney, ob Sie sie wiedergesehen haben.«

»Nein. Wir hatten noch einen anderen Auftrag, ein mit Eternit verkleidetes Farmhaus bei Baxter. Meine Jungs sind gerade da.«

Dann fragte Pam: »Eternit? Mit Asbest?«

Delaney sah sie ruhig an, und ein kleines Lächeln blitzte in seinen Mundwinkeln auf. »Alles im Rahmen des Gesetzes. Ich habe eine Erlaubnis, mit Asbest zu hantieren, und meine Jungs tragen alle Schutzkleidung, in Ordnung?«

Ellen erkannte Pams Taktik, erkannte aber auch, dass sie damit keinen Millimeter weitergekommen waren. »Wer hat Sie denn angeheuert, um das Haus in Penzance Beach abzureißen?«

Delaney legte den Kopf schräg. »Der Typ, dem das Grundstück gehört.«

»Name?«

»Hugh Ebeling.«

»Wann hat er Ihnen den Auftrag erteilt?«

»Er hat mich am Abend vorher angerufen.«

»Es war also eilig.«

»Ja. Er hat mehrere Abrissunternehmen angerufen, aber keiner konnte so kurzfristig einspringen, es gibt jede Menge zu tun im Moment. Dann rief er bei mir an und hatte Glück. Ich hatte noch einen Trupp und eine Lücke zwischen zwei Aufträgen.«

»Und wozu die Eile, hat er das gesagt?«

Delaney rutschte peinlich berührt mit seinem massigen Leib hin und her. »Er meinte, die Bauleute würden schon bereitstehen, um noch vor Weihnachten einen Betonboden zu gießen.«

»Und Sie haben ihm geglaubt?«

»Klar.«

»Aber?«

Delaney hüstelte. »Na ja, die Planungsdame, die, die umgebracht wurde, meinte, es sei ein Antrag eingereicht worden, das alte Haus unter Schutz zu stellen. Ich schwöre, ich wusste nichts davon. Soweit ich weiß, hatte der Kerl eine Abrissgenehmigung, und eine Auflage, das Gebäude zu erhalten, gab es nicht.«

Ellen nickte. »Niemand gibt Ihnen die Schuld daran«, meinte sie.

»Kommt mir aber so vor. Ich will nicht, dass mich jemand vor Gericht zerrt.«

»Der Denkmalschutz war noch nicht rechtsgültig«, sagte Ellen. »Was vorlag, war der Antrag darauf, das ist alles. Sie sind aus dem Schneider.«

»Rechtlich gesehen«, meinte Pam. »Moralisch gesehen nicht. Das war ein hübsches altes Haus.«

»Pam«, mahnte Ellen.

»Er erkennt mich nicht, Sergeant«, sagte Pam. Sie baute sich vor ihm auf. »Oder?«

Delaney sah sie unsicher an. Dann dämmerte es ihm. »Sie waren auch da.«

Ellen ging dazwischen. »Glauben Sie, dass der Mann, der Sie angeheuert hat, wusste, dass das Haus unter Denkmalschutz gestellt werden könnte?«

»Keine Ahnung«, antwortete Delaney, dem scheinbar nicht

ganz wohl zumute war. »Aber die Planungsdame meinte, jemand habe ihm einen Tipp gegeben.«

»Hat sie das zu Ihnen gesagt?«

»Ja. Sie war richtig stinkig.«

»Hat sie gesagt, wer?«

Delaney zuckte mit den Schultern. »Geht mich nichts an. Aber es müsste natürlich jemand sein, der an der Quelle sitzt, richtig?«

»Jemand im Planungsamt?«

»Keine Ahnung.«

»Ich muss den Auftrag sehen«, meinte Ellen.

Delaney fischte ihn aus einem Ablagekorb auf seinem Schreibtisch. Ellen schrieb sich Hugh Ebelings Adresse – Brighton, ein am Wasser gelegener Vorort von Melbourne – und Telefonnummern auf und ging mit Pam Murphy zum Wagen zurück. Sie sagte kein Wort. Welches Recht hatte sie denn, Pam zurechtzuweisen? Sie hatte den moralischen Anspruch auf ihrer Seite.

Ellen setzte sich hinters Lenkrad und rief Challis an, um ihn auf den neuesten Stand zu bringen. »Nächste Station Ebeling und seine Frau?«

»Ja. Hol mich auf dem Revier ab, und wir fahren gemeinsam hin. Sag Pam, sie soll sich um Carl Vernon und das Bürgerkomitee kümmern.«

»Mach ich.«

Sie beendete das Telefonat, startete den Wagen und legte den Gang ein. In diesem Augenblick klingelte Pams Handy. Ellen fuhr langsam zurück zum Freeway und hörte das Gespräch halb mit. »Sie machen Witze«, sagte Pam. »Hm … hm … Aber nicht der sexuelle Angriff? Verdammt … Okay, danke.«

Sie steckte das Handy wieder ein und warf Ellen einen verwirrten Blick zu. »Das war das Labor.«

»Und?«

»Ich habe sie gebeten, Josh Brownlees DNA zu untersuchen,

weil ich dachte, ich könnte ihn wegen des sexuellen Übergriffs drankriegen …«

Ellen gefiel diese Initiative, und sie grinste sie schräg an. »Und?«

»Kein Treffer. Aber – und das wird Ihnen gefallen – er hat die Spuckespur an Lachlan Roes Ellbogen hinterlassen.«

Ellen fühlte sich leichter, ihr schlechtes Gefühl ließ ein wenig nach. »Na dann mal los, schnappen wir ihn uns«, sagte sie, hielt an und rief Challis wegen der Planänderung an.

36

An den Sea-Breeze-Apartments erfuhren sie allerdings, dass Josh Brownlee bereits abgereist war.

»Nach dem Frühstück«, sagte der Motelmanager, der gerade missmutig eine Reihe von Rosenbüschen an der Rückseite des Gebäudes goss. Er trug ein ausgeleiertes Unterhemd, eine enge kurze Hose und seinen Bierbauch vor sich her.

»Verdammt«, stöhnte Ellen.

»Dabei hat er bis Sonntag bezahlt«, ergänzte der Manager.

Gehässig meinte Pam: »Falls es Ihnen nichts ausmacht, mir die Restsumme zu überlassen, werde ich dafür sorgen, dass er sie bekommt.«

Der Manager zuckte zusammen, zwischen all den Bartstoppeln wackelte eine Kippe. »Geht nicht. Vorschriften.«

Ellen sah ihn durch die Gläser seiner dunklen Sonnenbrille streng an. »Hat er gesagt, wohin er wollte?«

»Keine Ahnung. Nach Hause?«

Das Motelgebäude und das Gelände waren besser in Schuss

als der Manager. Hier hinten war es ruhig, kühl, Bäume und Sträucher waren grün, die Luft roch nach feuchter Erde. Seemöwen kreischten, und auf der Strandpromenade vor dem Gebäude schnauften zwei Jogger vorbei, doch ansonsten schlief in dieser Ecke noch alles. Ellen besah sich all die zugezogenen Vorhänge. Schoolies, die sich kaum vor Mittag rühren würden.

»Ich habe seine Privatadresse«, sagte Pam, als sie zum Wagen zurückgingen. Hier auf der Straße brannte die Sonne auf Glas und Metall und weichte den Asphalt auf.

»Wo?«

»Oliver's Hill.«

Sie fuhren in ihrem aufgeheizten Wagen los, Ellen nahm die Route an der Küste entlang auf der Frankston-Road stadtauswärts, während Pam im Straßenverzeichnis nachsah. Obwohl Oliver's Hill in den heruntergekommenen Vororten von Frankston lag, war es geografisch und soziologisch oberhalb davon angesiedelt und bestand aus großen Häusern mit Blick auf die Bucht und den Überlebenskampf dort unten. Auf Oliver's Hill gab es keine Arbeitslosigkeit, keine Fastfoodbäuche, keinen Wegwerf-Kommerz.

»Sollen wir erst anrufen?«

Ellen schüttelte den Kopf: »Wir wollen nicht, dass er wieder abhaut. Wir wollen auch nicht, dass die Eltern schon an einen Anwalt denken, bevor wir überhaupt da sind.«

Bei Somerville nahmen sie die Eramosa Road zum Freeway, dann ging es eine Hügelkette hinauf und hinunter zum Nepean Highway, der um Oliver's Hill führte. Pam dirigierte sie zu einer Ausfahrt, bevor der Highway nach Frankston abfiel. Ellen fuhr durch kurvenreiche Straßen an der Hügelflanke und ertappte sich dabei, wie sie interessiert die Häuser zu beiden Seiten betrachtete. Woher nur dieses plötzliche Interesse an anderer Leute Häuser und Umgebung? Als ob ich nach einem Platz für mich suchen würde, dachte sie.

Ihr Ziel war ein Ziegelsteinhaus aus den Sechzigern, das sich aufgrund der steilen Lage über drei Ebenen erstreckte. Nichts Besonderes, abgesehen von der Größe und dem ausgedehnten blauen Dunst des Wassers in der Bucht, den man zwischen ein paar Eukalyptusbäumen erkennen konnte. »Ich sehe seinen Wagen nicht«, meinte Pam, als sie ausstiegen.

Da stand nur ein weißer Holden in einem Carport an der obersten Etage des Hauses. Keine Spur von Joshs kleinem Straßenflitzer in der Einfahrt oder am Straßenrand. Sie traten durch ein kleines Tor und folgten einem mit Steinplatten ausgelegten Weg zu einer massiven Holztür. Ellen konnte sich das Hausinnere noch nicht recht vorstellen. Das war der Haupteingang, aber führte er auch in den Wohnbereich? In jedem anderen Haus wäre das der Hintereingang. Sie klingelte.

Eine Frau in einem Overall mit Farbspritzern und einem Feinripptop öffnete die Tür. Sie warf ihnen einen kurzen Blick zu und schien gleich Bescheid zu wissen. »Geht es um Josh?«

Farbe an den Händen, feine Pünktchen auf Gesicht und Haaren. »Ja.«

Sie lehnte sich kurz gegen die Tür. »Ich bin Sue Brownlee. Kommen Sie rein. Mein Mann ist auch da.«

Sie führte durch einen Gang mit halb offen stehenden Zimmertüren zu einem Raum mit Sofas und einem Flachbildfernseher, dann eine Treppe hinunter zum Wohnzimmer, das, so nahm Ellen an, die mittlere Ebene des Hauses einnahm. Es roch stark nach Farbe. Der Mann, der dort stand, trug einen teuren Anzug, ein frisch gebügeltes, weißes Hemd, eine blau-gold gestreifte Krawatte. Er wirkte so bedrückt und angespannt wie seine Frau, trat aber entschieden vor und hielt ihnen die Hand hin. »Clive Brownlee. Sue hat mich bei der Arbeit angerufen. Ich bin gerade erst gekommen.«

Alle vier standen auf einem Teppich von undefinierbarer Farbe. Ellen sah die Frau fragend an, die sagte: »Ich habe Clive gebeten, nach Hause zu kommen, weil Josh ganz aufgeregt hereingeplatzt kam und gleich wieder verschwunden ist. Ich hatte erst am Sonntag mit ihm gerechnet.« Sie hielt inne. »Ich bin gerade dabei, die Waschküche zu streichen. Heute ist mein freier Tag.«

»Hat er gesagt, wohin er wollte?«

»Er war so aufgebracht«, erwiderte Sue Brownlee.

Sie standen da wie angewurzelt, und die Eltern waren offenbar nicht in der Lage, klar zu denken. »Wenn wir vielleicht alle einen Tee haben könnten?«, fragte Ellen vorsichtig.

Erleichtert führten die Brownlees Pam und Ellen in die Küche auf der mittleren Ebene des Hauses. Sie setzten sich zu beiden Seiten eines hohen Tresens auf Hocker. Clive Brownlee füllte den Wasserkocher, seine Frau suchte nach Tassen. Die Küche wirkte, wie die anderen Teile des Hauses, die Ellen durchquert hatte, leicht abgenutzt und altmodisch, und Ellen tadelte sich dafür, davon ausgegangen zu sein, dass Josh Brownlee denselben Hintergrund hätte wie Zara Selkirk. Das Einzige, was sie gemeinsam hatten, war die Landseer School. Zara Selkirk, das war Geld, das einfach da war, ohne dass man darüber groß nachdenken musste. Die Brownlees gaben ihr ganzes Einkommen für Schulgebühren und Hypotheken aus. Ihr Gesicht war das der besorgten, sich abmühenden Mittelschicht.

»Hat Josh gesagt, was ihn so aufregte?«, fragte Pam.

Sue Brownlee fuhr sich mit ihren farbverschmierten Fingern über den Nacken. »Ich habe ihn gefragt, was denn los sei, und er packte mich am Hals und schüttelte mich. ›Keiner hat bisher dafür bezahlt‹, hat er gesagt. Er hat mir Angst gemacht.«

»Hat er gesagt, wer nicht bezahlt hat oder wofür nicht bezahlt worden ist?«

Die Eltern warfen sich Blicke zu. »Er nimmt Drogen«, sagte Clive Brownlee schließlich. »Sie beeinträchtigen seine Stimmung. Er bildet sich Dinge ein. Er kann manchmal ziemlich gewalttätig werden.«

»Bitte, was hat er getan?«, fragte seine Frau angespannt.

Ellen ging nicht auf die Frage ein. »Ist Ihr Sohn länger geblieben, bevor er wieder verschwunden ist? Hat er zum Beispiel ausgepackt, oder umgepackt?«

»Was hat er angestellt?«

»Wir möchten ihn im Zusammenhang mit einem tätlichen Angriff befragen«, antwortete Ellen rundheraus.

»Oh Gott. Auf wen?«

»Auf einen Mann namens Lachlan Roe. Es kam in den Nachrichten. Aber sagt Ihnen der Name noch etwas anderes?«

Die Brownlees sahen sich gegenseitig an und dachten lange nach. »Der Kaplan der Landseer School.«

»Ja«, meinte Pam. »Josh war dort Schüler?«

»Er hat letztes Jahr abgeschlossen. Tagesschüler, kein Internatsschüler. Er hat den Bus am Ende der Straße genommen.«

Clive Brownlee reichte ihnen die Teetassen. Ellen hatte nicht die Absicht, ihren Tee zu trinken, sondern überbrückte damit nur die Zeit. »Wie stand Josh zu Mr. Roe?«

Hinter der ganzen Geschichte versteckt sich doch etwas Tiefes, Verzweifeltes, dachte sie und beobachtete die Brownlees. Und wohl auch nichts, was sich erst kürzlich ereignet hat, denn Josh war bereits seit einer Weile nicht mehr auf der Schule.

Der Vater presste die Worte heraus. »Michael, unser zweiter Sohn, war ebenfalls auf der Schule. Er hat letztes Jahr Selbstmord begangen.«

»Das tut mir leid«, meinte Ellen.

»Es hat Josh schwer getroffen. Er fühlt sich dafür verantwortlich, wissen Sie, der ältere Bruder eben.«

»Hat er da angefangen, Drogen zu nehmen?«, fragte Pam sanft.

Brownlees Hände lagen mit den Handflächen nach oben leer und verletzlich auf dem Tresen. Er beugte sich vor. »Es kommt mir vor, als habe er das Gefühl, er hätte sich besser um Michael kümmern müssen.«

Pam sah Ellen an. Sie standen auf. »War der Kaplan in irgendeiner Weise daran beteiligt?«

Die Eltern schauten betroffen, sagten aber nichts.

»Haben Sie eine Ahnung, wohin Josh gefahren sein könnte?«

Die Eltern sahen sich an. »Wenn er wütend auf uns ist, fährt er zu seinem Onkel Ray.«

»Und wo ist das?«

»Ray trainiert Pferde. Er hat einen Hof in Skye.«

Skye, das war Farmland nordöstlich von Frankston. »Sie sollten ihn vielleicht anrufen«, schlug Ellen vor.

Es gab ein Telefon in der Küche, doch Joshs Vater ging hinaus, lief gegen einen Stuhl und den Türpfosten, weil sein Körper ihm nicht recht gehorchen wollte. Dann hörten sie seine Stimme aus einem anderen Teil des Hauses. Ein Ausruf, dann Stille, dann stand er in der Tür und wirkte geschockt.

»Er war dort, ist aber wieder fort und hat Rays Schrotflinte mitgenommen.«

»Ich fahre, Sergeant«, meinte Pam mit fester Stimme zu Ellen.

37

»Man könnte argumentieren«, sagte Challis vorsichtig, als sei er sich selbst nicht ganz sicher, »dass Sie ein Mordmotiv haben.«

Das holte die drei, Hugh Ebeling, Mia Ebeling und ihren Anwalt Marcus Delarue, aus ihrer müden Verachtung.

»Inspector«, knurrte Delarue, »hüten Sie Ihre Zunge.«

Er trug einen anthrazitfarbenen Anzug, ein weißes Hemd, silberblaue Krawatte und auf Hochglanz polierte Schuhe. Er gehörte zu der Art von Anwälten, die stets wie aus dem Ei gepellt wirkten, so als würden sie vor jedem Termin von einem Butler zurechtgezupft. Blutleer war er – blasse Haare, blasse Haut. Er gehörte nicht zu denen, die vor den Whitsunday Islands segeln oder an einer Pferderennbahn anzutreffen sind. Doch seine Augen waren die eines Anwalts, stechender Blick, konzentriert.

»Sagen Sie es ihm, Marcus«, meinte Hugh Ebeling.

Sie saßen in dem auf Toskana getrimmten Haus des Bauunternehmers in Brighton. Ebeling hatte seinen Privatwohnsitz dem Büro der Firma in der Innenstadt von Melbourne für ein Treffen mit Challis vorgezogen. Vielleicht hatte er Angst, dass die Leute reden würden, dachte Challis. Vielleicht will er mich beeindrucken oder einschüchtern. Keine Chance. Nach Challis' Ansicht war der Küstenstreifen von Brighton Wohnort von Drogenbaronen, die sich um einen Anstrich von gesellschaftlichem Ansehen bemühten, und von Richtern und Firmenbossen, die ihres gerade verloren. Ihre Frauen shoppten gern. Ihre vernachlässigten Kinder, die exklusive Internate besuchten, würden bald in ihre Fußstapfen treten.

»Vielleicht können Sie beide damit beginnen, mir zu sagen, was Sie am Mittwochnachmittag und -abend gemacht haben«, bat Challis.

Er sah sie an. Den Anwalt ignorierte er. Hugh Ebeling trug eine Freizeithose und ein Poloshirt, ein großer, jungenhaft wirkender Mann mit der Selbstsicherheit eines tyrannischen Schulpräfekten. Er war der Mann fürs Segeln und Pferderennen. Mia Ebeling war eine langbeinige Blondine, doch das Blond wirkte mit Anfang vierzig etwas verblichen. Sie trug maßgeschneiderte Jeans, eine Bluse mit V-Ausschnitt und gab sich den Anstrich vornehmer Entrüstung, so als habe Challis nicht den Dienstboteneingang benutzt.

»Meine Klienten waren hier in der City«, erklärte Delarue.

Challis ging nicht auf ihn ein. »Mr. Ebeling?«

»In meinem Büro. Bin wie üblich um halb acht eingetroffen und habe bis achtzehn Uhr gearbeitet.«

»Sind Sie nach der Arbeit sofort nach Hause gefahren?«

»Nein, ich habe mich mit einem Kunden auf ein Glas im Windsor getroffen.«

»Das werde ich überprüfen müssen.«

Zwischen Challis und den anderen stand ein riesiger Couchtisch aus Walnussholz. Delarue zog ein Blatt Papier aus seiner Aktentasche und schob es Challis über den Tisch zu. »Namen und Telefonnummern.«

Challis nickte zum Dank und fragte: »Mrs. Ebeling?«

Gelangweilt antwortete sie: »Ich verbrachte den ganzen Morgen mit meinem persönlichen Trainer.«

Aber natürlich. Challis sah Delarues Augen aufblitzen. Der Kerl weiß, was ich denke, dachte Challis und hätte am liebsten mitgegrinst.

»Und dann?«

Gereizt antwortete sie: »Ich habe mit einer Freundin zu Mittag gegessen«, dabei schob Delarue Challis einen weiteren Zettel mit Namen und Telefonnummer zu, »und wir haben den Nachmittag in diesem Raum hier verbracht und für Samstag eine Wohltätigkeitsauktion vorbereitet.«

Ihr Mann beugte seinen schlaksigen Oberkörper vor und stützte seine muskulösen, sonnengebräunten Unterarme auf die Knie. »Danach nahm meine Frau ein Taxi in die Stadt, und wir haben in einem Restaurant in Flinders Lane zu Abend gegessen.«

Challis nickte und notierte die Einzelheiten in seinem Notizbuch.

Mit präzisen Worten erklärte der Anwalt: »Anders gesagt, Inspector, meine Klienten waren zum Zeitpunkt des Mordes nicht auf der Mornington Peninsula.«

Stimmt, aber sie hätten ja auch jemanden dafür anheuern können, wollte Challis erwidern, wohl wissend, dass Delarue das von ihm erwartete. Challis sah den Ehemann an und fragte: »Wer hat Ihnen den Tipp gegeben?«

»Wie bitte?«

»Inspector, bitte.«

»Sie hatten eine Abrissgenehmigung für das Somerland-Haus in Penzance Beach, aber …«

»Eine gültige Abrissgenehmigung!«

»Aber der National Trust, die örtlichen Anwohner und Mrs. …«

»Alles Trottel«, murmelte Ebeling. »Die sind doch alle gegen den Fortschritt.«

»Jämmerliche Kleingeister mit jämmerlichen Lebensgeschichten«, meinte Mia.

Ihr Anwalt sah interessiert zu.

»Dieselben jämmerlichen kleinen Leute bemühten sich, einen Eilantrag auf Denkmalschutz bei der Regierung durchzubringen«, sagte Challis. »Das wussten Sie. Sie wussten, dass Sie schnell handeln mussten. Offenbar hatten Sie Glück, ein Abrissunternehmen zu finden, das willens und in der Lage war, die Arbeit kurzfristig zu erledigen.«

»Unsinn.«

»Jemand hat Ihnen einen Tipp gegeben«, fuhr Challis fort. »Sie hatten einen Tag Zeit zu reagieren.«

»Totaler Quatsch«, erwiderte Ebeling und sah seinen Anwalt irritiert an.

»Der National Trust hat das Haus am Dienstag als schützenswert eingestuft«, fuhr Challis fort, »und am Mittwoch wird es binnen weniger Minuten abgerissen.«

»Eins wollen wir doch mal klarstellen«, warf Delarue ein. »Mr. und Mrs. Ebeling hatten doch eine gültige Genehmigung, das bestehende Gebäude abzureißen, nicht?«

»Ja.«

»Und es gab keinerlei anderslautende Anweisung, sie davon abzuhalten? Keine Interimsentscheidung des Planungsministers?«

»Nein.«

»Dann haben meine Klienten also rechtmäßig gehandelt.«

Die beiden lächelten Challis herablassend an. Die Leere, die ihm entgegenblickte, ließ Challis ein wenig schaudern. Er beschloss, sie noch etwas zu piesacken. »Sie haben unverantwortlich gehandelt«, sagte er. »Ihnen ist der Erhalt des Erbes von Penzance Beach ebenso gleichgültig wie gute Nachbarschaft. Sie sind nicht einmal daran interessiert, das Haus, das Sie haben abreißen lassen, durch ein Gebäude zu ersetzen, das sich in die Umgebung einfügt. Alles, was Sie wollen, ist eine Ungeheuerlichkeit errichten, die als Monument Ihres Egoismus dient.«

Ihr Zorn wirkte beinahe komisch. Ebeling klappte den Mund auf und meinte: »Marcus, müssen wir uns das anhören?« Und seine Frau spuckte: »Sie kleiner Wicht!«

In Delarues Augen blitzte Vergnügen auf, als er sagte: »Das ist Ihre persönliche Meinung, Inspector. Tss, tss.«

Challis schüttelte den Kopf. »Tatsache ist, dass Mrs. Wishart in dreierlei Hinsicht ein Hindernis für Ihre Klienten darstellte. Erstens versuchte sie, den Abriss zu verhindern, zweitens kannte sie die Identität des Mannes, der von Ihren Klienten bestochen wurde …«

»Blödsinn«, rief Ebeling und ließ die Fassade fallen, ein Mann, der bösartig wurde, wenn man sich ihm in den Weg stellte.

»… und drittens hat sie als eine Art Rückversicherung, falls das Haus tatsächlich abgerissen würde, Verzögerungen in der Planungsphase des Hauses eingebaut, das Ihre Klienten auf dem Grundstück zu errichten wünschen«, fuhr Challis fort. Er sah in seine Unterlagen: »Ein Haus mit fünf Schlafzimmern auf drei Etagen, mit großen Veranden und einem Reflexionsteich. Wie ich schon sagte, ein Monument.«

»Sie sollten sich eines anderen Tons befleißigen, Sie jämmerlicher Kerl«, fauchte Mia Ebeling. »Ich beabsichtige, offiziell Beschwerde gegen Sie einzulegen.«

»Das ist Ihr gutes Recht«, erwiderte Challis.

Dann saßen sie alle da und sahen sich gegenseitig an. Challis ging auf, dass die Ebelings und ihr Anwalt keine Anstalten machten, auf seine Anschuldigungen etwas zu entgegnen. Er beschloss, nachzusetzen. »Dank Mrs. Wisharts Bemühungen werden Sie erst bauen dürfen, wenn Sie sich mit den Einspruchsparteien getroffen und die Unstimmigkeiten ausgeräumt haben. Es könnte passieren, dass Sie Monate, wenn nicht Jahre damit verbringen, beim Komitee für Bauentwicklung vorstellig zu werden. Sie müssen ziemlich sauer auf sie sein.«

»Was mischt sich diese Schlampe auch überall ein«, giftete Mia Ebeling.

»Mia, bitte«, bat sie der Anwalt.

»Ist doch wahr.«

Man mochte das altmodisch finden, aber Challis neigte zu der Ansicht, dass Frauen von Natur aus warmherzig, fürsorglich und versöhnlich waren. Verhielten sie sich niederträchtig, gemein und verschlagen, dann nur, um in der Männerwelt bestehen zu können. Doch Mia Ebeling stellte wahrscheinlich eine Ausnahme dar. »Also weg mit ihr, hm?«, fragte er.

»Meine Klienten haben ein Alibi«, ging der Anwalt schnell dazwischen. »Der Tod von Mrs. Wishart berührt sie zutiefst, doch waren sie in keiner Weise daran beteiligt und werden massiv gegen alle weiteren Versuche vorgehen, sie mit diesem schrecklichen Verbrechen in Verbindung zu bringen.«

»Hübsch formuliert«, meinte Challis.

38

Danach fuhr Challis vom strandnahen Brighton in die Innenstadt, wo er eine halbe Stunde lang herumkurvte, bevor er einen freien Parkplatz fand. Fünf Minuten später stand er in der Eingangshalle zum Appellationsgericht, wo Marmor, Stahl, Glas und Benehmen kühl waren, beinahe schon kalt – wie die Sekretärin des Richters, die vor ihm stand.

»Der Richter ist in Übersee«, teilte sie ihm mit.

»Wann wird er wieder zurück sein?«

Die Sekretärin war etwa fünfundzwanzig, trug ein enges schwarzes Kleid, Strumpfhose und hochhackige Schuhe. Challis nahm an, dass sie wohl gerade ihr Jurastudium beendet hatte. Sie sah ihn über den Rand ihrer schicken Lesebrille an. »Richter Marlowe hält einen Vortrag bei einer Konferenz in San Francisco.«

»Wann wird er wieder zurück sein?«, wiederholte Challis.

Sie runzelte ein wenig die Stirn, als wolle sie sagen, dass Polizeibeamte wohl auf derselben Seite des Gesetzes standen wie Anwälte und Richter, ihre Arbeit aber schmutziger sei, was man an ihren Manieren und ihrer Herkunft erkennen könne. »Er wird ein paar Wochen fort sein.«

»Skifahren in Aspen?«, meinte Challis verärgert, bemerkte aber zu seiner Überraschung, dass er den Nagel wohl auf den Kopf getroffen hatte. Die Sekretärin wurde rot und fragte: »Darf ich fragen, worum es sich handelt?«

Challis erläuterte kurz die Angelegenheit. Die Ebelings, den Abriss von Somerland, die Baupläne auf dem Grundstück und Ludmilla Wisharts Verstrickung darin.

Die Sekretärin schluckte. Challis schätzte, dass sie hinter ihrer strengen Fassade unreif und unsicher war und wahrscheinlich den Richter anhimmelte. Zweifel an der Haltung des Richters zu äußern, würde ihn nicht weiterbringen. Also sagte er: »Wie

Sie sicher wissen, hat eine Gruppe von Anwohnern in Penzance Beach – langjährige Anwohner, Umweltschützer und Mitglieder der historischen Gesellschaft – Einspruch gegen die Baupläne eingereicht.«

»Ich kann über Verfahren, die vom Richter noch nicht angehört wurden, keinen Kommentar abgeben. Übrigens auch nach der Anhörung nicht.«

»Ich frage mich, ob das Opfer überhaupt mit dem Richter in Kontakt stand? Oder die Ebelings?«

»Richter Marlowe wird in vierzehn Tagen wieder zurück sein«, entgegnete die Sekretärin und machte auf ihren hohen Absätzen kehrt.

»Eine knappe Bestätigung würde genügen …«

»Reichen Sie ein schriftliches Gesuch ein«, warf sie ihm über die Schulter zu und machte sich im Trippelschritt auf in Richtung Fahrstühle.

Challis verließ die City, fuhr auf den Monash Freeway und geriet in dichten Verkehr. Melbourne war eine Stadt, in der dem Individualverkehr Vorrang vor Eisen- und Straßenbahn eingeräumt wurde, obwohl das Straßennetz nicht ausreichte, weil es zu viele Fahrzeuge gab, der öffentliche Nahverkehr nicht funktionierte, …

Er nahm die Abfahrt Blackburn Road und schlängelte sich hinter der Monash University durch zur Westall Extension, die um Springvale herumführte und ihn zum Frankston Freeway brachte. »Freeway« war vielleicht nicht der passende Ausdruck dafür, wegen der Straßenbauarbeiten herrschte dort nun schon seit Jahren ein Tempolimit von achtzig Stundenkilometern. Hinter Frankston fuhr er nach Somerville hinüber zu einem Haus direkt neben dem Naturschutzgebiet French's Reserve. Die Besitzer hatten das Land gerodet, ohne eine Genehmigung einzuholen. Laut Ludmilla Wisharts Akten hatte das Planungsamt Ost damit gedroht, den Besitzer und die Rodungsfirma vor Gericht zu bringen, wo ihnen eine Geldstrafe von bis zu 120 000 Dollar drohte, verbunden mit der Auflage, neue Bäume zu pflanzen.

Challis hielt am Straßenrand und ging die Akte noch einmal durch. Die Luft draußen war mild, roch nach frisch geschnittenem Gras und etwas Schwerem, Sumpfigem. Verständlich, die nahe gelegenen Weiden waren gerade gemäht worden, und French's Reserve war dem Bericht eines Ökologen der Melbourne University, der das Naturschutzgebiet seit zehn Jahren beobachtet hatte, zufolge »ein regional bedeutsames Feuchtgebiet«. Challis las weiter: »Jede Rodung auf dem an das Naturschutzgebiet angrenzenden Land wird sich nachteilig auf eine dort wachsende seltene Orchideenart, auf den Knurrgrasfrosch, auf die Südliche Buntkröte, auf Sumpfechsen, auf Zwerggalaxiellen und den südlichen braunen Nasenbeutler auswirken.«

Challis sah auf das gerodete Land hinaus, das aufgewühlt und sonnendurchglüht zwischen seinem Wagen und dem Naturschutzgebiet lag. Er fand, 120 000 Dollar plus das Erscheinen vor Gericht und die Wiederaufforstung konnten ein ziemlich gutes Motiv sein, die Person zu ermorden, die einem das alles eingebrockt hatte. Dann entdeckte er das Verkaufsschild, und als er beim Farmhaus ankam, sah er, dass es vollständig leer geräumt war und nicht den Eindruck machte, als ob dort jemand in Zukunft wohnen würde.

Challis notierte sich die Telefonnummer des Immobilienmaklers und fuhr weiter in südöstlicher Richtung, wo ein Ehepaar namens Read ohne Erlaubnis eine Reihe von Bäumen in einem Wohngebiet gefällt hatte. Trotz Verwarnung durch Ludmilla Wishart hatten sie auch das Unterholz gerodet, was ihnen vor dem Gericht in Waterloo eine Geldstrafe von 12 000 Dollar eingebracht hatte. Noch von der Anklagebank aus hatte das Ehepaar Ludmilla Wishart mit Beleidigungen überschüttet.

Challis fand die Reads auf ihrem Grundbesitz. Sie wiesen gerade zwei Teenager an, Bäume und Gras auf dem Gelände zu pflanzen, das illegal gerodet worden war. Die Reads waren schon älter und massiv übergewichtig, Tom Read keuchte asthmatisch in einem Rollstuhl, und Bev Read benutzte eine Gehhilfe.

»Wir haben gezahlt«, sagte der Mann keuchend.

Seine Frau rauchte. »Wir pflanzen neue Bäume und alles.«

»Also lassen Sie uns in Ruhe.«

»Nach dem Urteil hat man Sie rufen hören: ›Du kriegst dein Fett noch ab, du Miststück‹«, stellte Challis mit fester Stimme klar.

»Ich hatte was getrunken«, entgegnete Tom Read.

»Er war aufgeregt«, ergänzte seine Frau, die Zigarette hüpfte ihr im Mund, und grauer Qualm umgab ihr graues Gesicht.

Ziemlich unwahrscheinlich, dass sie die Mörder waren. Vermutlich hatten sie schon ihr ganzes Leben lang betrogen, gestohlen und gelogen, aber Mörder waren sie nicht. Sie neigten sicher dazu, mürrisch zu werden und anderen die Schuld zu geben, wenn man sie ertappte, wurden aber nicht gewalttätig.

Challis' letzter Besuch galt der Umweltschutzbeauftragten für den östlichen Bezirk. »Ich war gerade im French's Reserve«, teilte er ihr mit.

Jessie Heinz wirkte wie eine Pfadfinderleiterin, braun gebrannt, energisch, fühlte sich in Kakibluse und Shorts wohl, hatte womöglich in ihrem ganzen Leben noch nie ein Kleid besessen. »Ein Albtraum«, meinte sie. »Die Besitzer haben das Haus vor einem Monat zum Verkauf angeboten und sind nach Queensland abgehauen.«

»Wissen Sie, ob sie Mrs. Wishart jemals in irgendeiner Weise bedroht haben?«

»Mich haben sie bedroht. Haben ihre Hunde auf mich gehetzt.«

»Und Mrs. Wishart?«

»Sie blieb bei dieser Sache hinter den Kulissen«, antwortete Jessie Heinz. Dann stockte sie kurz. »Sie hätten ein besseres Motiv gehabt, mich umzubringen. Ich habe auf die ökologische Bedrohung des Gebiets aufmerksam gemacht. Die beiden schienen es nicht in ihre Köpfe zu kriegen, wie ernst das war. Andauernd sagten sie: ›Wir können mit unserem Land machen, was wir wollen.‹ Und: ›Was für Ökologie?‹ Und: ›Das Naturschutzgebiet liegt auf der anderen Seite und ist eh nur Brutplatz für Moskitos.‹ Und dann schimpften sie mich ›Baumknutscherin‹.«

Letzteres erwähnte sie mit einem Grinsen, und Challis musste ebenfalls lachen. »Gab es noch andere heikle Umweltgeschichten, denen Sie und Mrs. Wishart nachgingen? Wir wissen bereits von den Rodungen auf dem Grundstück, wo ihre Leiche gefunden wurde«, erklärte Challis, »aber woran hat sie noch gearbeitet? Mich interessieren vor allem Fälle, zu denen es noch keinen schriftlichen Bericht gibt.«

»Bäume«, sagte Jessie Heinz. »Es drehte sich immer um Bäume.« Sie ging durch ihr Büro zu einer Wandkarte. »Im letzten Jahr wurden an diesem Abschnitt der Bucht etwa hundert Bäume getötet.« Sie wies auf den Küstenabschnitt zwischen Waterloo und Flinders. »Dasselbe auch auf der anderen Seite der Peninsula. Irgendjemand bohrt Löcher in die Bäume und stopft Gift hinein. Die Bäume gehen ein, und wir müssen sie fällen lassen. Oder aber sie kommen in der Nacht mit der Motorsäge und lassen das mit der Vergiftung gleich aus.«

»Leute, die Grundstücke mit Meerblick haben?«

»Und Bauunternehmer. In den letzten zehn Jahren ist an den beiden Küstenabschnitten eine regelrechte Bauwut ausgebrochen.«

Jessie Heinz hielt inne und sagte: »Wir mussten uns was einfallen lassen. Natürlich pflanzen wir fünf Bäume für jeden gefällten Baum, aber wir haben auch die vergifteten Bäume mit grell orangefarbenem Plastik eingewickelt und hoffen auf die Einwilligung des Bezirks, Stellwände aufstellen zu dürfen, um die Aussicht zu versperren, wie es an der Surf Coast und der Bass Coast gemacht wurde.« Wieder hielt sie inne. »Ludmillas Ideen.«

»Das dürfte sie sehr unbeliebt gemacht haben.«

»Aber wer hätte schon wissen können, dass sie dahintersteckt?«, wollte Heinz wissen.

Challis fand, dass er ihr vertrauen konnte, und bat sie: »Erzählen Sie mir von Mr. Groot.«

Jessie Heinz sah ihn mit festem Blick an. »Ein Baufreund.«

»Beispiele?«

»Ihm gefällt die dörfliche Atmosphäre der Küstengemeinden nicht. Zweimal schon hat er den Ausbau eines Kaufhauses genehmigt, eines davon stammte aus den Zwanzigern, das andere von 1935. Nette kleine Gebäude, so eine Art Dorfzentrum. Natürlich hätten sie fürsorglicher Pflege bedurft, doch Groot hat Bauunternehmern aus Melbourne gestattet, stattdessen sechsstöckige Gebäudekomplexe mit Wohnungen zu errichten. Die anderen Planer hassen ihn, aber er kennt sich mit dem Kleingedruckten aus und kann ziemlich hartnäckig und überzeugend sein.«

»Größenwahnsinnig?«

»Nun ja, jemand, der es mit der Bauentwicklung übertreibt.«

39

Es hatte keinen Sinn, eine bewaffnete Sondereinheit einzusetzen, die Caz Moon beschützen sollte. Bis das Team einsatzbereit war und den Weg aus der Stadt bis in das ländliche Victoria gefunden hatte, war Josh Brownlee längst über alle Berge.

Während Pam mit voller Geschwindigkeit über die Peninsula nach Waterloo raste, versetzte Ellen ihre Leute in Alarmbereitschaft. Erst beorderte sie einen Hubschrauber aus Frankston herbei, dann gab sie an das Revier in Waterloo den Befehl, ein paar Streifenwagen zum HangTen an der High Street zu entsenden.

»Die gesuchte Person fährt einen roten Subaru und wird als bewaffnet und gefährlich eingestuft. Verstanden?«

»Sergeant.«

»Evakuieren Sie, wenn möglich, die umliegenden Geschäfte, und riegeln Sie den Verkehr an beiden Enden des Blocks ab.«

»Sergeant.«

Dann rief Ellen im HangTen an, Caz Moon erkannte sofort den Ernst der Lage und bat Ellen gar nicht erst zu wiederholen, wer sie sei oder in welcher Beziehung sie zu Pam Murphy stehe.

»Ich nehme das Handy«, sagte sie atemlos zu Ellen. »Ich bin an der Hintertür, schließe ab … erledigt. Ich gehe zur Vordertür … erledigt. Sind Sie sicher, dass er bewaffnet ist?«

»Höchstwahrscheinlich. Sind Sie allein?«

»Keine Kunden. Chloe, die andere Verkäuferin, ist hier … Sind Sie sicher, dass er hinter mir her ist?«

»Ziemlich sicher.«

»Er könnte durch die Scheibe schießen, wenn er uns sieht.«

»Ja.«

»Er könnte aus dem Hinterhalt schießen, wenn wir den Laden verlassen.«

»Ja.«

Ellen konnte Caz' Gedanken förmlich hören und fragte: »Gibt es einen sicheren Raum, in dem Sie sich verstecken können? Einen Lagerraum vielleicht?«

»Ja, er hat eine Stahltür und keine Fenster.«

»Verstecken Sie sich dort«, sagte Ellen.

Plötzlich verriet Ellens sechster Sinn, eine Veränderung in der Verbindung, ein Luftholen, dass sie zu spät dran waren. »Caz?«, fragte sie und bemühte sich, die Panik zu unterdrücken, die sie überkam. Weiden schossen draußen vorbei, Bäume, ein Damm, ein Pferd mit ein paar Vögeln auf dem Rücken. Sie waren immer noch ein paar Kilometer außerhalb der Stadt. Der Verkehr war spärlich. »Caz?«

Dann hörte sie Caz' Stimme, die einigermaßen gefasst klang. »Er ist hier. Draußen, zwei Reifen auf dem Gehweg. Hat beinahe jemanden angefahren. Er steigt aus. Ja, bewaffnet.«

»Caz, um Himmels willen, schnappen Sie sich Chloe, und verschwinden Sie im Lagerraum.«

Ellen hörte Scharren, Atemlosigkeit und Wimmern, so als ob die beiden Frauen hinter dem einzigen Schutz, den gläsernen Tresen und Kleiderständern, im Entengang nach hinten schlichen. »Sind Sie in Sicherheit?«

»Fast. Er hat an der Tür gerüttelt.«

»Ist das Licht an oder aus?«

»Aus. Hab ich als Erstes ausgemacht.«

»Vielleicht denkt er ja, Sie hätten schon abgeschlossen und sind nach Hause gegangen?«

»Nein, ich hatte keine Zeit, die Verkaufsständer vom Bürgersteig reinzufahren.«

»Bitte, Caz, verstecken Sie sich im Lagerraum.«

Weitere Geräusche, dann sagte Caz: »Er hämmert gegen die Scheibe und brüllt.«

»Caz …«

»Ich weiß, ich weiß, verstecken.«

Eine Funkmeldung kam herein. John Tankard war dran. »Verdächtiger gesichtet. Bewaffnet. Eine Schrotflinte. Er wirkt erregt.«

»John«, sagte Ellen, Pam Murphy gab Vollgas und schoss an einem Lieferwagen vorbei, ohne ihre Beifahrerin auch nur ein einziges Mal anzuschauen, »seien Sie sehr vorsichtig. Haben Sie die Gegend geräumt?«

»Wir hatten noch keine Zeit, aber die Leute haben sich schon selbst verzogen, als sie die Flinte gesehen haben.«

»Keine Schießerei, John, nicht, solange Passanten da sind. Nur wenn es absolut unvermeidlich ist. Wir versuchen, ihn zum Aufgeben zu überreden. Verstanden?«

»Sergeant.«

»Sind Sie allein?«

»Andy Cree ist bei mir. Ein zweiter Wagen steht am Kreisverkehr.«

Ellen kannte das Gesicht zu dem Namen, der gut aussehende Neuling, in den sich Pam Murphy wohl verguckt hatte. »Machen Sie Constable Cree und den anderen klar, keine Schießerei. Ich will keine Schlagzeilen.«

»Sergeant.«

»Was macht unsere Zielperson gerade?«

»Hämmert gegen die Scheibe des Surfshops.«

»Wo sind Sie?«

»Auf der anderen Straßenseite. Ich scheuche die Leute davon.«

»Schaffen Sie sie weit weg.«

»Sergeant.«

»Überprüfen Sie seinen Wagen. Noch jemand drin?«

»Er ist allein, Sergeant.«

Ellen ging wieder ans Handy und fragte: »Sind Sie noch dran, Caz?«

Der Empfang wurde plötzlich schlechter, die Stimme der jungen Frau undeutlich: »In … abgeschlossen …«

Sie war im Lagerraum, und die Wände und die Stahltür störten den Empfang, nahm Ellen an. Dann meldete sich John Tankard wieder: »Er hat uns entdeckt.«

»Köpfe runter.«

»Keine Sorge.«

»Was macht er?«

»Er steigt in seinen Wagen.«

»Folgen Sie ihm, aber bringen Sie ihn nicht in Panik. Ich habe einen Hubschrauber angefordert.«

»Er ist schon in Panik, Sergeant.«

»Machen Sie es nicht schlimmer, John, okay?«

»Okay, Sergeant.«

»Sie fahren, nicht Ihr Partner.«

»Sergeant.«

Ellen wusste, dass Tankard ein Fahrtraining absolviert hatte, bei Cree war sie nicht sicher. Sie hatte jetzt auch keine Zeit, das herauszufinden. Als Pam Murphy ihr einen kurzen anklagenden Blick zuwarf, nahm Ellen an, dass sie wohl jemandem auf die Füße getreten war. Damit konnte sie sich jetzt nicht befassen. »Bleibt an ihm dran, mehr nicht, okay?«

»Verstanden.«

»Wo ist er jetzt?«

»Fährt in Richtung Kreisverkehr.«

»Geben Sie weiter, sie sollen ihn durchlassen.«

»Sergeant.«

Pam und Ellen waren höchstens noch zwei Minuten von Waterloo entfernt. Wenn Josh Brownlee nach Hause fuhr, würde er ihnen entgegenkommen. Es gab allerdings noch andere Wege aus der Stadt: weiter südwärts nach Penzance Beach oder quer über die Peninsula nach Mornington. »Wir müssen ihn auf einen geraden Straßenabschnitt kriegen, Sergeant«, meinte Pam, »dort, wo es keine anderen Wagen gibt.«

»Und dann?«

»Mobiler Fahrzeugeinschluss.«

»Weißt du, wie das geht?«

»Ja.«

Ellen wusste, dass ihre jüngere Kollegin ein Sondertraining für Verfolgungsjagden absolviert hatte. »Weiß Tank auch Bescheid?«

»Ja.«

Ellen rief Tankard über Funk. »John?«

»Sergeant.«

»Wo ist er?«

»Richtung Jamieson's Road.«

Pam und Ellen waren ebenfalls auf der Jamiesons's Road. Eine ruhige Straße, über lange Strecken gerade. Pam bremste sofort und wendete. Ellen sah über die Schulter. »Wir sind auch auf der Jamieson's.«

»In welcher Richtung?«

»Wir haben gewendet, er sollte also jeden Augenblick hinter uns auftauchen. Wo sind Sie?«

»Direkt hinter ihm.«

»Beide Streifenwagen aus Waterloo?«

»Bestätige.«

»Wir versuchen einen mobilen Fahrzeugeinschluss. Bereit?«

»Und ob. Sagen Sie mir nur, wann«, entgegnete Tank.

Ellen konnte sich das Strahlen in den Augen des stämmigen Polizisten gut vorstellen. »Genau nach Vorschrift, John. Das ist hier kein Autorennen.«

»Sergeant.«

Die Stimmen wurden leiser, ruhig, aber angespannt, während Pam Murphy die Strategie erläuterte und Ellen den Verfolgern Anweisungen gab. »Er wird hinter uns auftauchen. Pam wird langsam fahren. Bevor er zum Überholen ansetzt, müssen Ihre beiden Wagen schnell von hinten nachsetzen, einer bis an die hintere Stoßstange, der andere seitlich. Dann sitzt er in der Falle und kann nicht mehr raus.«

»Sergeant.«

»John, Sie müssen sich seitlich an ihn heften.«

»Sergeant.«

»Bei Gegenverkehr zurückfallen und passieren lassen.«

»Sergeant.«

»Ich hoffe, der Hubschrauber warnt uns früh genug vor Verkehrsbehinderungen.«

Dann setzte Stille ein, nur das Rauschen des Fahrtwinds und das leise Sirren der Reifen. Pam Murphy fuhr mit hundertzehn Stundenkilometern. Sie bremste auf neunzig ab, dann achtzig, schaute in den Rückspiegel und murmelte schließlich: »Da ist er.«

Ellen hatte in der Zwischenzeit Funkkontakt mit dem Hubschrauber aufgenommen, und ein Beobachter meldete: »Die Straße vor Ihnen ist frei.«

»Positionen einnehmen, John.«

»Sergeant.«

Sie sagten nichts. Pam verlangsamte das Tempo und beschleunigte ein wenig, damit Josh Brownlee hinter ihr bleiben musste, während die anderen Wagen ihre Positionen einnahmen. Der kleine Subaru fuhr nun dicht hinter dem Dienstwagen und wollte nichts lieber als überholen. Dann knisterte John Tankards Stimme: »Erlaubnis zum seitlichen Einschluss erbeten.«

»Erlaubnis erteilt.«

Ellen, die sich umdrehte und durch die Heckscheibe hinausschaute, sah, wie der Streifenwagen hinter dem Subaru ausscherte und sich neben ihn setzte. Brownlee starrte ihn verwirrt an, sah zu Ellen nach vorn und dann in den Rückspiegel, denn nun klebte der zweite Streifenwagen an seiner hinteren Stoßstange.

Ellen spürte Brownlees Panik. Er konnte nirgendwohin. Pam verlangsamte auf siebzig, dann sechzig und zwang Brownlee zum Bremsen. Er war umzingelt, Autos auf drei Seiten, links ein Grünstreifen, und Ellen sah, wie er mit der Faust auf das Lenkrad schlug. Immer langsamer wurde der Knoten aus Fahrzeugen, dann riss Josh Brownlee das Lenkrad herum und donnerte den Subaru in John Tankards Wagen. Der Subaru schlitterte, scherte in die andere Richtung aus, kam von der Straße ab und geriet auf den Randstreifen. Dann driftete er auf die Straße zurück, und Metall verbeulte sich, als der verfolgende Streifenwagen geradewegs in Brownlees Fahrertür krachte.

Das war eine der Möglichkeiten, eine Verfolgungsjagd zu beenden. Es gab zwar Sachschaden, Schnittwunden und blaue Flecken, aber keiner kam ernsthaft zu Schaden. Die Streifenwagen konnten repariert werden. Wie berauscht stiegen Ellen und Pam zitternd aus dem Dienstwagen und gesellten sich zu Tankard und Cree. Dieser forderte per Handy Abschleppdienst und Rettungswagen an, Tank nahm die Schrotflinte an sich.

»Alle unversehrt?«

»Sergeant.«

Ellen, die immer noch von einem Hochgefühl erfasst war, schob den Gedanken an den Papierkram beiseite, und auch den an ihre Taten in Adrian Wisharts Haus. Stattdessen umarmte sie Pam Murphy und machte sich daran, den armen, jämmerlichen Josh Brownlee zu verhaften, der flennend im Gras saß und sich den blutenden Kopf hielt.

40

Es war früher Nachmittag. Scobie Sutton hatte den Vormittag damit zugebracht, die Aufnahmen der Überwachungskameras und der Radarfallen vom Nepean Highway zu besorgen. Ziemlich viel Arbeit; was Scobie brauchte, waren mit Zeitangabe versehene Bilder, die verrieten, dass der Kerl zu den in seiner Aussage angegebenen Zeiten tatsächlich zu seinem Bruder und dann wieder zurückgefahren war.

In der Zwischenzeit wartete er immer noch auf die Auflistungen von Ludmilla Wisharts Anrufen und Kreditkartenbewegungen, und er versuchte, die auf der Peninsula verteilten Überwachungskameras und Radarfallen zu lokalisieren. Bisher hatte es allerdings nur Stirnrunzeln und Kopfkratzen gegeben. Es war fast so, als wären die zuständigen Beamten noch nie gebeten worden, diese Informationen zur Verfügung zu stellen oder überhaupt Amtshilfe zu leisten – und vielleicht stimmte das ja auch.

Eine Stunde verging. Scobie taten die Augen weh. Die körnigen Bilder ruckelten und flackerten, bis ein Auto wie das andere aussah und die Orte ineinander übergingen. Eine weitere Stunde, noch eine. Er musste bald Ros von der Schule abholen und zum Netballtraining bringen. Auf Beth konnte er sich nicht mehr verlassen. Aber Challis saß ihm im Nacken, wollte wissen, wo Ludmilla Wishart, wo ihr Mann gewesen war.

Beinahe hätte er den käferhaften kleinen Citroën übersehen, der in eine Abfahrt des Highways bog. Scobie kontrollierte die Zeit: 12.17 Uhr. Das passte zur Aussage des Bruders. Terry Wishart zufolge war Adrian nach halb eins, aber vor ein Uhr in seinem Geschäft eingetroffen. Dann hatten sie in Terrys örtlichem Veteranenverein zu Mittag gegessen.

Scobie rieb sich die Augen. Jetzt musste er noch die Rückfahrt des Citroëns überprüfen. Ludmilla war zwischen 16 Uhr und 16.30 Uhr noch lebend gesehen worden, dem Bericht der Gerichtsmedizin nach war sie am späten Nachmittag oder frühen Abend umgebracht worden. Adrian hatte sie gegen 20 Uhr als vermisst gemeldet und behauptet, er habe die Stadt gegen 17 Uhr verlassen, um zur Peninsula zurückzufahren. Scobie beschloss, die Routen und Zeiten so abzuklopfen, als habe Wishart gelogen. Wie lange würde er zurück zur Peninsula brauchen, um seine Frau aufzuspüren und sie umzubringen? Über eine Stunde, vielleicht sogar anderthalb oder zwei. Also musste er seinen Bruder schon um 15 Uhr, 15.30 Uhr verlassen haben.

Scobies Zeitfenster stand plötzlich sperrangelweit offen.

Die Zeit verging, und seine Augen brannten, als wäre er durch einen Sandsturm gelaufen. Er rieb sie sich mit den Fingerknöcheln. Das half gar nichts, verschlimmerte das Problem nur noch. Er ging mehrmals auf die Toilette und befeuchtete sich die Augen. Er ging sogar in den Sanitätsraum und suchte vergeblich nach Augentropfen, bis eine Zivilangestellte, die die Akten auf dem Laufenden hielt, sich seiner annahm. Sie war in derselben Kirchengemeinde. Natürlich fragte sie nach Beth.

»Ich habe sie schon seit Ewigkeiten nicht mehr gesehen, Scobie. Alles in Ordnung?«

»Alles bestens«, log er.

»Ich habe gehört, sie hat sich einer anderen Glaubensrichtung angeschlossen«, bemerkte die Frau vorsichtig.

Wenn Scobie ein anderer gewesen wäre, hätte er vermutlich gesagt: »Das geht Sie einen feuchten Dreck an.« So aber bedankte er sich nur bei ihr und kehrte zu dem Bildschirm und den Bändern zurück.

Er kam zu dem Schluss, dass Adrian Wishart nicht zwischen fünfzehn Uhr und neunzehn Uhr auf dem Nepean Highway nach Hause gefahren war. In den Händen eines guten Anwalts würde das vielleicht wie ein überzeugender Beweis aussehen, doch Scobie wusste, dass es noch andere Routen und andere Transportmittel zurück auf die Peninsula gab.

Er würde wieder ganz von vorn anfangen müssen.

41

Ein Arzt kam aufs Revier, untersuchte Josh Brownlee – säuberte eine kleine Schnittwunde, gab ihm ein Schmerzmittel – und erklärte ihn für vernehmungsfähig. Nun saßen sie in einem der Befragungszimmer im Trakt hinter dem Empfangstresen. Josh und eine von seinen Eltern angeheuerte Anwältin auf der einen

Seite des Plastiktischs, Pam Murphy und Andrew Cree auf der anderen. John Tankard lehnte an der Wand hinter ihnen, denn es gab nur vier Stühle in dem Raum, und Cree, dieser aalglatte kleine Mistkerl, war ihm zuvorgekommen. Tank beobachtete und hörte zu. Rücken und Beine taten ihm weh. Er schleppte zu viel Gewicht mit sich herum, und in solchen Augenblicken spürte er jeden einzelnen Knochen. Ellen Destry überließ die Angelegenheit Murph und sagte, sie wolle inzwischen Josh Brownlees Zimmer und Computer durchsuchen.

Tank hörte zu, wie Murph die Präliminarien für die Tonbandaufnahme aufsagte, sah zu, wie sie ein paar wortlose Sekunden ihre Akten und Berichte säuberlich ordnete, wohl um sich besser konzentrieren zu können und um Brownlee nervös zu machen.

»Josh«, legte sie los.

Wenn Brownlee älter gewesen wäre oder nicht so jämmerlich ausgesehen hätte – ein Schnitt an der Stirn, geschwollene Nase, geronnenes Blut an den Nasenlöchern –, hätte sie ihn vielleicht »Mr. Brownlee« genannt. Im Augenblick jedoch war er für alle Anwesenden nur ein trauriger Junge namens Josh.

»Josh, beginnen wir ganz von vorn«, fuhr Murph fort. Tank konnte an ihrer Körperhaltung erkennen, wie angespannt sie war, vor Aufregung, nicht aus Angst. »Sie waren als Tagesschüler auf der Landseer School, nicht als Interner?«

»Ja«, murmelte der Junge.

»Sie haben die zwölfte Klasse letztes Jahr beendet, nicht dieses Jahr?«

»Ja.«

Josh starrte die Tischplatte an und fügte dem Jammer, der dort schon schichtweise abgelagert war, noch seinen eigenen hinzu.

»Trotzdem haben Sie dieses Jahr an der Schoolies Week teilgenommen, als ob Sie noch in der Zwölften wären?«

»Ja.«

Tank fragte sich, ob die Anwältin, mittleren Alters, miterlebt hatte, wie ihre eigenen Kinder allen möglichen Teenagermist durchgemacht hatten. Vielleicht glaubte sie daran, dass man seine Fehler eingestehen und sich bessern konnte, denn sie unternahm keinen Versuch, Murph zu unterbrechen.

»Auf die Frage, warum Sie das getan haben, kommen wir später noch zurück. Hatten Sie als Abschlussschüler letztes Jahr auch mit dem Kaplan Ihrer Schule, Mr. Lachlan Roe, zu tun?«

»Nicht besonders viel.«

»Aber Sie kannten ihn und wussten, wer er war?«

»Ja.«

»Haben Sie seither etwas mit Mr. Roe zu tun gehabt? Dieses Jahr, meine ich.«

»Nein.«

»Gar nichts?«

Josh fasste seinen Mut zusammen, sah zu Murph auf, dann wieder auf den Tisch. »Sie haben es doch selbst gesagt, ich bin nicht mehr auf der Schule.«

»Kommen wir auf vergangenen Montagabend zu sprechen.«

Josh zuckte mürrisch mit den Schultern.

»Können Sie belegen, wo Sie waren, Josh?«

Wieder zuckte der Kerl mit den Schultern. Diese Kids sind tolle Schulterzucker, fand Tank.

»Hab nur rumgehangen?«

»Allein?«

»Na ja, mit anderen.«

»Mit anderen«, seufzte Murph. »Jüngeren? Leuten, die dieses Jahr in der Zwölften waren? Oder meinen Sie Leute, die wie Sie letztes Jahr Spaß hatten und das noch mal erleben wollten? Leute, die nicht erwachsen werden wollen? Oder sind Sie bei den Toolies abgehangen, die wie die Aasgeier um die Schoolies kreisen?«

Josh wurde rot vor Wut. Die Anwältin legte ihm eine knochige, beringte Hand auf den Unterarm, um ihn zu beruhigen. »Also wirklich, Constable Murphy«, mischte sie sich ein, »wo soll das hinführen? Welches Verbrechen wird meinem Mandanten hier überhaupt zur Last gelegt? Ihm werden nur Vergehen im Straßenverkehr und Waffenbesitz vorgeworfen, und wie Sie wissen, gibt es mildernde Umstände wie den Angriff auf ihn am Mittwochabend ...«

Pam lächelte und ordnete ihre Gedanken. »Josh, sind Sie Mr. Roe am Montagabend in der Nähe seines Hauses begegnet?«

Josh schluckte. »Glaub nicht.«

»Es ist erst ein paar Tage her.«

»Ich hab Hallo gesagt, glaub ich.«

»Wir vermuten, dass Sie eine Auseinandersetzung mit ihm hatten. Was haben Sie dazu zu sagen?«

»Hatte ich nicht.«

»Gut möglich, dass er Sie irgendwie provoziert hat.«

Sie versucht, ihm einen Ausweg zu zeigen, dachte Tank.

»Gut möglich, dass es einen Streit gegeben hat und Mr. Roe unabsichtlich bewusstlos geschlagen wurde. Möchten Sie irgendetwas dazu sagen?«

Tank schaute zu, wie der junge Mann sich um eine eigene Version der Wahrheit bemühte, um den Zwischenfall zu beschönigen, damit er sich nicht mehr so elend fühlen musste, den Kaplan windelweich geprügelt zu haben. Er bemerkte, wie plötzlich ein Anflug von Erleichterung über Joshs Gesicht huschte. Er wusste, dass Josh fast so weit war. Er wollte noch mehr Druck auf den Kerl ausüben, löste sich von der Wand, und mit einem schnellen, komplizenhaften, ja charmanten Lächeln zu Murph hinüber fragte er: »Bist du schwul, Josh? Hast du versucht, ihn anzumachen? Oder war es umgekehrt?«

Das Resultat ließ nicht auf sich warten. Die Anwältin reagierte hart. Murph warf wütend ihren Stift hin, Josh kreischte: »Nein!

Nein!«, und stürzte sich auf Tank. Der drückte ihn wieder auf seinen Stuhl zurück und meinte: »Da hab ich wohl einen Nerv getroffen, was, Josh?«

Die Anwältin bemerkte wütend: »Constable Tankard, Sie provozieren meinen Mandanten unnötig. Er hat einen Autounfall hinter sich …«

»Der Arzt hat ihn freigegeben«, fuhr Tank sie an.

»… und deshalb schlage ich vor, dass wir dieses Spiel augenblicklich beenden.«

Tank wollte etwas darauf erwidern, aber Murph knurrte: »Halt den Mund, Tank, okay?«

Niemand bemerkte das feine Lächeln, das Andy Cree ihm zuwarf. Tank hatte einen heißen Kopf, er war nahe daran, zu explodieren, doch er lehnte sich wieder an die Wand und sah niemanden an.

Murph fuhr fort: »Josh? Möchten Sie eine Pause machen?«

»Ja, das möchte er«, sagte die Anwältin.

»Nein, möchte ich nicht«, widersprach Josh.

Die Anwältin warf theatralisch die Hände in die Höhe, doch sie lehnte sich zurück, als wollte sie sagen, was könne sie schon dagegen machen, wenn ihr Mandant darauf bestünde, gegen seine Interessen zu handeln?

»Also gut, Josh. Kommen wir auf Montagabend zurück. Sie geben also zu, Mr. Roe getroffen zu haben?«

»Ja.«

Tank fragte sich, was für ein Spielchen Pam spielte. Für ihn waren das zu viele Ebenen. Dem Gerücht auf dem Revier zufolge war Josh Brownlees DNA auf Roes Kleidung gefunden worden. Warum also hielt sie ihm das nicht vor und fragte ihn, wie sie dorthin gekommen war. Vielleicht – dieser Gedanke kam ihm ganz plötzlich – war die DNA-Probe, die sie von ihm hatten, unerlaubt genommen worden und konnte deshalb aus rechtlichen Gründen nicht gegen ihn verwendet werden. Aber wie passte das zu all den anderen Dingen, der Vergewaltigung samstagnachts, den Geschichten von einer anderen Vergewaltigung während der Schoolies Week letztes Jahr, Josh nackt am Strand mittwochnachts und all der Mist mit der Schrotflinte?

»Haben Sie mit Mr. Roe gesprochen?«

»Ja.«

»Worüber?«

Josh kratzte gedankenverloren an der Tischoberfläche, als würde er auf Tage, Monate und Jahre des Jammers zurückblicken. Die Anwältin fragte: »Was hat das alles mit den Vergehen zu tun, die meinem Mandanten zur Last gelegt werden?«

Pam kümmerte sich nicht um sie. »Josh?«

»Alles Mögliche.«

»Ihr Bruder Michael ist auch auf die Landseer gegangen, richtig?«

Josh zitterte. »Ja.«

»Hatte er Kontakt zu Mr. Roe?«

Josh explodierte. »Mister Roe! Warum nennen Sie ihn andauernd Mister? Warum erweisen Sie ihm so viel Respekt?«

»Er liegt im Krankenhaus, Josh. Er wurde so brutal zusammengeschlagen, dass er sterben könnte.«

Tank wusste, dass das nicht stimmte. Die Ärzte hatten erklärt, dass Lachlan Roe zwar nicht bei Bewusstsein war, aber außer Lebensgefahr.

»Gut so! Er verdient es zu sterben!«

Pam fragte ihn, was alle wissen wollten: »Warum, Josh?«

»Wegen dem, was er Mike angetan hat.«

»Ihrem Bruder?«

»Ja.«

»Michael hat ihn letztes Jahr um Rat gebeten? In der Schule?«

»Ja«, schrie Josh. »Der Mistkerl war gerade zum Schulkaplan ernannt worden. All der Scheiß vor versammelter Schule, vor all diesen Politikern, wie toll doch das Programm zur Einsetzung von Schulkaplanen ist, wie toll doch Roe ist, wie viel Führung und Unterstützung er bieten wird.«

Sanft fragte Murph: »Aber das tat er nicht, oder, Josh?«

»Er hat meinen Bruder umgebracht!«, antwortete Josh schrill, mit verzerrtem Gesicht. Spucke landete auf dem Tisch.

»Hat er etwas zu Michael gesagt? Getan?«

Josh drehte den Kopf von links nach rechts, wich ihren Blicken aus, die Sehnen an seinem Hals zeichneten sich ab wie Drahtseile. »Mike war schwul.«

Mehr sagte er nicht. Tank versuchte, sich alles zusammenzureimen.

»Michael war also zornig oder verwirrt über seine Sexualität?«

»Ja«, flüsterte Josh.

»Wussten Ihre Eltern davon?«

»Scheiße, nein! Sie haben ja keine Ahnung, wie die sind.«

»Hat er sich Ihnen anvertraut?«

»Nicht wirklich«, antwortete Josh kläglich.

»Aber Sie wussten davon.«

»Er hat mir eine Nachricht hinterlassen. Er schrieb mir einen beschissenen Brief, hat eine Überdosis genommen und sich umgebracht.«

Pam streckte die Hand über den Tisch aus und hielt seine Hand. »Haben Sie den Brief noch?«, fragte sie schließlich.

»Nein«, erwiderte Josh, wich den Blicken aus, legte die Hand in den Schoß. Tank wusste, dass er log. Vielleicht würde Sergeant Destry den Brief finden.

»Was stand denn drin?«

Josh beugte sich angespannt vor. »Er war zu Roe gegangen und hatte ihn um Hilfe gebeten. Er wollte wissen, wie er es Ma, Pa und mir beibringen sollte, dass er schwul war.«

Josh verstummte. »Welchen Rat hat Roe ihm gegeben?«, fragte Murph.

Tränen flossen Josh über das Gesicht. »Der Mistkerl hat Mike gesagt, schwul zu sein, sei in den Augen Gottes und aller rechtschaffenen Menschen eine sündhafte Verirrung. Er sagte, Mike solle sich schämen und um Vergebung bitten und sich ändern. Er sagte, Mike sei krank und habe kranke Gedanken. Er sagte, bei Mike würden ihm die Haare zu Berge stehen.«

Selbst Cree schien betroffen. »Und Ihr Bruder hatte sonst niemanden, mit dem er hätte reden können?«, fragte Pam.

»Er hätte doch zu mir kommen können«, weinte Josh flehentlich. »Warum ist er nicht zu mir gekommen? Ich hätte das verstanden.«

»Das ist nicht Ihre Schuld, Josh.«

»Ist es doch. Ich hätte es verstanden. Ich kenne Leute, die schwul sind. Ich habe nichts gegen sie.«

Sanft erläuterte Murph: »Michael war zu verwirrt, um noch klar denken zu können, Josh. Er hatte das Gefühl, sich an niemanden mehr wenden zu können, deshalb hat er sich umgebracht.«

»Das hätte nicht passieren dürfen!«, sagte Josh.

»Sie waren so wütend auf Mr. Roe, dass Sie sich mit ihm gestritten haben«, deutete Pam an, »und dann ist es aus dem Ruder gelaufen.«

Tank beobachtete Josh. Er sah, dass der Kerl kurz davor war zu sagen: »Nein, ich habe versucht, den Mistkerl umzubringen.« Doch dann vertrieb ein Hauch von Intelligenz den Wutausbruch, und Josh reckte den Kopf in Murphs Richtung. »So in etwa.«

»Josh, nur der Tonbandaufnahme halber: Geben Sie zu, am Montagabend, dem 16. November, Lachlan Roe vor seinem Haus oder in der Nähe davon angegriffen zu haben?«

»Ja.«

»Man wird Ihnen tätlichen Angriff zur Last legen, Josh. Möchten Sie noch etwas zu dieser Angelegenheit sagen?«

Die Anspannung hatte sich ein wenig gelegt. »Nein«, murmelte Josh.

»Und was ist mit heute, Josh? Die Flinte? Wozu brauchten Sie die?«

Eine Art Unruhe überkam Josh. »Ich war immer noch durcheinander wegen Montag.«

Tank ertappte sich dabei, wie er sich von der Wand löste und fragte: »Warum sind Sie hinter der Perle aus dem Surfshop her, Josh? Was hat die mit Ihrem Bruder und alldem zu tun?«

Murph sah ihn böse an und runzelte die Stirn. Er erwiderte das mit einem seiner Blicke aus der Zeit, als sie noch gemeinsam im Streifenwagen gesessen hatten, ein Blick, der besagte: »Beiß mich doch.«

Zornig wendete sie sich Brownlee zu. »Hat Ms. Moon Sie unter Drogen gesetzt und Ihnen diese Woche nachts die Kleidung weggenommen, Josh?«

Der Anwältin klappte die Kinnlade herunter, und sie sah ihren Mandanten an, der lässig den Kopf schüttelte. Er hatte etwas von seiner Dreistigkeit wiedergefunden. »Nö«, krächzte er. »Ich war blau, das war alles, wollte nackt schwimmen und hab vergessen, wo ich meine Sachen hingelegt hab.«

»Wir haben Spuren von GHB in Ihrem Blut gefunden.«

Daher also die DNA, dachte Tank.

»Ich war auf 'ner Party. Muss ich wohl aus Versehen genommen haben.«

»Es ist keine Schande, zuzugeben, dass Sie reingelegt worden sind, Josh.«

»Bin ich nicht.«

»Josh, ich muss davon ausgehen, dass Sie es Ms. Moon heimzahlen oder sie gar erschießen wollten, dass Sie sich rächen wollten. Haben Sie dazu etwas zu sagen?«

»Blödsinn.«

Josh verschränkte bockig die Arme. Die stärksten Emotionen

waren schon lange verraucht. Bei diesem Thema schien er ein wenig an Kontrolle zurückzugewinnen.

»Die Frage ist doch, Josh, warum hat sie Sie reingelegt?«

»Hat sie nicht.«

»Aus Rache? Rache für etwas, das ihr angetan wurde?«

»Worauf wollen Sie hinaus?«, wollte die Anwältin wissen.

»Es gibt die Vermutung, dass Josh und seine kleinen Freunde letztes Jahr eine oder mehrere junge Frauen aus der Stadt vergewaltigt haben. Sie hielten diese Frauen für leichte Beute – Landeier, ungebildet, freizügig, kein Geld. Doch Caz Moon hat Sie überrascht, oder, Josh?«

»Constable, bitte«, betonte die Anwältin.

»Wo sind die Beweise?«, fragte Josh.

»Sie leugnen es also nicht?«, wollte Pam wissen.

»Wo sind die Beweise?«

Das war eine gute Frage, und damit war das Verhör beendet, Josh Brownlee wurde unter Anklage gestellt, hinterlegte Kaution und würde, was seinen Rachefeldzug am Vormittag anging, wohl auf mildernde Umstände plädieren.

»Alles in Ordnung, Murph?«, fragte Tank später.

Er hatte sie in der Kantine aufgestöbert, wo sie mit Cree saß und scheußlichen Pfefferminztee trank. »Gute Arbeit vorhin«, fügte Tank noch hinzu und wusste, dass Cree ihn beobachtete.

Sehr deutlich sagte sie: »Tank, wenn ich ein Verhör durchführe, hältst du dich bitte raus, okay?«

Cree lächelte vielsagend und rückte mit seinem Stuhl näher zu Murph. Tank konnte den Anblick nicht ertragen. Ihm fiel auch kein kluger Spruch ein. Schließlich fragte er: »Bringt ihn seine DNA irgendwie mit diesem Sexualkram in Verbindung?«

Pam seufzte und schob ihre Teetasse von sich. »Leider nein. Aber er hat damit zu tun, ich weiß es.«

»Aber du hast ihn wegen das Angriffs drangekriegt«, sagte Cree. »Das war große Klasse, Pam, ganz große Klasse.«

Tank hätte ihm am liebsten eine gescheuert. Vor allem, als Murph sich auf die Seite dieses Arschlochs schlug und sagte: »Man kann nicht immer gewinnen.«

42

Alle nahmen an, dass Ellen Josh Brownlees Zimmer durchsuchte, stattdessen klopfte sie an die Tür eines Hauses im Seaview Estate in Waterloo. Auf einem kleinen Schild hinter ihr stand »Grant's Gartenarbeiten«.

»Mr. Grant?«

Arbeitertyp, mit kurz geschorenem Schädel, von Bier und Sonne gezeichneten Gesichtszügen, in Arbeitsklamotten, bestehend aus Shorts und T-Shirt. Die Stimme klang blechern: »Erwischt.«

»Ich bin Sergeant Destry vom Polizeirevier Waterloo.«

Er schaute alarmiert. »Ist was mit Tina?«

Ellen lächelte. »Kein Grund zur Besorgnis, Sir. Soweit ich weiß, haben Sie für Mrs. Ludmilla Wishart die Gartenarbeit erledigt?«

Die Stimme klang weniger blechern, als der Mann mitfühlend sagte: »Himmel, eine schlimme Geschichte.«

Ellen zog etwas aus der Brusttasche ihres Jacketts. »Das hier haben wir bei der Durchsuchung von Mrs. Wisharts Sachen gefunden.«

Grant nahm den Umschlag entgegen, öffnete ihn, besah sich die Rechnung und das Bargeld. »Also, da bin ich aber platt.«

»Sir?«

»Hätte nicht gedacht, dass ich das Geld jemals sehen würde. Der Ehemann ist ein Scheusal, soll keine Beleidigung sein, aber seine Frau wurde umgebracht, also hätte ich ihn nicht weiter belästigt.«

Ellen nickte und besah sich den Mann genauer. Eine Frau mit einem Kind auf dem Arm erschien hinter Grant, lächelte freundlich und verschwand wieder, wobei sie das Kind liebkoste. Hof und Beete waren ordentlich, der Arbeits-Pick-up sauber. Der erste Eindruck war eben doch nicht alles. »Wer ist Tina?«

»Meine älteste Tochter. Sie ist beim Netballtraining.«

Ellen nickte. »Tut mir leid, Mr. Grant, aber darf ich Sie fragen, was Sie Mittwochnachmittag gemacht haben? Reine Routine, wir fragen alle, die mit Mrs. Wishart in Kontakt waren.«

»Kein Problem.« Er reckte den Kopf nach hinten. »Unsere Jüngste brauchte ein Cochlea-Implantat. Wir waren in der Stadt, hatten um siebzehn Uhr einen Termin.« Er gab ihr alle Einzelheiten.

Ellen strahlte. »Danke, Sir.«

»He, nein, danke Ihnen«, erwiderte Grant.

Ellen fühlte sich ein klein wenig besser, fuhr nach Oliver's Hill und durchsuchte im schwindenden Licht des späten Nachmittags ergebnislos Josh Brownlees Zimmer.

Der Abend brach herein, Scobie Sutton brachte seine Tochter zu den Netballplätzen im Jubilee-Park in Frankston. Zu den Hallenplätzen, in denen die Luft kochte, nachdem das riesige Gebäude den ganzen Tag über in der Sonne gelegen hatte.

Ros spielte für die Tyabb Allstars, das Trikot ein unförmiges, blassblaues, ärmelloses Top über einem wenig schmeichelhaften dunkelblauen Rock. Scobie hatte den Eindruck, dass allein schon die blanke Hässlichkeit des Trikots das Spiel des Teams behinderte. Sie stapften über das Spielfeld und verloren den Ball.

Ihre Gegnerinnen wiederum, die Somerville Silhouettes, die gut sitzende rote Trikots mit pfiffigen kurzen Röcken trugen, waren schnell und entschlossen. Sie wirkten selbstsicher und kokett.

Das sollte ich besser nicht gegenüber den Netball-Müttern äußern, dachte Scobie, sonst halten sie mich noch für einen alten Lüstling.

Mit Beth konnte er diesen Gedanken ebenfalls nicht teilen, denn die war nicht dabei.

»Komm bitte mit«, hatte er gesagt.

»Nächstes Mal«, hatte sie erwidert.

Das war um sechzehn Uhr gewesen, vor zwei Stunden. Zu seinem Entsetzen hatte sie zu diesem Zeitpunkt noch immer im Bett gelegen. Scobie sah die Zukunft schon vor sich: Beth würde ihr Leben damit verbringen, eine Glaubensvorstellung durch die nächste zu ersetzen, und sich dabei immer weiter von Mann und Tochter entfernen. Was zum Teufel sollte er tun? Mit wem konnte er sprechen? Mit Mutter und Schwester? Wie würden sie darüber denken? Würden sie ihm helfen?

»Wo ist denn Beth heute Abend?«, fragte eine der Netball-Mütter.

Sie saßen alle auf den Holzbänken, umgeben von Schultaschen, Kleidungsstücken, Wasserflaschen, aus denen die Spielerinnen in den Pausen hastig tranken. Was sollte Scobie darauf erwidern? Die Netball-Mütter waren ja auch Schulmütter und Stadtmütter und wussten über alle anderen Bescheid. »Ich glaube, sie hat sich mit irgendwas angesteckt«, antwortete er.

»Da macht wohl wieder was die Runde.«

Herzweh, dachte Scobie. Seelenweh. In diesem Augenblick warf Ros ein Tor, überraschte sich selbst, überraschte alle anderen, und der kleine Tanz, den sie auf ihren dürren Beinen hinlegte, ein Tanz voll ungetrübter Freude, machte für Scobie alles ein wenig besser, zumindest einen kurzen Augenblick lang.

Inzwischen war es dunkel geworden. Pam Murphy und Andrew Cree chillten in Pams Wohnzimmer mit einer Pizza mit Meeresfrüchten und einer Pizza Margherita, der neuesten Batman-DVD von Blockbuster und einem Rotwein aus dem Spirituosen-Drive-In. Andy trug Boxershorts, Pam ein oberschenkellanges T-Shirt. Die Pizza war kalt geworden, sie hatten jegliches Interesse an dem Film verloren. Schon wieder lockten Bett oder Sofa oder Teppich. Pam stürzte ihren Wein hinunter und rülpste. Andy tat es ihr gleich, und ein paar Minuten lang trugen sie einen wortlosen Wettbewerb aus.

Nach einer Weile gähnte Andy. Sein Kopf ruhte in Pams Schoß, sein Hals und seine Schultern lagen auf ihrem nackten Oberschenkel. Beides lenkte sie mächtig ab und erinnerte sie daran, wie wichtig die eigenen Sinne waren. Pam hatte das Gefühl, seit Monaten, Jahren nichts anderes getan zu haben, als sich auf die Jagd nach Verbrechern oder das Lösen von Fällen zu konzentrieren. Sie hatte ihren Körper täglich eingesetzt, aber so, als sei er eine Maschine, eine Polizeimaschine. Ihr Gespür für sich selbst als sinnliches Wesen war verkümmert. All diese feuchten Gerüche, das Betasten und diese Geschmeidigkeit hatte sie sich selbst viel zu lange vorenthalten. Als der Abspann lief, drückte sie auf die Auswurftaste an der Fernbedienung. In der anderen Hand hielt sie ihr Weinglas. Am liebsten hätte sie eine weitere Hand gehabt. Sie wollte die feine Locke von Andys Stirn wischen oder ihre Hand in seine Boxershorts wandern lassen. »Ausmachen? Fernsehen?«

»Suchs dir aus.«

Er drehte sich um und gab ihr einen Kuss auf den Bauch, Pam schmolz dahin und bemerkte, dass sie aus Versehen auf das Fernsehen umgeschaltet hatte. In den Spätnachrichten meldeten sie gerade John Brownlees Verhaftung.

»Wenn ich ihn doch nur wegen Vergewaltigung drankriegen könnte.«

»Wen?«, murmelte Andy und fuhr mit dem Mund über ihre Haut, dass sie Gänsehaut bekam. Er warf einen Blick auf den Bildschirm. »Ach, der Kerl. Du hast ihn wegen des Angriffs auf Roe drangekriegt. Vergiss die Vergewaltigung.«

»So was vergisst man nicht.«

Sie schwiegen, jeder hing seinen eigenen Gedanken nach. »Ich wette, er wollte sich selbst was beweisen«, meinte Andy.

»Was meinst du damit?«

»Sein Bruder ist ein Schwuli, okay? Er hat Angst, er könnte auch schwul sein, also macht er sich an diese Caz ran.«

»Ich schätze mal, dass da noch ein wenig mehr dahintersteckt, Andy«, entgegnete Pam milde.

»Egal.«

Pam kaute auf ihrer Wange herum und dachte über Josh Brownlee nach. Sie wollte, dass jemand für die Vergewaltigungen bezahlte. Caz Moons Racheakt war nicht genug. Gleichzeitig wollte sie Josh Brownlee erheblich mehr hassen, doch andauernd kam ihr Lachlan Roe mit seinen diabolischen Ideen dazwischen. Am liebsten wäre sie ein wenig mehr wie Andy Cree gewesen, dem alles egal war. Pam schaltete den Fernseher aus, leerte ihr Weinglas und ließ ihre freie Hand wieder wandern, um die verlorene Zeit aufzuholen.

John Tankard saß an jenem Abend am Empfangstresen und beobachtete die Uhr. »Um Punkt zwanzig Uhr bin ich raus hier«, verkündete er einer Gruppe von Streifenbeamten, die rumhingen und quatschten. Sie hatten gleich Dienst, was bedeutete, dafür zu sorgen, dass die Schoolies nicht am eigenen Erbrochenen erstickten.

»Komm, fahr mit uns, Tank.«

»Aber sicher doch.«

»Das ist doch dein Ding, das wissen wir, Tank. Wenn diese Schnecken knülle sind, lechzen die doch nach ’nem Fick.«

Nicht die, denen Tank im Laufe der Woche begegnet war – zumindest nicht mit ihm. »Ich brauch 'ne Mütze Schlaf«, erwiderte er.

»Kumpel, es ist Freitagabend.«

Schließlich blieb Tank allein zurück. Das Halbdunkel draußen vor den gläsernen Eingangstüren wirkte wie verwaschen. Schatten huschten vorbei, er hörte, wie ein aufgemotzter Wagen am Kreisverkehr Gummi gab. Irgendwo in den dunklen Ecken des Gebäudes pfiff jemand vor sich hin. Tank glaubte nicht, sich jemals einsamer gefühlt zu haben, und er wusste, dass das sehr viel mit Andrew Cree und Pam Murphy zu tun hatte. Er blätterte aufgewühlt durch *Police Life*, dann kam ein Kerl hereingestürmt, jung, mit fetten Pranken und dickem Gesicht, kurz geschorenen Haaren, einem Kinnbärtchen unter den weichen, feuchten Lippen. Man brauchte ihn nur anzuschauen, um zu wissen, dass seine Stimme einen jammernden Unterton haben würde.

»Kann ich Ihnen behilflich sein, Sir?« Dann erkannte Tank den Mann. Dirk Roe. »Kann ich Ihnen helfen, Mr. Roe?«

»Schauen Sie sich das mal an«, sagte Roe.

Dirk Roe gehörte zu den Männern, die immer den neuesten elektronischen Schnickschnack hatten. Er hielt Tank ein Blackberry hin, der Monitor verriet, dass Roe im Internet war.

»Diesmal kriege ich euch Mistkerle dran.«

Tank schaute hin und fragte sich – nicht zum ersten Mal –, ob er vielleicht eine Brille brauchte. Schließlich erkannte er, dass er ein Bild von Lachlan Roe in einer Blutlache vor sich hatte.

»Das ist mein Bruder«, erklärte Dirk. »Das ist ein Foto vom Tatort, im Web verbreitet.«

»Aber nicht von uns, Sir«, erklärte Tank mit fester Stimme. »Nicht von der Polizei.«

»Blödsinn! Wer könnte das denn sonst gewesen sein?«

»Ein Passant, der zufällig vorbeikam«, antwortete Tank und

listete noch ein paar weitere mögliche, aber recht unwahrscheinliche Verdächtige auf. Die ganze Zeit über wusste er allerdings ganz genau, wer hier der Hauptverdächtige war.

Bronte-Mae McBride war aber so was von hinüber. Sie war mit einer Bande von anderen Schoolies zum Point Leo gefahren, zum einen, weil Waterloo das Letzte war, zum anderen, um in der Dämmerung zu surfen. Also waren sie dorthin gefahren, waren über die Dünen gestolpert, hatten unterwegs die Hälfte ihrer Sachen verloren, zumindest kam es ihnen so vor. Jetzt wollten sie nur noch abhängen, Bourbon-Cola aus der Dose trinken, sich unter Decken kuscheln, einen Joint herumreichen. Bronte-Mae musste morgen nach Hause. Ihre Eltern hatten ihr einen Ferienjob besorgt, ab Sonntag sollte sie bei Rebel-Sport in Frankston aushelfen. Wenn ihr Abschlusszeugnis gut war, dann würde sie nächstes Jahr am Royal Melbourne Institute of Technology anfangen und Gesundheitsvorsorge lernen. Es war also ihr letzter Abend, und er sollte unvergesslich werden.

Sie ertappte sich dabei, wie sie mit diesem Matt von der Landseer School knutschte. Wahrscheinlich war sie die letzte achtzehnjährige Jungfrau in der Geschichte der Menschheit, und dies war die letzte Nacht. Matt war außerdem nett und ein guter Küsser, und der Mond spiegelte sich im Wasser. Also bewegte sie sich so, dass er seine Hand in ihren Slip schieben konnte. Das fühlte sich so gut an. Dann verschwand ihre Hand in seiner Hose, und bevor sie noch in aller Ruhe herausfinden konnte, wie sich denn ein Schwanz überhaupt anfühlte und wie sie diesen Meilenstein hinter sich bringen konnte, atmete er komisch, und ihre Hand war ganz klebrig. »Sorry!«, japste er, und sie umarmte ihn mit aller Kraft.

Vielleicht hatten die anderen ja nichts bemerkt. Außerdem brauchten sie doch kein Publikum, wenn das noch weiter führen sollte. »Suchen wir uns ein ruhigeres Plätzchen«, flüsterte sie.

Also gingen sie am Strand entlang Richtung Shoreham, zu einer dunklen Senke, wo er sie diesmal richtig liebte, ein magischer Augenblick, unter Mond und Sternen, gar nicht antiseptisch, trotz der Geschichte mit dem Kondom.

»Was ist das?«, fragte Matt nach einer Weile.

»Matt, das ist mein Busen.«

»Nein, das da.«

Eine kleine Stofftasche, halb unter Treibholz verborgen.

43

Hal Challis kannte durchaus nicht alle Stimmungen von Ellen Destry. Dazu lebten sie noch nicht lange genug zusammen. Was er über sie wusste, hatte er im Laufe der Jahre mitbekommen, und diese Erkenntnisse veränderten sich nicht einfach so. Sie war schön, sie war eine effiziente, einfallsreiche Kollegin, war furchtlos, loyal, gewitzt, schnell und stolz. In jüngster Zeit hatte er zudem die sich verändernden Konturen ihrer nackten Haut kennengelernt, die kleinen Schreie, die sie von sich gab, die schnell wechselnden Stimmungen und ihren Gesichtsausdruck, wenn sie ganz intensiv und nahe beisammen waren. Ihre Selbstaufgabe, Derbheit, die Freude daran, die Führung zu übernehmen, Selbstlosigkeit …

Als er sie an jenem Freitagnachmittag aus seinem Wagen anrief und vorschlug, in Waterloo thailändisch essen zu gehen, hatte sie kurz angebunden abgelehnt und erwidert, sie habe das Abendessen schon vorbereitet, und als er nach Hause kam, hielt sie ihm kaum die Wange hin, sondern hackte weiter auf der Hühnerbrust herum und warf sie in eine Schüssel mit Marinade. Challis hatte sie den ganzen Tag kaum gesehen. Er hatte sie vermisst. Doch die Anspannung war mit Händen zu greifen. »Was ist los?«

»Nichts.«

»Sag schon.«

Stattdessen wusch sie sich die Hände und fing an, Knoblauch zu schneiden, und schon nach ein paar Sekunden blutete sie am Daumen und rief: »Mist, mistiger Mist, Mist, Mist.«

»Halt ihn unters Wasser.«

Sie schaute wütend, tat dann aber wie geheißen.

»Was ist los, Ellen?«

»Nichts … Nie finde ich hier was.«

Challis blieb in der Tür stehen und entschied, die Antwort wörtlich zu verstehen. »Wonach suchst du denn?«

Ellen drehte sich mit müdem Gesichtsausdruck zu ihm um. »Wonach ich suche?«

»Ja.«

Was immer es war, es hatte nichts damit zu tun, wo er seine Knoblauchpresse aufbewahrte. Hal wartete. Ellen besah sich ihren Daumen und meinte: »Vergiss es. Tut mir leid, dass ich dich angefahren habe.«

»Ist heute was passiert?«

»Hal, vergiss es, okay?«

Sein Herz sagte ihm, er solle den Raum durchqueren und sie in die Arme nehmen. Sein Verstand riet ihm zu warten. Er verließ die Küche, fand im Arzneischrank ein Pflaster und kehrte damit zurück. Während er es auf ihren Daumen klebte, blieb Ellen steif und stumm stehen und ging dann wieder zum Schneidebrett. Hal seufzte unbewusst, goss ihr ein Glas Wein ein und ließ es wortlos neben ihrem Ellbogen stehen. Sie sah das Glas, schniefte, sagte nichts, doch eine winzige Veränderung in ihrer Körperhaltung schien Zustimmung zu signalisieren, also wanderte Challis ins Wohnzimmer und durchforstete seine CD-

Sammlung. Was würde wohl jetzt zu ihrer Stimmung passen, zu ihren Bedürfnissen? Er entschied sich für Eric Clapton unplugged.

Zumindest er brauchte das jetzt. Keine Proteste aus der Küche.

Er breitete seine Notizen zum Fall Wishart auf dem Beistelltisch aus und blätterte darin herum. Es hatte keinen Sinn, seine Stimmung war dahin.

Challis fragte sich, ob Ellen sich eingesperrt fühlte. Sie waren noch nicht lange zusammen, aber Ellen hatte zwischen der Scheidung und ihrem Einzug bei ihm ein paar Monate Freiheit genossen. Außerdem konnte man es nicht wirklich eine Entscheidung nennen, dass sie bei ihm eingezogen war. Sie hatte auf sein Haus achtgegeben, als er sich letzten Monat um seinen Vater in South Australia kümmern musste, der im Sterben lag, und war einfach geblieben, als Challis zurückkam.

Ein Arrangement, im gegenseitigen Einvernehmen, besiegelt von einer überraschenden, wunderbaren Nacht.

Aber es war sein Haus, nicht ihres. Sie hatte noch keine Spuren hinterlassen, und vielleicht zögerte sie auch damit. Vielleicht hasste sie das Haus, mochte – liebte? – aber ihn. Und wenn sie das Haus hasste, würde sie vielleicht irgendwann auch ihn hassen.

Oder umgekehrt. Jetzt, wo sie ihn kannte, gefiel ihr nicht, was sie sah, und sie wollte nichts als weg.

Ellen wartete auf den richtigen Augenblick, um es ihm zu sagen, und das machte sie verrückt.

Challis spürte, wie sich seine Laune verschlechterte. Er war immer schon zu einzelgängerisch gewesen, um ein sonderlich ausschweifendes Liebesleben zu führen, und die zwei großen Beziehungen der letzten Jahre – soll heißen, des letzten Jahrzehnts – hatten beide katastrophal geendet. Erst eine Frau, die sich mit ihrem Liebhaber verschworen hatte, ihn umzubringen, dann eine Frau, Herausgeberin der Wochenzeitung von Waterloo, die von einem Mörder, den er jagte, erschossen wurde.

Er musste verrückt gewesen sein, sich in Ellen Destry zu verlieben. Sie waren nicht nur Arbeitskollegen, sie unterstand auch noch seinem Befehl. Funktionierten solche Beziehungen überhaupt jemals? Waren sie vergleichbar mit Beziehungen, in denen man jemanden zufällig kennengelernt hatte, auf einer Party zum Beispiel? Stimmte es denn nicht, dass Paare, die sich am Arbeitsplatz kennenlernten, später herausfanden, dass die Arbeit alles war, was sie gemeinsam hatten? Brauchte es nicht mehr als nur das? Hatten Ellen und er mehr als das?

Etwas in ihm drin bekam einen Knacks. Hal nahm einen Schluck Wein, um das Gefühl zu verscheuchen, und blätterte durch die Notizen im Fall Wishart, suchte nach Ungereimtheiten, nach Verbindungen. Sein hämmerndes Herz beruhigte sich ein wenig, und nach einer Weile fiel ihm auf, dass er den Autopsiebericht im Büro vergessen hatte. Er gab einen tiefen Seufzer von sich. Er hätte alles einscannen und auf seinem Laptop speichern sollen, aber er brauchte etwas Handfestes, eine Akte, keinen Monitor. Er wollte kein Sesselpupser werden, der mit einem Memorystick an einer Schnur um den Hals herumläuft.

Ellen speicherte ihre Ergebnisse immer elektronisch ab. Wahrscheinlich hatte sie den Autopsiebericht auf ihrem Memorystick – und sie war keine Sesselpupserin. Hal neigte den Kopf: Den Geräuschen und Gerüchen nach hatte sie den Wok angeheizt und Zwiebeln, Knoblauch, Ingwer, Hühnchen und Paprikastreifen angebraten. Statt sie also zu stören, suchte er nach ihren Arbeitsunterlagen. Manchmal ließ sie alles im Hausflur fallen, manchmal im Schlafzimmer oder auf den Boden im begehbaren Kleiderschrank. Frühmorgens war die Stimmung gelegentlich leicht angespannt, wenn Ellen hin und her stürmte und wissen wollte, wo ihre Schlüssel waren. Oder ihre Tasche oder ihre Brieftasche, die Sonnenbrille.

Vielleicht war sein Leben zu geordnet für sie? Brauchte sie das Chaos? Hal fand ihre Aktentasche im Flur und ihre Tasche im Bad. In der Aktentasche waren tatsächlich nur Akten. Die Tasche hatte jede Menge Reißverschlüsse und Fächer, und Hal fand Stifte, Pfefferminzbonbons, Quittungen, Adressbuch, Notizblock, Tampons, Taschentücher, Visitenkarten und drei Memorysticks.

Aus irgendeinem Grunde nahm er den Stick, der anders aussah als die anderen. Es handelte sich um einen TrackStick. Als er ihn in seinen Laptop steckte, entdeckte er darauf Ortskarten und eine Auflistung von Koordinaten, Daten und Uhrzeiten. Völlig verwundert trug er den Laptop in die Küche und fragte: »Was ist denn das für komisches Zeugs auf deinem Memorystick?«

Ihr Blick, der erst leicht ungeduldig wirkte, war plötzlich alarmiert, dann gedemütigt. Zu Hals Überraschung durchzuckte Ellens Körper ein flehendes, ein defensives Zucken, als sei sie gerade Zeugin eines schockierenden Unfalls geworden, als wolle er sie angreifen, als sei ihr das Kind aus den Armen gerissen worden. Ellen ballte die Hände zu Fäusten, fing an zu schluchzen, sagte »Nein« und schüttelte den Kopf.

Hal war entsetzt, stellte den Laptop auf den Tisch und ging zu ihr hin. »Ellen, Liebling, was ist denn los, was ist?«, fragte er und drückte sie an sich.

Ellen erstarrte, ihr Körper widersetzte sich ihm. Nur ihr Gesicht gab nach, drückte sich an seine Brust, und Tränen benetzten sein Hemd.

»Ellen?«

Sie tat einen Schritt zurück, völlig aufgelöst, drehte sich ruckartig zum Wok um und drehte das Gas ab. »Du wirst mich hassen.«

»Hassen? Warum?«

»Du kennst mich nicht.«

»Was ist los?«

Ellen zeigte durch die Tür in Richtung Wohnzimmer. »Können wir erst diesen Mist ausmachen?«

»Mist? Das ist Eric-Clapton-Mist.«

Ellen lächelte nicht über den Witz. Hal folgte ihr ins Wohnzimmer, wo sie die Musik ausschaltete. Die Stille und Ellens Stimmung – kühl, fast kalt – machten ihm Angst. »Sprich mit mir.«

Ellen setzte sich aufs Sofa. »Nein, du setzt dich dorthin«, sagte sie.

Also setzte sich Hal ihr gegenüber in den Sessel.

»Ich muss dir etwas sagen, danach wirst du mich in anderem Licht sehen.«

Challis wollte schon sagen: Machs nicht so dramatisch. Er nahm an, dass er schon alles gesehen und gelernt hatte, was man über die menschliche Natur wissen konnte, und ging nicht davon aus, dass Ellens Enthüllung ihn sonderlich überraschen würde. Wichtig war nur, dass Ellen das glaubte. »Also gut.«

»Ich klaue.«

Hal wartete.

»Ich habe immer geklaut, schon als Kind.«

Er nickte. Beinahe hätte er ihr gebeichtet, dass er mit acht Jahren erwischt worden war, wie er im Laden an der Ecke Kaugummi geklaut hatte, hielt sich aber zurück.

»Ich habe diesen Drang, wenn wir anderer Leute Häuser durchsuchen«, fuhr Ellen fort. »Verdächtige, Opfer, egal wer, wenn Bargeld herumliegt, wertloser Plunder, dann habe ich diesen Drang, es mitzunehmen.«

Challis wartete weiter. Was sollte er darauf erwidern? Wie viel? Wie oft?

»Ich mein, ich klaue fast nie«, fuhr Ellen fort, »seit Jahren schon nicht mehr. Ich kämpfe dagegen an. Beim letzten Mal habe ich das Geld in der Kirche in die Kollekte geworfen.«

»In Ordnung.«

»Nicht in Ordnung. Der Drang geht nicht weg.«

Hal nickte.

»Ich hab doch gesagt, du wirst mich hassen, mich nicht mehr respektieren.«

Challis verschwendete daran keinen Gedanken, und er wusste, dass sein Gesicht nichts Derartiges verraten hatte. Er war ungeheuer traurig darüber, dass Ellen so aufgebracht war, mehr nicht. Er sagte einfach: »Ich liebe dich.«

Tränen stiegen ihr in die Augen. »Nein, tust du nicht. Wie könntest du?«

»Ich liebe dich.«

Ellen schluchzte. »Es ist alles vorbei.«

»Ist es nicht.«

»Ich bin Polizeibeamtin, und ich klaue. Kapierst du das nicht?«

»Beratung. Therapie. Hypnose.«

»So einfach ist das nicht.«

»Oh doch.«

»Ich fühle mich schmutzig.«

»Das kriegen wir schon hin.«

»Ich bin Polizistin.«

»Du fängst doch immer noch die Bösen, richtig? Du nimmst keine Schmiergelder, du schaust nicht weg?«

»Ich bin scheinheilig.«

»Wer ist das nicht?«

Ellen schüttelte niedergeschlagen den Kopf. Es war fast so, als wollte sie, dass er sie hasste. »Und die Arbeit«, fuhr sie fort, »sie werden uns nicht länger gemeinsam arbeiten lassen, jetzt wo wir zusammenleben. Und selbst wenn, haben sich die Verhältnisse geändert. Selbst wenn wir uns nicht mehr sehen und getrennt leben, können wir nicht so tun, als sei nichts gewesen. Übernehmen wir getrennte Fälle? Und was, wenn wir schwach werden und zusammen ins Bett gehen oder uns streiten, das hat doch Auswirkungen auf die Arbeit! Wenn ich dir auf beruflicher Ebene widerspreche, oder du mir, können wir dann unsere Gefühle, die gemeinsame Geschichte ausklammern? Was, wenn du mich ab und zu unbewusst bevorzugst? Was denkst du, was Pam und Scobie davon halten würden? Und was, wenn du mich unbewusst bestrafst?«

Challis unterbrach sie. »Ich darf dir das eigentlich nicht erzählen, aber McQuarrie weiß über uns Bescheid.«

»Verdammt.«

»Ist schon in Ordnung«, meinte Challis und hob besänftigend ihre Hand, »er wird keinen von uns in den Busch schicken oder Disziplinarmaßnahmen ergreifen. Er hält große Stücke auf dich.«

Dann erläuterte er ihr McQuarries Vorschlag, drei neue Einheiten auf der Peninsula zu bilden, und sagte: »Ich sollte dir noch nichts davon sagen. Er möchte, dass ich darüber nachdenke und ihn wissen lasse, welche Einheit er dir anbieten soll. Er wird dich zum Senior Sergeant befördern.«

Zu seiner Überraschung machte sie ein bedrücktes Gesicht. »Ach, Hal, wie kann ich denn weiter arbeiten, geschweige denn eine neue Abteilung übernehmen? Bei dem, was ich dir gerade gebeichtet habe, wie kannst du da solch einen Schritt auch noch unterstützen? Das kommt überhaupt nicht infrage.«

»Du bist verrückt, wenn du nicht akzeptierst«, knurrte er.

Ellen zuckte zusammen und schaute weg.

Hal setzte nach. »Eins nach dem anderen. Im Augenblick haben wir einen Job zu erledigen. Wir müssen einen Mörder fassen.«

Ellen atmete tief ein und aus. Sie schien mit sich zu kämpfen. »Okay. In Ordnung. Wo wir gerade von Mördern sprechen … dieser Memorystick – den habe ich in Adrian Wisharts Wohnung gefunden.«

Er sah sie an.

»Ich bin eingebrochen«, erklärte Ellen.

»Noch so etwas, was du tust.«

»Das ist nicht witzig«, fauchte sie ihn an und reckte das Kinn.

»Ich lache nicht.«

»Ja, das ist noch so etwas, was ich tue. Nicht oft, und es hat stets mit dem Fall zu tun.«

Sie wollte, dass er sie hasste. »Du tust es nicht, um zu klauen«, sagte er. »Du tust es, um einen Eindruck von der Person zu bekommen, die dort wohnt, und weil du vielleicht etwas findest, was der Polizei hilft.«

Sie starrte ihn mit offenem Mund an.

»Ellen«, fuhr Hal fort, »du bist nicht die erste Polizistin, die so etwas tut, und du wirst sicher nicht die letzte sein.«

Sie schluckte. »Du auch?«

»Soll schon vorgekommen sein.«

Sie schaute für einen Augenblick verwirrt weg und wedelte mit den Händen in der Luft.

»Hast du gesehen, was da drauf ist?«, fragte Challis. »Die Karten und Koordinaten? Worum geht es dabei, frage ich mich.«

Ellen bewegte sich unbehaglich. »Da weißt du mehr als ich. Ich wollte vergessen, dass ich das Ding überhaupt habe.« Dann sah sie ihn fest an und fügte hinzu: »Hal, ich habe auch beinahe Geld geklaut.«

Challis erstarrte. »War was versteckt? Viel?«

»Nein«, antwortete sie, starrte betroffen zu Boden und erklärte ihm alles.

»Komm mit«, sagte Challis, nahm ihre Hand und zog sie zurück in die Küche. »Okay, vergiss die letzten zehn Minuten, denke wie ein Bulle.«

Sie standen beide vor dem Laptop und schauten auf den Bildschirm. Endlich bemerkte Challis, dass Ellen ruhiger wurde, sich konzentrierte. Er wartete, nach einer Weile zeigte sie auf den Monitor und sagte: »Ich weiß, was es ist.«

»Was denn?«

»GPS-Ortung. Adrian hat die Bewegungen seiner Frau kontrolliert.«

»Wie funktioniert das?«

Sie zog den Memorystick ab und begutachtete ihn. »Das ist das Ortungsgerät. Er versteckt es in ihrem Auto oder in ihrer Tasche und holt es am Ende des Tages wieder hervor, um zu kontrollieren, wo sie gewesen ist.«

Challis' Mund war trocken. »Wir müssen feststellen, ob auch ihre Bewegungen vom Mittwoch drauf sind. Wenn, dann war er am Tatort. Er hat das Ding geholt.«

»Sie umgebracht, willst du sagen«, meinte Ellen.

»Ja.«

Challis ließ Ellen die Daten durchsuchen. Schließlich wandte sie sich zu ihm um. »Dienstag und die Tage davor, aber nichts am Mittwoch.«

»Verdammt.«

»Aber es beweist seine Absicht.«

»Ellen, wir können es vor Gericht nicht verwenden. Es ist nicht als Beweisstück registriert. Es wurde aus dem Haus dieses Kerls entwendet.«

Ellen zuckte bekümmert zusammen. »Tut mir leid.«

»Mach dir keine Sorgen. Wir werden eine Möglichkeit finden.«

Damit war der Pakt besiegelt, erneuert, und für den Moment fiel die Anspannung von ihnen ab.

44

Am Samstagmorgen gingen sie als Erstes die Liste der Gegenstände durch, die in Adrian Wisharts Haus beschlagnahmt worden waren: der Computer, den Wishart und seine Frau gemeinsam nutzten, Briefe, Fotoalben, Papiere … Und ein paar Gegenstände, die zusammengefasst worden waren als: »Vier (4) USB Flash Drives/Memorysticks.«

»Ich kann nicht riskieren, einen fünften auf die Liste zu setzen«, meinte Challis, »oder die Vier durchzustreichen und eine Fünf hinzuschreiben, ohne dass der Anwalt des Kerls später was davon bemerkt. Ist alles in den Vorgaben festgehalten.«

»Tut mir leid, Hal«, entschuldigte sich Ellen erneut.

»Wir kriegen das schon hin.«

Sie saßen im Einsatzraum der CIU, im ersten Stock war es ruhig. Aber nicht im Erdgeschoss. Auf dem Revier war es samstagmorgens immer sehr geschäftig, ein steter Strom von Menschen meldete Zwischenfälle aus der vorigen Nacht, ständig wurde ein Polizeibeamter verlangt, um eine schriftliche Aussage zu machen. Und dann war da noch Adrian Wishart, der in einem Befragungszimmer saß – und darüber nicht sonderlich glücklich war.

»Hat schon jemand die Flash Drives kontrolliert?«

»Scobie hat mal schnell reingeschaut. Auf dem einen sind Digitalaufnahmen von Häusern und Gebäuden, darunter das Haus, das abgerissen wurde, auf dem anderen Bewerbungsschreiben und mehrere Versionen von Wisharts Lebenslauf, auf dem dritten ein paar Artikel über Wohnhausarchitektur, die Wishart für Architektenzeitschriften geschrieben hat. Der vierte ist neu, noch nicht ausgepackt.«

Ellen spürte ein Kribbeln. »In den Unterlagen steht nichts darüber, dass er neu und noch nicht ausgepackt ist.«

»Stimmt.«

»Also tauschen wir.«

Challis runzelte die Stirn. »Könnte klappen …«

»Hat Scobie dir mündlich Bericht erstattet wegen der vier Memorysticks, oder hat er der Mordakte eine schriftliche Notiz angefügt?«

»Mündlich.«

»Dann ist alles in Ordnung.«

Challis hatte in der Teestube Kaffee gekocht. Sie schnappten sich ein paar Schokoladenkekse aus jemandes privatem Vorrat und gingen nach unten in das Befragungszimmer zwei, in dem Adrian Wishart mit seiner Anwältin vor sich hinköchelte. Challis hatte die Frau schon mal gesehen. Ihr Name war Hoyt, und ihre Kanzlei, die sich auf Testamente und Besitzübertragungen spezialisiert hatte, war über einer Apotheke an der High Street zu finden. Das bedeutete aber nicht, dass sie für Kriminalfälle ungeeignet war, und sie ging in die Luft, als Challis und Ellen das Zimmer betraten: »Es ist schlicht unzumutbar, meinen Mandanten derart lange warten zu lassen. Ich weise Sie außerdem darauf hin, dass er bereits befragt worden ist und offen und umfassend Auskunft gegeben hat, wo er sich an dem Tag, als seine Frau ermordet wurde, aufgehalten hat. Er trauert, und eine derartige Behandlung verstärkt nur noch seinen Schmerz.«

Sie musste all das sagen, und Challis und Ellen nickten freundlich, gefolgt von Challis' Entschuldigung. »Es tut uns sehr leid, aber wir verfügen über neue Informationen, die weiterer Nachforschungen bedürfen.«

»Was für Informationen?«, wollte Hoyt wissen.

Die Frau war hager, eine Raucherin mit verhärmtem Gesicht und grauem Teint. Ihr schien zu warm zu sein. In dem Zimmer war es von den vielen Besuchern der vergangenen Nacht stickig, und die übel riechende, abgestandene Luft hielt sich. Das war zum Teil mit der Grund, warum Challis das Zimmer gewählt hatte.

Er wandte sich an Wishart, der stumm vor sich hin litt. Seine

Haare klebten am Kopf, das Gesicht wirkte abgespannt, auf seinem Hemd bildeten sich feuchte Flecken.

»Sie haben alle Bewegungen Ihrer Frau kontrolliert.«

Wishart runzelte die Stirn. »Ich weiß nicht, was Sie meinen.«

Challis zeigte ihm den TrackStick in einer durchsichtigen Plastiktüte und gab für das Tonband die Nummer des Beweisstücks und eine Beschreibung des Gegenstands zu Protokoll. »Das wurde in Ihrem Haus gefunden und als Beweisstück beschlagnahmt.«

Wishart wirkte gehetzt, sein Blick schoss hin und her, er schluckte. Er hatte den Stick versteckt gehabt. Falls er die Polizisten darauf ansprach, würde er erklären müssen, warum er es versteckt hatte. »Und?«

»Ein Flash Drive«, erklärte die Anwältin. »Na und? Ist da Blut dran?«

Ein müder Witz, der Challis nur wütend machte. »Es handelt sich um ein GPS-Ortungsgerät. Verdächtige Personen wie Ihr Mandant verstecken diese Dinger in der Handtasche oder im Handschuhfach ihrer Ehefrauen, im Rucksack ihrer Kinder, und das Gerät zeichnet rund um die Uhr auf, wo diese Personen sind und wie viel Zeit sie an den jeweiligen Orten verbringen. Man stöpselt es hinterher ganz einfach in seinen Computer, und schon hat man alle Details.«

»Na und?«, meinte Hoyt abwertend. »Sie können den Leuten doch nicht vorwerfen, dass sie ihren Frieden haben wollen, vor allem Eltern von autistischen Kindern oder Kindern mit Downsyndrom oder Ehemännern, deren Frauen sehr viel Zeit an weit entfernten Orten und mit wütenden Klienten verbringen.«

Wishart schaute sie anerkennend an und sah dann zu Challis hinüber. »Genau das habe ich getan«, erklärte er. »Ich habe mir Sorgen um meine Frau gemacht.«

Challis hatte nichts anderes erwartet. »Haben Sie ihre Bewegungen auch am Tag ihrer Ermordung festgehalten?«

»Nein, ich war bei meinem Bruder im Laden in der Stadt. Das habe ich Ihnen doch erzählt.«

Challis nahm den TrackStick. »Sie beobachten Ihre Frau seit Wochen.«

Wishart zuckte mit den Schultern. »Und?«

»Warum nicht an diesem Mittwoch? Weil Sie wussten, wo sie sein würde, und bereits geplant hatten, sie zu ermorden?«

»Ich habe sie nicht ermordet.«

»Gehen wir mal davon aus, dass Sie krankhaft eifersüchtig waren und Ihre Frau übermäßig zu kontrollieren versuchten. Sie mussten alles, was sie tat, überwachen und beobachten.«

»Nein.«

»Deshalb haben Sie ein Ortungsgerät verwendet. Es diente gar nicht dazu, sie zu schützen – schließlich konnten Sie die Ergebnisse erst hinterher auswerten –, sondern dazu, jeden ihrer Schritte zu kontrollieren, damit Sie sie verfolgen, abpassen, bedrohen, überfallen konnten.«

»Nein!«

Ellen hatte ihren Schokoladenkeks in kleine Stücke gebrochen. Sie feuchtete einen Finger an und steckte sich einen Krümel in den Mund. »Hatte sie wirklich einen Liebhaber, wie Sie letztes Mal andeuteten? Carl Vernon bestreitet das vehement.«

»Ich habe mich geirrt. Im Nachhinein betrachtet, waren alle ihre Schritte unverdächtig. Sie hatten mit ihrer Arbeit zu tun. Ich habe mir Sorgen um sie gemacht. Man hat ihr gedroht.«

»Die eigene Frau verfolgen«, meinte Ellen rundheraus, »was für eine schmierige Angelegenheit, finden Sie nicht?«

Adrian Wishart wurde rot, und Hoyt ging dazwischen: »Das ist doch kein Verbrechen. Dieses Ortungsgerät hat keinerlei Beweiskraft. Sie fischen im Trüben. Sie belästigen meinen Mandanten. Wir sind fertig.«

Sie mussten ihn gehen lassen.

Im Einsatzraum saßen nur Smith und Jones, vor einem Computermonitor. Ihre Körpersprache verriet sie. Ein Porno, dachte Ellen. Die beiden ermüdeten sie ungeheuer. Ellen schreckte sie auf, Smith hantierte mit der Maus herum, und Jones kehrte an seinen Schreibtisch zurück.

Hal, der neben Ellen stand, hatte das Ganze ebenso satt. »Haben Sie Scobie gesehen?«

Smith und Jones mimten Verwirrung und Hilfsbereitschaft. »Den ganzen Morgen über nicht.«

»Wir müssen Ludmilla Wisharts Bankunterlagen durchgehen. Wir müssen wissen, ob sie auf irgendwelchen Überwachungsvideos auftaucht.«

Diesmal dauerte es etwas länger, bis die beiden die Dringlichkeit des Auftrags erkannten. »Wir sagen ihm Bescheid, Chef.«

»Pam?«

»Die haben wir auch nicht gesehen, Chef«, meinten Smith und Jones, doch irgendetwas stimmte nicht.

Das Zimmer wirkte bedrückend. Ellen zupfte Challis am Ärmel. »Lass uns was essen gehen.«

Sie eilten die Treppe hinunter. In der Kantine meinte Challis: »Der TrackStick bestätigt den Eindruck, den wir von Wishart haben, aber er beweist nicht, dass er seine Frau umgebracht hat.«

Plötzlich konnte Ellen Challis nicht mehr ins Gesicht schauen. Seit gestern Abend hatte eine undeutliche Angst an ihr genagt, doch nun nahm sie Gestalt an. Es war nicht so sehr der Umstand, dass sie sich schlecht fühlte, den TrackStick gestohlen zu haben oder dabei ertappt worden zu sein, sondern dass sie ihr Gegenüber nicht mehr so hoch schätzte. Nicht viel, nur ein kleines bisschen, doch im hintersten Winkel ihres Verstandes war sie von Challis enttäuscht. Warum hasste er sie nicht? Warum ermahnte, bestrafte er sie nicht?

Vielleicht würde die Überführung von Wishart dieses Gefühl

beseitigen. Mit trockenem Mund und einem Gesicht, das wohl ihre Bekümmerung verriet, legte sie Hal eine Hand auf den Unterarm. »Es bleibt nur sein Alibi übrig. Ich bin dafür, dass wir es noch mal bei dem Bruder versuchen.«

Challis war wieder mal ganz woanders. Er blinzelte, kehrte zurück und meinte: »Du hast recht. Könntest du das übernehmen? Detaillierte Hintergrundrecherche. Klopf alles gründlich ab.«

45

Als Erstes rief Ellen Scobie Sutton an. »Wo bist du? Wir brauchen dringend alles, was du über Ludmilla Wisharts Bewegungen hast, vor allem von den Überwachungskameras.«

Scobie klang verärgert. »Hör mal, ich sitze im Auto, okay? Ich bringe Ros zu einer Party. Meine Frau kann nicht, deshalb muss einfach etwas liegen bleiben. Ich bin vor dem Mittagessen wieder da.«

Ellen schloss kurz die Augen und schlug sie wieder auf. Sie wusste um Scobies Frau. Aber was, wenn er noch einen anderen Groll hegte? Vielleicht glaubt er, dass Hal mich bevorzugt, dachte sie. Vielleicht glaubt er, wir respektieren seine Arbeit nicht und verbünden uns gegen ihn.

Wenn dem so war, dann würde die nächste Frage ihn noch grantiger werden lassen. »Scobie«, hob sie vorsichtig an, »wegen Terry Wishart.«

»Was ist mit ihm?«

»Er ist Adrian Wisharts Alibi. Das soll keine Kritik an deiner Befragung sein, aber ich werde es noch mal bei ihm versuchen.«

»Stört mich nicht.«

Erleichtert fragte sie: »Wie ist er denn so?«

Sie konnte sich Scobie hinter dem Lenkrad seines Wagens vorstellen, wie er die Stirn runzelte und über ihre Frage nachdachte – und schlecht fuhr, mit seiner kleinen Tochter im Wagen. »Würde er lügen, um seinen Bruder zu schützen?«, fragte sie. »Stehen sie sich nahe? Mögen sie sich überhaupt?«

»Die beiden sind komplette Gegensätze«, antwortete Scobie schließlich. »Er ist ein Arbeiter, Adrian aalglatt und gebildet. Terry repariert Elektrogeräte, lebt allein, ist in der Vergangenheit stecken geblieben.«

»In der Vergangenheit?«

»Armeezeiten«, erläuterte Scobie. »Er wirkt ein wenig traurig, verbringt seine freie Zeit im örtlichen Veteranenklub.«

»Danke, Scobie.«

Armee. Wen konnte sie an einem Samstag anrufen?

Nur zögernd kam sie immer wieder auf eine einzige Person zurück, ihren Exmann. Ellen starrte eine Weile das Telefon auf ihrem Schreibtisch an und biss sich auf die Wange. Die Ehe war nicht einfach gewesen, zum Schluss nicht und in den vielen Jahren davor auch nicht. Vielleicht hätten sie sich sowieso getrennt. Doch als es mit Ellens Karriere bei der Polizei vorwärtsging, Alans Karriere aber stagnierte, kam der Bruch hart und schnell. Alan nahm ihr nicht nur übel, dass sie bei der CIU war – »die Elite«, sagte er abfällig –, sondern auch, dass sie so rasch befördert worden war. »Weil du eine Frau bist«, meinte er verächtlich, übersah dabei allerdings die Tatsache, dass er zweimal durch das Examen gefallen war, das sie mit Leichtigkeit bestanden hatte.

Dann versuchte er, andere Fehler an ihr zu finden. Nie war sie zu Hause, stets arbeitete sie an irgendeinem Fall, also war sie ihm keine gute Frau und ihrer Tochter keine gute Mutter. Und im Nachhinein war er überzeugt davon, dass sie die ganze Zeit über mit Challis geschlafen hatte. Na ja, vielleicht mit ihm geschlafen hatte. Jedenfalls hatte sie mit Challis schlafen wollen.

Er hatte geregelte Arbeitszeiten gehabt, weshalb er sich als guten Vater sah. Sein Job war nicht sonderlich ruhmreich. Er war bei der Verkehrspolizei, schrieb Strafzettel, arbeitete im Alkoholkontrollbus, stand hinter den Radarfallen, bearbeitete Unfälle. Die Arbeit war zwar nicht ruhmreich, aber ehrenhaft und wichtig. Das sagte er sich immer wieder, wie ein Mantra, so als ob Ellen seine Arbeit gering schätzte. Und dann waren da noch all die kleinen Dinge, die sie falsch machte. Zum Beispiel ihre Angewohnheit, nie das Licht auszumachen, wenn sie ein Zimmer verließ. Oder im Winter die Gasheizung bei offenem Fenster laufen zu lassen. Sie vergaß, telefonische Nachrichten weiterzugeben oder zu tanken. Und er hasste es, dass sie sich fit hielt, während sein Körper von all dem Bier und den Stunden hinter dem Lenkrad eines Streifenwagens schlaff wurde.

Verlangen und Liebe versiegten nach und nach, und Ellen fing an, diesen Körper zu hassen. Seine Feistheit, seine Ausdünstungen, die Behaarung. Wie Alan sein Essen kaute. Wie er den Rotz hochzog, statt sich die Nase zu putzen. Wie ihm manchmal der Mund offen stand.

Schließlich wichen Verlangen und Liebe der Abscheu, und sie zog aus, kaum dass Larrayne zum Studieren in die Stadt gezogen war.

Ellen ging noch einmal alles durch, suchte nach einer Verbindung zwischen Ludmilla Wishart und sich selbst. Hatte Ludmilla ihren Mann verlassen wollen? Es gab keine Kinder, die sie im Haus festgehalten hätten, aber hatte sie vielleicht Angst davor, was ihr Mann tun würde, wenn sie ihn verließ? Hatte sie auf den richtigen Augenblick gewartet? Und wann genau wäre der wohl für jemanden in Ludmilla Wisharts Lage gekommen? Wenn sie allen Mut zusammennahm? Wenn sie ein allerletztes Mal eine unzumutbare Misshandlung erdulden musste?

Nun, ihr Mann hatte skrupellos gehandelt, und es war wohl wirklich das allerletzte Mal gewesen.

Dann verglich Ellen ihren Exgatten mit Ludmilla Wisharts Mann. Beide Männer wollten die Kontrolle behalten. Sie neigten zu Wutausbrüchen. Sie waren eifersüchtig.

Guten Gewissens konnte Ellen aber sagen, dass keine weiteren Gemeinsamkeiten zu entdecken waren. Alan hatte sie nicht verfolgt. Er hatte nicht versucht, sie zu manipulieren. Er hatte nicht gewollt, dass Ellen ging, aber er hatte sie auch nicht aufgehalten, abgesehen davon, dass er sie angefleht und auf die zu erwartende emotionale Erpressung gesetzt hatte. Tatsächlich hatte er am Ende die Trennung und Scheidung als Befreiung empfunden. Schnell hatte er eine Wohnung gefunden, eine Freundin. Er versuchte sich ein weiteres Mal an den Prüfungen als Sergeant, und diesmal war er recht zuversichtlich.

»Ich hab gebüffelt wie verrückt«, erzählte er ihr am späten Samstagvormittag.

»Viel Glück«, wünschte ihm Ellen und berührte ihn flüchtig am Handgelenk.

Sie hatten sich in dem kleinen Café in Bunnings Warehouse in Frankston verabredet. Das Geschäft war gesteckt voll, wie immer am Wochenende, Männer und Frauen in Heimwerkerlaune, die im Gartencenter Pinsel, Elektrogeräte und Saatgut kauften. Ein Baumarkt war für Ellen die Hölle, doch Alan meinte, so könne er ein paar Minuten erübrigen, ansonsten habe er erst wieder am Dienstag frei.

»Danke«, meinte sie.

»Kein Problem«, erwiderte er schüchtern. Er hielt kurz inne. »Du siehst gut aus.«

Tatsächlich war er es, der gut aussah. Er hatte abgenommen. Er achtete auf sein Aussehen. Aber er war immer noch ein großer, behaarter Mann. Ellen liebte ihn nicht mehr. Wollte ihn nicht.

Dann musste Alan alles verderben. »Wie gehts Hals Baby?«

»Hör schon auf, Alan.«

»Ich darf doch wohl ein wenig eifersüchtig auf deinen Freund sein, oder?«

Er möchte, dass ich auf seine Freundin eifersüchtig bin, kam es Ellen in den Sinn. »Du hast schon vor mir jemanden gefunden«, konterte sie.

Alan grinste. »Und das ist gut so.«

Er hatte eine Akte bei sich. Sie lag zwischen ihnen auf der Glasplatte des kleinen Tischs, dessen Metallbeine von leicht unterschiedlicher Länge waren, sodass man nicht die Ellbogen darauf stützen konnte, ohne den dünnen Kaffee zu verschütten. Und kaufen wollte man einen solchen Tisch schon gar nicht, fand Ellen. Sie beide hatten noch kein Wort über die Akte verloren oder sie angeschaut, doch nun öffnete Alan sie übertrieben langsam.

»Mein Kumpel hat sich mal schlaugemacht, wie du gebeten hast. Er hat mir die Ergebnisse gemailt.«

Sein Kumpel im Armeearchiv. Alan war bei der Militärpolizei gewesen, bevor er zur Victoria Police gekommen war. Wie Adrian Wisharts Bruder Terry hatte auch Alan 1991 im Golfkrieg gedient. Sechs Wochen, nachdem er an den Golf versetzt worden war, hatte Ellen ihm geschrieben: »Rate mal – ich bin schwanger.« So lange her war das schon. Nun war ihr Baby eine junge Frau.

Ellen wischte die Erinnerungen beiseite. Wichtig war jetzt nur die Tatsache, dass einer von Alans Armeekumpeln bei der Armee geblieben und in der Lage und willens war, ihm zu helfen.

»Was hat er denn herausgefunden?«

»Das hier«, verkündete Alan mit großem Trara und einem Grinsen und zog ein Blatt Papier aus dem Aktendeckel.

Ellen erstarrte. »Nicht witzig, Alan.«

Die Seite war leer.

»Ich mach keine Witze, Ellen, ehrlich.«

»Terry Wisharts Akten sind also unter Verschluss?«

»Nein. Es gibt keine.«

Ellen runzelte die Stirn. »Wurden sie entfernt?«

»Schätzchen«, sagte ihr Mann auf seine ihm eigene, grobe Art, »es gibt keinen Terry Wishart. Na ja, es gibt ihn schon, aber er war nicht in der Armee, bei der Marine, der Luftwaffe oder bei der Reserve.«

»Aber er gehört doch dem Veteranenverein an. Scobie Sutton hat das überprüft. Es gibt Fotos von dem Kerl mit seinen Armeekumpeln.«

»Fotos von ihm mit seinen jetzigen Saufkumpanen vom Veteranenverein«, entgegnete Alan. »Ich wette, es gibt keine Fotos von ihm in Uniform oder mit seinen Kumpeln aus dem Jahr 1991.«

»Also alles getürkt.«

»Volltreffer«, meinte Alan. Er beugte sich vertraulich über den Tisch, eine Geste, die Ellen kannte, ein Zeichen, dass er sie wegen irgendetwas belehren wollte. »Die ganze Geschichte ist zusammengelogen, und damit ist er nicht der Einzige. Mein Kumpel meint, er habe dieses Jahr schon ein Dutzend solcher Fälle behandelt. Ehemalige Armeeangehörige wie Köche und Fahrer behaupten, sie hätten im aktiven Dienst gedient, dabei haben sie nur zu Hause in irgendeiner Kaserne rumgehockt. Möchtegerns wie dieser Wishart-Witzbold, die überhaupt niemals in der Armee waren, marschieren am Veteranentag mit, tragen Orden, die sie auf eBay gekauft haben, schließen sich dem Veteranenverein an, um Geschichten aufzuschnappen und selber welche zu erfinden … Da fühlen sie sich besser, schätze ich mal. Die reinsten Versager.«

»Aber werden die denn nicht entlarvt?«

»Sie haben genügend Einzelheiten aufgeschnappt, um mit den echten Veteranen mithalten zu können. Wenn man von ihnen mehr wissen will, behaupten sie, ihre Dienstakten seien unter Verschluss oder es gebe keine, weil ihr Auftrag so wahnsinnig geheim war.« Alan schüttelte den Kopf. »Jämmerlich.«

Das war es. Aber es war auch ein neuer Ansatzpunkt. »Danke, Alan«, sagte Ellen und drückte ihm überraschend einen dicken, dankbaren und schwesterlichen Schmatz auf seine unrasierte Wange.

46

Es gibt einen Augenblick, wenn man unterwegs ist, an dem die sich ständig verändernde Landschaft auf einmal vollkommen unveränderlich scheint und die Geräusche der Fahrt einen in eine Art träumerischen Zustand versetzen. Das erlebte Challis auf dem Frankston Freeway irgendwo hinter Chelsea. Er fuhr, Ellen saß neben ihm. Sie hatten diese Fahrt in die Stadt allein oder zu zweit schon häufig gemacht. Die Temperaturen waren gemäßigt, eine dünne Wolkenschicht schwächte die grelle Sonne ab, und es herrschte wenig Verkehr. Challis hätte sich um die unmittelbar anstehenden Fragen kümmern sollen. Diese waren, in keiner festen Reihenfolge: der Wunsch, Adrian Wisharts Alibi zu widerlegen; Ellen dabei zu helfen, dass sie sich wieder besser fühlte; und zu entscheiden, wie es zwischen ihnen weitergehen sollte. Doch Challis' Gedanken schweiften ab, und er konnte kaum länger als ein paar Sekunden einen ernsthaften Gedanken fassen.

Außer einem. Was ihn betraf, hatte sich nicht sonderlich viel geändert. Er fuhr gern mit Ellen als Begleitung. Er lebte gern mit ihr zusammen. Er war gern ihr Liebhaber. War es wichtig, dass es ihr ab und zu in den Fingern juckte? War er denn so makellos?

Doch ihr Schweigen und ihre Körperhaltung verrieten ihm, dass sie sich selbst verurteilte. Challis versuchte, diesen Gedanken festzuhalten und ihm nachzugehen. Ellen fragte sich, was Challis wohl dachte. Er war still und in Gedanken versunken, aber das war bei ihm durchaus normal. Ellen war niemand, der verzweifelt jede Stille ausfüllen musste. Aber worum ging es denn nun? Sie hatte ihm letzte Nacht etwas sehr Wichtiges gebeichtet. Wog er alles im Geiste ab? Würde er ihr sagen, dass alles vorbei sei, und sie vor die Tür setzen? In gewisser Hinsicht wollte sie, dass er das tat, dann brauchte sie nicht den ersten Schritt zu tun. Die Stille wuchs, Ellen hatte das Gefühl, ihr Kopf würde platzen, und sie legte ihm eine Hand auf den Oberschenkel.

Ein leichtes Zucken übertrug sich durch den Hosenstoff auf ihre Finger. Sie zog die Hand zurück.

»Leg sie wieder hin, bitte«, sagte Challis mit rauer Stimme.

Das tat sie. »Hal«, sagte sie und war den Tränen nah.

»Wir kriegen das hin«, sagte er, und seine Stimme klang fest und entschlossen.

Sie entschieden sich für einen Frontalangriff und stürmten in den Laden. Ellen hielt einem Kunden die Dienstmarke unter die Nase und forderte ihn auf zu gehen, Challis schloss die Tür und drehte das »Geöffnet«-Schild um. »He!«, rief Terry hinter dem Tresen.

So schnell, wie sie hereingestürmt waren, machten sie wieder auf gute Polizisten, lächelten, waren freundlich und bester Laune. Nachdem sie erklärt hatten, dass sie nur mal nachfragen und noch ein paar Dinge klären wollten, die nach Constable Suttons Besuch Anfang der Woche noch unklar waren, sah sich Challis bewundernd um. »Nettes kleines Geschäft haben Sie da. Läufts gut?«

»Geht so«, antwortete Wishart argwöhnisch.

»Ich sollte Sie klonen und bei mir zu Hause oder auf dem Revier anstellen. Andauernd ist was an der Ausrüstung kaputt.«

Wishart lachte, doch es klang ein wenig verzweifelt.

»He«, staunte Ellen und besah sich eines der Fotos, auf dem Wishart lässig an den Ketten eines Panzers lehnte, »waren Sie vielleicht im Golfkrieg? Mein Bruder auch. Ich weiß nicht mal, was er da gemacht hat. Er spricht nie darüber.«

Das war, wie Challis bemerkte, der richtige Ansatz, und er beobachtete Terry Wishart genau. Das würde den Kerl beruhigen und ihm Gelegenheit geben, seine Lüge aufrechtzuerhalten, ohne sich etwas erklären zu müssen. Er sah, wie Wisharts Brust anschwoll, und hörte ihn mit fester Stimme sagen: »Einiges von dem, was wir da drüben gemacht haben, ist unter Verschluss. Wir dürfen nicht darüber sprechen.«

»Verdeckte Operationen und solche Sachen?«, fragte Ellen.

Wishart machte ein geheimnisvolles Gesicht. »Das ist korrekt.«

»Da müssen Sie doch ziemlich Angst gehabt haben. Das war mutig von Ihnen«, meinte Ellen. Sie schlang die Arme um sich, so als würde sie frieren. »Ich könnte so was nicht, das weiß ich genau.«

»Na ja«, wehrte Terry Wishart bescheiden ab.

Dann drehten sich Challis und Ellen beide um, sahen ihn an, warteten und lächelten ihn breit an. Schließlich sagte Challis: »Das ist doch alles kompletter Blödsinn, richtig, Terry?«

»Wie bitte?«

»Sie sind so wenig Kriegsveteran wie ich«, stellte Ellen fest.

Wishart stotterte: »Ich … ich weiß gar nicht, wovon Sie reden.«

»Sie waren dem Golfkrieg ungefähr so nahe wie Ihr Fernseher«, erklärte Challis.

»Wir haben das überprüft«, fügte Ellen hinzu.

»Sie haben gelogen«, stellte Challis fest.

»All die Jungs im Veteranenklub, all die echten Kämpfer …«

»… was werden die wohl denken, wenn sie das herausfinden?«

»Man wird Sie auslachen.«

»Sie werden Ihren Laden dichtmachen und in das letzte Kuhkaff ziehen müssen.«

»Nachdem die hier waren und Sie windelweich geprügelt haben.«

»Und nachdem die *Herald Sun* und *Today Tonight* Sie in aller Öffentlichkeit lächerlich gemacht haben.«

Wisharts Blick flog von einem zum anderen. Er fing an zu schwitzen, seine Haut triefte nur so vor Schweiß, und er wirkte plötzlich kleiner. Er ließ sich auf den Hocker hinter dem Tresen plumpsen. »Bitte, lassen Sie mich in Ruhe.«

»Wem sollen wir zuerst Bescheid geben, Sergeant Destry?«, fragte Challis. »Der Presse? Seinen Kumpeln?«

»Ich finde, wir sollten es allen sagen«, antwortete Ellen, doch sie musste ein wenig schlucken und war nicht mehr ganz bei der Sache. Sie sah Terry Wishart an und dachte: Wessen Geheimnis ist denn jämmerlicher?

Challis schien ihre Gedanken lesen zu können. Mit fester, höflicher Stimme sagte er: »Mr. Wishart, Sie haben der Polizei ein Alibi für den Aufenthalt Ihres Bruders bei Ihnen am Mittwoch, dem 18. November, geliefert. Möchten Sie diese Aussage eventuell korrigieren?«

»Schon gut!«, kreischte Wishart. Dann beruhigte er sich und wiederholte flüsternd: »Na gut.«

»Adrian war hier, richtig?«

»Ja.«

»Sie haben zusammen zu Mittag gegessen?«

»Ja.«

»Aber er ist nicht den ganzen Nachmittag über bei Ihnen geblieben, oder?«

»Nein.«

»Wohin ist er gefahren?«

»Zurück, um nach Mill zu sehen.«

»In seinem Wagen?«

Terry schüttelte den Kopf. »Der wäre zu sehr aufgefallen. Er hat meinen Wagen genommen.«

»Wann war das?«

»Er ist so gegen halb drei losgefahren.«

»Halb drei Mittwochnachmittag, 18. November?«

»Ja.«

»Was für ein Auto haben Sie?«

»Einen Falcon Kombi.«

Und davon gab es ein paar Millionen, dachte Challis.

»Erinnern Sie sich denn, wann er genau zurückgekommen ist?«

»Kurz vor sieben.«

»Am frühen Abend, nicht am nächsten Morgen?«

»Richtig.«

»Hat er gesagt, warum er nach seiner Frau sehen wollte?«

»Sie hatte eine Affäre.«

»Er wollte sie also dabei ertappen, wie sie sich mit ihrem Liebhaber traf?«

»Ja. Er wusste, dass man ihn entdecken würde, wenn er seinen Citroën nahm.«

»In welchem Zustand war er, als er zurückkam?«

»Was meinen Sie damit?«

»Kleidung, Verhalten. War er schmutzig, hatte er Blut an der Kleidung? War er aufgeregt, deprimiert, den Tränen nahe, nervös?«

»Warum?«

»Nun ja, er hatte gerade seine Frau umgebracht.«

»Niemals. Nein, nein, niemals!«, entgegnete Wishart aufgebracht.

»Hat er sich das Blut abgewaschen?«

»Da war kein Blut!«

»Hat er Sie gebeten, seine Kleidung wegzuwerfen? Den Wagenheber? Haben Sie ihm Ersatzkleidung gegeben? Haben Sie nachgesehen, ob er den Wagenheber in Ihrem Wagen ersetzt hat?«

Die Fragen kamen dicht und schnell, und Terry Wishart wich zurück und sagte: »Er hat sie nicht umgebracht! So was würde er nie tun! Er hat sie verfolgt, das ist alles.«

»Wir müssen Sie wegen Falschaussage verhaften, Sie haben einem Verdächtigen ein Alibi gegeben«, sagte Ellen sanft. Vor allem wollte sie nicht, dass Terry seinen Bruder warnte.

»Bitte, nein.«

»Schon in Ordnung«, meinte Challis freundlich, »Sie sind schon bald wieder draußen.«

»Bitte«, meinte Terry Wishart hilflos, »erzählen Sie nur niemandem von der Sache mit der Armee. Bitte?«

47

Der Ehemann der Ermordeten wurde erneut ins Befragungszimmer gebracht und seine Anwältin informiert. Adrian Wishart wirkte angespannt und argwöhnisch, aber gefasst – so als wäre er gelangweilt beim Gedanken an ein weiteres Gespräch, bei dem er ein paar Begriffsstutzigen seine Sicht der Dinge erläutern würde. Er saß aufrecht da, zog eine Leidensmiene und wollte wissen: »Und was jetzt?«

Hoyt, seine Anwältin, setzte nach: »Entweder Sie erheben gegen meinen Mandanten Anklage, oder Sie lassen ihn gehen.«

Challis sah die beiden ungerührt an, wandte sich an Wishart und sagte: »Wir haben gerade ein langes Gespräch mit Ihrem Bruder geführt.«

Wishart zögerte nur den Bruchteil einer Sekunde, aber das genügte.

»Hat am Golf gekämpft ...«

Wishart sah Challis an. »Und?«

Die Anwältin beugte sich vor: »Inspektor Challis, ich hoffe, Sie wollen damit nicht etwa andeuten, dass Terry Wishart wegen seiner Kriegserlebnisse kein zuverlässiger oder glaubwürdiger Zeuge für meinen Mandanten ist. Er sagt die Wahrheit.«

»Wahrheit«, wiederholte Ellen. Sie wirkte müde, hatte in der abgestandenen Luft zu kämpfen, blieb aber aufmerksam und konzentriert, »ich glaube nicht, dass wir von den Brüdern Wishart bisher sonderlich viel Wahres zu hören bekommen haben.«

Die Anwältin ging nicht darauf ein und sprach zu Challis: »Terry Wishart wurde erst kürzlich befragt?«

»Ja.«

»Erneut befragt?«

»Ja.«

»Und?«

»Es gibt da ein paar Ungereimtheiten«, meinte Challis.

In Adrian Wisharts linkem Augenwinkel zuckte ein Nerv. Die Adern traten hervor. Er war argwöhnisch, neigte aber generell zu Ungeduld und einem herablassenden Ton. »Was denn für Ungereimtheiten?«

»Dazu müssen wir ein paar Jahre zurückgehen«, antwortete Challis.

Wishart wurde blass, doch Hoyt runzelte nur die Stirn und witterte eine Falle.

»Wollen Sie einen Familienzwist andeuten? Einen Streit?«

»Nein.«

Die Anwältin sah ihren Mandanten fest an. »Adrian, stehen Terry und Sie in Konkurrenz? Eifersucht? Neid?«

Ellen erkannte, worauf das hinauslief. Bevor Wishart noch den Mund aufmachen konnte, ging sie dazwischen. »Adrian«, sagte sie mit großem, kumpelhaftem Grinsen und Ellbogen auf dem Tisch, »erinnern Sie sich an all die Fotos an Terrys Wand? Seine Armeekumpel, Ausflüge zum Kriegerdenkmal, all das Zeugs?«

»Was ist damit?«

»Er hat am Golf gedient, oder?«

»Worauf wollen Sie hinaus?«

»Erinnern Sie sich noch an damals, als Terry in den Krieg zog?«

»Nur vage. Ich war oben in Sydney und habe Architektur studiert.«

»Sie haben nicht zum Abschied gewunken, ihn bei der Heimkehr empfangen?«

»Nein.«

»Sein Dienst bei der Armee war eine ziemlich geheime Sache.«

Verzweifelt meinte Wishart: »Er darf nicht darüber sprechen.«

»Warum, frage ich mich.«

Erste Anzeichen von Alarmiertheit tauchten in den Augen der Anwältin auf, als spüre sie verborgene Ungereimtheiten. »Um noch mal auf die anstehende Frage zurückzukommen …«

Challis überhörte sie. »Worüber Ihr Bruder nicht sprechen kann«, meinte er, »ist die Tatsache, dass er überhaupt nicht am Golf gedient hat.«

Wisharts Mund war ganz trocken. »Blödsinn. Er …«

»Er war noch nicht mal Soldat. Das hat er alles nur erfunden.«

»Ein trauriger, kleiner Jammerlappen«, meinte Ellen. »Mit

Betonung auf den Wörtern ›traurig‹, ›klein‹ und ›Jammerlappen‹.« Sie schwieg kurz. »Ein wenig wie Sie.«

Wishart warf seiner Anwältin wilde Blicke zu, die hatte ihren Stift müde weggelegt und offenbar einen Großteil der Entschlusskraft verloren, mit der sie am Vormittag aufgestanden war. Sie kontrollierte einen Fleck am Kragen ihrer Bluse und kümmerte sich nicht um Wishart.

»Ihr Bruder hat den verzweifelten Wunsch, geliebt und bewundert zu werden«, sagte Challis mit einer Freundlichkeit in der Stimme, die nur ein Dummkopf unterschätzen würde, und Wishart war nicht dumm.

»Den Wunsch, dazuzugehören«, führte Ellen aus.

Noch immer knickte Wishart nicht ein. »Er hat Orden …«

»Ach, Schluss mit dem Mist, Adrian. Die hat er bei eBay ersteigert, und das wissen Sie.«

»Ich brauche Zeit allein mit meinem Mandanten«, erklärte Hoyt.

Challis sah weiter Wishart an. »Sie wussten, dass die Schande, entdeckt zu werden, Ihren Bruder umbringen würde. Darauf bauten Sie.«

»Wir haben natürlich niemandem von seinem Geheimnis erzählt«, bemerkte Ellen.

»So grausam sind wir nicht.«

»Er hat allerdings eingewilligt, das Spielchen zu beenden und die Wahrheit zu sagen.«

»Was er am meisten fürchtet, ist die Gefahr, seine Kumpel könnten es herausfinden.«

»Er würde alles tun, um das zu verhindern.«

»Na gut!«, meinte Wishart, und seine Hand donnerte auf den Tisch zwischen ihnen. Er ließ den Kopf sinken. »Er hat für mich gelogen. Na und?«

»Emotionale Erpressung«, meinte Ellen. »Beim eigenen Bruder.«

»Ich brauche Zeit mit meinem Klienten«, wiederholte Hoyt.

Wishart drehte sich zu ihr um. »Vergessen Sies, ich muss sagen, was passiert ist.«

Hoyt machte eine ausholende Bewegung mit den Armen, als wollte sie sagen, dies sei seine eigene Beerdigung. Wishart nickte, wandte sich an Challis und Ellen und sagte: »Ich gebe zu, ich bin meiner Frau gefolgt.«

»Am Mittwochnachmittag?«

»Ja.«

»In wessen Wagen?«

»In Terrys.«

»Weil Ihrer zu leicht zu entdecken ist?«

»Ja.«

»Warum sind Sie ihr gefolgt?«

Wishart ließ den Kopf sinken. »Das Ortungsgerät hatte mir verraten, dass sie regelmäßig zur Bluff Road in Penzance Beach fuhr. Manchmal zweimal am Tag. Ich hab das nicht mehr ausgehalten, ich musste Gewissheit haben. Also bin ich ihr am Dienstag mit meinem Wagen gefolgt. Ich hab das vorher noch nie getan, ich schwöre.«

»Und?«

Hölzern fuhr Wishart fort: »Ich sah Mill mit diesem Kerl vom Bürgerkomitee. Ich dachte, sie hätten eine Affäre. Aber sie haben mich entdeckt, also bin ich ihr am Mittwoch in Terrys Wagen gefolgt.«

»Und was haben Sie gesehen?«

»Nichts. Ich meine, nichts Verdächtiges. Sie haben sich nur den Fleck angeschaut, wo das alte Haus gestanden hat.« Wishart verzog den Mund. »Ich muss zugeben, dass sie wohl keine Affäre miteinander hatten.«

»Hat Sie jemand gesehen? Haben Ihre Frau oder Mr. Vernon Sie gesehen?«

»Nein. Ich hab aufgepasst.«

»Und dann?«

»Ich dachte, ich würde zu viel Aufmerksamkeit erregen, wenn ich zu lange in der Gegend blieb, also bin ich in die Stadt zurückgefahren.«

»Sie sind Ihrer Frau also nicht bis zum Tatort gefolgt?«

»Bei meiner Ehre, nein.«

»Sie hatten es sich nicht zur Gewohnheit gemacht, ihr zu folgen, aber zeichneten all ihre Bewegungen mit dem GPS-Ortungsgerät auf?«

»Ja.«

Challis verschränkte die Arme, lehnte sich zurück und meinte: »Ich behaupte, Sie sind Ihrer Frau bis zu dem Haus bei Shoreham gefolgt und haben sie umgebracht.«

»Nein! Tausendmal nein.«

»Was denn? Wollen Sie sagen, sie sei von jemand anderem umgebracht worden?«

»Ja!«

»Von wem?«

»Ich weiß es nicht. Ich würde es Ihnen sagen, wenn ichs wüsste.«

»Wann sind Sie von dort verschwunden?«

Wishart machte eine Riesenschau daraus, die Stirn zu runzeln. »Zwischen halb fünf und fünf etwa.«

Challis nahm an, dass das hinkam. Ein guter Verteidiger würde der ganzen vagen Geschichte noch etwas Kontur verleihen und sie wahrscheinlicher erscheinen lassen. Wir brauchen handfeste Beweise, dachte er.

»Warum haben Sie uns das bisher noch nicht erzählt? Wollten Sie nicht, dass wir den Mörder Ihrer Frau finden? Sie wissen doch, wie entscheidend die Anfangsphase der Ermittlungen ist.«

»Ich habe mich geschämt«, brach es aus Wishart heraus. Er

wandte sich mit feuchten Augen an Ellen und schien vor Scham zu schrumpfen. »Sie sagten, ich sei jämmerlich. Es stimmt, das bin ich.«

»Na, wie traurig«, meinte Ellen.

48

Pam Murphy wollte eigentlich nichts anderes, als den Sonntag im Bett mit Andy Cree zu verbringen, doch morgen war das Ende der Schoolies Week, und bis dahin sollte sie draußen unterwegs sein. Also gab sie Andy am späten Vormittag einen Abschiedskuss, fuhr nach Waterloo und mühte sich mit dem Papierkram für die Anklage Josh Brownlees ab. Josh war in Haft genommen worden und sollte am Montag dem Richter vorgeführt werden. Angesichts der Schwere des Angriffs auf Lachlan Roe würde es vielleicht keine Kaution geben. Oder aber seine Eltern blechten für einen guten Anwalt, der den Schaden, den Roe angerichtet hatte, an die Öffentlichkeit brachte. Josh tat ihr beinahe leid, doch dann fiel Pam ein, dass Josh auch noch ein Vergewaltiger war – wahrscheinlich –, und sie hoffte, sie würden den Schlüssel zu seiner Zelle wegschmeißen.

Das einzige Mittel gegen ihre schlechte Laune war der Gedanke an Andy Cree, an seinen Körper, sein Lächeln und die Gefühle, die er bei ihr auslöste. Pam glühte, ihr Unterleib vibrierte sanft.

Die Stunden schleppten sich dahin. Der Papierberg nahm nicht ab. Schließlich hörte sie aus dem Gang vor der CIU Gekicher. Was zum Teufel ging da vor sich? Es waren weniger Leute auf dem Revier als samstags üblich, aber den ganzen

Morgen schon hatte sie das heimliche Getuschel und das plötzliche, schamhaft betretene Schweigen gespürt. Und jetzt das Gekicher.

Sie blickte auf und ertappte Smith und Jones dabei, wie sie sie quer durch das Büro anstarrten.

John Tankard hatte Stunden damit verbracht, Pam Murphys Haus in Penzance Beach zu beobachten. Er sah, wie Murphy zur Arbeit ging, doch Andy Cree, dieser Mistkerl, war dortgeblieben.

Was die Sache noch schlimmer machte, war Tanks Hunger. Außerdem hatte er an einen Teebaum pinkeln müssen, und er hatte darum gefleht, dass die Bewohner des Ferienhauses hinter ihm ihn nicht beobachteten. Das wärs noch, wenn eine Streife aus Waterloo vorbeikäme und meinte: »Was zum Teufel machst du da, Tank? Wir haben Meldung von einem Kerl erhalten, der seinen Schwengel lüftet.«

Gegen Mittag tauchte dann Cree auf, stand gähnend neben seinem Wagen und kratzte sich am Sack. Seine Haare waren vom Sex zerwühlt. Tank machte sich bereit, seine Hand schwebte über dem Zündschlüssel, aber Cree ging wieder ins Haus. Es dauerte noch eine Stunde, bis er davonfuhr. Tank folgte ihm durch die staubigen Seitengassen von Penzance Beach, durch das Farmland bis zur Frankston-Flinders-Road und nach Somerville.

Cree wohnte in einem Wohnblock hinter dem Supermarkt. Es war schon ziemlich heiß geworden, der Wetterbericht hatte von Spitzenwerten um die vierunddreißig Grad gesprochen, einer dieser vollkommen windstillen Tage, an denen sich die Zikaden in den Wahnsinn zirpten, die Welt von der Hitze wie betäubt wirkte und alles nach einem Gewitter lechzte.

»He«, grüßte Tank.

Cree hatte seinen Schlüssel im Schloss stecken. Er sah Tank auf sich zukommen, wirkte angespannt, sah Tank über die

Schulter um und schaute auf beide Seiten. »Wie komme ich zu der Ehre?«

Tank hatte die Fotos von Lachlan Roe aus dem Web ausgedruckt. »Du hast diese Aufnahmen gemacht. Du hast sie ins Netz gestellt.«

Cree warf einen Blick darauf, dann sah er Tank an und musterte ihn. »Kumpel«, erwiderte er milde gestimmt, »wovon redest du?«

»Du hast sie gemacht«, wiederholte Tank, doch überkam ihn ein Hauch von Zweifel.

»Also, warum sollte ich das tun?«

»Hast dein Handy dafür benutzt.«

»Ich geh jetzt rein, John.«

»Wenn du Pam verarschst, dann …«

»Ach, darum gehts«, meinte Cree und schloss auf. »Nicht witzig, okay?«

Dann war er drin und machte sich daran, die Tür zu schließen. »Ich hab keine Ahnung, was dich auf die Palme bringt, Tank. Das ist dein Problem, nicht meins. Und was die Fotos angeht, da solltest du vielleicht erst mal bei den Spurenfahndern anklopfen, bevor du mir was anhängen willst.«

Dirk Roe war am Krankenbett seines Bruders und redete inbrünstig auf ihn ein, damit seine Stimme in Lachlans Ohr und seinen Verstand vordrang. »Bilder von dir, überall im Netz. Ich konnte es einfach nicht fassen. Das ist nicht recht.«

Er sah in das schlaffe Gesicht. »Kannst du mich hören? Ich bins, Dirk.«

Dann wurde ihm langweilig, und er sah die blassen Wände an, ein undefinierbares Beige. Eine Krankenschwester kam herein. Er betrachtete sie heimlich, eng sitzende Dienstkleidung, die Nähte der Unterwäsche zeichneten sich ab. Dirk summte wie verrückt vor sich hin, bevor er sich wieder fassen konnte. Er schluckte. Nichts wollte er mehr, als seinen völligen Ruin abwenden. Er hatte nichts mehr auf der Welt. Gefeuert, ungeliebt, und niemand auf der Welt, der sich um ihn kümmerte.

»Irreparabler Hirnschaden«, hatte der Arzt gesagt. Aber der Arzt war ein Ausländer gewesen, was wusste der schon?

»Ich kann mit meinem Bruder sprechen, oder?«, hatte Dirk wissen wollen. »Er wird mich doch verstehen? Das wird ihn aus dem Koma holen?«

»Nein«, antwortete der Arzt. »Tut mir leid.«

Dirk beugte sich über Lachlan und sagte: »Dafür wird jemand büßen müssen.«

49

Nachdem Scobie Sutton seine Tochter zum Gemeindesaal hinter der Geschäftszeile von Somerville gebracht hatte, wo ihre Stepptanzlehrerinnen Klapptische aufgestellt hatten, die unter der Last von Muffins, Doughnuts und Zitronenlimo für die Abschlussfeier ächzten, erledigte er die Einkäufe und war entschlossen, sich nicht hetzen zu lassen, nur weil Challis und Destry es so wollten. Deshalb kam er an diesem Samstag erst gegen Mittag zur Arbeit.

Als Erstes ging er die Bänder und Zeitrafferaufnahmen von vier Standorten durch: dem Parkplatz des Planungsamts Ost, den Ampeln in Tyabb, der Caltex-Tankstelle in Waterloo und einem Abschnitt der Frankston-Flinders-Road zwischen Penzance Beach und Flinders. Ludmilla Wisharts Route bestand bisher aus einer Mischung von Mutmaßungen, ihren Schreibtischkalendereinträgen und winzigen Bruchstücken tatsächlicher Hinweise. Wenn doch Wishart sein Ortungsgerät nur am Mittwoch in der Nähe seiner Frau deponiert hätte. So hatte Scobie nur eine einzige Kreditkartentransaktion, der er nachgehen konnte – gegen 15.42 Uhr hatte Ludmilla Wishart an der Caltex siebenundvierzig Liter Bleifrei getankt. Zeitpunkt und Ort deuteten darauf hin, dass sie unterwegs zu Carl Vernon in Penzance Beach gewesen war. Vernon zufolge war sie pünktlich gewesen.

Scobie ging ihren Kalender von hinten nach vorne durch. Er nahm an, dass sie aus Tyabb gekommen war, wo sie dem Fall einer nicht genehmigten Frühstückspension nachgegangen war. Sie hatte gehalten, um zu tanken, war zu Carl Vernon gefahren, wo sie etwa eine halbe Stunde geblieben war, und hatte dann ihren Weg zu dem großen Haus auf der Halbinsel in der Nähe von Shoreham fortgesetzt, wo sie ermordet wurde.

Nachdem Scobie ein Schinkensandwich mit Gurken verputzt und einen starken Schwarztee getrunken hatte, spulte er sich durch die Videobänder von der Tankstelle. Die Qualität war miserabel, die Kamera in einem schlechten Winkel positioniert. Auch gut möglich, dass die Uhrzeit auf dem Band ungenau war. Also startete er das Band mit normaler Geschwindigkeit weit vor 15.42 Uhr, dem Zeitpunkt, zu dem Wisharts Kreditkarte den Spriteinkauf verzeichnet hatte.

Scobie entdeckte Ludmilla um 15.37 Uhr, als ihr silberner Golf langsam in den oberen Bildausschnitt geschlichen kam und an der Tanksäule fünf hielt, wobei die Zapfsäule die Sicht auf die Frau und ihren Wagen teilweise versperrte. Er sah ihren Kopf auftauchen, sah, wie sie den Zapfhahn nahm und damit verschwand. Dann tauchte der Arm wieder auf, und Scobie sah, wie sie einen anderen Quadranten des Bildschirms durchquerte, wohl um zur Kasse zu gehen. Dann tauchte sie wieder auf, stieg in den Golf und fuhr los.

Die Kamera war allerdings so schlecht angebracht, oder der Winkel hatte sich irgendwann verschoben, sodass nur die beiden Zapfsäulen in Straßennähe zu sehen waren. Sie standen im Vordergrund des Bildes. Der größere Teil des Bildschirms zeigte einen Abschnitt der großen Straße von und nach Waterloo, die Zufahrt zur Tankstelle, eine Bushaltestelle und ein Briefkasten der Australia Post waren deutlich zu erkennen.

Und ein Mercedes aus den späten Achtzigern. Zwanzig Sekunden, nachdem Ludmilla Wisharts Golf die Zufahrt zu den Zapfsäulen heraufgefahren war, hatte eine Mercedeslimousine am Straßenrand neben der Tankstelle gehalten und dort mit laufendem Motor gewartet, was an der leichten Abgaswolke zu erkennen war. Zwanzig Sekunden, nachdem Ludmilla Wishart die Fahrt fortgesetzt hatte, war ihr der Mercedes gefolgt.

Scobie stützte seinen Kopf in die Hände, schloss die Augen und dachte angestrengt nach. Er hatte diesen Wagen schon einmal gesehen. Er war kein Autonarr, und ein älterer Mercedes war nun wahrhaftig kein Schlitten, an den man sich erinnerte, aber sein Schwager hatte ihm Anfang des Jahres einen verkaufen wollen. Er wollte sich einen neuen Wagen zulegen, hatte aber für seinen alten nur tausend Dollar geboten bekommen, wo er doch noch mindestens siebentausend Dollar wert war. »Diesel«, hatte er Scobie erklärt, »wenig Kilometer, alle Services.« Scobie war durchaus interessiert gewesen, aber er hatte keine siebentausend Dollar übrig gehabt, und Beth hatte darauf bestanden, wenn überhaupt ein anderes Auto, dann nur eins mit Seitenairbags zu kaufen. Am Ende hatte Scobies Schwager den Mercedes für fünftausend Dollar über eBay verscherbelt, und Scobie hatte sich seitdem über die verpasste Gelegenheit schwarzgeärgert.

Wem also gehörte dieser Wagen, und wo hatte Scobie ihn erst kürzlich gesehen? Wenn er wegen seiner Frau nicht so trübe Gedanken gehegt hätte, hätte er dem Leben ringsherum mehr Aufmerksamkeit gewidmet.

Dann fiel es ihm wieder ein: der Einbruch im Planungsamt. Der Mercedes hatte hinter dem Büro gestanden. Und der einzige zu diesem Zeitpunkt anwesende Angestellte war der Chefplaner gewesen, Groot.

Scobie ließ das Band noch einmal ablaufen. Der Mercedes außerhalb der Tankstelle war in der Seitenansicht zu sehen, also konnte er kein Kennzeichen sehen. Die Fenster waren stark getönt. Keine Aufkleber in den Seitenfenstern, kein Fuchsschwanz an der Antenne. Aber es gab eine Anhängerkupplung, und eine Radkappe fehlte.

Scobie warf das Band aus, ging zum Einsatzraum und zur Fotosammlung am Whiteboard: Ludmilla Wishart, Adrian Wishart, Ludmillas Auto, das Umfeld des Tatorts, der Lehmklumpen, der sich in einem Radkasten gebildet hatte und getrocknet war, bevor er dann in der Nähe des Tatortes abfiel.

Scobie ging zu einer der Plastikwannen auf dem langen Tisch, weil er wusste, dass es noch weitere Fotos von dem Klumpen gab. Er fand sie, zusammen mit einem vorläufigen Bericht des Labors. Er watete durch einen Begriffssumpf aus »Locus«, »Diatome«, »pflanzliche Bestandteile« und »Feuchtigkeitsgehalt« und entnahm dem schließlich, dass der Lehm ursprünglich aus der Umgebung eines Feuchtgebiets oder eines Moors stammte.

Wahrscheinlich aus der Gegend, dachte Scobie, denn Schlamm, der sich weiter entfernt im Radkasten angesammelt hätte, wäre schon abgefallen, lange bevor der Wagen die Peninsula, genauer gesagt den Tatort, erreicht hätte. Scobie sammelte die Fotos ein und rief Challis an.

Challis hörte zu und sagte dann: »Ich bin im Krankenhaus. Komme sofort.«

Scobie wartete und rief zu Hause an. Beklommenheit ergriff ihn. Insgeheim wünschte er sich, Beth wäre nicht daheim, das hätte zumindest eine seiner größten Befürchtungen bestätigt, nämlich, dass sie mit den Himmelfahrtlern durchgebrannt war. Er sah seine Frau schon in einem abgelegenen Gelände vor sich, in einem tristen, unförmigen Baumwollkleid, das Haar schulterlang und mit einem Tuch zusammengebunden, wie sie voller Ekstase sang und auf die Worte eines kaltherzigen Kerls hörte.

Doch Beth hob ab und antwortete schleppend und so einsilbig auf seine Fragen und sein nervöses Gerede, dass seine schlimmsten Befürchtungen noch übertroffen wurden.

50

Scobie Suttons Anruf war eine Erleichterung. Challis, der in der Kantine saß, sagte: »Ich komme sofort«, und steckte sein Handy ein.

Samstags und sonntags war es in der Kantine ziemlich trostlos, sie war halb leer, das Essen fad. Challis betrachtete verzweifelt vom Vortag übrig gebliebene, ausgetrocknete Lasagne und das Irish Stew, entschied sich dann für ein Schinkenbrötchen und biss hinein, während er zur CIU hinübereilte. Außen war das Brötchen trocken, innen durchweicht.

Er fand Sutton in seinem Büro. Der Detective stand steif vor dem Schreibtisch, jeder andere hätte sich zum Warten hingesetzt. »Setz dich«, bat Challis.

Stattdessen breitete Sutton eine Reihe von Fotos aus. »Ich glaube, ich weiß, wer unser Mörder ist.«

Fasziniert stellte sich Challis neben ihn und besah sich die Bilder. Nahaufnahmen von dem Lehmklumpen aus verschiedenen Winkeln; ein Golf an den Zapfsäulen einer Tankstelle; ein Ausschnitt derselben Szene vergrößert, darauf eine Mercedeslimousine älterer Bauart, die am Straßenrand neben der Tankstelle stand.

»Das hier«, zeigte Sutton auf den Golf, »ist Ludmilla Wisharts

Wagen. Der hier …«, der Mercedes, »… hielt ein paar Sekunden später an.«

»Ist er ihr gefolgt?«

»Ich glaube schon. Er fuhr gleich weiter, als sie weg war.«

»Es gibt jede Menge von diesen alten Limousinen in der Gegend, Scobie, und wir können das Kennzeichen nicht erkennen.«

»Richtig, aber ich kenne jemanden, der genau so einen Wagen fährt.«

Sutton zog die Geschichte in die Länge. Vielleicht versuchte er, irgendwie verlorenen Boden gutzumachen. »Gute Arbeit.«

Sutton wurde rot. »Danke.«

»Also, wem gehört der Wagen?«

»Mrs. Wisharts Boss Groot.«

»Wie sicher bist du dir?«

»Ich war gerade bei Groots Haus. Sein Mercedes stand auf der Straße. Ich habe ein paar Fotos gemacht.«

Sutton hielt eine Digitalkamera in der Hand. Der kleine LCD-Bildschirm leuchtete auf. Er scrollte durch ein Dutzend Aufnahmen. Es wirkte, als wollte er abstrakte Darstellungen des mechanischen Zeitalters ablichten. Challis sah Achsen, Federn, Stoßdämpfer, Bremsschläuche, Bleche und Unterbodenschutz, aus unnatürlichen Winkeln aufgenommen und grell ausgeleuchtet.

»Siehst du die Lehmspuren an der Stelle? Ich habe eine kleine Probe davon genommen.«

»Ausgezeichnet«, lobte Challis.

»Ich hab sie ins Labor geschickt.«

Challis nahm sich eines der Fotos. »Das reicht, um ihn für eine Befragung herzubestellen.«

»Finde ich auch.«

»Groot könnte allerdings angeben, dass zu seinem Job auch Ortsbesichtigungen gehören. Wenn der Lehm vom Tatort von seinem Wagen stammen sollte, ist das noch kein Beweis dafür, wann er dort war, und es reicht noch lange nicht aus, um zu beweisen, dass er Ludmilla Wishart umgebracht hat.«

»Ich habe die Telefonlisten von allen im Planungsamt kontrolliert«, sagte Sutton. »Einen Tag vor dem Abriss des Hauses in Penzance Beach gab es von Groots Telefon aus Anrufe bei den Ebelings.«

»Aber hat Groot die Ebelings auch zu anderen Zeiten angerufen?«

»Na ja, schon«, räumte Sutton ein.

»Und hat unser Opfer die Ebelings auch angerufen?«

»Ja«, räumte Sutton ein.

»Alle Anrufe vom Planungsamt könnten arbeitsbezogen sein und müssen noch nicht als Tipp gelten«, stellte Challis fest. »Die Ebelings haben einen Antrag auf Abriss gestellt und genehmigt bekommen. Sie haben außerdem ein Baugesuch für ein neues Haus eingereicht. Man kann also davon ausgehen, dass jede Menge Telefonate geführt wurden.«

»Aber warum ist Groot Ludmilla gefolgt?«

»Das«, betonte Challis, »wird der Mann nicht so leicht erklären können. Du besorgst dir seine Finanzunterlagen. Ich hole ihn zur Befragung her.«

Sie befragten Groot gemeinsam. Noch bevor der Mann seiner Entrüstung Ausdruck verleihen konnte, bombardierte ihn Challis mit Fragen.

»Hier sitzen Sie in Ihrem Wagen und verfolgen Ludmilla Wishart am Nachmittag ihrer Ermordung. Wir haben Fotos von anderen Überwachungskameras, die dies belegen und die gerade vergrößert werden, um das Kennzeichen und Ihr Gesicht besser sehen zu können.«

Gelogen, aber durchaus wahrscheinlich. Groot knickte ein wenig ein. Er hatte im Garten gearbeitet und trug ein langärmliges, kakifarbenes Hemd und Jeans. Das rote Gesicht mochte von der Sonne oder der Anstrengung kommen, womöglich gaben aber auch seine Nerven etwas nach. »Ich war nicht … Ich will sagen …«

»Sie folgten Mrs. Wishart zu dem Haus oberhalb des Strandes zwischen Shoreham und Flinders, und Sie töteten sie.«

»Nein! Ich war gerade dabei, Bauanträge zu überprüfen, und habe sie zufällig unterwegs gesehen! Das ist alles, ich schwöre es.«

»Sie folgten ihr. Sie verfolgten sie. Waren Sie von ihr besessen? Wollten Sie Sex mit ihr, doch sie war nicht bereit dazu?«

»Nein! Ich bin glücklich verheiratet.«

»Nun, gerade eben wirkte Ihre Frau nicht sonderlich glücklich.«

»Meine Frau hat nichts damit zu tun.«

Nachdenklich sagte Challis: »Andererseits bietet sich eine andere Erklärung geradezu an. Sie haben den Ebelings einen Tipp gegeben, dass das alte Haus, das sie in Penzance Beach gekauft hatten, unter Denkmalschutz gestellt werden könnte, sie sollten also besser schnell handeln, wenn sie es abreißen wollten. Ludmilla hat das herausgefunden und gedroht, Sie zu ruinieren. Oder war es Erpressung?«

»Ich weiß nicht, wovon Sie sprechen.«

»Was haben die Ebelings Ihnen bezahlt?«

»Ich setze mich leidenschaftlich für den Erhalt des Erbes der Peninsula ein«, stotterte Groot. »Flora, Fauna, Kulturerbe …«

Er hielt inne und wischte sich über Stirn und Schläfen, trocknete sich den schlaffen Nacken. »Ich bin ein konservativer Planer.«

»Wir haben Ihre Finanzunterlagen der letzten fünf Jahre vorliegen«, erklärte Challis, ohne weiter ins Detail zu gehen.

Groot schaute verloren und verwirrt.

Challis deutete wieder auf die Fotos. »Sie haben sie verfolgt.«

»Hab ich nicht! Na ja, schon, aber nur, weil ich sie zufällig unterwegs entdeckt und mich gewundert habe, was sie in dieser Gegend zu suchen hat. Wir vom Planungsamt Ost wissen von den Anschuldigungen, wir seien bestechlich. Wo Rauch ist, da ist auch Feuer. Durch ihre Arbeit war Ludmilla in einer sehr heiklen Lage.«

Challis widerte das alles an. Er hielt mit seiner Meinung nicht hinter dem Berg. »Geben wir ruhig dem Opfer die Schuld!«

Groot wand seinen massigen Leib. Sein Hemdkragen war durchgeschwitzt, sein Körper, die Schuldgefühle und die zunehmende Hitze im Befragungszimmer verrieten ihn. »Es gehört zu meinen Pflichten als Abteilungsleiter, die …«

»… Sie haben sie verfolgt und umgebracht, um sich selbst davor zu schützen, als bestechlich entlarvt zu werden.«

»Nein! Ich sah, wie sie von der Hauptstraße abbog, und wusste, dass sie bei dem Haus nachsehen wollte, wo all die Bäume gefällt worden waren. Das erklärte den Umweg, also bin ich einfach weitergefahren. Zurück zum Büro.«

Wieder wechselte Challis das Thema. »Sie haben in Ihrem Haus ein paar Arbeiten durchführen lassen.«

Groot wurde rot. »Na und?«

»Ein Bauunternehmer wie Hugh Ebeling hat stets eine ganze Reihe von Handwerkern an der Hand. Seine Bestechungsleistungen gehen nicht direkt auf Ihr Konto, sondern laufen über Sie. Er bezahlt Sie mit Arbeitsleistungen.«

»Auf keinen Fall.«

Challis zeigte ihm weitere Fotos. »Diese Lehmklumpen wurden am Tatort gefunden. Sie sind unverwechselbar. Erstens können sie einem Marschland auf der Peninsula zugeordnet werden. Zweitens können sie dem Radkasten eines Mercedes 190 E zugeordnet werden. Ihres Mercedes, genauer gesagt.«

Groot machte ein entgeistertes Gesicht. Sein Mund war so trocken, wie sein mächtiger, fleischiger Körper schweißgebadet war.

»Von diesen alten Wagen gibt es doch jede Menge.«

»Aber nicht allzu viele, an denen immer noch Spuren von Lehm haften, Spuren, bei denen man mithilfe von chemischer Analyse, Computerbearbeitung und 3-D-Digitalisierung nachweisen kann, dass sie genau zu jenen Klumpen passen, die erst im hinteren linken Radkasten hingen und dann am Tatort abfielen. Lehm, der nachweislich aus einer Marschgegend stammt, die Sie während des Dienstes aufgesucht haben.« Alles Blödsinn, klang aber gut.

»Ich glaube, ich brauche einen Anwalt.«

»Das glaube ich auch«, meinte Challis.

Scobie Sutton hatte kein Wort gesagt, doch er wirkte so glücklich, wie ein gewohnheitsmäßig trübsinniger Mensch nur wirken konnte, fand Challis, als er einen Blick auf den Kollegen warf.

Der Anwalt traf eine Stunde später ein, ein Anwalt aus Mornington für Sachenrecht, ein schlanker, agiler Mann mit einer knappen Art und einer spitzen, leicht verschobenen Nase. Er beriet sich mit Groot, kam fünf Minuten später zurück und erklärte: »Mein Mandant möchte eine Erklärung abgeben.«

In der Zwischenzeit hatte sich Ellen zu ihnen gesellt. Im Befragungszimmer war es stickig, also verlegte Challis die Befragung in einen Konferenzraum, der mit Aufnahmegeräten ausgestattet war. Als das Band lief, gab er ihre Namen, den Ort, Zeit und Datum zu Protokoll. »Bitte, Mr. Groot.«

»Es stimmt, ich bin Mrs. Wishart letzten Mittwoch gefolgt«, erklärte Groot und verstummte.

»Der Vollständigkeit halber«, meinte Challis, »wir reden hier vom Mittwochnachmittag, dem 18. November?«

»Ja.« Wieder eine Pause.

»Bitte machen Sie Ihre Aussage, Mr. Groot«, forderte ihn Ellen auf.

»Ich bin Ludmilla gefolgt, weil ich mit ihr reden wollte, allein, außerhalb des Büros.«

Pause. Challis, Ellen und Sutton sahen Groot nur wortlos an.

Groot schluckte. »Ich nahm an, dass Mrs. Wishart belastendes Material über mich gesammelt hatte, und wollte die Angelegenheit mit ihr klären. Ich habe Frau und zwei Kinder und eine riesige Hypothek, um die ich mir Sorgen mache. Wenn diese Informationen an die Öffentlichkeit gekommen wären, hätte ich vielleicht meinen Job verloren, wäre gefeuert worden oder hätte vielleicht sogar ins Gefängnis gehen müssen. Abgesehen davon hätten Personen, die durch Entscheidungen der Planungsabteilung nachteilig betroffen waren, uns auf Millionen von Dollar verklagen können. Das durfte ich nicht zulassen.«

Challis fiel das Wort »durfte« auf. Er beobachtete und wartete ab.

»Ich bin ihr bis zu der Stelle gefolgt, wo ihre Leiche später gefunden wurde. Aber ich schwöre, ich habe sie nicht umgebracht. Sie lebte noch, als ich sic verließ.«

Er flehte darum, dass man ihn verstand, bettelte geradezu, dass man ihm glaubte. Challis wartete.

»Ich habe sie gebeten, meine Karriere nicht zu ruinieren. Ich sagte, wir würden schon eine Lösung finden. Die Ebelings hatten das alte Haus abgerissen, sicher, aber vielleicht konnte ich es so drehen, dass der Bezirk den Neubau verhinderte. Sie sagte gar nichts. Ich weiß nicht, was ihr durch den Kopf ging. Ich bin richtig wütend geworden und habe sie angebrüllt, aber ich habe sie nicht umgebracht. Sie lebte noch, als ich wegfuhr. Ich schwöre es.«

Der Mann verschränkte seine kurzen Arme und öffnete sie wieder, sie schienen ihren eigenen Willen zu haben. »Der Einbruch in Ihrem Büro«, meinte Challis. »Das haben Sie inszeniert?«

»Ja.«

»Sie haben nach den Beweisen gesucht, die Mrs. Wishart gegen Sie in der Hand hatte.«

»Ja.«

»Haben Sie sie gefunden?«

»Sie war mir gefolgt! Sie hatte Fotos von meinem Wagen vor Ebelings Haus in Brighton!«

Er klang aufgebracht. Challis sagte kühl: »Nur der Vollständigkeit halber, der Schlamm aus Ihrem Radkasten stammte aus dem Naturschutzgebiet French's Reserve?«

»Ja.«

Challis war erleichtert, dass das schon mal geklärt war. »Ihr Gespräch mit Mrs. Wishart war hitzig?«

»Sie schaute mich nicht mal an!«

Ellen beugte sich vor. »Und womit haben Sie sie erschlagen? Mit einem Wagenheber, richtig?«

»Ich habe sie nicht erschlagen.«

Der Anwalt hatte sich Notizen gemacht und zugehört, ohne seinen Mandanten zu unterbrechen. Er sah Challis, Ellen und Sutton milde an und sagte: »Da haben Sie Ihre Aussage. Kein Geständnis.«

Challis ging nicht darauf ein. »Athol Groot, ich verhafte Sie wegen der Ermordung von Ludmilla Wishart am …«, hob er an und ging dann die ganze bekannte Litanei durch und dachte, dass der Kerl nur hätte behaupten müssen, dass es für ihn nichts Ungewöhnliches sei, auf der Peninsula herumzufahren, und dass er schon bei anderer, früherer Gelegenheit in Shoreham gewesen sei. Aber das hatte er nicht getan, und nun war er dran.

51

Pam Murphy holte gerade eine Akte aus ihrem Wagen, als Adrian Wishart auf freien Fuß gesetzt wurde. Sie sollte eigentlich nicht in der kleinen Zubringerstraße neben dem Revier parken – das behinderte die Anwohner und die Besucher des Reviers –, doch jeder parkte dort, vor allem am Wochenende, weshalb sie freien Blick auf den Haupteingang hatte, als Wishart das Gebäude mit seiner Anwältin verließ. Er wirkte zufrieden, wenn auch ein wenig durcheinander, und schüttelte der Anwältin ausgiebig die Hand, hielt inne, schüttelte sie wieder, hielt sich an ihr fest, wollte nicht loslassen.

Pam wusste, dass bei der CIU etwas im Gange war, doch nach dem Mittagessen war sie nach unten in ein kleines Büro hinter den Arrestzellen verschwunden. Auf diese Weise entging sie dem Getuschel und schaffte ihr Pensum. Sie steckte heute bis zum Hals in Arbeit und wollte nicht, dass Challis oder Destry ihr irgendwelchen unwichtigen und zeitaufwendigen CIU-Kram anhängten. Sie musste noch den Papierwust zu Josh Brownlee erledigen, und sie war gebeten worden, einen informellen Beitrag »aus der Sicht eines Polizisten auf der Straße« zu dem Schoolies-Week-Bericht zu liefern, den Sergeant Destry für Superintendent McQuarrie und den Stadtrat zusammenstellte. Letzteres versprach, eine ziemlich nervenaufreibende Angelegenheit zu werden. Pam traute ihren eigenen Eindrücken nicht ganz und entschied, am Nachmittag die täglichen Berichte der Streifenpolizisten zu lesen und einen Fragebogen zu verfassen, den sie später an die Ladenbesitzer, Hoteliers und Pensionswirte der Stadt verteilen wollte.

Im Schutz eines Lieferwagens und eines Eukalyptusbaumes schlich sie über die Straße und ging zum Seiteneingang. »Entschuldigung?«, fragte eine Stimme. »Pam? Entschuldigung.«

Pam drehte sich erschrocken um. Eine Teenagerin, Schoolie, wie es aussah. Minirock, kurzes, enges T-Shirt, Sandalen, ein munterer blonder Pferdeschwanz, ein hübsches, unbeschwertes Gesicht, das Pams Ansicht verstärkte, dass eine Art natürlicher Selektion im Gange war. Die jungen Blondinen von den Privatschulen, die nach den Prüfungen eine Woche am Meer geschenkt bekamen, schienen stets gesund und gut auszusehen. Warst du arm, auf der örtlichen Highschool und schon vor der zwölften Klasse abgegangen, dann sahst du scheiße aus.

Manchmal hatten die Blonden das Gefühl, dass ihnen die Welt gehörte, aber nicht immer. Dieses Mädchen hier gehörte zu den Netten. »Bronte-Mae«, sagte Pam mit einem Lächeln.

Letzten Montag, in der Nacht, hatte Bronte-Mae irgendwie alles verlegt, Brieftasche, Schlüssel, Freunde, Nüchternheit und Würde. Pam hatte sie gerettet. Teenagern aus der Not zu helfen, hieß genauso, ihnen zu vermitteln, dass ihre Lage nicht hoffnungslos war, wie ihnen zwanzig Mäuse zu leihen oder sie nach Hause zu bringen.

Und da war Bronte-Mae wieder und sprudelte fast über. »Die hier hab ich am Strand gefunden.«

Eine kleine gewebte Tasche von der Art, wie man sie in Dritte-Welt-Läden fand. »Ich bin mitten bei der Arbeit«, sagte Pam, »kannst du das bitte zum Empfangstresen bringen?«

»Oh«, sagte Bronte-Mae und machte ein bestürztes Gesicht. »Okay.«

Bronte-Mae leuchtete geradezu, war aber noch voll jugendlicher Unsicherheit. Schließlich meinte sie: »Es ist bloß …, ich glaube, sie gehört dieser Frau, die ermordet wurde.«

Einen Augenblick lang blieb Pam völlig regungslos. Dann machte sie eine Handbewegung.

Bronte-Mae, die ganz erleichtert war, ja geradezu strahlte, gab ihr die Tasche. »Die hab ich letzte Nacht gefunden, bei Shoreham. Ich hab sie ganz vergessen, bis ich heute Morgen …«, und damit wurde sie rot, »… als ich aufgewacht bin.« Plötzlich machte sie ein ganz betroffenes Gesicht. »War das in Ordnung, dass ich reingeschaut hab? Ich wollte nur wissen, wem sie gehört. Ich hab nichts genommen.«

Pam ließ ihre Finger über die Oberfläche des kleinen Stofftäschchens gleiten und spürte darin etwas Kleines, Hartes und Rechteckiges. Wenn man die Art von Frau war, die Dritte-Welt-Sachen kaufte, dann würde man sein Handy, seine Brille oder Tampons in solch einem Täschchen aufbewahren. Pam entdeckte nirgendwo einen Namen. »Wie kommst du auf die Idee, dass diese Tasche Mrs. Wishart gehört?«

»Da ist eine kleine Geburtstagskarte drin.«

Pam öffnete das Zugband. Ein MP3-Player mit Ohrhörern, einem USB-Kabel, der Gebrauchsanweisung und einer winzigen Karte. Sie zögerte, etwas anzufassen, und sagte warmherzig: »Das ist fantastisch.«

»Wirklich?«

»Wirklich«, meinte Pam. Sie sprach vertraulich leise. »Nur unter uns, wir haben schon danach gesucht. Deine Adresse habe ich noch von letztem Montag. Vielleicht brauchen wir später noch eine Aussage von dir.«

Freudestrahlend machte sich Bronte-Mae davon. »Okay, cool. Also, bis dann! Danke für alles! Das war die schönste Woche in meinem ganzen Leben!«

Ein körperliches Strahlen, dachte Pam. Verstehe ich.

Sie winkte Bronte-Mae zu und eilte dann durch den Haupteingang ins Revier. Von dort gab es keinen direkten Zugang zur CIU. Erst musste sie die Zahlenkombination auf dem Tastenfeld neben dem Empfangstresen eingeben, dann den Trakt dahinter durchqueren, vorbei an den offenen Bürotüren, der Kantine und einem halben Dutzend Kerlen, die um die Anschlagbretter standen, bevor sie schließlich eine schmale Treppe hinaufging und einer Gruppe von Beamten auswich, die heruntergestürmt kamen. Die ganze Zeit über hatte sie das Gefühl, als würde über sie getuschelt, und in der Atmosphäre lag so etwas wie eine versteckte Anstößigkeit. Zweimal starrte sie Kerle nieder, die sie anglotzten. »Was?«, wollte sie wissen.

»Nichts«, murmelten sie mit roten Köpfen.

Sie warf einen Blick durch die Tür des Einsatzraums. Ellen Destry sammelte gerade ein paar Akten zusammen. »Sergeant, ich …«

»Tut mir leid, Pam, kann das warten? Wir haben den Chefplaner gerade wegen des Mordes an der Wishart verhaftet, und ich …«

»Ludmilla Wisharts MP3-Spieler, Sergeant. Er ist gerade abgegeben worden.«

Destry spannte sich. »Bist du sicher?«

»Ja.«

»Wo und wann?«

Pam sagte es ihr. Dann zog Ellen ihr Handy aus der Tasche und wählte. »Hal? Wir haben Ludmillas MP3-Spieler … Murph … ins Labor … Fingerabdrücke …«

Pam stahl sich davon. Sie wusste, dass Ellen ein Dutzend Aufgaben für sie finden würde. Aber erst musste sie ihre Berichte schreiben. Sie trat auf den Gang hinaus, war oben an der Treppe, eilte hinunter, tat so, als hörte sie nichts, als Destry rief: »Pam?«

Ihr Versteck hinter den Zellen bestand aus Aktenschränken, Regalen voller Berichte, Anweisungen, Handbüchern und zwei Computern. Ein Constable von der Öffentlichkeitsarbeit hatte auf einem der Computer herumgehackt, war aber zu einem Notfall gerufen worden, also hatte sie das Zimmer für sich allein. Sie setzte sich an den zweiten Computer und schrieb ihre ersten Eindrücke von der Schoolies Week nieder. Eine halbe Stunde später hatte sie eine erste Fassung fertig, speicherte sie auf ihrem Memorystick ab und wollte sie ausdrucken.

Nichts geschah. Auf dem Bildschirm erschien eine Meldung, dass der Computer nicht mit dem Netzwerkdrucker verbunden sei.

Genervt zog sie ihren Memorystick ab, schob ihn in den USB-Anschluss des anderen Computers und öffnete ihr Dokument. Wieder wählte sie den Druckbefehl. Dieses Mal funktionierte es.

Pams Blick wanderte zum unteren Bildschirmrand. Offenbar hatte der Kerl von der Öffentlichkeitsarbeit noch ein Browserfenster geöffnet gelassen. Zwischen all den Symbolen befand sich ein Banner und eine abgekürzte Webadresse. Aus Langeweile klickte sie Pam an.

Und sah sich selbst nackt und blass auf ihrem Bett liegen.

Zuerst wusste sie nicht, um wen es sich handelte, bis ihr Blick sich von Becken und Brüsten löste und zum Gesicht wanderte. Die Webadresse lautete *www.inandoutofuniform.com.* Und tatsächlich, da war sie auch in Uniform zu sehen, ein Foto vom Abschluss der Polizeiakademie, das sie in einem Metallrahmen auf ihrem Schminktisch stehen hatte.

In diesem Moment klingelte ihr Handy, Inspektor Challis war dran und teilte ihr mit, dass sie ihre Hilfe bei der Durchsicht der Beweise gegen Athol Groot brauchten.

52

In der Zwischenzeit war es Nachmittag geworden, auf dem Revier wurde es ruhiger, und im Dienstzimmer der CIU war es ganz still. Smith und Jones waren nach Hause gegangen, um den Rasen zu mähen oder was die beiden sonst so an ihren Wochenenden trieben. Ellen Destry und Scobie Sutton sortierten den

Inhalt von Ludmilla Wisharts kleinem geflochtenen Täschchen und registrierten alle Beweismittel, bevor sie ins Labor geschickt wurden. Challis trommelte mit den Fingern auf den Tisch und wartete auf Pam Murphy.

Schließlich tauchte Pam auf. Challis fand, dass sie steif und angespannt wirkte, so als unterdrücke sie übermächtige Gefühle. Er sah sie an und runzelte die Stirn. Pam schüttelte den Kopf und setzte sich.

Challis begann mit dem Briefing. »Wie ihr wisst, haben wir den Chefplaner Groot verhaftet. Der Punkt ist, sowohl der Ehemann als auch Groot hatten ein Motiv, beide waren in der Gegend, beide verhielten sich merkwürdig. Wir sollten die beiden mal vergleichen. Ellen?«

Sie rührte sich. »Vom Ehemann wissen wir, dass er seiner Frau häufig gefolgt ist. Am Mittwochnachmittag verhielt er sich dementsprechend. Und er wusste, wie komisch das für einen Außenseiter wirken mochte, also vertuschte er das Ganze. Ein ganz normaler Tag sozusagen. Doch als wir uns darauf konzentrierten, was an diesem Tag nicht normal war, stießen wir auf Groot.«

Challis nickte. Er wandte sich an Pam Murphy, die auf ihrer Wange herumbiss, die Tischoberfläche anstarrte und abwesend zu sein schien. Glaubte sie, dass er einen fürchterlichen Fehler begangen hatte, Groot zu verhaften? »Pam? Du glaubst nicht, dass Groot es war?«

Pam blinzelte. »Was? Tut mir leid, ich habe gerade versucht, die Sache mit seinen Augen zu sehen.«

Gerade noch gerettet – und gelogen. Sie war mit ihren Gedanken ganz woanders gewesen. Aber Challis hatte jetzt keine Zeit dafür. Er ging zum Whiteboard und notierte oben Groots Namen. »Was wissen wir über diesen Mann?«

»Er war am Tatort«, antwortete Ellen. »Groot hat gelogen, es aber später eingestanden.«

»Es gibt außerdem handfeste Indizien dafür, dass er dort war«, fügte Sutton an. »Aufnahmen von Überwachungskameras, wie er sie am Tag ihrer Ermordung verfolgt hat.«

»Ich stelle mir vor, was er vor Gericht sagen könnte«, fing Challis an und packte auf seine übliche Art die Rückenlehne eines Stuhls. »Wir haben ihn überrumpelt. Er war verwirrt. Er hat Datum und Uhrzeit durcheinandergebracht. Ja, er war am Tatort – aber zu einer anderen Zeit und aus beruflichen Gründen. Er hat Ludmilla Wishart überhaupt nicht gesprochen. Die Polizei hat ihn bedrängt, und er war durcheinander.«

»Er hat Schmiergelder genommen«, argumentierte Sutton. »Ludmilla Wishart hat das herausgefunden und wollte ihn auffliegen lassen. Er hatte ein Motiv.«

»Haben wir Beweise dafür, dass er Schmiergelder genommen hat? Die Ebelings werden abstreiten, ihm jemals Geld gegeben zu haben. Er kann behaupten, das Ganze sei ein Irrtum, dass Ludmilla sich getäuscht oder aus Böswilligkeit gehandelt habe. Und das Geld hat er beim Pferderennen gewonnen.«

»Also sorgen wir dafür, dass er vor Gericht nicht so argumentieren kann«, meinte Ellen. »Wir graben tiefer in seiner Vergangenheit: Finanzunterlagen, Freunde, Familie und Bekannte, seine Berufskarriere, Telefonaufzeichnungen, Zeugen, die ihn mit den Ebelings oder mit anderen, die in den letzten Jahren von Hinweisen aus dem Bezirk profitiert haben, gesehen haben.«

»Ein ungeheurer Aufwand«, murmelte Sutton.

Eine Weile schwiegen sie bedrückt. »Ist dieser Kerl clever?«, wollte Challis wissen. »Gesteht er einen Teil ein und liefert eine plausible Erklärung, die ihn in schlechtem Licht erscheinen lässt, weil er denkt, wir kaufen ihm das ab und sehen nicht, dass er eines größeren Verbrechens schuldig ist?«

»Genau wie der Ehemann«, warf Ellen ein.

»Oder beide sagen die Wahrheit«, gab Sutton zu bedenken.

»Und was glauben wir?«

»Groot war es«, sagte Ellen. »Wir wissen, dass er ein Rüpel ist, und diesmal ist er einen Schritt zu weit gegangen.«

»Das denke ich auch«, pflichtete ihr Sutton bei.

Pam Murphy war in Gedanken weit fort.

Dann gab es ein Knacken, und Pam betrachtete bestürzt die beiden Bleistifthälften. Sie schluckte, wurde rot, stammelte: »Entschuldigung«, und stürmte aus dem Raum. Challis sah Ellen fragend an, doch die zuckte nur mit den Schultern.

»Wir brauchen handfeste Beweise, dass Groot Schmiergelder genommen hat und Ludmilla davon wusste«, fuhr Challis fort. »Sonst wird Groots Anwalt das Opfer vor Gericht schlechtmachen: Ludmilla habe dazu geneigt, unhaltbare Behauptungen über ihre Arbeitskollegen zu verbreiten, sie habe selbst Schmiergelder angenommen, um den Lebensstil ihres faulen Ehemanns zu finanzieren, sie habe einen heimlichen Liebhaber gehabt und so weiter. Oder er wird behaupten, sie sei überfallen worden – und woher wissen wir, dass das nicht stimmt?«

Er ging um den langen Tisch herum und besah sich MP3-Spieler und Täschchen der Ermordeten. »Aber würde ein Räuber so etwas wegwerfen?«

»Unwahrscheinlich«, meinte Sutton, löste seine übereinandergeschlagenen Beine und arrangierte seine dürren Knochen neu.

»Ich versuche, das Ganze mal mit Groots Augen zu sehen«, sagte Challis. »Er bringt sie um, dann will er die Tat als missglückten Überfall darstellen, steckt Geld und Telefon ein und wirft den Rest runter an den Strand. Aber warum nimmt er nicht auch ihren MP3-Spieler mit? Würde das denn nicht den Eindruck verstärken, dass sie überfallen wurde?«

Ellen zuckte mit den Schultern. »Er hatte es eilig. Er nahm die naheliegendsten Dinge mit. Er hat sich nicht damit abgegeben, dieses Täschchen zu öffnen, hat gedacht, dass da ihre Sonnenbrille drin ist.«

»Möglich«, meinte Challis zweifelnd.

Er zog Latexhandschuhe aus der Tasche, sagte: »Handschuhe, Ellen«, und hielt sich den MP3-Spieler vor die Nase. »Wie funktionieren diese Dinger?«

»Du hast offensichtlich keine Tochter im Teenageralter«, spottete Ellen und ließ das Latex schnappen.

Sie setzten sich nebeneinander, Challis überkam Verlangen, als sich ihre Schultern berührten. Ellen duftete dezent, nicht nur nach Shampoo und Seife, sondern auch nach Haut und Haar. Doch sie war ganz bei der Arbeit, hatte die Ohrhörer in den Ohren stecken und murmelte: »Mal sehen.« Challis wurde von leichter Enttäuschung gepackt. Doch dann lehnte sie sich wundersamerweise an ihn, und er dachte: Zum Teufel, soll doch Scobie denken, was er will.

Sie sahen den kleinen Bildschirm aufleuchten. Ellen klickte sich durch den Inhalt, und das Menü sprang von einem Unterpunkt zum anderen. Plötzlich hielt sie inne und nahm die Ohrhörer ab: »Sie hat damit private Notizen aufgezeichnet.«

»Was für Notizen?«

»Hör selbst«, sagte sie und gab ihm die Ohrstöpsel.

53

Test, Test, eins, zwei, drei, das kleine Schwein steht auf einem Bein, und so weiter und so fort …

Dann ein leises Klicken. Ellen nahm an, dass Ludmilla Wishart sich den Probelauf angehört hatte. Der MP3-Spieler war neu, ein Geburtstagsgeschenk, also hatte sie wohl damit herumexperimentiert und die verschiedenen Funktionen ausprobiert.

»Jetzt ist es … 14.45 Uhr, ich bin am Grundstück fünf, Harcourt Drive in Tyabb, wo die Besitzer die Fundamente für eine nicht genehmigte Frühstückspension gelegt haben.«

Das hatte im Tischkalender gestanden. Sie hörten, wie Ludmilla Wishart ihre Absichten erläuterte, dann gab es ein schwaches atmosphärisches Rauschen, eine Unterbrechung, wieder ihre Stimme, die die Ergebnisse des Treffens verkündete – einvernehmlich, offenbar.

Eine angenehme Stimme, fand Ellen. Ruhig, nicht gehetzt, gebildet und ein wenig befangen, aber gleichzeitig zufrieden mit ihrem neuen Spielzeug.

»Es ist jetzt 15.20 Uhr, und mein nächstes Ziel ist die Bluff Road in Penzance Beach. Unterwegs werde ich tanken müssen.« Pause, dann mit trockenem Humor: »Nicht, dass das dieses kleine Dingsbums irgendwas angeht.«

Ellen stellte sich Ludmillas Fahrt von Tyabb zum Abrisshaus in Penzance Beach vor, unterwegs der Halt, um zu tanken, Groot hinter ihr in seinem alten Mercedes, Adrian hinter ihr im Kombi seines Bruders. Warum hatten die beiden Männer sich nicht gegenseitig entdeckt? Das Ganze hätte vierzig Minuten gedauert, wenn Ludmilla ihr Dingsbums hätte weiterlaufen lassen, während sie die Umstände und Ereignisse der Fahrt aufzählte: »Durch diese Kurve mit achtzig Stundenkilometern … An einem Schulbus vorbei … Bin gerade über eine Bremsschwelle gefahren … Habe siebenundvierzig Liter Bleifrei getankt …«

Aber natürlich sagte Ludmilla Wishart nichts von alledem, sondern hörte bald auf, mit ihrem neuen Spielzeug zu experimentieren und zeichnete nur noch das auf, was sie später für ihre schriftlichen Notizen verwenden wollte.

Es gab eine Pause, das leise Knacken einer Unterbrechung, dann wieder Ludmilla:

»Bluff Road, Penzance Beach. Es ist 16.25 Uhr. Habe mich, wie verabredet, mit Carl Vernon getroffen. Sprachen über den

Abriss des Somerland-Hauses. Anwohner sehr aufgebracht, wie heute Morgen zu sehen. Ich schlug vor, dass ich beim Planungsbeauftragten eine einstweilige Verfügung erwirke, um Somerland unter Denkmalschutz zu stellen. Unglücklicherweise haben Hugh und Mia Ebeling ihre Abrissgenehmigung umgesetzt, bevor die Schutzmaßnahme besprochen oder gar erteilt werden konnte. Ich habe Mr. Vernon nicht verraten, dass mein Boss mit größter Wahrscheinlichkeit den Ebelings einen Tipp gegeben hat und dass ich ihn den Vorgesetzten melden werde.«

Und das hatte Groot gewusst, dachte Ellen. Er war ihr gefolgt, wollte ihr das ausreden, und als das nichts fruchtete, hatte er sie umgebracht.

»In der Zwischenzeit habe ich Mr. Vernon geraten, dass das Bürgerkomitee Schritte unternimmt, um die von den Ebelings geplante Bebauung des Grundstücks zu verhindern oder zumindest eine drastische Einschränkung des geplanten Gebäudes zu erzwingen, das im Augenblick drei Stockwerke umfasst. Ich schlug vor, dass das Komitee bei den Planungssitzungen teilnehmen und Overheadfolien zeigen solle, die belegen, welche Auswirkungen das geplante Gebäude auf die Aussicht hätte, nicht nur aufs Meer, sondern auch in die anderen Richtungen.« Pause. »Verlasse Penzance um 16.35 Uhr und fahre nach Shoreham.«

Wieder Pause, und als Ludmilla Wisharts Stimme zu hören war, klang sie wie elektrisiert:

»Ich muss Folgendes aufzeichnen, für den Fall, dass was passiert. Ich befinde mich außerhalb des Anwesens namens Westering, Frankston-Flinders-Road Nummer 450, das über eine lange Zufahrt von der Frankston-Flinders-Road erreichbar ist. Jamie Furneaux, der Besitzer, der sich gegenwärtig im Ausland aufhält, wurde wegen der Abholzung von zweiundfünfzig Bäumen verklagt und verurteilt und hat die Auflage erhalten, als Ersatz mit einheimischen Bäumen aufzuforsten. Ich kann bestätigen, dass Mr. Furneaux sich an die Auflagen gehalten hat.

Doch kaum war ich hier, tauchte Mr. Groot, mein Chef, auf. Er ist mir tatsächlich gefolgt! Ich bin sauer. Ich muss zugeben, auch ein wenig verängstigt. Ich habe Groot schon wütend und emotional erlebt, aber noch nie so. Immer wieder schrie er, ich würde seine Karriere ruinieren, er habe Frau und Kinder zu ernähren, er könne ins Gefängnis kommen, und was er denn falsch gemacht habe, er habe doch nur die Ebelings über den Verlauf ihres Antrags informiert. Ich fragte ihn, wie viel sie ihm denn bezahlt hätten. Er wurde wütend und sagte, sie hätten ihm gar nichts gezahlt, aber ich glaubte ihm nicht. Dann wurde er handgreiflich, packte mich an den Armen und drückte mich gegen den Wagen. Himmel, wie sehr er mich anwidert. Außerdem macht er mir Angst. Er ist unter Tränen davongegangen, aber das bedeutet noch nicht, dass er mir nicht in irgendeiner Weise Schaden zufügen will. Körperlich? Beruflich? Wenn ich nur wüsste, was ihm durch den Kopf ging. Na, jedenfalls gibt es diese Aufzeichnung, falls mir was zustößt.«

Man spürte, wie die Zeit verrann, auch wenn nur Sekunden vergingen, bis Ludmillas Stimme wieder zu hören war. Es hatte sich etwas auf unbenennbare Art und Weise verändert, deutete auf Verwunderung und leichte Entrüstung hin: »Adrian? Was machst du denn hier?«

Ellen hörte eine Männerstimme, keines der Wörter war zu verstehen. Dann Ludmilla Wisharts Reaktion: »Du hast die ganze Zeit hinter dem Schuppen dort gestanden? Wessen Wagen ist das?«

Tiefes Grummeln, dann wieder Ludmilla, mit angespannter Stimme: »Adrian, du kannst mir nicht einfach so folgen – es war peinlich, als du gestern aufgetaucht bist. Ich weiß nicht, was Mr. Vernon davon gehalten hat … Natürlich ist er nicht … Ich treffe mich mit niemandem heimlich … Wer? Das war mein Boss, Mr. Groot … Nein, Adrian, wenn ich es dir doch sage … Er hat mich nicht umarmt, er war sauer wegen einer Sache auf der Arbeit und hat mich in der Aufregung an den Armen gepackt, das war alles … Nein, Adrian … Das tue ich nicht … Ich liebe dich … Es gibt keinen anderen … Ich war bei keinem Anwalt … Nein … Natürlich will ich dich nicht verlassen … Aber sie ist meine Freundin, ich kann doch nicht einfach aufhören, sie zu treffen … Ich habe noch nie mit jemand anderem als mit dir geschlafen … Ich finde ihn abstoßend …«

Nun war Adrian Wisharts Stimme deutlich zu hören, wie er sie nach dem MP3-Spieler fragte. Ludmilla erwähnte mit keinem Wort, dass sie mitschnitt: »Ich hör mir nur Musik an … Carmen hat ihn mir heute geschenkt … Nein, sie hat mir ein paar Songs draufgespielt … Ehrlich, ich habe kein Geld dafür ausgegeben, es ist ein Geschenk …«

Ellen Destry und Hal Challis beugten sich über das kleine Gerät, wie versteinert hörten sie die Angst, das Flehen, die aufkommende Panik in Ludmilla Wisharts Stimme. Adrian Wishart klang wütend, kreischte seine Frau an. Erst beschuldigte er sie, dann hörte man, wie er sie herumzerrte, darauf die dumpfen harten Schläge und sein lautes Fluchen und Schreien. Schließlich waren gedämpfte Geräusche zu hören, er räumte auf, dann schluchzend die Worte: »Siehst du, wozu du mich getrieben hast? Weißt du denn nicht, dass ich dich liebe?«

54

Pam Murphy versuchte, einen kühlen Kopf zu bewahren. Erst machte sie in Gedanken eine Liste mit den Möglichkeiten, die ihr zur Verfügung standen. Sie konnte Andrew Cree beim neuen Senior Sergeant melden, der für alle Polizisten des Reviers zuständig war, oder bei Ellen Destry. Bei der Abteilung für innere Angelegenheiten auf dem Polizeipräsidium. Cree würde offiziell befragt, möglicherweise wegen mehrerer Vergehen belangt und wahrscheinlich entlassen werden.

Doch seine Bösartigkeit würde sich erneut Raum verschaffen, ganz gleich, wo er war und womit er seinen Lebensunterhalt verdiente, und weitere Frauen – womöglich Frauen mit weniger Handlungsspielraum als sie – würden darunter zu leiden haben.

Außerdem hatte sich Cree seit seinem Arbeitsbeginn in Waterloo fleißig vernetzt. Wenn er auch unter den Uniformierten, den jungen Beamten und den Zivilangestellten keine engen Freunde hatte, so hatte er doch zumindest Kumpel. Er hatte Einfluss. In einer Kultur, in der Bier, Football und Frauenfeindlichkeit Gewicht hatten, hatte er Einfluss. Schließlich waren sie hier in Australien. Diese Dinge waren schon immer wichtig gewesen und würden es auch immer sein. Man musste nur die Zeitung lesen oder den Fernseher einschalten, um das zu erkennen.

Wenn sie also ganz offiziell gegen ihn vorging, würde sie selbst am meisten darunter leiden. Gewehrpatronen in ihrem Briefkasten, Hundekot im Spind, zerstochene Autoreifen. Gerüchte, sie sei lesbisch oder frigide oder bumse sich die Karriereleiter rauf.

Pam konnte auch nicht auf die jungen Kolleginnen zählen. Manche von ihnen waren kumpelhafter als die Kumpel. Noch kälter, noch gehässiger.

Sollte sie sich Cree direkt vornehmen? Das war ihr erster Gedanke gewesen. Er war kein sonderlich großer Kerl, nicht übertrieben fit oder mutig. Pam konnte ihn windelweich prügeln, damit er und seine Kumpel die Botschaft klar und deutlich verstanden.

Aber würden sie die wirklich mitkriegen? Und die anderen auch?

Und was, wenn sie verlor? Oder aber sie gewann, und die anderen würden trotzdem über sie lästern, sie eine schlechte Verliererin nennen, die keinen Spaß verträgt? Was, wenn er Beschwerde einlegte, die ihr eine Anklage wegen Körperverletzung einbrachte? Man würde sie zur Streifenpolizei zurückversetzen oder vielleicht sogar ganz rausschmeißen.

Was konnte eine weibliche Beamte der Victoria Police eigentlich unternehmen? Nicht viel. Soweit Pam wusste, wurden Frauen, die sich beklagten, ausgegrenzt und so lange belästigt, bis sie den Job, den sie so liebten und für den sie eine teure Ausbildung erhalten hatten, freiwillig kündigten. Oder sie gaben einfach auf und litten den Rest ihres Lebens unter Ängsten.

Obwohl sie eigentlich Dienst hatte und heute die letzte Nacht der Schoolies Week war, fuhr Pam Murphy nach Penzance Beach, zerbrach sich den Kopf und erkannte die eigentliche Boshaftigkeit hinter Crees Liebesschwüren. Zu Hause durchstreifte sie die Wohnung, drehte sich noch immer im Kreis, stieß erneut auf den harten Kern des Alleinseins, der schon immer tief in ihr gesteckt hatte. Sie starrte die verknüllte Bettwäsche an. Auf ihrer bescheidenen Hütte lag ein schwerer Schatten. Beinahe konnte sie Cree riechen. Sie sammelte die Laken ein, das Handtuch, das er benutzt hatte – es lag im Bad auf dem Fußboden –, stopfte alles in die Waschmaschine und schaltete sie ein, Kochwäsche. Sie nahm das Foto vom Abschluss der Polizeiakademie und wischte die Abdrücke seiner dreckigen Pfoten ab.

Dann rief sie ihn an, so leicht und unschuldig wie ein verliebtes Mädchen.

Danach rief sie Caz Moon an.

Scobie Sutton hatte nichts mehr zu tun. Challis forderte ihn auf, nach Hause zu gehen. Der Papierkram konnte warten, Adrian Wishart würde sowieso nicht davonkommen. »Bis Montag, Scobie. Verbring mal ein wenig Zeit mit Frau und Tochter.«

Also fuhr Scobie nach Hause, Ros war da. Sie tanzte durchs Haus, ganz aufgedreht von ihrer Party, wirkte wie ein Gegenmittel für all seine trüben Gedanken. »Wo ist Ma?«

»Hat sich hingelegt.«

Scobie dachte an den langen Weg durch den Flur bis ins Schlafzimmer, doch dann klopfte es. Da stand wieder der irre Pastor und streckte ihm die Hand hin. Scobie schüttelte sie, obwohl er wusste, dass das ein Fehler war. »Ich fürchte, Beth ist unpässlich«, sagte er, um die Kontrolle über die Situation zu behalten und den Besucher nicht zu Wort kommen zu lassen. Um seine Aussage noch zu verstärken, trat er einen Schritt zurück und wollte die Tür schließen.

Da schob der Kerl doch tatsächlich seinen Fuß dazwischen.

Scobie sah an Jeffreys vorbei zu einem Kombi, der am Straßenrand parkte, zwei Kinder saßen darin. Wohl um zu beweisen, dass er ein Familienmensch war. Die bitteren Gefühle, die geschärfte Wahrnehmung, die Fähigkeit, Dinge so zu sehen, wie sie wirklich waren, all das war neu für Scobie. »Nein«, sagte er.

Plötzlich sah Jeffreys über Scobies Schulter, ein Lächeln erschien auf seinem schweißnassen Gesicht. »Beth, wie nett.«

Scobie stieg frustriert von einem Bein aufs andere und versuchte vergeblich, mit einer Hand den Durchgang zu blockieren, doch Beth huschte an ihm vorbei und stellte sich vor den Pastor. Scobie versuchte, sie beiseitezuschieben, und sagte: »Sie möchte Sie nicht sehen. Sag ihm, dass du ihn nicht sehen willst, Schatz, bitte. Sie ist fertig mit euch Spinnern.«

»Ich denke, das sollten wir Beth selbst entscheiden lassen, finden Sie nicht?«, meinte Jeffreys, der seine harte, geschäftsmäßige Stimme wiedergefunden hatte.

Bevor sich noch jemand von ihnen rühren konnte, hatte sich Ros, deren kleiner Körper durch den Netball in Höchstform war und die wusste, dass ihre Mutter mehr Hilfe brauchte, als ihr

Vater ihr geben konnte, in die Tür gezwängt. »Gehen Sie weg«, sagte sie streng. »Ma, du kommst sofort wieder rein.«

Jeffreys tat erstaunt einen Schritt zurück. Ein böser Blick blitzte kurz auf, dann erhob er besänftigend die Hände. Scobie, der sich klein und riesig zugleich vorkam, strahlte ihn an.

John Tankards Schicht war gegen sechzehn Uhr zu Ende gegangen, doch er war noch für ein Fitnesstraining in der kleinen Sporthalle des Reviers geblieben, von dem er immer noch ganz erhitzt, rosig und komplett verschwitzt war – und das nach der Dusche. Dann suchte er auf den Fluren, in der Kantine, auf dem Parkplatz und in den Lagerräumen nach Cree. Er hatte diese Fotos von Pam gesehen, er hatte vor, dieses Arschloch dazu zu zwingen, jedes einzelne Bild, das er jemals ins Netz gestellt hatte, zu entfernen.

Pams ganze Bewunderung, nicht ihre Gleichgültigkeit, würde sein Lohn sein.

Sie war nicht auf dem Revier. Cree auch nicht.

Tank sah hinaus auf den Hof und entdeckte einen der Polizeianwärter, der am Mittwoch im Keller Pornos geschaut hatte.

»Haben Sie Andy Cree gesehen?«

Der Bursche, der gerade einen Streifenwagen wusch, richtete sich auf und starrte ein Loch in die Luft. Schließlich wachte er auf, wrang seifiges Wasser aus seinem Fensterleder und fragte stirnrunzelnd: »Andy Cree?«

Himmel noch mal, dachte Tank. »Nein, Aloysius Cree. Ja, Andy Cree. Haben Sie ihn gesehen? Hat er das Revier verlassen? Hat er gesagt, wohin er geht?«

»Wohin er geht?«

Tank schloss die Augen und öffnete sie wieder. »Ja.«

»Hat er nicht gesagt.«

Mit kaum noch zu unterdrückender Wut drehte sich Tank um und wollte gehen.

»Aber er meinte, ihn erwarte was Gutes«, fügte der Junge hinzu.

Tank machte kehrt. »Was soll das heißen?«

»Er meinte, er würde heute noch zum Zuge kommen.«

»Aber er hat doch Dienst«, erwiderte Tank dümmlich.

»Sie kennen doch Andy«, lachte er.

»Ja, ich kenne ihn«, schnaubte Tank. Dann fiel ihm noch etwas ein: »Die DVD, die Sie sich neulich angeschaut haben …«

Der Junge wurde rot. »Was ist damit?«

»Hat Cree das organisiert?«

Der Polizeianwärter wirkte gehetzt. Schließlich nickte er.

Tank deutete auf die Fahrertür. »Da haben Sie noch was übersehen.«

Sein eigener Wagen brutzelte in der Sonne. Tank drehte die Klimaanlage hoch, fuhr vom Parkplatz und klappte sein Handy auf. »Murph?«

»Was?«

»Hör mal, ich muss mit dir reden. Die Sache ist ein wenig delikat.«

»Wenn es sich um Crees Internetscheiß handelt, dann weiß ich schon Bescheid.«

»Ach.«

»Noch was?«

Tank richtete sich auf. »Ich kümmer mich drum. Ich werde dafür sorgen, dass der Mistkerl die Seite vom Netz nimmt.«

Mit lockerer Stimme entgegnete Murphy: »Halt dich da raus, Tank.«

Tank konnte es nicht fassen. »Ein wenig Dankbarkeit wäre jetzt nicht unangebracht.«

»Na dann, danke«, sagte Pam und legte auf.

55

Am Ende dieses langen Tages sagte Challis: »Oje. Ein Makel.«

»Nicht witzig.«

»Ich meine nicht die Klauerei, ich meine Spliss.«

Zu spät bemerkte er, dass Ellen den Witz nicht gut fand. Sie versetzte ihm einen harten Stoß, sagte: »Nicht witzig«, und setzte sich auf. Alles an ihr wirkte wütend und angespannt, und die Röte auf ihrer Brust kam nun von ihrer Wut, nicht von der Entspannung oder der Müdigkeit.

Er zog sie zu sich. »Tut mir leid. Ehrlich.«

»Nicht witzig«, murmelte sie.

Das letzte Licht rings ums Haus verschwand, die Luft, die durch das offene Fenster drang, trug die letzten Reste der Tageshitze herein, Straßenstaub und den Duft von frisch gemähtem Gras. Adrian Wishart saß in der Zelle, und die Welt war in Ordnung.

Oder auch nicht. Ellen stützte sich auf einen Ellbogen und sagte: »Wir müssen reden.«

»Oh, oh.«

Mit leiser, drohender Stimme sagte sie: »Ich will, dass du mich ernst nimmst.«

Tatsächlich nahm Hal sie todernst, aber er bekam es auch ein wenig mit der Angst zu tun. Plötzlich standen Ellen große, heiße Tränen in den Augen. Sie kullerten ihr über Wangen und Hals und tropften auf Brust und Laken. Sie ballte eine Faust, schlug ihm gegen den Oberarm und verkündete: »So geht das nicht.«

Hal wartete. In gewisser Hinsicht kamen ihre Worte gar nicht recht bei ihm an. Gleichzeitig dachte er, dass dies wohl die kürzeste Beziehung in seiner eh schon zusammengeflickten Vergangenheit war.

»Ich meine nicht den Sex …«, sie fuhr ihm mit der Hand über die Brust, »… die Liebe. Das meine ich nicht.«

Hal fand seine Stimme wieder. »Was dann?«

Ellen setzte sich wieder auf, schlug die Beine übereinander und sah auf ihn hinunter. »Das Zusammenleben.«

Hal traute seiner eigenen Stimme nicht. Ellen legte den Kopf in den Nacken und sah auf eine ihm wohlvertraute Art in die Ferne. Sie suchte nach dem richtigen Ansatz, und der musste treffend und präzise sein. Er hatte sie schon in Briefings und Befragungen so vorgehen sehen.

»Die Sache ist die. Ich habe mich nicht dazu entschieden, mit dir zu leben. Ich habe auf dein Haus aufgepasst, als du weg warst, du bist zurückgekommen, wir sind sofort im Bett gelandet. Haben uns verliebt, nehme ich an. Endlich, nach all diesen Jahren unausgesprochenen ... was auch immer.«

Sie sah ihn an, um festzustellen, wie er es aufnahm. Beruhigt fuhr sie fort: »Mir schien das eine prima Lösung, einfach weiter hier zu wohnen. Aber das ist nicht mein Haus. Ich habe es nicht mit dir zusammen gebaut. Und selbst mit meinen paar Sachen ist das nicht mein Platz. Es ist eine Unterkunft. Ich habe das Gefühl, ich habe mich hier untergestellt, mich und meinen Kühlschrank. Nebenbei bemerkt, ein besserer Kühlschrank als der Schrotthaufen, den du da hast.«

Sie grinste, wenn auch ein wenig traurig. Hal erwiderte das Lächeln.

»Uns stören Kleinigkeiten«, fuhr sie fort. »Zum Beispiel, dass ich in der Speisekammer umgeräumt habe. So wie ich das gemacht habe, ergibt es mehr Sinn, aber ich weiß, das hat dich geärgert. Und es ist immer noch nicht meine Speisekammer, trotz der Umräumerei. Verstehst du, was ich meine?«

»Ja.«

Sie sah ihn kurz und scharf an. »Ja«, wiederholte er.

»Das scheinen alles nur Kleinigkeiten zu sein, aber in gewisser Weise sind sie unüberwindlich.«

»Soll heißen?«

»Ich muss mir eine eigene Wohnung suchen. Ich bin noch nicht bereit, mit dir zusammenzuleben, und ich muss auch nicht mit dir zusammenleben. Das geht mir alles zu schnell nach der Scheidung. Ich brauche Zeit, um besser zu verstehen, wer ich bin. Ich will mein eigenes Leben führen, ohne mich mit anderen abmühen oder Rücksicht nehmen zu müssen.«

»Ach.«

»Sag nicht ›Ach‹. Hast du nicht zugehört? Ich liebe dich, aber ich muss nicht mit dir zusammenleben, um das zu beweisen.«

Challis blieb ganz still. In seinen Ohren schien es zu dröhnen. Er liebte es, ihre Brüste in ihren verschiedenen Formen zu betrachten. Im Augenblick, während Ellen im Schneidersitz, mit gebeugten Schultern und den Händen im Schoß dasaß, steckten sie keck zwischen ihren Oberarmen.

»Das heißt: Erstens suche ich mir eine eigene Wohnung, und zweitens mache ich in Mornington eine neue Abteilung auf. Das Einzige, was sich nicht ändert, ist, dass ich dich liebe. Und hör auf, meine Brüste anzustarren.«

Er strich geistesabwesend über ihren Oberschenkel, die Haut spannte sich über den langen Knochen, war mit feinen blonden Härchen gesprenkelt, ein paar Leberflecken, ein kleiner Abdruck von einer Falte im Laken. Hal hörte draußen eine Ente quaken. Manchmal waren dort bis zu zwanzig Tiere, die jungen fast ausgewachsen, und wenn langsam das Tageslicht schwand, suchten sie schnell, fast verzweifelt auf dem weiten Grasstreifen rings ums Haus nach Futter.

Ellen hielt seine Hand wütend fest und sagte: »Sprich mit mir. Was willst du? Was hältst du von dem, was ich gerade gesagt habe?«

Hal formulierte vorsichtig: »Ich möchte nicht, dass wir uns nicht mehr sehen.«

»Ich auch nicht!«, rief Ellen aufgebracht. »Hast du denn nicht zugehört?«

»Wir gehen eine moderne Beziehung ein, getrennte Wohnung, mal sehen, wie es weitergeht?«

»Ja.« Sie sah ihn an, und erneut drohten Tränen zu fließen. »Es könnte klappen, Hal.«

»Du wirst egal in welcher Einheit eine tolle Chefin sein«, sagte er.

»Sag McQuarrie, ich will Sexualdelikte.«

»Okay.«

Sie sahen sich an, er streckte die Hände aus und zog sie zu sich hinunter. Sie entzog sich ihm und sagte: »Ich bin noch nicht fertig.«

Das wusste er. Er suchte nach Worten: »Dein … Problem.«

Ellen wurde rot. Draußen gaben die Enten und der einsame Ibis Warnrufe von sich und flatterten aufgeregt davon. In der Dämmerung gingen die Füchse auf Jagd.

»Ich verspreche, ich werde mir Hilfe suchen.«

»Ellen, das ist keine große Sache. Es ist nicht das Ende der Welt. Ich verurteile dich nicht. Das ist nur eine kleine dunkle Seite von dir. Sie hindert dich nicht daran, eine gute Polizistin zu sein.«

»Ach ja? Du verstehst die Sache mit dem Zusammenleben und all das, aber nicht, wie sehr mich dieser Punkt plagt? Ich werde eine Therapie machen.«

»In Ordnung.«

»Wenn ich das nicht mache«, meinte Ellen, »kommt mir alles andere falsch vor, meine Wohnungssuche und die Leitung einer neuen Einheit.«

Challis sah den in sich gekehrten Blick, ihre angespannte Konzentration, wie sie in Gedanken ihre Checkliste durchging. Dann schien sie offenbar zufrieden und legte sich neben ihn. Glitt an ihn heran, lang, warm, geschmeidig.

Sie stützte sich auf den Ellbogen, streckte die Hand nach dem Radio neben dem Bett aus und traf ihn aus Versehen am Kinn.

»Entschuldigung.«

Sie wollten die Neunzehn-Uhr-Nachrichten hören. Einer Meldung zufolge war ein Constable der Polizei von Waterloo ohnmächtig am Fuße eines Flaggenmastes auf dem Gelände einer Grundschule gefunden worden, nackt. Ellen hatte daraufhin den diensthabenden Sergeant angerufen, der ihr den Namen nannte und dazu noch ein paar Details, die im Radio nicht zu hören gewesen waren. Offenbar war Andy Crees Schwanz an den Mund einer aufblasbaren Puppe geklebt worden. Die Puppe sah aus wie ein Schulmädchen. All das, zusammen mit dem Fundort, roch ein wenig nach Pädophilie.

In den Hauptnachrichten kam dann die Meldung, dass in Crees Wohnung gewisse Gegenstände beschlagnahmt worden waren.

»Pornografie?«, rätselte Challis.

»Möglich.«

»Ist er reingelegt worden?«

»Möglich.«

»Zu Recht?«

»Möglich«, wiederholte sich Ellen.

Sie schaltete das Radio aus und berührte ihn sanft. Er reagierte entsprechend. Sein Schalter sprang schneller um als der an jedem Radio.

Hinterher lagen sie beieinander. Plötzlich meinte Challis: »Ich verhungere«, und schwang sich aus dem Bett. Es war noch hell genug, und als er das Zimmer verlassen wollte, kam er nahe genug am Fenster vorbei, sodass der Schütze draußen am Hang einen ziemlich genauen Schuss auf ihn abfeuern konnte.

56

Dirk Roe, vollgedröhnt mit Wodka und Amphetaminen, drückte erneut ab. Dieser Scheiß-Challis war verschwunden, aber seine Schlampe war noch da, auch vollkommen nackt. Dirk verspürte ein altes, verzweifeltes Verlangen, als er sie so sah. Du böser, böser Junge, seine Mutter hatte ihn geschlagen, weil er sie im Bad beobachtet hatte, sein Vater hatte ihn später noch mit einem Besenstiel verdroschen. So viele Prügel, Besenstiel, Gürtel, was gerade zur Hand war. Dirk schluchzte verzweifelt und feuerte wild um sich, nur um sich besser zu fühlen. Dabei schlug ihm die Waffe mit einem fast tröstlichen Schlag gegen die Schulter.

Dirk war sich ziemlich sicher, am falschen Ort und zur falschen Zeit geboren worden zu sein. Er gehörte in eine frühere Epoche, vielleicht in den Wilden Westen Amerikas oder in die Zeit der frei umherziehenden Bushranger. Ein Rächer, der seine Familienehre schützte und Schande tilgte. Er kauerte sich im trügerischen Schatten, schob ein frisches Magazin in die Waffe, zielte auf das kaputte Fenster und … Scheiße, er hatte nicht auf die Leute geschossen, die ihm unrecht getan hatten, sondern auf ihre Spiegelbilder.

Und, brach er in Panik aus? Ach was. Dirk glitt von Schatten zu Schatten, um einen besseren Schusswinkel auf das Zimmer zu bekommen, wo ihn kein Spiegel verarschen konnte.

Nichts. Die Idioten hatten sich auf den Boden geworfen. Dirk kicherte. Mal sehen, wie euch das gefällt, Angst zu haben, zu wissen, dass Schlimmes droht und niemand hilft. »Herr Jesus leite meinen Lauf, begleite mich mit deinem Segen, behüte mich auf allen Wegen«, flüsterte Dirk und biss sich auf die Wange. Mutter und Vater droben im Himmel schauten auf ihn herab und hießen nicht gut, was sie da sahen. Dirk schniefte ein wenig.

Ja, zur falschen Zeit und am falschen Ort geboren. Dirk war für etwas Besseres als diese Gesellschaft bestimmt, in der man, wohin man auch sah, durch Gesetze und Verordnungen eingeschränkt wurde, in der ein echter Kerl nicht sagen durfte, was er wirklich dachte, ohne irgendjemandem auf die sensiblen Füßchen zu treten. Scheiß drauf.

»Eine Gesellschaft bekommt die Polizei, die sie verdient«, murmelte er, brüllte das Ganze noch mal heraus, damit diese Arschlöcher da drin, die unterm Bett lagen und sich einpissten, ihn auch hörten. Drogenfahnder, die dealten, Polizeipräsidenten, die ihre Kumpel bei internen Korruptionsermittlungen schützten, ganze Polizeireviere, die mit Diebesgut handelten, gefeuerte Bullen, die die ehemaligen Kollegen korrumpierten, Häftlinge, die in schöner Regelmäßigkeit misshandelt wurden, Autofahrerinnen, die zum Oralverkehr gezwungen wurden, um nicht ihre Fahrerlaubnis zu verlieren …

War doch klar, dass solche Bullen das Ganze an die Presse weitergaben, den Medien vom Roe-Report erzählten. Jetzt hatte er eine schmutzige Weste und sein Bruder auch. Dirk dachte an Lachlan, der im Krankenhaus lag, an seine blutleere Haut, die Verbände …

»Jemand wird dafür büßen!«, kreischte Dirk und feuerte erneut.

Dann bewegte sich die Schlafzimmertür, und Dirk nahm einen Schatten wahr, dann einen zweiten, der durch den Türspalt schlich. Er grinste. Er fühlte sich ganz lebendig. So groß war das Haus nicht, und der Garten war nicht so verstellt, dass er nicht alle Ausgänge überblicken konnte.

Er eilte in gebückter Haltung zur anderen Seite des Hauses, hielt das Gewehr an die Brust gedrückt. In früheren Zeiten sorgte ein Mann, dem Unrecht widerfuhr, selbst für Recht und Ordnung. Alle respektierten das. Kein Amtsschimmel, kein Spinnennetz aus bürokratischen Fallstricken.

Ollie Hindmarsh hatte ihn einen Schwachkopf genannt. Dirk hatte den Roe-Report in seiner Freizeit geschrieben, richtig? Außerdem hatte er im Report den Kerl auch noch aktiv unterstützt, also ein wenig Dankbarkeit, bitte sehr. Rassistisch? Sexistisch? Absolut nicht. Dirk war Realist. Er hatte gesagt, wie es war. Rundheraus. Offen.

»Ich bin kein Schwachkopf«, kreischte Dirk.

Hindmarsh hörte sich genau wie seine Mutter an, genau wie sein Vater.

»Ich bin nicht blöd! Das bin ich nicht!«, weinte Dirk tränenblind.

Er schlich sich erneut ums Haus. Er feuerte ein letztes Mal, wechselte das Magazin aus. Das Gewehr seines Vaters, nie registriert, nie amtlich gemeldet, während der Amnestie zurückbehalten, denn Dad meinte: »Keine Regierung wird mir das Recht zur Selbstverteidigung nehmen.« Sein Vater war wohl auch zur falschen Zeit geboren worden. Feuer und Schwefel, »Wer sein Kind liebt, der züchtigt es.« Ein freies Australien ohne Nigger, Kanaken und Schlitzaugen. Reinheit der Gedanken und des Handelns. Du sollst auch deines Samens nicht geben, nur um der Nachkommen willen, und jedes einzelne Wort davon im Takt der Hiebe.

Dirk blinzelte. Ein grausamer alter Scheißkerl, aber damals ergab das alles einen Sinn. Man wusste, woran man war. Es gab klare Anweisungen.

»Du Mistkerl!«, brüllte er in Richtung Haus. »Du hast mich ruiniert!«

Vielleicht hatte er seinen Vater gemeint, vielleicht Inspector Challis, der aller Welt vom Roe-Report berichtet hatte.

»Dabei hatte ich ihn doch vom Netz genommen!«, kreischte Dirk. »Warum haben Sie das gemacht? Warum?«

Dann hörte Dirk in der stillen Nachtluft, wenn die Welt den Atem anhält, erwartungsvoll und süß duftend, eine Sirene aus weiter Ferne. Alles andere war zusammengeschnurrt auf diesen kleinen Flecken voller Furcht und Rache im Mondschein. Dirk, standfest und wahrhaftig, zum Sterben bereit – aber erst, wenn er Lachlan gerächt hatte, erst, wenn er sich selbst gerächt hatte.

Insgeheim fragte er sich: Falls ich hier rauskomme, welchen Job mache ich dann, zum Teufel? Wer nimmt mich denn noch?

Er konnte gut mit Leuten umgehen, gut recherchieren, war fit mit Computern. Er sah ordentlich aus – wenn er anständige Klamotten trug und sich das Haar gegelt hatte. Cool. Die Frauen mochten ihn. Zumindest am Anfang. War doch nicht seine Schuld, dass sich daraus nie was entwickelte, bei den Weibern heutzutage mit all ihren Forderungen, nicht den Hauch von Zurückhaltung.

Seinen Namen ändern? Umziehen? Ins Ausland gehen? Gut möglich. Irgendwohin, wo er sich nicht mit Gesetzen und Einschränkungen rumschlagen musste. Aber wo? Auf dem ganzen Planeten war kein Platz mehr für einen Mann von seinem Format, mit seinem Talent und seinen Neigungen.

Ein Söldner.

Fremdenlegion.

Er war zur falschen Zeit geboren. Wieder rannte er ums Haus, duckte sich, die Waffe schussbereit.

Er erschrak fürchterlich: Die Glasschiebetür zur Veranda hinter dem Haus stand offen.

Der Spalt dunkel und aufgerissen wie ein grausamer Mund.

Dirk zitterte. »Heulsuse«, würde sein Vater brüllen. »Verdammter Tollpatsch von einem Jungen. Flenn doch.« Die Gürtelschnalle beißt. Grürtelschmalle breißt. Grürrelschrarre …

Etwas Schmales, Hartes, kalt Metallisches drückte sich gegen seinen Kiefer, und der Bulle hinter ihm sagte: »Waffe fallen lassen, sonst puste ich dir den Schädel weg.«

Dirks Eingeweide schlugen Purzelbäume. Er musste mal dringend Wasser lassen. Eine Mücke surrte ihm ums Ohr, er bemerkte, dass seine Unterarme juckten, weil er sich an irgendeinem Gestrüpp gekratzt hatte, und er hatte Spinnweben in den Haaren. Er ließ die Waffe fallen und fuchtelte mit den Armen um den Kopf, überzeugt, dass alles mögliche Kriechzeug an ihm hochmarschierte, sodass sich ihm die Haare aufstellten. »Du Memme«, höhnte seine Mutter.

»Dirk!«, rief der Bulle. »Hören Sie.«

Und dann gab ihm der Kerl tatsächlich eine Ohrfeige. »Hören Sie!«

Schockiert, erstaunt sagte Dirk: »Sie haben mich geschlagen.«

»Dirk, sehen Sie mich an. Sehen Sie mich an.«

Dirk schaute. Der Inspector hatte jetzt die Waffe, in der anderen Hand hielt er einen Schürhaken. Dirk sah sich aufgeregt um. »Wo ist Ihre Waffe?«

»Welche Waffe?«

»Die Sie mir an den Kiefer gedrückt haben.«

»Um Himmels willen, Dirk«, meinte der Bulle müde, »wir sind doch nicht im Fernsehen. Ich habe überhaupt keine Waffe.«

Die Frau stand im Schatten, sie trug ein T-Shirt, hatte zerzaustes Haar, war wunderschön, schaute ruhig zu. »Herr Jesus, leite meinen Lauf«, rief Dirk immer und immer wieder.

Garry Disher

Garry Disher, 1949 geboren, wuchs im ländlichen Südaustralien auf und lebt heute an der Küste in der Nähe von Victoria. Seit 1988 ist Disher Vollzeit-Autor; inzwischen hat er mehr als 40 Bücher veröffentlicht. Er schreibt Romane, Kurzgeschichten, international gefeierte Kriminalromane und Kinderbücher. Sein Roman *The Sunken Road* (1996) wurde für den Booker-Preis vorgeschlagen, Für *Beweiskette* gewann er 2007 den wichtigsten australischen Krimipreis, den Ned Kelly Award. Disher wurde zudem zweimal mit dem Deutschen Krimi Preis ausgezeichnet.

Bibliografie

Steal Away (1987); *The Stencil Man* (1988); *The Sunken Road* (1996); *Past the Headlands* (2001; dt. *Hinter den Inseln*, 2003); *Play Abandoned* (2011).

Hal-Challis-Romane: *The Dragon Man* (1999; dt. *Drachenmann*, 2001); *Kittyhawk Down* (2003; dt. *Flugrausch*, 2005); *Shapshot* (2005; dt. *Schnappschuss*, 2006); *Chain of Evidence* (2007; dt. *Beweiskette*, 2009); *Blood Moon* (2009; dt. *Rostmond*, 2010); *Whispering Death* (2011).

Wyatt-Romane: *Kickback* (1991; dt. *Gier*, 1999); *Paydirt* (1992, dt. *Dreck*, 2000); *Deathdeal* (1993; dt. *Hinterhalt*, 2001); *Crosskill* (1994; dt. *Willkür*, 2002); *Port Vila Blues* (1995; dt. *Port Vila Blues*, 2006); *The Fallout* (1997; dt. *Niederschlag*, 2008); *Wyatt* (2010; dt. *Dirty Old Town*, 2011); *The Wyatt Butterfly* (2010: omnibus edition comprising *Port Vila Blues* and *The Fallout*).

Garry Disher hat außerdem mehrere Kinderbücher und Erzählbände veröffentlicht sowie Schulbücher zur australischen Geschichte. Ausführliche Informationen zum Autor und seinen Büchern finden sich auch auf Garry Dishers Homepage: *www.garrydisher.com*

Der Übersetzer

Peter Torberg, geboren 1958 in Dortmund, studierte in Deutschland und in den USA und war mehrere Jahre als Lektor in einem Fachverlag tätig. Seit 1990 arbeitet er selbstständig und hauptberuflich als Übersetzer u. a. der Werke von Paul Auster, Peter Carey, Anita Desai, Raymond Federman, Rudyard Kipling, Michael Ondaatje, Ishmael Reed, Mark Twain, Irvine Welsh und Oscar Wilde.

Drachenmann

Im Peninsula District herrscht kurz vor Weihnachten Hochbetrieb. Inspector Hal Challis freut sich nicht besonders auf die Weihnachtstage, alte Wunden werden wieder aufgerissen, am liebsten würde er sich ganz der Restaurierung eines alten Flugzeugs widmen. Dann aber wird eine junge Frau nachts auf dem Old Peninsula Highway ermordet, kurz darauf geschieht ein zweiter Mord, und ein anonymer Brief kündigt ein drittes Opfer an.

Flugrausch

Als eine männliche Leiche, versenkt mit einem Anker, aus dem Meer gefischt wird, würde Hal Challis am liebsten den Fall jemand anders überlassen. Er ist frustriert wegen seiner Liebesbeziehung und zudem genervt von seinen Kollegen bei der Polizei, die er unsauberer Geschäfte verdächtigt. Doch dann entdeckt Challis Luftaufnahmen, die seine Flugbekanntschaft Kitty mit Drogengeschäften und Mord in Verbindung bringen.

Schnappschuss

Als Inspector Hal Challis den brutalen Mord an Janine McQuarrie untersuchen soll, erschossen auf einer einsamen Landstraße vor den Augen ihrer siebenjährigen Tochter, werden seine Ermittlungen durch ein Gewirr von Lügen und Heimlichkeiten behindert. Und auch die Gäste der Sexpartys in den properen Vorstadthäusern wollen um jeden Preis anonym bleiben. Jeder in Waterloo hat etwas zu verbergen.

Beweiskette

Der Frühling erweckt die Halbinsel Mornington zu neuem Leben. Die Schausteller der Waterloo Show haben ihre Karussells aufgebaut und locken die Menschen aus ihren Häusern. Inspector Hal Challis ist am anderen Ende von Australien und pflegt seinen schwer kranken Vater, deshalb muss Ellen Destry einspringen: Die zehnjährige Katie Blasko ist spurlos verschwunden, Gerüchte über einen Pädophilenring heizen Angst und Verunsicherung auf der Peninsula an. Hal Challis kann das Schnüffeln nicht lassen und begibt sich auf Spurensuche nach seinem vermissten Schwager …